GESTOHLENE ENGEL

WEITERE TITEL VON RITA HERRON

In deutscher Sprache

Detective Ellie Reeves-Serie

Die stummen Puppen

Die Blumengräber

Die brennenden Mädchen

Eisige Seelen

Gestohlene Engel

In englischer Sprache

Detective Ellie Reeves-Serie

The Silent Dolls

Wildflower Graves

The Burning Girls

Frozen Souls

Stolen Angels

Hidden Bones

The Girl in the River

Widow Lake

The Sleeping Girls

The Ice Sisters

RITA HERRON

GESTOHLENE ENGEL

Übersetzt von Petra Kurek

bookouture

Die Originalausgabe erschien 2022 unter dem Titel
„Stolen Angels“
bei Storyfire Ltd. trading as Bookouture.

Deutsche Erstausgabe herausgegeben von Bookouture, 2024
1. Auflage Oktober 2024

Ein Imprint von Storyfire Ltd.
Carmelite House
50 Victoria Embankment
London EC4Y 0DZ

deutschland.bookouture.com

Storyfire Ltd ist gesetzlich vertreten in der EEA durch Hachette Ireland
8 Castlecourt Centre
Castleknock Road
Castleknock
Dublin 15, D15 YF6A
Ireland

ISBN: 978-1-83618-239-9
eBook ISBN: 978-1-83618-238-2

Für meine wunderbare und schöne Tochter Emily, die mich zu der Romanfigur der Emily Nettles inspiriert hat. Sie ist eine liebevolle und fürsorgliche Tochter, Mutter und Pflegemutter, und uns allen stets ein leuchtendes Vorbild. Emily, wenn ich dich ansehe, bin ich erfüllt von Liebe und Stolz!
Deine Mom.

PROLOG

Savannah, Georgia

Die Polizei glaubte, dass ihr kleines Mädchen tot war. Schlimmer noch: dass *sie* es getötet hatte.

Renee Wilkinson rutschte unruhig auf dem Metallstuhl herum und starrte den Detective, der ihr gegenübersaß, fassungslos und entsetzt an.

Sein kalter Blick durchbohrte sie wie eine Messerklinge.

Die Hände ringend, unterdrückte sie ein Schluchzen, vor ihrem inneren Auge erschien das Bild ihrer sechsjährigen Tochter, deren leuchtend grüne Augen lächelnd aufblitzten. Sie konnte nicht glauben, dass Kaylee nun seit sieben Tagen verschwunden war, und die Polizei jetzt *sie* verhaftet hatte.

Man hatte bereits Anklage erhoben, die Kaution war auf zweihunderttausend Dollar festgesetzt. Die sie nicht aufbringen konnte. Und niemand hörte ihr zu …

Der Detective, ein bulliger Typ namens Forrester, schien bereits fest von ihrer Schuld überzeugt. Seine Stimme wurde noch kälter, als er aufstand und sich drohend zu ihr hinabbeugte. »Ich gebe Ihnen noch eine letzte Chance, mit uns zu kooperieren. Bevor man Sie bis zum Prozess in einer Zelle wegsperrt.«

Er legte Kaylees flauschige rosa Decke auf den Tisch, die sie auch immer mit ins Bett nahm. Ihre Tochter hing so sehr daran, dass sie das Ding in ihrem Rucksack versteckte, wenn sie zur Schule ging. Heiße Tränen stiegen Renee in die Augen, und sie griff verzweifelt nach der Decke, um sie an ihr Gesicht zu drücken und Kaylees Duft einzuatmen.

Doch der Detective schüttelte den Kopf und zog sie ihr weg. Renee fühlte angesichts seiner Gefühlskälte eine Welle des Zorns in sich aufsteigen. Er legte Kaylees Vorschul-Foto auf den Tisch. Viele der kleinen Mädchen darauf waren zum Fototermin in mit Rüschen besetzten Kleidchen erschienen. Aber Kaylee hasste Kleider, und Renee ließ ihr gern ihren Willen, um sie glücklich zu sehen. Also hatte sich ihre Tochter für ein gelbes T-Shirt mit kleinen Kätzchen darauf entschieden, ihr Lieblingsshirt, und für kurze Jeans. Im schulterlangen, seidig blonden Haar trug sie außerdem eine lila Haarspange.

Der Detective tippte auf das Bild. »Wenn Sie sie wirklich so lieben, wie Sie behaupten, dann erzählen Sie mir, was passiert ist.«

»Ich habe Ihnen doch schon gesagt, dass ich das nicht weiß«, schluchzte Renee auf. »Wir haben am Strand gepicknickt und Sandburgen gebaut, und dann ... muss ich eingeschlafen sein.« Gott im Himmel, wie hatte ihr das nur passieren können? Sie achtete sonst immer penibel darauf, ihre Tochter am Strand stets im Auge zu behalten. Sie warf dem Pflichtverteidiger einen Blick zu, der ihr gegenüber auf seinem Stuhl herumzappelte und dabei seine manikürten Fingernägel betrachtete. Bisher war er nutzlos gewesen. Glaubte er etwa auch, sie sei schuldig?

»Oder haben Sie sie einfach aufs Meer hinausgetrieben,

damit sie ertrinkt und die Haie sie fressen?«, blaffte Detective Forrester.

Renees Kehle verengte sich. »Ich habe Kaylee nichts getan. Das würde ich niemals tun. Ich *liebe* sie.« Sie umklammerte die Kante des Stuhls mit feuchten Händen, ihr Magen rebellierte. Entsetzliche Schreckensszenarien quälten sie, schon seit Tagen. Wo war ihr kleines Mädchen? War sie sicher? Wer hatte sie mitgenommen?

»Ich glaube Ihnen nicht, Ms Wilkinson.« Er schien sie mit seinem anklagenden Blick auf dem Stuhl festnageln zu wollen. »Aber soweit uns bekannt ist, haben Sie ein Alkoholproblem.«

Renee wand sich unbehaglich. »Nein, das ist nicht wahr.«

»Sie gehen zu den AA«, erwidert er barsch.

Sie sah auf ihre Nägel, die bis zum Nagelbett abgekaut waren. »Ich habe mich der Gruppe vor einigen Jahren angeschlossen. Seither habe ich keinen einzigen Drink mehr angerührt. Sie können meine Sponsorin fragen.«

Verdammt sollte er sein. Er hatte sie bereits verurteilt.

»Das werde ich. Aber Sie sollten wissen, es wurde Anklage wegen Verletzung der Fürsorgepflicht gegen Sie erhoben«, sagte er unverblümt.

Ungläubig sah sie zu ihm auf. »Warum suchen Sie nicht nach Kaylee, statt mir zuzusetzen?«

»Das tun wir auch immer noch.« An Forresters breitem Kiefer zuckte ein Muskel. »Aber ich habe wenig Nachsicht mit Menschen, die ihre Kinder vernachlässigen oder misshandeln. Genau wie Ihre Mitgefangenen, was Sie bald selbst feststellen werden.«

Renee starrte ihn an, dann wandte sie ihren Blick dem Pflichtverteidiger zu, ihr Herz hämmerte. Doch der dürre junge Kerl sah einfach weg, nervös mit dem Bein wippend, als hätte er es eilig, hier rauszukommen.

»Bitte, glauben Sie mir«, sagte sie, ihre Stimme nur noch ein raues Flüstern. »Ich habe Kaylee nicht wehgetan. Ich liebe sie von ganzem Herzen. Jemand muss sie entführt haben, und diese Person könnte den Staat mittlerweile schon verlassen haben.« Wenn Kaylee überhaupt noch am Leben war. Als sie zu Beginn darauf beharrt hatte, dass ihre Tochter gekidnappt worden war, hatte die Polizei sie darauf hingewiesen, dass die Chance, sie zu finden, mit jedem Tag schwinden würde.

Detective Forrester gab dem Wachmann an der Tür ein Zeichen. »Schaffen Sie sie mir aus den Augen.«

»Bitte suchen Sie nach ihr! Sie muss unglaubliche Angst haben!«, flehte sie, während der Wachmann sie am Arm packte und zur Tür hinauszog. Tränen liefen ihr bei jedem Schritt die Wangen hinab. Sie gingen durch einen Korridor, dann durch eine weitere Tür, die in einen Zellenblock führte. Der widerwärtige Gestank nach Urin und Schimmel stieg ihr in die Nase. Die Wände waren in einem verblichenen Erbsengrün gestrichen, der Boden aus nacktem Beton, die Toilette in der Ecke ihrer Zelle war rostig und besudelt mit Gott weiß was.

Der Schlüsselbund des Wachmanns klirrte, während er die Zellentür aufschloss, ihre Handschellen löste und sie dann unsanft hineinschob. Die Tür fiel ins Schloss, gefolgt von einem lauten Echo. Ihre Knöchel traten weiß hervor, während sie die Gitterstäbe umklammerte. »Bitte versprechen Sie mir, dass Sie weiter nach Kaylee suchen«, flehte sie. »Wer auch immer sie mitgenommen hat, könnte ihr jetzt gerade wehtun.«

Der Mann starrte sie mit ausdrucksloser Miene an. Dann wandte er sich um und ging, die Sohlen seiner Schuhe quietschten auf dem Boden, dann war er verschwunden.

Von Verzweiflung und Entsetzen übermannt, schwankte sie zu der Pritsche an der Wand und sank schluchzend darauf nieder. In zwei Wochen war Weihnachten. Kaylee hatte sich unbedingt eine Schaukel gewünscht, und Renee hatte bereits eine besorgt. Sie hatte sich schon auf das Gesicht ihrer Tochter gefreut, wenn sie sie auspacken würde. Kaylee, mit wehendem

Haar auf ihrer Schaukel, wie sie kräftig Schwung nahm und ihre Beine hoch gen Himmel reckte. Ein neuer Schluchzer schüttelte sie. Wenn die Polizei glaubte, dass sie schuldig war und Kaylee bereits tot, dann würde man die Suche abbrechen.

Und sie würde ihre Tochter vielleicht niemals wiedersehen.

1
EIN JAHR SPÄTER

Crooked Creek

Detective Ellie Reeves nahm sich einen Abend frei vom Verbrechen. Die Kriminalfälle in der Kleinstadt Crooked Creek in Georgia hatten in den vergangenen Monaten an ihren Kräften gezehrt, doch der November war erfreulich still gewesen, so wie auch ihr Büro an diesem Abend. Keine Akten über tote Frauen oder Kinder, die durchgearbeitet werden mussten. Keine wütenden Einheimischen, die an ihre Tür pochten, um sie daran zu erinnern, wie viele Leben sie hätte retten können, wenn sie den letzten Killer, der diese Stadt heimgesucht hatte, schneller gefasst hätte.

Das musste ihr ohnehin kein anderer vorwerfen. Die Gewissenbisse nagten auch so unaufhörlich an ihr.

Plötzlich erschauderte sie und musste an Ms Eula denken, die alte Dame, die auf dem Hügel lebte, und behauptete, sie könne das Flüstern der Toten hören. Ms Eula würde sagen, sie habe das Gefühl, dies sei die Ruhe vor dem Sturm.

Sei nicht paranoid. Diese Stadt hatte sich eine Verschnaufpause verdient, genau wie sie selbst. Sie versuchte sogar, sich mit ihren Eltern auszusöhnen, Vera und Randall, die ihr bis vor Kurzem verschwiegen hatten, dass sie als kleines Mädchen adoptiert worden war. Nach Monaten des eisigen Schweigens war sie an Thanksgiving bei ihnen gewesen.

Und nun standen die Feiertage bevor – bis Weihnachten waren es nur noch sechs Tage. Hoffentlich würde es ein friedlicher Monat werden, der die Menschen einander näherbrachte und jenen Trost spendete, die unter der Welle des Verbrechens in der Gegend gelitten hatten.

Deputy Shondra Eastwood, Ellies Kollegin und Freundin, steckte den Kopf zur Bürotür herein, das schwarze Haar zu einem Zopf geflochten und als Knoten auf dem Scheitel drapiert. »Ich gehe rüber zum Stadtplatz. Sicherheitsdienst, für das Weihnachtsfest heute Abend.«

Ellie nickte. »Bin schon unterwegs. Wir sehen uns gleich.«

Nachdem Shondra gegangen war, band sie ihr aschblondes schulterlanges Haar mit einem Haargummi zum Pferdeschwanz, legte ein wenig Lippenbalsam auf, griff sich ihren Wintermantel und schlüpfte hinein. Shondra versuchte sie oft zu überreden, etwas mehr Make-up aufzulegen, wenigstens ein bisschen Lidschatten, um ihre blauen Augen zu betonen. Aber Ellie war und blieb eben eher der burschikose Typ als ein Glamour Girl.

An der Tür wartete schon Special Agent Derrick Fox, leger gekleidet in Jeans und dunkelblauem Shirt, das seine gebräunte Haut zur Geltung brachte. Sie gingen zusammen hinaus.

Dies war sein erstes Weihnachten in Crooked Creek, und sie versuchte, die vorweihnachtlichen Feierlichkeiten der Kleinstadt durch seine Augen zu sehen. Alle Ladenfronten waren mit glitzernden Lichterketten geschmückt, und schon vom Polizeigebäude aus konnte man den hellstrahlenden Weihnachtsbaum auf dem Stadtplatz sehen. Familien spazierten die Gehwege entlang, wo nostalgische Deko und ein Weihnachtsmann samt Schlitten den Charme der Bergwelt versprühten.

Derrick arbeitete eigentlich in der FBI-Außenstelle in Atlanta, doch der Gouverneur hatte eine Taskforce zur Bekämpfung der Kriminalität in Bluff County eingerichtet, wo die Kleinstädte Crooked Creek und, nur wenige Kilometer entfernt, Stony Gap lagen. Auf Bitten des Gouverneurs hin hatte Derrick die Leitung übernommen und sein Vorgesetzter hatte ihm Ellie und den ortskundigen Ranger Cord McClain zur Seite gestellt. Im vergangenen Monat hatte Derrick hier ein Blockhaus am Fluss angemietet und konnte bei Bedarf nun zwischen seinen Einsatzorten pendeln.

Trotz des klaren Himmels zauste eine steife Brise ihr Haar, die wahrscheinlich Regen ankündigte. Sie überquerten die Straße, von überall her erklangen Weihnachtsmusik und Glockengeläut.

»Hier ist ja mächtig was los«, sagte Derrick, während sie auf den Stadtplatz und die überdachte Bühne zugingen. Heute Abend würden die Kinder der Stadt wie jedes Jahr ein Weihnachtskonzert geben. Statt Eintrittskarten zu verkaufen, hatte man neben dem Weihnachtsbaum eine Spendenbox aufgestellt, in der man Geschenke für die Bedürftigen sammelte.

»Das ist hier immer so.« Sie nickte in Richtung der Familien und lächelte den Kindern zu, die darüber plapperten, wie sie dem Weihnachtsmann von ihren Wunschlisten erzählen würden.

Im vergangenen Monat hatten kleine Karten mit Thanksgiving-Dankgebeten den Baum geziert, die Emily Nettles gesammelt hatte, eine Frau in den Dreißigern und Leiterin des hiesigen Gebetskreises, der sich der »Verandazirkel« nannte. Jetzt strahlte der Baum im Glanz bunter Lichter, die die Papierengel auf dessen Zweigen beschienen.

»Was sind das für Engel?«, fragte Derrick.

»Darauf sind die Bitten um Sachspenden von Kirchen, Wohltätigkeitseinrichtungen und der staatlichen Fürsorge notiert. Spielsachen und andere Dinge, die an ärmere Kinder und ihre Familien und an das Kinderkrankenhaus gespendet werden. Das ist Tradition in Crooked Creek.

In diesem Jahr koordinierte Ellies Mutter Vera das Projekt, um dafür zu sorgen, dass jedes bedürftige Kind ein Geschenk erhielt. Ellie entdeckte sie in der Nähe der Bühne, wo sie mit Emily sprach, die das Programm des heutigen Abends organisierte. Passend zum Thema trugen die Kinder Engelskostüme und die erwachsenen Chorsänger waren als Sternsinger verkleidet. Neben Vera stand Ellies Vater, der nun die Hand nach oben riss und ihr zuwinkte, als er sie entdeckte. Sie erwiderte den Gruß.

Vor der Bühne wurden Stühle aufgestellt und die Sitzplätze begannen sich bereits zu füllen. »Meine Schwester hat auch gesungen, als sie klein war«, sagte Derrick, seine Stimme klang belegt.

Ellie drückte seinen Arm. »Es tut mir leid, Derrick. Die Feiertage sind sicher eine schwierige Zeit, wenn man einen geliebten Menschen verloren hat.«

Er schob die Hände in die Taschen, als der Wind auffrischte, und die Zweige der Bäume zu knarren begannen. Es klang, als würden die Geister der Vergangenheit ihnen etwas zuflüstern wollen. »Nachdem meine Schwester verschwunden war, kaufte meine Mutter jedes Jahr zu Weihnachten Geschenke für Kim und legte sie unter den Baum, in der Hoffnung, sie würde zu uns zurückkommen.« Er räusperte sich, offenbar immer noch ganz in Gedanken. »Nachdem wir erfahren hatten, dass sie tot war, spendete sie alles an ein Frauenhaus.«

Ellie schluckte.

Ein kleines dunkelhaariges Mädchen rannte an ihnen vorbei, fest die Hand ihrer Freundin haltend. »Ich wünsche mir zu Weihnachten ein Puppenhaus«, quietschte sie.

»Und ich bitte den Weihnachtsmann um einen kleinen Hund«, rief das andere Kind.

Ihre übermütige Freude riss Derrick aus seinen traurigen Erinnerungen und er lächelte den kichernden Kindern zu, die auf den Weihnachtsmann zeigten, der gerade seinen Thron bestieg. In der Nähe brachte sich ein Fotograf in Stellung, um ihn und seine kleinen Besucher abzulichten, während zwei als Elfen verkleidete Teenager Zuckerstangen bereitlegten, um sie an die Kinder zu verteilen.

Emily ging ans Mikro und tippte kurz dagegen, um sich Gehör zu verschaffen. »Willkommen zum Engelsfest. Darf ich unsere kleinen und großen Künstler nun bitten, zur Bühne zu kommen?«

Die Kinder kreischten und quietschten, während sie zum Podium rannten, um sich dahinter zu versammeln.

Der Wind war plötzlich abgeflaut, und Ellies Nackenhaare richteten sich auf. Sie blickte zum Himmel und sah, dass am Horizont ein Sturm aufzog.

Auf der anderen Straßenseite entdeckte sie Shondra und den zweiten Deputy von Crooked Creek, Heath Landrum. Die beiden beobachteten aufmerksam die Menge.

Sie hätte es niemals für möglich gehalten, dass ein Serienmörder hier auftauchen könnte, aber im vergangenen Jahr hatte sie es gleich mit mehreren zu tun gehabt. Ihre Finger glitten unbewusst zu ihrer Brust, wo dieser Wahnsinnige, »der Jäger«, ihr seinen Namen in die Haut geritzt hatte.

Sie hatte sich einer plastischen Operation unterzogen, um die Narben zu glätten, doch manchmal wachte sie nachts immer noch schreiend auf und spürte, wie seine Klinge ihr ins Fleisch schnitt.

Sie verscheuchte diese Gedanken, als die kleinen Engel nun die Bühne erklommen und zu singen begannen. Dieser Abend sollte voller Freude sein und ganz der festlichen Stimmung gehören.

Heute Nacht konnte nichts Schlimmes geschehen.

2

Er beobachtete die kleinen Mädchen, die sich kichernd und schwatzend auf der Bühne versammelten. Ihre glitzernden Engelsflügel leuchteten im weihnachtlichen Lichterglanz, ihre Gesichter waren wohl das Schönste, was er je in seinem Leben gesehen hatte.

Sein Atem ging schneller. Er wusste, er hätte nicht hier sein dürfen. Es war gefährlich für ihn. Gefährlich für sie.

Aber es zog ihn magisch an. Als er sie letzte Woche bei den Proben gesehen hatte, hatte er im Schatten einer Virginia-Eiche gestanden, und war wie hypnotisiert gewesen. Auf der Bühne nahm gerade ein dunkel gelocktes engelsgleiches Mädchen die Hand einer kleinen Blonden und die beiden umarmten einander aufgeregt. Ein niedlicher Rotschopf mit Sommersprossen zupfte an seinen Engelsflügeln und das Mädchen mit der großen roten Haarschleife neben ihr winkte seiner Mommy im Publikum zu.

Er kannte die Kleine mit den braunen Locken. Sie wohnte in seiner Straße, nicht weit von ihm. Er beobachtete sie, seit er dort hingezogen war. Sie war lustig und wirkte frühreif und ihre himmelblauen Augen leuchteten auf, wenn sie lachte.

Während der Sommermonate hatte er sie dabei beobachtet, wie sie im Garten hinter ihrem Haus Blumen pflückte und unter dem Sprinkler hindurchrannte. In der vergangenen Woche hatte er durchs Fenster gesehen, wie sie in ihrem flauschigen rot-weißen Pyjama Weihnachtsdeko aufhängte und dabei einen Keks in Form eines Schneemanns verschlang.

Die Frau auf der Bühne gab ein Zeichen, und die Mädchen verstummten. Dann erklangen die ersten Töne von »Stille Nacht« auf dem Klavier und die kleinen Engel begannen zu singen, was in seinen Ohren himmlisch klang.

Er zog sich die Mütze tiefer in die Stirn und blieb hinter dem Laternenpfahl verborgen. Bisher hatte ihn niemand bemerkt. Oder ahnte, was er getan hatte.

Was er war.

Er musste dafür sorgen, dass das so blieb.

3

FREITAG, 20. DEZEMBER

Honeysuckle Lane, Crooked Creek

Eigentlich liebte Lara Truman die Feiertage. Doch gestern Abend hatte sie nach der Weihnachtsfeier in der Stadt Migräne bekommen, und heute Morgen pochte es so heftig in ihrem Kopf, dass ihr übel war. Aber sie hatte ihrer sechsjährigen Tochter Ava versprochen, heute Cupcakes für die Schulparty zu backen, und sie wollte sie nicht enttäuschen.

Alleinerziehende Mutter zu sein, war eine Herausforderung. Aber Ava hatte eine Supermommy verdient, vor allem weil ihr sogenannter Vater sie beide verlassen hatte, um mit seiner neuen Freundin zusammen zu sein. Gestern hatte Lara den ganzen Nachmittag damit zugebracht, Pailletten auf die Engelsflügel von Avas Kostüm zu nähen, und nachdem sie vom Fest nach Hause zurückgekehrt waren, hatte sie ihrer Tochter erlaubt, eine halbe Stunde länger wachzubleiben als sonst, weil sie einfach zu aufgekratzt gewesen war, um ins Bett zu gehen.

Dieses Jahr wünschte sie sich einen Hundewelpen. Sie bettelte schon seit Monaten darum. Avas Vater hatte keinen Hund gewollt, aber nun, da er nicht mehr bei ihnen lebte, hatte sie beschlossen, ihrer Tochter diesen Wunsch zu erfüllen. Schließlich hatte die Kleine sehr unter der Trennung gelitten.

»Mommy, Mommy, Mommy!« Ava kam in die Küche gehüpft, ihren neongrünen Rucksack über der Schulter. Ihr brauner Ponyschwanz wippte, die Pailletten ihres roten Haarbandes glitzerten. »Heute ist die Schulfeier!«, quietschte Ava, ihre blauen Augen leuchteten vor Freude. »Es gibt Pizza!«

»Ich weiß, Schätzchen. Vergiss nicht, das Buch für das Kinderkrankenhaus mitzunehmen.« Avas Lehrerin hatte alle Eltern, die es sich leisten konnten, gebeten, ein als Geschenk verpacktes Buch zu spenden.

Ava tunkte den Finger in die Schüssel, in der Lara vorhin den Backteig angerührt hatte, und schleckte ihn dann ab. »Bringst du die Cupcakes dann mit in die Schule?«

»Ja, sie sind jetzt im Ofen.« Lara rieb sich die Schläfen. Ihre Migräne lief zur Höchstform auf, ihre Sicht verschwamm. Ein kurzer Blick auf die Uhr verriet ihr, dass es Zeit war, zum Bus zu gehen. Die Aura, die ihre Migräne stets begleitete, machte sie ganz benommen und erinnerte sie daran, dass sie bald ihr Medikament nehmen musste, wenn sie den Tag irgendwie überstehen wollte.

Ava ließ die Fingerspitzen über die Applikationen ihres Weihnachtspullovers gleiten, den ein Filz-Baum mit glitzernden Lichtern zierte. Sie hatte sich gewünscht, dass sie beide im Partnerlook gingen, also hatte Lara den Baum von Hand aufgenäht und mit bunten Filzdetails geschmückt. Sie lächelte, als sie daran dachte, dass Ava es eines Tages furchtbar peinlich finden würde, wenn ihre Mutter das gleiche Outfit trug wie sie. Sie hatte sich insgeheim darüber amüsiert.

»Das wird heute bestimmt ganz toll!« Ava klemmte sich ihren Lieblingsstoffhasen unter den Arm und rannte ins Wohnzimmer. »Ich kann es kaum erwarten, zur Schule zu gehen.«

Lara nickte, aber plötzlich schrillte der Rauchmelder los, und aus dem Ofen drangen schwarze Schwaden.

»Mommy, wir müssen los!«, rief Ava.

»Einen Moment noch. Warte auf mich«, rief Lara, während Ava schon zur Vordertür rannte.

Lara schnappte sich schnell einen Ofenhandschuh, um die Cupcakes zu retten, bevor sie verbrannten. Sie riss die Ofentür auf und zog das Blech heraus, erleichtert sah sie, dass sie noch genießbar waren. Sie wedelte mit der Hand den Rauch weg und stellte das Blech auf dem Tresen ab.

»Ava!«, rief sie, als sie ins Wohnzimmer lief. Aber die Tür stand offen, und Ava schien schon nach draußen gerannt zu sein. Sie musste bereits auf dem Weg zur Bushaltestelle sein, die nur ein paar Blocks entfernt lag.

Lara schrak zusammen und eilte nach draußen, aber der Bus rollte schon an ihr vorbei, als sie den Gehweg erreichte.

Einen Moment lang stand sie nur da und sah dem Bus nach, das Herz schlug ihr bis zum Halse. Sie glaubte, Avas lockiges braunes Haar zu sehen und wie sie sich im Bus auf ihren Platz setzte, und sie winkte ihr nach, bis der Bus um die Ecke bog und verschwand. Schuldgefühle plagten sie, weil sie ihre Tochter nicht begleitet hatte. Weil sie ihr keinen Abschiedskuss gegeben hatte. Aber in ihrem Kopf begann sich wieder alles zu drehen und sie schwankte zurück ins Haus. Drinnen wurde ihr so schwindlig, dass sie sich an der Wand abstützen musste, während sie sich den Korridor entlang bis zu ihrem Schlafzimmer schleppte.

Gegen die Übelkeit ankämpfend fingerte sie ihre Medikamente aus dem Badezimmerschränkchen, schluckte zwei Pillen und spülte sie mit Wasser herunter. Dann streckte sie sich auf dem Bett aus, deckte sich zu und schloss die Augen.

Sie hatte noch jede Menge Zeit, bis die Party begann, sie konnte also noch ein paar Stunden schlafen, bevor sie mit den Cupcakes zu Avas Schule fuhr.

Ihre Tochter würde sich bestimmt darüber freuen, wie hübsch sie sie dekoriert hatte.

4

Crooked Creek, Polizeiwache

Ellies Herz fühlte sich so schwer an wie die schiefergraue Wolke, die an diesem Morgen wie aus dem Nichts am Himmel aufgetaucht war. Es hatte noch nicht geregnet, aber sie spürte die Feuchtigkeit in der Luft, und wusste, es würde bald so weit sein.

Dr. Canton, die Psychiaterin ihrer Mutter, hatte sie morgens angerufen, und sie gebeten, sie im Pflegeheim Oak Grove zurückzurufen. Aber Ellie brauchte erst eine Dusche und einen Kaffee, bevor sie sich für dieses Gespräch bereit fühlte, also hatte sie es aufgeschoben, bis sie im Büro war.

Die Kaffeetasse in der Hand, schloss sie die Tür hinter sich und wählte dann die Nummer der Ärztin. Dr. Canton meldete sich mit freundlicher Stimme.

Ellie verspürte Erleichterung. Der Zustand ihrer Mutter konnte bestenfalls als labil bezeichnet werden. Mabel war vor Jahren durch einen sexuellen Übergriff traumatisiert worden, wonach man ihr ihr Baby, Ellie, weggenommen hatte. Mabels Arzt, Ellies leiblicher Vater, hatte Mabel vergewaltigt und sie danach jahrelang unter Drogen gesetzt, um sie zum Schweigen zu bringen. Die Folgen des Übergriffs hatten in Kombination mit den Medikamenten einen verheerenden psychotischen Schub ausgelöst und Mabel jeden Bezug zur Realität verlieren lassen.

»Ist denn alles in Ordnung?«, fragte Ellie.

»Am Zustand Ihrer Mutter hat sich kaum etwas geändert, aber ich wollte Ihnen mitteilen, dass wir wie besprochen mit der TMR-Therapie beginnen.«

Dr. Canton hatte ihr erklärt, dass es sich bei der Traumatic Memory Recover Therapy um ein intensives Behandlungsprogramm handelte, das Hypnose, die Gabe von Psychopharmaka und eine gesprächstherapeutische Betreuung umfasste. Ziel war es, Mabel zu helfen, die traumatischen Ereignisse zu verarbeiten, die ihre Seele zutiefst verstört hatten. Sie musste sich ihrer Vergangenheit stellen, wenn es für sie eine Chance auf Heilung geben sollte. Doch die Erinnerungen an den Übergriff wachzurufen, würde schmerzhaft sein.

Widerstreitende Gefühle kamen in Ellie auf. »Denken Sie, sie ist dafür bereit?«

»Ich denke, es ist an der Zeit«, erwiderte die Ärztin. »Ich halte Sie auf dem Laufenden. Aber bis sie Fortschritte macht, sollten Sie besser für eine Weile auf Besuche verzichten.«

Der glitzernde Weihnachtsbaum, den Shondra und Deputy Landrum im Großraumbüro aufgestellt und geschmückt hatten, erschien ihr plötzlich wie der reine Hohn. Sie hasste die Vorstellung, dass ihre Mutter an den Feiertagen allein sein würde, aber Mabel wusste ja nicht einmal, dass Ellie die Tochter war, die sie vor Jahren verloren hatte.

Ellies Herz krampfte sich zusammen. Mabel würde vielleicht nie wieder zurück in die Realität finden.

5

Grundschule Crooked Creek

Lara erwachte und sprang aus dem Bett. Ihre Migräne war zu einem dumpfen, leichten Kopfschmerz abgeklungen, der, wie sie wusste, bis zum nächsten Tag verschwunden sein würde. Die Schmerzmittel hatten also geholfen. Sie duschte eilig und schlüpfte dann in Jeans und den Weihnachtspullover, der zu Avas passte, dann ging sie in die Küche.

Sie überzog die Cupcakes mit weißer Glasur, fügte rote und grüne Streusel hinzu und platzierte, passend zum festlichen Anlass, je ein Pfefferminzbonbon in der Mitte. Sie teilte die kleinen Kuchen auf zwei Kartons auf, einmal die glutenfreie Variante, die andere mit normalem Mehl gebacken, und trug alles zum Auto.

Morgens war es noch neblig gewesen, aber nun, da sie die gewundene Straße zur Grundschule von Crooked Creek entlangfuhr, setzte sich milder mittäglicher Sonnenschein durch. In der Ferne ballten sich über den hoch aufragenden Bergen düstere Sturmwolken zusammen.

Es war ihr egal, ob es heute regnen oder stürmen würde. Nichts sollte ihrer Tochter die Feier verderben.

Lara lächelte versonnen. Sie hatte schon mehrere Geschenke für ihre Ava eingepackt, und fügte jeden Tag ein neues hinzu. »Ich frage mich, was da wohl drin ist«, würde Ava wie immer flüstern und die Schachtel dabei vorsichtig schütteln, um zu erraten, was sie enthielt.

Da heute alle Schulklassen Weihnachtsfeier hatten, war der Parkplatz beinahe voll. Lara manövrierte ihren Wagen in eine Parklücke, griff sich die Schachteln mit den Cupcakes und ging zum Vordereingang. Sie drückte den Knopf an der Gegensprechanlage, nannte ihren Namen, und die Frau am Empfang öffnete ihr per Knopfdruck die Tür.

Die Schule war festlich geschmückt mit Bastelarbeiten der Kinder und Papier-Schneeflocken, die von der Decke baumelten. Sie ging zum Kiosk, trug sich dort in die Besucherliste ein und lief dann den Korridor entlang bis zu Avas Unterrichtsraum. Eine Klasse versammelte sich eben in der Aula, ein älterer Jahrgang verließ die Cafeteria. Trotz der Ermahnungen der Lehrer, leise zu sein, konnten die meisten Kinder ihre Vorfreude auf die Winterferien kaum im Zaum halten.

Ihr kindlicher Übermut war ansteckend, und Laras Schritte begannen zu federn, während sie sich Avas Klassenzimmer näherte. Ihre Lehrerin, eine junge Brünette namens Ms Lovett, hatte die Tür zu einem großen Iglu umdekoriert, Ava schwärmte schon seit Wochen davon. Lara klopfte an und wartete, bis die Lehrerin ihr öffnete. Sie betrat den Raum, es waren bereits zwei Mütter vor ihr eingetroffen, die auf einem langen Tisch an der Rückwand Erfrischungen bereitstellten. Selbst gebastelter Weihnachtsschmuck der Kinder schwebte von der Decke, entlang der Wände hatte man rote und grüne Luftschlangen drapiert.

Lara sah sich suchend nach Ava um, aber sie war nicht an

ihrem Pult. Sie ließ ihren Blick über die Kinder am Boden gleiten, die mit Bauklötzen spielten, dann spähte sie zum Kunstbereich, aber auch dort war sie nicht.

Sie wandte sich der Lehrerin zu. »Wo ist Ava?«

Ms Lovett hob eine Augenbraue. »Das wollte ich Sie eben fragen. Ich dachte, sie wäre heute mit Ihnen zuhause geblieben und Sie beide würden gemeinsam kommen.«

Laras Puls beschleunigte sich. »Wovon sprechen Sie da? Sie hat heute Morgen den Bus genommen.«

Verwirrung machte sich auf dem Gesicht der Lehrerin breit. »Ms Truman, Ava ist heute nicht in der Schule erschienen. Das Sekretariat hat versucht, Sie zu erreichen, aber es ging niemand ans Telefon. Ich nahm also an, Sie würden sie mitbringen.«

Sie war so in Eile gewesen, dass sie vergessen hatte, ihre Mailbox abzuhören. Panik erfasste Lara und die Schachteln mit den Cupcakes glitten ihr aus den Händen. Ms Lovett fing die Kartons auf, bevor sie auf dem Boden landen konnten, und stellte sie auf dem Tisch ab. Die beiden anderen Mütter wandten sich ihnen mit fragendem Blick zu, sie hatten gemerkt, dass irgendetwas nicht stimmte.

»Was soll das heißen, sie ist nicht in der Schule erschienen?«, fragte Lara. »Sie war so glücklich heute Morgen, als sie mit ihrem Rucksack und ihrem Buch zur Tür hinausrannte und …« *Du hast sie nicht zum Bus gebracht …*

Namenlose Angst packte sie und sie lief schnell hinüber zu Jenny Mathis, Avas Freundin, neben der sie sonst immer im Bus saß. »Jenny, Liebes, hast du Ava heute Morgen im Bus gesehen?«

Jennys haselnussbraune Augen weiteten sich und sie schüttelte den Kopf. »Sie war nicht an der Bushaltestelle.«

»Was?« Lara nahm behutsam den Arm des Kindes. »Bist du sicher?«

Jenny nickte heftig, ihre Lippen begannen zu zittern. Lara

wurde bewusst, dass sie der Kleinen Angst machte und sie ließ sie los. »Tut mir leid, Liebes«, sagte sie in sanfterem Ton. »Ich mache mir nur Sorgen. Ich dachte, sie hätte den Bus genommen.«

»Ich hab' ihr einen Platz freigehalten, aber sie ist nicht gekommen.« Die anderen Mütter tauschten besorgte Blicke aus, und Lara fühlte Übelkeit in sich aufsteigen.

Sie unterdrückte einen panischen Aufschrei und drehte sich zu Ms Lovett um. »Rufen Sie die Busfahrerin an. Fragen Sie sie bitte, ob sie Ava gesehen hat.«

Angst verdüsterte die Miene der jungen Frau, und sie bat die anderen Mütter, ein Auge auf die Kinder zu haben. »Ich bin in ein paar Minuten wieder hier.«

Lara war vor Entsetzen wie gelähmt, aber die Lehrerin zupfte sie am Ärmel. »Kommen Sie, wir müssen mit der Direktorin und der Fahrerin sprechen.«

Das Beben in Ms Lovetts Stimme riss Lara aus ihrer Apathie, und sie folgte Avas Lehrerin schnellen Schrittes den Gang hinunter. Als sie das Büro der Direktorin erreicht hatten, klopfte sie kurz an, wartete aber nicht, bis Mrs Remington sie hereinbat. Sie platzte einfach ins Zimmer und erzählte ihr, was geschehen war.

»Ich dachte, sie ist hier«, sagte Lara, mühsam um Selbstbeherrschung ringend. »Dass sie in den Bus gestiegen ist und den ganzen Morgen in der Schule war.«

»Welchen Bus nimmt sie normalerweise?«, fragte Mrs Remington und griff nach dem Telefon.

»Die Nummer siebzehn.« Lara begann zu weinen. »Die Fahrerin heißt Terry Barker. Ich habe sie zu Beginn des Schuljahres kennengelernt.«

Mrs Remington bedeutete ihnen mit einer Geste kurz zu warten, sah auf ihre Kontaktliste und wählte eine Nummer. »Terry, hier spricht die Direktorin der Grundschule von Crooked Creek. Ist Ava Truman heute Morgen in Ihren Bus eingestiegen? Sie wartet normalerweise an der Haltestelle in der Nähe der Honeysuckle Lane.«

Lara Herz pochte, während sie wartete. Dann sah die Direktorin zu ihr auf und schüttelte den Kopf, und Laras Welt zerbrach in tausend Scherben.

6

Ellie ballte ihre Hände zu Fäusten, während sie ihren Vorgesetzten Captain Hale musterte. Die tiefen Sorgenfalten um seine Augen und seine gerunzelte Stirn ließen nichts Gutes ahnen.

»Ein sechsjähriges Mädchen wird vermisst, Ava Truman«, sagte er. »Die Mutter sagt, sie sei zur Bushaltestelle gegangen, dort ist sie aber nie in den Bus eingestiegen.«

Ellies Puls beschleunigte sich, sie stand auf, alle Alarmglocken in ihr schrillten. »Wo ist die Mutter jetzt?«

»In der Schule«, antwortete er. »Es gab dort eine Weihnachtsfeier, und sie hatte Cupcakes für die Kinder dabei. Erst da hat sie gemerkt, dass ihre Tochter an diesem Tag nicht in der Schule angekommen ist.« Er wischte sich den Schweiß von der Stirn. »Die Direktorin hat uns informiert. Die Mutter ist außer sich vor Angst. Die Busfahrerin behauptet, sie habe das Kind heute Morgen nicht gesehen.«

»Was ist mit dem Vater?«

»Das wissen wir noch nicht«, sagte er.

Sie nahm sich ihre Schlüssel aus der Schublade. »Wenn sie heute Morgen verschwunden ist, dann ist das schon Stunden her. Wir müssen eine Meldung bei AMBER veranlassen, damit die Radiostationen die Vermisstenmeldung landesweit verbreiten. Ich werde mit der Mutter sprechen. Deputy Eastwood soll ebenfalls zur Schule kommen. Und bitten Sie Deputy Landrum, das Viertel abzusuchen, in dem die Trumans leben.«

»Wird sofort erledigt«, sagte Captain Hale. »Ich werde auch den Sheriff informieren, seine Deputys sollen die Stadt durchkämmen. Wenn jemand das Kind entführt hat, ist der- oder diejenige aber wahrscheinlich schon weit weg.«

Ellie nickte, sie hatte ein flaues Gefühl in der Magengrube, als sie aus dem Büro eilte. *Lieber Gott, ich darf dieses Kind nicht im Stich lassen. Nicht jetzt, so kurz vor Weihnachten.*

Bei einer Kindesentführung zählte jede Sekunde.

Sie sprang in ihren Jeep und ging im Geiste bereits alle Schritte durch, die in so einem Fall unverzüglich zu unternehmen waren. Informationen sammeln. Ein Foto von Ava in den Nachrichten lancieren. Einen Zeitstrahl erstellen. Eltern und Nachbarn befragen.

Sie nahm einen tiefen Atemzug, schaltete die Sirene an und fuhr zu der Grundschule, die sie selbst als Kind besucht hatte. Sie rief Shondra an, erläuterte ihr die Situation und bat sie, ebenfalls zur Schule zu kommen. Dann meldete sie sich bei Derrick und setzte ihn ins Bild.

»Ich bin eben auf dem Weg zurück nach Crooked Creek«, sagte er. »Ich alarmiere alle Bahnhöfe, Flughäfen, Busstationen und sorge dafür, dass das ›National Centre for Exploited and Missing Children‹ ein Foto von ihr bekommt.

»Das NCMEC könnte uns eine große Hilfe sein«, stimmte Ellie ihm zu.

»Was ist mit den Eltern?«, fragte er.

»Das weiß ich noch nicht genau, aber ich werde gleich mit der Mutter sprechen. Ich halte dich auf dem Laufenden.« Sie beendete das Gespräch und bog auf den Parkplatz ein.

Das alte Backsteingebäude war mittlerweile gründlich renoviert worden, und sie wusste, dass es heutzutage auch ein Sicherheitsprotokoll gab, um die Schüler zu schützen. Ein Wachmann erwartet sie am Vordereingang, und einen Moment später traf auch Shondras Wagen ein. Sie stieg aus und lief eilig auf sie zu.

»Danke, dass Sie so schnell gekommen sind«, sagte der Wachmann. Die Mutter ist völlig außer sich.«

»Verständlich«, sagte Ellie. »Gehen wir zu ihr.«

Er führte sie nach drinnen und zum Büro der Direktorin, wo er an die Tür klopfte. Eine Frau mittleren Alters namens Mrs Remington bat sie herein. »Das ist Lara Truman«, sagte sie, obwohl eine Vorstellung hier eigentlich unnötig war.

Die nervös auf und ab gehend weinende junge Frau war ohne Zweifel Avas Mutter. Ellie erkannte sie, sie hatte sie am Abend zuvor auch auf dem Engelsfest gesehen, wie sie ihrer Tochter lächelnd auf der Bühne zugewunken hatte.

Eine junge Brünette stellte sich ihr als Avas Lehrerin Yvonne Lovett vor.

»Ava ist heute Morgen also nicht hier erschienen?«, fragte Ellie. Ms Lovett schüttelte den Kopf. »Ms Truman sollte Cupcakes für die Weihnachtsfeier mitbringen. Als das Sekretariat sie nicht erreichte, habe ich mir deswegen also keine Sorgen gemacht. Ich ging davon aus, dass Ava zusammen mit ihrer Mutter zur Schule kommen wollte.«

Ellie sah kurz zu Lara hinüber, die sich das blonde Haar raufte. »Ich ... Ich kann nicht glauben, dass das hier passiert. Sie müssen sie finden.«

»Ich habe meinen Vorgesetzten bereits gebeten, eine Meldung bei AMBER zu veranlassen, Ms Truman«, erwiderte Ellie. »Haben Sie ein Foto für uns, das wir an die Medien und an die Strafverfolgungsbehörden weitergeben können?«

»Sie können mich gern Lara nennen. Und ja, das habe ich. Auf meinem Handy.« Sie zog das Gerät mit zitternden Fingern aus der Tasche, öffnete den Ordner mit den Fotos und hielt eines davon Ellie hin. »Das war ihr Vorschul-Foto«, sagte sie, ihre Stimme nur noch ein raues Krächzen.

Ellie nahm das Handy, schickte sich das Foto und leitete es dann an Derrick und ihren Captain weiter. »Lara, was hatte Ava heute Morgen an?«

Die Mutter schluckte schwer. »Einen weißen Sweater mit einer Applikation – einem grünen Baum aus Filz mit einer Lichterkette. Er sieht so aus wie meiner.« Ihre Stimme kippte. »Ich habe ihn für sie gemacht. Sie wollte, dass wir im Partnerlook gehen ...«

Ellie rang nun selbst um Fassung. »Was noch?«

»Schwarze Leggings und ein rotes Haarband mit Pailletten. Und sie hatte ihren Rucksack dabei.«

»Welche Farbe hat der Rucksack?«, fragte Ellie.

Lara holte tief Luft. »Neongrün. Das ist ihre Lieblingsfarbe.« Sie gestikulierte nervös. »Es waren Hasen darauf. Sie ist ganz verrückt nach Hasen.« Sie fuhr sich wieder mit den Fingern durchs Haar. »Oh, und sie hatte Bunny dabei. Sie hängt wahnsinnig an ihm, sie nimmt ihn überall hin mit.«

»Welche Farbe hat Bunny?«

»Grau, mit weißen Ohren«, sagte Lara.

»Was ist mit einem Mantel? Einer Mütze? Handschuhen?«

Laras Gesicht verzog sich zu einer sorgenvollen Grimasse. »Ja, eine hellorange flauschige Jacke und eine dazu passende Mütze. Ich ... Ich weiß nicht, ob sie ihre Handschuhe dabeihatte.« Ihre Stimme zitterte. »O Gott, sicher wird sie kalte Hände bekommen ...«

Ellie drückte ihr sanft den Arm. »Größe und Gewicht?«

Lara blinzelte die Tränen in ihren Augen fort. »Das weiß ich nicht genau. Aber als wir die letzte Markierung an der Wand gemacht haben, war sie etwa einen Meter zwanzig groß. Und sie wiegt wohl knapp über zwanzig Kilo.«

»Danke Lara, das war wirklich hilfreich.« Ellie textete dem Captain die Beschreibung und bat ihn, diese an Angelica

Gomez weiterzuleiten. Angelica war nicht nur ihre Halbschwester, sondern auch die Reporterin, die über die letzten Fälle berichtet hatte, die Ellie bearbeitete hatte. Je mehr Menschen nach Ava Ausschau hielten, desto besser.

»Ich verspreche Ihnen, wir werden alles tun, um Ava zu finden und nach Hause zu bringen«, sagte Ellie mit ruhiger Stimme. »Könnten wir uns jetzt setzen? Ich muss Ihnen einige weitere Fragen stellen.« Sie bugsierte die Mutter zu einem Zweisitzer in der Ecke des Raums.

»Sie haben mit der Busfahrerin gesprochen?«, fragte Ellie Mrs Remington.

»Ja. Sie sagte, Ava sei nicht an der Bushaltestelle gewesen.«

»Und Sie sind sicher, dass die Busfahrerin Ava nicht gesehen hat?«, fragte Ellie die Direktorin.

Die Augen der Frau wurden rund, als würde sie Ellies Frage überraschen. »Unsere Angestellten wurden alle hinsichtlich ihrer persönlichen Eignung und ihres Leumunds überprüft. Und Terry arbeitet seit über fünfzehn Jahren für uns. Unsere Kinder lieben sie, und die Eltern auch.«

»Könnten Sie eine Liste aller Kinder erstellen, die mit diesem Bus gefahren sind, damit wir mit ihnen sprechen können?«, fragte Ellie. »Ich möchte ihnen keine Angst machen, aber vielleicht hat eines der Kinder etwas gesehen.«

»Natürlich.« Mrs Remington ging zu ihrem Computer, tippte auf der Tastatur herum und druckte die Liste aus.

Ellie wandte sich an Shondra. »Begleite Ms Lovett bitte zum Klassenzimmer.« »Und Ms Lovett«, sagte sie zu der Lehrerin. »Fragen Sie die Kinder bitte, ob sie Ava heute Morgen gesehen haben. Vielleicht auf der Straße oder wie sie gerade wegging.«

»Ihre kleine Freundin Jenny sagt, sie sei nicht an der Bushaltestelle gewesen«, erwiderte die Lehrerin. »Aber ich werde mit den anderen Kindern sprechen.«

Shondra wechselte einen sorgenvollen Blick mit Ellie, bevor sie Ms Lovett aus dem Büro folgte.

Die Direktorin stand kurz unschlüssig da, die Liste in der Hand. »Ich frage die Schüler in den anderen Klassen, wer noch mit diesem Bus fährt.«

Ellie dankte ihr, sie hoffte inständig, dass jemand etwas beobachtet hatte. Die Direktorin verließ den Raum.

Ellie wusste, sie musste jeder möglichen Spur nachgehen, und sie musste dafür alle zur Verfügung stehenden Ressourcen mobilisieren. Sie textete ihrem Vorgesetzten und fragte, ob der Sheriff die Busfahrerin überprüfen könnte.

Lara schaukelte mechanisch mit dem Oberkörper vor und zurück. Tränen rannen ihr über das Gesicht, während sie immer wieder den Namen ihrer Tochter murmelte. Sie drohte, in einen Schockzustand zu verfallen. Ellie entdeckte auf einer Anrichte hinter dem Schreibtisch der Direktorin einige Wasserflaschen.

Sie bot Lara eine davon an, aber sie lehnte ab und starrte sie nur ausdrucklos an.

»Ich will kein Wasser, ich will Ava«, schluchzte sie.

Ellie legte ihr eine Hand leicht auf die Schulter. »Ich weiß, Sie sind außer sich vor Angst, aber ich bin hier, um Ihnen zu helfen«, sprach sie ihr gut zu. »Ich möchte, dass Sie jetzt einmal tief durchatmen und mit mir reden. Erzählen Sie mir ganz genau, was heute Morgen geschehen ist.«

Lara umfasste Ellies Hände, ihre Fingernägel bohrten sich ihr ins Fleisch. »Sie hat sich so auf die Schulfeier gefreut. Es sollte Pizza geben, und ich hatte Cupcakes mit Streuseln gemacht, und sie hatte ein Buch, das sie dem Kinderkrankenhaus spenden wollte.« Ihre Stimme brach.

»Sprechen Sie bitte weiter«, sagte Elie sanft. »Jedes Detail, und mag es Ihnen noch so unwichtig erscheinen, könnte uns weiterhelfen.«

Sie nickte, schniefte und putzte sich die Nase, dann

schienen die Worte nur so aus ihr hervorzusprudeln. »Es war Zeit für den Bus, und Ava rief, wir müssten jetzt los, aber der Rauchmelder sprang an, und ich hatte Migräne und bin zum Ofen gerannt, um die Cupcakes herauszuholen, damit sie nicht verbrennen. Ich ... konnte den Kindern doch keine verbrannten Cupcakes mitbringen!« Ein neuer Schluchzer schüttelte sie und sie krümmte sich zusammen und presste die Hände gegen den Bauch, als würde sie fürchten, sonst entzwei zu brechen. »Ich rief ihr zu, sie soll warten ... Aber als ich die Cupcakes auf der Küchentheke abstellte, war sie schon zur Tür hinaus.«

»Wie weit ist die Bushaltestelle von Ihrem Haus entfernt?«, fragte Ellie in neutralem Ton.

»Nur ein paar Blocks, sie liegt um die Ecke, in der Nähe des Parks«, presste Lara erstickt hervor.

»Und wo in etwa befindet sich Ihr Haus entlang der Route? Ganz am Anfang? Oder eher am Ende?«, fragte Ellie.

»Etwa auf halber Strecke«, sagte Lara. »Der Bus ist immer schon halb voll, wenn Ava einsteigt.«

Ellie nickte leicht. »Ist Ava zuvor schon einmal allein zum Bus gegangen?«

Lara schüttelte den Kopf. »Nein, ich begleite sie immer, aber heute Morgen hatte sie es so eilig ... Sie konnte sich einfach nicht gedulden ...« Sie wischte sich neue Tränen fort. »Wo ist sie? Was ist, wenn irgendein Verrückter sie mitgenommen hat?«

Ellie wusste genug über menschliche Abgründe, um zu erkennen, dass dies nicht ausgeschlossen war. Aber sie wollte die Angst der Frau nicht vergrößern, indem sie das zugab. »Ziehen wir zuerst das Naheliegende in Betracht. Könnte Ava sich verlaufen haben? Oder zu einem Fremden ins Auto gestiegen sein?«

»Nein«, sagte Lara. »Darüber haben wir gesprochen. Über Fremde, und dass man sich in Acht nehmen muss.«

»Was ist mit Avas Vater? Sind Sie beide zusammen?«, fragte Ellie, und drückte die Hände der Frau, die schweißnass waren.

»Nein, wir sind getrennt«, sagte sie und klang plötzlich bitter. Ellie zupfte ein Taschentuch aus der Schachtel vom Schreibtisch der Direktorin und hielt es Lara hin, ihre Gedanken rasten. Bei einem Großteil der Kindesentführungen waren die eigenen Eltern die Täter, oft gingen der Tat Sorgerechtsstreitigkeiten voraus.

»Wie ist Ihr Verhältnis zueinander?«, fragte sie.

»Gut«, sagte Lara, nachdem sie sich die Nase geputzt hatte. »Ich meine, nicht großartig. Aber wir reißen uns zusammen.«

»Besucht er Ava?«

»Am Anfang hat er das getan, ja«, sagte Lara. »Aber dann lernte er eine andere Frau kennen und tauchte plötzlich kaum noch auf. Ava war so enttäuscht.«

»Aber wenn Ava ihn irgendwo im Auto sehen würde, würde sie zu ihm gehen? Oder sogar zu ihm in den Wagen steigen?«

Diese Vorstellung schien Laras Nerven ein klein wenig zu beruhigen. »Ja, das würde sie wohl.« Sie sah Ellie mit großen Augen an. »Glauben Sie, dass das passiert ist?«

»Ich weiß es nicht«, sagte Ellie. Doch sie hoffte es. »Hat er Ava je mitgenommen, ohne Sie vorher zu fragen?«

»Nein, aber vor ein paar Wochen fing er an sich zu beschweren und sagte, er wolle sie öfter sehen. Er sprach sogar von geteiltem Sorgerecht.«

»Was hielten Sie davon?«, fragte Ellie, und ihr Instinkt erwachte.

Lara biss sich auf die Unterlippe. »Wir haben uns deswegen gestritten.«

Es erweckte mehr und mehr den Anschein, als hätte der Vater tatsächlich ein Motiv. »Ich brauche seine Kontaktdaten.«

Lara fummelte wieder an ihrem Handy herum. »Ich rufe ihn an.«

»Stellen Sie ihn auf laut.«

Ellie hielt den Atem an, während sie dem Rufzeichen lauschten. Aber Avas Vater meldete sich nicht.

»Bitte, geh ran!«, weinte Lara.

Die Mailbox sprang an. Laras Gesichtszüge wurden schlaff und sie schlug sich mit der Hand gegen den Kopf. »Jasper, ich bin es, Lara. Ruf mich an. Das ist ein Notfall. Ich muss wissen, ob Ava bei dir ist.«

7

»Lara, ich muss wissen, wo Ihr Mann wohnt und wo er arbeitet«, sagte Ellie, und ihr Magen krampfte sich vor Frustration zusammen. »Wenn er nicht zurückruft, werde ich nach ihm suchen.«

Die Frau nickte. »Ich habe alle diese Informationen in seinen Kontaktdaten gespeichert. Ich musste sie schon so oft weitergeben. Eine Trennung ist kompliziert, Sie verstehen ...?«

Ellie lächelte verständnisvoll und Mitgefühl stieg in ihr auf, während sie zusah, wie Lara mit zitternden Händen versuchte, ihr Telefon zu bedienen. »Lassen Sie mich das machen.« Sie nahm ihr sanft das Handy ab, fand Jaspers Kontaktdaten und leitete sie auf ihr Telefon weiter. Er arbeitete für eine Baufirma namens Cato Construction.

Sollte Ava bei ihm sein, wollte sie ihm keine Chance zur Flucht bieten. Sie beschloss also, ihm einen Überraschungsbesuch abzustatten. Aber zuerst rief sie bei der Baufirma an, um zu fragen, ob er vielleicht dort war.

Eine freundliche Frau namens Connie ging ans Telefon, und Ellie stellte sich vor. »Wir müssen unbedingt mit Jasper

Truman sprechen«, erklärte sie der Sekretärin. »Arbeitet er denn heute?«

»Ich fürchte nein«, sagte die Frau. »Er hat sich ein paar Tage freigenommen.«

Ellie bekam eine Gänsehaut. »Sagte er, wohin er will?«

»Nein, nur, dass er verreisen muss.« Die Frau zögerte. »Steckt Jasper etwa in Schwierigkeiten?«

»Es geht eigentlich um seine Tochter, Ava. Sie ist heute nicht in der Schule angekommen, und ihre Mutter ist außer sich vor Sorge.«

»O mein Gott, wie schrecklich. Das wäre ich auch«, sagte Connie.

»Wir hoffen, dass Ava bei ihm ist«, erklärte Ellie. Sie wollte auch mit Jaspers Kollegen sprechen, aber diese Aufgabe musste sie wohl delegieren. »Bitte fragen Sie die anderen Angestellten, ob Jasper erwähnt hat, wohin er wollte, und rufen Sie mich zurück, falls Sie etwas in Erfahrung bringen können.«

»Natürlich«, erwiderte die Frau.

»Hat er je von seiner Frau oder Ava erzählt?«, fragte Ellie.

Lara beugte sich nach vorn und wippte nervös mit dem Fuß.

»Mir nicht. Ich habe nichts übrig für Männer, die schlecht über ihre Ehefrauen sprechen, und die Jungs hier wissen das.«

Gut für dich, dachte Ellie. »Danke, Connie. Wenn Sie von ihm hören, versuchen Sie herauszufinden, wo er ist, und dann rufen Sie mich bitte an.«

»Natürlich«, sagte Connie, sie klang besorgt.

»Ich werde mich gleich darum kümmern. Die Mutter muss ja völlig aufgelöst sein.«

Nach dem Ende des Gesprächs versuchte Lara noch einmal, ihren Mann zu erreichen. Diesmal sprang die Mailbox sofort an, also schrieb Ellie an Derrick und bat ihn, Jaspers Wohnhaus zu überprüfen. Derrick antwortete, er werde sich sofort darum kümmern, und Ellie sandte ein Stoßgebet gen Himmel, dass er Ava dort sicher und gesund vorfinden würde.

»Kommen Sie«, sagte Ellie jetzt sanft. »Gehen wir zurück ins Klassenzimmer, vielleicht konnte Deputy Eastwood etwas von den anderen Schülern in Erfahrung bringen.«

Mit weichen Knien stand Lara auf, in der einen Hand hielt sie ein Taschentuch umklammert, in der anderen ihr Handy, während sie den Gang hintergingen.

»Jasper muss sie mitgenommen haben, es muss einfach so sein«, flüsterte Lara. »Es muss einfach.«

Ellies Herz zog sich zusammen. Alles in ihr sträubte sich dagegen, über die möglichen Alternativen nachzudenken.

Als sie am Klassenzimmer ankamen, ließ Shondra sie herein. Die Weihnachtsfeier war in vollem Gange, die Kinder lachten und plauderten, während sie ihre Pizza hinunterschlangen. Lara ging hinüber zum Tisch und betrachtete die glitzernde Deko, die die Kinder gebastelt hatten. Ihr Körper bebte lautlos, als sie eine kleine rosa-silberne Kugel in die Hand nahm, die Ava gemacht haben musste.

Ms Lovett legte tröstend einen Arm um Lara, während zwei andere Mütter durch die Pultreihen gingen, Cupcakes verteilten und sich verstohlen besorgte Blicke zuwarfen. Sobald diese Geschichte die Runde machte, würden alle Eltern in der Stadt in Panik geraten.

Ellie neigte den Kopf diskret zu Shondra hinüber. »Hat einer ihrer Mitschüler Ava heute Morgen gesehen?«, fragte sie flüsternd. Shondra schüttelte den Kopf. »Ich fürchte nein.«

»Lara und ihr Mann Jasper leben getrennt. Wir haben versucht, Jasper zu erreichen, um herauszufinden, ob Ava bei ihm ist, aber er geht nicht ans Telefon«, sagte Ellie leise. »Die Sekretärin in der Firma, in der er arbeitet, sagte, er habe sich einige Tage freigenommen.«

»Denkst du, er hat sie mitgenommen?« Shondras Augen verengten sich.

Ellie zuckte mit den Achseln. »Wir müssen es in Betracht ziehen. Die Direktorin unterhält sich noch mit den anderen Kindern, die diesen Bus genommen haben. Warte hier und halte Rücksprache mit ihr, bevor du gehst. Vielleicht hat eines der Kinder etwas gesehen.« Sie zeigte in Richtung Lara. »Ich bringe sie nach Hause und sehe mich dann ein bisschen im Haus und in ihrer Nachbarschaft um.«

Sie ging hinüber zu Lara und sagte leise: »Gehen wir zu Ihnen. Ich möchte, dass Sie mir genau zeigen, welchen Weg Ava nimmt, um zur Bushaltestelle zu kommen.«

Lara umklammerte die Weihnachtskugel mit den Händen und folgte Ellie still zur Tür. Die anderen Mütter warfen ihr mitleidige Blicke zu und ein kleines dunkelhaariges Mädchen mit braunen Augen kam angerannt und schlang die Arme um Laras Beine. »Ich hoffe, Ava ist nicht zu lange weg«, sagte sie. »Ich vermisse sie.«

Neue Tränen stiegen Lara in die Augen, als sie die Kleine umarmte. Ellie fühlte Entschlossenheit in sich aufkeimen. Ein verschwundenes Kind war der Alptraum aller Eltern. Und Ellie ahnte, dass jede Mutter dieser Stadt heute Abend ihre Kinder besonders fest in die Arme schließen würde.

8

Honeysuckle Lane

Als sie in die Küche kamen, traf die Leere im Raum Lara wie ein Faustschlag in den Magen. Es herrschte immer noch das Chaos, das sie nach dem Dekorieren der Cupcakes angerichtet hatte. Auf dem Tresen lagen überall Streusel und im Spülbecken stand die Rührschüssel, zusammen mit Avas Müslischüssel und ihrem leeren Saftglas. Auf dem Tisch verstreut lagen die Teile des Schneemann-Puzzles, das sie zusammen gemacht hatten.

Detective Reeves sah sich aufmerksam um, als ließe sie den Anblick des Raums auf sich wirken.

»Sie scheinen heute Morgen in Eile gewesen zu sein.«

Lara rieb sich die Schläfen, neue Kopfschmerzen kündigten sich an. Luftdruckveränderungen lösten stets Migräneattacken bei ihr aus. »Morgens ist das bei uns immer so. Aber heute hatte ich außerdem noch Migräne, und der Rauchmelder ging los.« Sie sah aus dem Fenster. »Wissen Sie, wir haben das Haus wegen des Geißblatts gekauft, der an der hinteren Außenwand wächst. Als wir hier einzogen, konnte man den Duft bis auf die Veranda riechen. Ava hat das geliebt.«

Detective Reeves runzelte die Stirn, und Lara wurde bewusst, dass sie kurz abgeschweift war, und ziellosen Gedanken und Erinnerungen an ihre Tochter nachhing.

»Nehmen Sie ein Medikament gegen Ihre Kopfschmerzen?«

Lara lehnte sich gegen den Küchentresen. »Ja, aber die Tabletten machen mich müde, also habe ich gewartet, bis Ava weg war.«

Detective Reeves nickte, und Lara fragte sich, was sie wohl von ihr dachte. Dass sie eine schlechte Mutter war? Das war sie. Sie hätte Ava nachlaufen müssen.

»Haben Sie oft Kopfschmerzen?«, fragte Reeves jetzt nach.

»Manchmal, vor allem, wenn ich gestresst oder erschöpft bin.« Was sie in letzter Zeit häufig war. »Oder wenn der Luftdruck sinkt, so wie heute Morgen.«

»Also war das heute Morgen der Auslöser? Oder standen Sie auch unter Stress?«

»Haben Sie Kinder, Detective?« Lara rieb sich den Nacken, der sich zu verspannen begann.

Die Polizeibeamtin hob leicht den Kopf. »Nein.« Lara seufzte. Manchmal hatte sie das Gefühl, die Last der ganzen Welt auf ihren Schultern zu tragen, die drohte, sie jeden Moment zu zerquetschen. »Alleinerziehend zu sein ist nicht einfach. Alles bleibt an mir hängen. Ava zur Schule bringen, ihr bei den Hausaufgaben helfen, einkaufen, Essen kochen, arbeiten.«

»Ich kann mir vorstellen, dass das schwierig ist. Haben Sie einen Job?«

»Einen Teilzeitjob in der Fabric Hut. Ich arbeite im Zuschnitt und nähe Kleidung, Vorhänge und Tischsets. Wenn etwas verkauft wird, erhalte ich eine Provision.« Sie ließ ihre Hand über den Barhocker gleiten und wischte ein paar Müsliflocken fort. Dann wies sie auf ein Körbchen, das auf dem Tisch in der Ecke des Raums stand. Es war mit bunten Haarschleifen gefüllt. »Die mache ich auch und verkaufe sie auf Kunsthandwerksmessen und im Laden. Aber ich arbeite nur, wenn Ava in der Schule ist, damit ich immer zuhause bin, wenn sie vom Bus kommt.«

Die Stille im Haus war kaum zu ertragen. Keine kichernde Ava, keine raschelnden Geschenke, kein Herumhüpfen und Trällern von Weihnachtsliedern, keine Räder, die im Wohnzimmer geschlagen wurden.

Lara ermahnte ihre Tochter immer, zum Herumturnen besser in den Garten zu gehen. Wenn sie wieder nach Hause kam, würde sie sie Räder schlagen lassen, wo auch immer sie wollte.

Gott ... Sie musste einfach wieder nach Hause kommen.

»Sie sagten, Sie seien hier gewesen, als Ava hinausrannte.« Detective Reeves zeigte zur Küchentür. »Ist sie hier zur Hintertür hinaus?«

Lara schüttelte den Kopf. »Nein, sie lief ins Wohnzimmer. Ich rief ihr zu, sie solle warten, aber als ich zur Haustür kam, stand sie offen und Ava war weg.«

Detective Reeves ging durch die Küche, besah sich den Tisch, den Boden und musterte eingehend die Hintertür. Dann ging sie ins Wohnzimmer und betrachtete die Möbel und den Weihnachtsbaum.

Lara folgte ihr, ihre Nerven waren zum Zerreißen gespannt. Die Vordertür stand immer noch offen.

Detective Reeves' Blick blieb an den eingepackten Geschenken unter dem Baum und an dem Strumpf hängen, auf den Avas Name gestickt war. »Was ist passiert, nachdem Sie gemerkt haben, dass sie nach draußen gerannt war?«, fragte sie.

»Ich lief zur Tür hinaus, aber bevor ich den Gehweg erreichte, fuhr auch schon der Bus vorbei.« Sie rieb sich wieder die Schläfen und ließ den Morgen im Geiste noch einmal

Revue passieren. »Ich hätte die Cupcakes verbrennen lassen und ihr nachlaufen sollen. Aber ich dachte, ich hätte sie im Bus erkannt ...«

Detective Reeves strich ihr nun sanft über die Schulter. »Sie konnten das nicht ahnen«, sagte sie leise. »Machen Sie sich keine Vorwürfe. Erzählen Sie mir jetzt, wie der Rest des Morgens verlief.«

»Wegen der Kopfschmerzen war mir so schwindlig, dass ich mich hinlegen musste.« Sie schluckte schwer. »Da nahm ich meine Migränetablette. Ich wollte nur eine Stunde schlafen, bin aber erst nach drei Stunden wieder aufgewacht. Dann musste ich mich beeilen, um die Cupcakes noch fertig zu bekommen und es rechtzeitig zur Feier zu schaffen.« Ihre Stimme klang so jetzt brüchig wie splitterndes Glas. »Wenn ihr etwas zugestoßen ist, dann ist das meine Schuld.«

9

Ellie ahnte, welche Vorwürfe sich Lara machen musste und schob sie behutsam in Richtung Sofa. Lara wandte kurz ihren Blick von dem Foto von Ava ab, das auf dem Kaminsims stand. »Das war letztes Jahr«, hauchte sie fast unhörbar leise.

Ava trug einen grünen Sweater aus Samt und im Haar eine rot-weiß gepunktete Schleife, die ganz offensichtlich von Laras Hand stammte.

»Gibt es jemanden, den ich anrufen kann, damit er bei Ihnen bleibt, Lara?«, fragte Ellie. »Haben Sie Familie oder Freunde, die herkommen könnten?«

»Meine Freundin Emily Nettles. Sie kommt bestimmt.« Lara ließ den Kopf sinken, verbarg ihr Gesicht in den Händen und schloss die Augen.

»Es tut mir sehr leid, dass Ihnen das passiert«, sagte Ellie, erleichtert, dass Lara eine Freundin wie Emily hatte. Shondra hatte Ellie vorgeschwärmt, Emily sei ein wahrer Segen für die Gemeinde. »Rufen Sie sie an, ich werde mich noch ein bisschen im Haus umsehen.«

Lara nickte widerstandlos, und Ellie interpretierte das als Zeichen, dass sie nichts zu verbergen hatte. Sie warf einen kurzen Blick in Laras Schlafzimmer und registrierte, dass das Bett ungemacht und die Laken zerwühlt waren, als hätte sie es eilig gehabt, aufzustehen, was sich mit ihrer Aussage deckte. Auf dem Nachttisch stand eine Flasche Sumatriptan, was ebenfalls zu Laras Angaben passte. Ellie besah sich das Fläschchen, das laut Etikett zwölf Pillen enthalten sollte. Zehn waren noch übrig.

Sie hatte es also nicht übertrieben mit der Medikation.

Im Badezimmer duftete es nach einem blumigen Duschgel und auf einem Ständer hing ein nasses Handtuch. Sie ging schnell weiter und fand schließlich Avas Zimmer. Auf dem weißen Himmelbett lag eine neongrüne Steppdecke, die von etwa einem halben Dutzend Stofftieren bevölkert wurde. Kinderpuzzle, ein Barbie-Puppenhaus und ein Regal, aus dem Bücher quollen rundeten das Bild eines glücklichen Zuhauses ab.

Ellie suchte nach Zeichen, die auf Risse in der Idylle hindeuteten, fand aber nichts. Selbst die Zeichnungen auf dem Kinderschreibtisch zeigten nichts als Regenbögen, Sonnenschein und Blumen. Vor allem Gänseblümchen schienen hoch im Kurs zu stehen.

Sie ging wieder hinunter ins Erdgeschoss und fand Lara auf dem Sofa vor. Sie hielt eine Stoffpuppe umklammert, der sie geistesabwesend mit den Fingern durch das Haar aus rotem Garn fuhr.

Ellie wartete kurz. »Lara, ich muss Sie noch um eine Sache bitten.«

Die Frau blickte aus tränenverschleierten Augen zu ihr auf. »Ich tue, was immer Sie wollen, nur finden Sie mein Baby.«

Ellie nickte. »Einer unserer Deputys hat sich hier im Viertel umgehört und mit den Anwohnern gesprochen, um herauszufinden, ob jemand Ava heute Morgen gesehen hat. Ich möchte, dass Sie mir jetzt zeigen, welchen Weg Ava genau nimmt, um zur Bushaltestelle zu gehen.«

Ihr sanfter Tonfall schien Lara dabei zu helfen, sich zu beruhigen. Sie wischte sich mit dem Handrücken über die nassen Wangen und bedeutet Ellie mit einer Geste, ihr zu folgen.

Als sie nach draußen kamen, fiel dunstiges Sonnenlicht durch das Laub der Bäume. Sie wandten sich am Gehweg angelangt nach links und gingen in Richtung Bushaltestelle. Ellie spürte, wie Laras Anspannung mit jedem Schritt wuchs.

Unterwegs beobachtete Ellie aufmerksam die Straße und achtete darauf, ob ihr irgendetwas merkwürdig vorkam. Lara Truman lebte in einem idyllisch anmutenden Viertel mit Häusern, die man vor etwa zehn Jahren gebaut hatte. Vor allem junge Familien hatten hier ihr erstes Eigenheim erworben. So sah man in den meisten Einfahrten auch Kinderfahrräder und Spielzeug liegen.

Heftiger Wind zerrte an den Bäumen, als sie den Park erreichten, und aus dem Tor eilten gerade zwei Mütter mit Kinderwagen, die es offenbar eilig hatten, zu ihren Autos zu kommen, bevor es anfangen würde zu regnen.

Lara blieb an der Bushaltestelle stehen, ihr Gesicht war schmerzerfüllt, als sie auf den leeren Gehweg starrte. »Hier treffen sich die Kinder, um auf den Bus zu warten«, sagte sie mit belegter Stimme.

Ellie sah sich um, ihr fiel auf, dass der Park praktisch direkt gegenüber lag. Auf der anderen Seite des Spielplatzes befand sich ein Parkplatz, außerdem ein Fußballfeld, das jetzt leer war.

Sollte Avas Vater – oder ein Kidnapper – das Kind mitgenommen haben, hätte er oder sie Ava problemlos durch den Park bringen können, ohne Verdacht zu erregen. Und der Parkplatz eignete sich ideal, um schnell vom Tatort zu verschwinden.

»Gehen Sie zurück nach Hause«, bat Ellie Lara. »Ich möchte mich noch ein wenig im Park umsehen.«

»Ich kann Sie begleiten«, bot Lara ihr an.

»Nein, gehen Sie bitte nach Hause. Wenn Ihr Mann anruft oder Ava sich verlaufen hat und doch noch zu Hause auftaucht, sollten Sie da sein.«

Hoffnung glomm in Laras Augen auf und sie lief schnell wieder zurück in Richtung Haus.

Ellie ging den Park ab und suchte nach Indizien dafür, dass Ava hier gewesen war. Auf dem Spielplatz schwangen leere Schaukeln quietschend im Wind, ein eigentümlich trostloses Geräusch. Über den Baumkronen ballten sich graue Wolken zusammen.

Sie durchsuchte das Gebüsch entlang der Seite des Parkplatzes, als ihr plötzlich etwas hinter einer Eiche ins Auge fiel. Sie lief los, um zu sehen, was es war, und ihr Herz begann zu hämmern. Aus dem Gestrüpp ragten die plüschigen weißen Ohren eines Stoffhasen. Lara hatte erwähnt, dass Ava ihren Lieblingshasen immer dabeihatte. Sie hätte ihn sicher nicht einfach irgendwo in die Büsche geworfen und dort zurückgelassen.

Sie musste ihn verloren haben. Vielleicht, weil jemand sie gezwungen hatte, mitzugehen.

10

Pine Street Duplexes, Stony Gap

Special Agent Derrick Fox hasste Fälle mit vermissten Kindern. Sie riefen stets schmerzhafte Erinnerungen an das Verschwinden seiner Schwester Kim in ihm wach. Fast zwanzig Jahre lang hatte die Ungewissheit ihn und seine Mutter gequält. Sie hatten darum gebetet, sie noch lebendig wiederzufinden.

Doch sie war die ganze Zeit über tot gewesen.

Er hoffte, dass dieser Fall anders ausgehen würde. Der Anblick des kleinen Mädchens mit den braunen Locken auf dem Foto, das Ellie ihm geschickt hatte, wollte ihm einfach nicht aus dem Kopf gehen. Große blaue Augen. Eine Stupsnase. Ein fehlender Schneidezahn, man sah die Lücke, weil sie lächelte. Sommersprossen.

Er vertrieb seine düsteren Gedanken und klammerte sich an die Hoffnung, dass das Kind bei seinem Vater war. Die Feiertage standen kurz bevor, vielleicht hatte er sich einfach danach gesehnt, etwas Zeit mit seiner Tochter zu verbringen. Es erstaunte ihn immer wieder, wie manche Eltern ihre Kinder benutzten, um einander weh zu tun.

Der winterliche Wind frischte auf und wirbelte Laub und kleine Zweige durch den Garten der Doppelhaushälfte, in der Jasper Truman lebte. Die Holzverkleidung verlieh dem Gebäude ländlichen Charme, die beiden Einheiten waren Teil eines größeren Ensembles von Häusern, die wohl erst vor Kurzem gebaut worden waren. Aufgrund der Lage und Ausrichtung der Häuser auf dem Grundstück konnte er erkennen, dass alle eine rückseitige Veranda besaßen, von der aus man die im Hintergrund aufragenden Berge sah.

Laut Ellies Nachricht war der Vater in der Baubranche tätig. Derrick fragte sich, ob er auch am Bau dieser Häuser beteiligt gewesen war. Als er auf dem Rückweg nach Crooked Creek eine Kaffeepause gemacht hatte, hatte er die Zeit für einen kurzen Hintergrundcheck der Trumans genutzt und dabei erfahren, dass das Paar seit Kurzem getrennt lebte und in finanziellen Schwierigkeiten steckte.

Das hieß, dass es bei einer potenziellen Entführung von Ava nicht um Lösegeld ging. Sollte er sie nicht bei ihrem Vater vorfinden, würde er weiter recherchieren müssen. Vielleicht gab es jemanden, der einen Groll gegen die Familie hegte.

Trumans Arbeitgeber hatte angegeben, dass Jasper sich einige Tage freigenommen hatte. Verdächtiges Timing oder nur ein Zufall?

Die Einfahrt war leer.

Derrick ging zur Tür und klingelte, dann klopfte er an. »FBI, jemand zuhause?« Keine Antwort, er klopfte erneut, dann rüttelte er am Türknauf. Es war abgeschlossen. Er spähte durch die der Straßenseite zugewandten Fenster und konnte ein zur Küche hin offenes Wohnzimmer ausmachen.

Frustriert ballte er die Hände zu Fäusten. Er hatte keinen Durchsuchungsbeschluss.

Andererseits könnte er sich Zutritt verschaffen und dann darauf berufen, dass hier Gefahr im Verzug war. Schließlich sank die Wahrscheinlichkeit, ein vermisstes Kind wiederzufinden mit jeder Stunde, die verstrich. Und Ava war schon seit etlichen Stunden verschwunden.

Er wandte sich zum Nachbarhaus und dem dazugehörigen Grundstück um, aber auch dort schien niemand zu sein. Er beschloss, die Rückseite zu inspizieren, umrundete das Haus und suchte dabei nach Anzeichen dafür, dass ein Kind sich hier aufhielt. Kein Spielzeug, keine Bälle, kein Fahrrad. Der kleine Garten hinter dem Haus war gepflegt, aber leer.

Er stieg die Stufen zur Veranda hoch und rüttelte an der Hintertür. Ebenfalls verschlossen. Er zog eine Kreditkarte aus seiner Tasche, schob sie zwischen Türrahmen und Schloss und hebelte so lange, bis das Schloss aufsprang. Dann schlüpfte er durch einen kleinen Eingangsbereich ins Haus.

Die Sonne war hinter den Wolken verschwunden und die Räume entsprechend dunkel. Er schaltete in der Küche das Licht an. In einem Körbchen auf der Theke aus Granit stapelten sich Rechnungen. Neben dem Herd stand eine Kaffeekanne. Sie war sauber, nichts deutete darauf hin, dass sie heute benutzt worden war. Er überprüfte den Mülleimer. Leer.

Er ging einen Gang hinunter, dort lagen zwei Schlafzimmer und ein Durchgangsbad. Im ersten Zimmer stand ein Einzelbett, darauf eine Trolls-Steppdecke und ein Korb mit Spielzeug und Büchern.

Im Schlafzimmer des Vaters fand er ein Bett und eine Kommode aus Eichenholz vor. Im Kleiderschrank entdeckte Derrick Arbeitsbekleidung, sie war fleckig, das Shirt trug den Schriftzug der Baufirma, für die Jasper arbeitete. Auf dem Boden standen ein Paar staubige Arbeitsstiefel.

Er suchte nach einem Koffer, fand aber keinen. Hatte Jasper seine Sachen gepackt, sich Ava geholt und war mit ihr abgehauen?

11

Honeysuckle Lane

Bevor Ellie zum Haus der Trumans zurückkehrte, rief sie Angelica an. Sie und die beharrliche Reporterin hatten nicht den besten Start gehabt, doch während der letzten Monate hatte sich ein von Vertrauen geprägtes Arbeitsverhältnis entwickelt, vor allem seit sie erfahren hatten, dass sie Halbschwestern waren. Angelica war klug, entschlossen und würde praktisch alles für eine gute Story tun.

Sie konnte aber auch diskret und geduldig sein, solange Ellie ihr versprach, exklusiv mit ihr zusammenzuarbeiten.

»Wir haben einen Vermisstenfall, ein sechsjähriges Mädchen namens Ava Truman«, erklärte Ellie umstandslos. »Ich möchte, dass du ihr Foto und ihren Namen so schnell wie möglich in die Nachrichten bringst.«

Angelica kam sofort auf den Punkt. »Glaubst du, sie wurde entführt?«

»Das wissen wir noch nicht. Möglicherweise ist sie bei ihrem Vater. Wir konnten ihn bisher nicht erreichen. Aber wir dürfen keine Zeit verlieren. Sie wird seit heute Morgen vermisst, als sie zur Bushaltestelle gehen wollte. Ihre Mutter ist außer sich.«

»Verständlich«, sagte Angelica. »Irgendwelche Einzelheiten?«

»Sie hat sich Ecke Honeysuckle Lane auf den Weg zum Bus gemacht, seither wurde sie nicht mehr gesehen. Wiegt etwa zwanzig Kilo und ist ungefähr einen Meter zwanzig groß. Ich schicke dir das Foto sofort, wenn wir aufgelegt haben.«

Sie schwieg kurz, dann teilte sie Angelica die Details zu Kleidung und Rucksack des Mädchens mit. »Gebt bitte die Nummer der Polizeidienststelle und des Sheriffs an, falls jemand sie gesehen hat oder weiß, wo sie sein könnte. Captain Hale kümmert sich um die Meldung bei AMBER und Agent Fox hat bereits Flughäfen, Bus- und Bahnstationen und die Grenzbehörden informiert.«

Sie beide wussten, dass Ava Schreckliches widerfahren konnte, falls sie wirklich von einem Psychopathen entführt worden war. Wenn er sie bereits getötet und ihre Leiche versteckt hatte, würde es im unwegsamen Terrain und den riesigen Wäldern schwierig, wenn nicht gar unmöglich sein, sie zu finden.

12

Ellie ging eben zurück zum Haus der Trumans, als Deputy Landrum anrief.

»Hi«, meldete er sich. »Ich habe mit den Nachbarn von Ms Truman gesprochen. Der Mann gegenüber sagte, er habe Ava heute Morgen den Gehweg entlangrennen sehen, aber sie aus den Augen verloren, als sie um die Ecke bog. Die alte Dame von nebenan, Dottie Clark, meinte, sie habe das Kind nicht gesehen, aber sie erwähnte, dass die Trumans Eheprobleme hätten.«

»Das weiß ich. Sie leben getrennt«, erwiderte Ellie.

»Das hat sie mir auch erzählt. Sie sagte, sie habe einige heftige Streitereien mit angehört. Der Vater habe Lara vorgeworfen, nicht gut auf Ava achtzugeben, und sie manchmal alleine zu lassen.«

Ellie runzelte die Stirn. »Das ist seltsam. Lara hat mir erzählt, dass sie einen Teilzeitjob hat, aber immer zuhause ist, wenn Ava vom Bus kommt.«

»Die Nachbarin machte einen etwas verschrobenen Eindruck. So eine verrückte Katzendame. Überall waren

Katzen. Sie könnte da auch etwas falsch verstanden haben«, sagte Heath.

Ellie hatte den Namen der Frau schon einmal gehört – es hatte ihretwegen unter den anderen Frauen Tratsch in der Stadt gegeben. Auslöser war gewesen, dass Dottie Clarke eine Nachbarschaftswache hatte organisieren wollen. Carol Sue vom Kosmetiksalon Beauty Barn war natürlich die Wortführerin gewesen. Sie lästerte gern, Ellie gab nicht viel auf ihr Gerede.

»Könnte sein.« Oder Lara hatte gelogen. »Hat die Nachbarin den Vater in letzter Zeit hier gesehen?«

»Sie sagt, sie habe ihn ein paar Mal mit dem Auto vorbeifahren sehen«, erwiderte Heath. »Einmal hielt er wohl an, stieg aus dem Auto aus und ging an die Tür, aber seine Frau wollte ihn nicht reinlassen. Schrie ihn an, er würde Ava Angst machen, wenn er so wütend war.«

Ellies Magen krampfte sich zusammen. Also war Jasper ein jähzorniger Mann. Vielleicht hatte er das Mädchen mitgenommen, um seiner Frau eins auszuwischen. »Hat einer der Nachbarn noch jemand anderes bemerkt, der Ava beobachtet hat?«

»Drei Anwohner arbeiten Vollzeit und haben keine Kinder, sie sind also wenig zu Hause. Mit einem der Nachbarn habe ich noch nicht gesprochen.«

Ihr Handy vibrierte, Derrick versuchte sie zu erreichen, also bedankte sie sich und legte auf.

»Ich bin bei Jasper Trumans Haus«, meldete sich Derrick und berichtete ihr dann, was er dort vorgefunden hatte.

»Lara sagt, er habe Ava nicht oft besucht, aber vor Kurzem angedeutet, dass er das geteilte Sorgerecht will. Sie hätten sich deswegen gestritten.« Ellie zögerte. »Derrick, ich habe Avas Stoffhasen im Park gegenüber der Bushaltestelle gefunden. Er lag im Gebüsch, als hätte sie ihn fallen gelassen. Es sieht so aus, als hätte sie jemand entführt.«

Derrick fluchte. »Der Koffer des Vaters ist weg. Vielleicht ist er mit ihr abgehauen.«

»Geben wir eine Fahndung nach ihm und seinem Wagen heraus.«

»Ich kümmere mich darum. Ich weiß nicht, ob das was zu bedeuten hat, aber der Mann schien finanzielle Schwierigkeiten zu haben. Nachdem ich den Kleiderschrank durchsucht hatte, habe ich mir die Rechnungen einmal genauer angesehen. Er schuldet dem Kinderkrankenhaus einen größeren Betrag. Ich werde ihre Finanzen durchleuchten, vielleicht gibt es ja noch mehr Gläubiger. Könnte schließlich sein, dass einer von ihnen Ava entführt hat, um ein Zeichen zu senden.«

»Wir sollten unbedingt weitere Nachforschungen über den Ehemann anstellen.« Ellie seufzte. »Lara erwähnte nichts davon, dass Ava im Kinderkrankenhaus behandelt wurde«, sagte sie, und sie fragte sich, warum. »Ich bin auf dem Weg zurück zu ihr nach Hause. Ich werde Sie gleich danach fragen.«

13

Um nichts unversucht zu lassen, rief Ellie den Ranger Cord McClain an und bat ihn, seinen Spürhund mitzubringen und mit ihm das Viertel nach Ava abzusuchen. Cord war der beste Fährtenleser in der Gegend. Jedes Jahr starteten etliche Wanderer mit hochfliegenden Plänen auf den Appalachian Trail, einen dreitausendfünfhundert Kilometer langen Wanderweg durch ungezähmte Wildnis, der von Georgia bis hinauf nach Maine führte. Doch viele sahen sich alsbald von der Macht der Elemente überwältigt, erlitten Unfälle beim Überwinden scharfer Grate und steiler Felsen oder verirrten sich schlichtweg. Die örtlichen Such- und Rettungsteams hatten also immer alle Hände voll zu tun.

Cord kannte den Trail wie seine Westentasche und hatte der Polizei bereits bei mehreren Fällen wertvolle Unterstützung geleistet. Sie und der wortkarge Ranger waren seit ihrer Highschool-Zeit befreundet, und sie hatte ihn auf diverse Sucheinsätze begleitet.

»Ich organisiere ein Team, wir treffen uns dann am Haus der Trumans«, sagte Cord. »Wir brauchen etwas, das nach Ava riecht.«

Ellies Magen zog sich zusammen »Ich weiß. Ich spreche mit der Mutter.«

Sie beendeten das Gespräch und ging zurück zu Laras Haus. Sie klopfte leise an, aber es kam keine Antwort. Ein ungutes Gefühl beschlich sie, und sie schlüpfte hinein. Aus der Küche hörte sie Laras Stimme.

»Jasper, wenn du Ava hast, dann ruf mich bitte sofort zurück!«, schrie Lara. »Und wenn du ihr auch nur ein Haar gekrümmt hast, bringe ich dich eigenhändig um!«

Ellie ging leise weiter, doch eine Diele knarzte, woraufhin Lara sich umwandte und sie sah. Ihre Mund klappte erschrocken auf und sie knallte das Handy auf den Tisch.

»Ich ... Das habe ich nicht so gemeint«, sagte sie, ihre Stimme klang panisch. »Ich ... Ich will einfach meine Tochter zurück.«

Ellie durchquerte den Raum, den Stoffhasen in der Hand.

Lara erkannte ihn sofort und Entsetzen verzerrte ihr Gesicht. »Der gehört Ava. Wo haben Sie ihn gefunden?«

»Im Park, neben dem Parkplatz«, sagte Ellie.

Lara wirkte verwirrt. »Nicht an der Bushaltestelle?«

»Nein, er lag im Gebüsch.«

Lara Augen begannen zu flackern – sie begriff, was das bedeutete. »Ava würde den Hasen niemals zurücklassen. Auf keinen Fall«, bekräftigte sie. »Ich habe versucht, sie dazu zu überreden, ihn zuhause zu lassen, wenn sie zur Schule geht. Ein paar Mal hat das geklappt und sie ließ ihn auf ihrem Bett sitzen. Aber dann fing sie an der Bushaltestelle an zu weinen und wir mussten zurücklaufen, um ihn zu holen.«

Das Szenario, das in Ellies Kopf Gestalt annahm, gefiel ihr ganz und gar nicht.

»Sie denken, dass jemand Ava gekidnappt hat, nicht wahr?« Laras Hand zitterte, als sie sich eine Haarsträhne aus dem Gesicht strich.

Ellie sah sie mitfühlend an. »Es besteht immer noch die

Möglichkeit, dass sie bei Ihrem Mann ist. Sie erwähnten vorhin, dass es Streit wegen des Sorgerechts gab.« Sie setzte sich gegenüber von Lara hin. »Eine Nachbarin sagt, sie habe gehört, wie Ihr Mann Ihnen im Streit vorwarf, Ava manchmal allein zu lassen.«

»Das ist nicht wahr«, erwiderte Lara mit gequältem Gesichtsausdruck. »Ich meine, Jasper hat so etwas gesagt, aber es stimmt nicht. Ich war immer hier.«

»Warum erhebt er dann solche Anschuldigungen gegen Sie?«

Lara schüttelte den Kopf. »Weil er wütend war, und erschöpft. Er hatte zwei Jobs und ... und war sauer, weil wir unsere Rechnungen nicht bezahlen konnten.«

»Uns wurde auch berichtet, dass Jasper hier eines Tages auftauchte und Ava sehen wollte, Sie ihn aber nicht hereingelassen haben. Dass Sie ihn angeschrien haben, weil sie glaubten, dass er Ava Angst macht.«

Schweißperlen erschienen auf Laras Stirn.

Ellie beobachtete die Reaktion der Frau. »Glauben Sie, er würde Ihrer Tochter weh tun?«

14

In Laras Kopf schien sich alles zu drehen. Nichts, was an diesem Tag geschehen war, ergab für sie irgendeinen Sinn. Sie dachte an die vergangenen zwei Jahre und wie ihre Ehe in die Brüche gegangen war. Manchmal gab sie Jasper die Schuld dafür, manchmal sich selbst.

Beide hatten unter der Last der Schulden gelitten, sich vor einer Zwangsvollstreckung und dem Verlust des Hauses gefürchtet. Sie waren erschöpft und überarbeitet, Avas Krankheit und die Sorge um sie taten ihr Übriges, und irgendwann erreichten sie den Punkt, an dem ihre Beziehung das nicht mehr verkraftete. Sie hatte nie eine Scheidung gewollt, aber sie konnte und wollte nicht, dass Ava in einer zerrütteten Ehe aufwuchs.

»Lara, glauben Sie, dass Jasper Ava wehtun könnte?«, fragte Detective Reeves sie erneut und riss sie aus ihren Gedanken.

»Ich ... Ich weiß es nicht ...« Laras Stimme zitterte. »Ich meine, ich glaube nein. Er hat sie geliebt, aber ...«

»Aber was?«

»Er war manchmal jähzornig. Darum habe ich ihn gebeten, auszuziehen. Ich wollte, dass er sich psychologische Hilfe holt.«

Detective Reeves zeigte keine Reaktion, und Lara fragte sich, was genau sie jetzt wohl dachte.

»Wir haben eine Fahndung nach ihm und seinem Wagen herausgegeben«, sagte sie schließlich. »Gibt es irgendeinen Ort, an den er gefahren sein könnte? Oder Familienmitglieder, bei denen er sich verstecken könnte?«

»Seine Eltern leben nicht mehr«, sagte Lara. »Aber er hat eine Freundin.«

Wissen Sie, wie sie heißt oder wo sie wohnt?«

»Ihr Name ist Autumn«, sagte Lara. »Ich habe keine Ahnung, wo sie wohnt.«

»Wie ist es mit ihrem Nachnamen, oder einer Telefonnummer?«

Lara verdrehte die Augen. »Sie heißt Juniper mit Nachnamen.«

»Wie der Wacholderstrauch?«, fragte Detective Reeves verdutzt.

Lara nickte. »Jasper sagte, ihre Mutter habe einen seltsamen Sinn für Humor gehabt. Ich finde, es klingt wie der Name einer Stripperin. Sie arbeitet in der Bar neben dem Friedhof.«

»Das Haints«, sagte Detective Reeves. »Ich werde dort nach ihr suchen. Vielleicht weiß sie ja, wo Jasper ist.« Sie zog ihr Handy aus der Tasche. »Da ist noch etwas. Sie sagten, Sie hätten finanzielle Probleme. Wir haben einen FBI-Agenten zum Haus ihres Mannes geschickt, aber er war nicht dort. Als der Agent sich im Haus umsah, fand er eine Menge unbezahlter Rechnungen. Darunter auch einige vom Kinderkrankenhaus.«

Laras Augen blickten schmerzerfüllt. »Ja, das ist richtig«, gab sie zu. Ava brauchte vor zwei Jahren eine Lebertransplantation. Seither zahlen wir das ab, aber wir schulden denen noch eine Menge Geld.«

»Es tut mir leid, dass Ihre Tochter operiert werden musste«, sagte Detective Reeves. »Ging es ihr jetzt wieder besser?«

»Sie hat sich sehr gut erholt. In den ersten sechs Monaten musste sie Medikamente gegen eventuelle Abstoßungsreaktionen nehmen. Und jetzt bekommt sie ein Immunsuppressivum.« Lara stand auf, ihre Beine zitterten. »O Gott, wenn sie ihre Medizin nicht nimmt, könnte das gefährlich für sie werden. Wir haben so hart gearbeitet, damit sie wieder gesund wird …«

Detective Reeves richtete sich auf und Lara sah die Sorge auf ihrem Gesicht. »Wir fügen das unserer Personenbeschreibung hinzu und alarmieren Krankenhäuser und Apotheken, falls jemand versucht, diese Art von Medikamenten zu stehlen oder sich beim Kauf verdächtig macht.« Sie stockte kurz. »Aber wenn Ihr Mann sie mitgenommen hat, dann weiß er doch, dass sie diese Medikamente braucht, oder?«

Lara nickte und sie betete, dass das stimmte.

»Ich muss Ihnen noch eine Frage stellen«, hob Detective Reeves an. »Gab es einen Verwandten oder jemanden in der Nachbarschaft, vielleicht auch einen Handwerker oder einen Besucher, der ein besonderes Interesse an Ava zeigte?«

Laras Hände zitterten, während sie die Finger ineinander verknotete. »Niemand, bei dem mir etwas Derartiges aufgefallen wäre. Glauben Sie, ein Fremder hat meine Tochter mitgenommen?«

»Ich weiß es nicht, Lara«, sagte Detective Reeves vorsichtig. »Ich hoffe, sie ist bei Jasper. Aber wir dürfen keine Möglichkeit ausschließen.«

Es klopfte an der Tür, und die beiden Frauen sprangen auf.

»Das ist Emily«, sagte Lara, als sie die junge Frau auf der Veranda sah.

Lara öffnete schwungvoll die Tür. »Danke, dass du gekommen bist, Em.«

Sorge und Angst standen Emily ins Gesicht geschrieben und sie zog Lara in eine Umarmung. »Ich bin hier, Schätzchen. Ich werde tun, was ich kann, um zu helfen.«

Lara hatte das Gefühl, ihr Herz würde gleich zerspringen und die Tränen begannen aufs Neue zu fließen.

»Komm, ich mache uns einen Tee«, sagte Emily.

Lara nickte und lehnte sich an ihre Freundin, während sie zurück in die Küche gingen.

»Möchten Sie auch einen Tee, Detective?«, fragte Emily.

»Nein, danke. Ich muss weiterarbeiten.«

Detective Reeves fasste Lara an der Schulter. »Bleiben Sie erreichbar, Lara. Wenn die Suchmannschaften mit der Arbeit begonnen haben, werde ich Jaspers Freundin ausfindig machen, Vielleicht weiß sie ja etwas.«

15

Irgendwo am Appalachian Trail

Die sechsjährige Kaylee Wilkinson starrte durch das Fenster des Schlafzimmers im Obergeschoss hinaus in den dunklen Wald, der hinter dem Haus lag. Die Bäume sahen aus wie riesige Statuen, mit langen Armen, die nach ihr greifen und sie packen konnten.

Genau wie im vergangenen Jahr, als die Frau sie hierhergebracht hatte, erschienen am Fuß des Hügels manchmal Lichter. Sie hatte Autos gesehen, und Menschen, die ausstiegen und auf der Suche nach einem Baum zur Farm kamen. Hätte es doch nur einen Weg gegeben, zu ihnen zu gelangen, dann hätten sie sie vielleicht retten und wieder nach Hause bringen können.

Aber die Frau sagte, dass sie kein Zuhause mehr hatte, in das sie zurückkehren konnte. Dass ihre Mommy tot war. Sie hatte ihr sogar ein Bild vom Grab ihrer Mommy gezeigt.

Tränen stiegen ihr in die Augen und sie blinzelte, und hielt wieder Ausschau nach den Lichtern unten am Hügel.

Heute Nacht blieb es jedoch dunkel auf der Farm, die Lichter waren alle verschwunden. Kaylee erinnerte sich an ihre

Mommy, die ihr abends vorgesungen hatte, ihr ein Kostüm für das Weihnachtsfest genäht und ihr Rentierhörner aufgesetzt hatte, während sie den Weihnachtsbaum schmückten.

Ihr Herz tat so weh, dass es ihr schwerfiel zu atmen.

Selbst wenn ihre Mommy tot war, könnte sie doch vielleicht bei Mommys Schwester in ihrem Haus wohnen. Sie mochte Tante Priscilla – oder Tante Prissy, wie sie sie nannte. Wenn Prissy lächelte, sahen ihren Augen so hübsch aus wie die von Mommy.

Sie zog das Foto von ihrer Mommy hervor, das sie unter der Matratze versteckt hatte und betrachtete es. Sie vermisste sie so sehr. Sie erinnerte sich an die Lieder, die sie ihr vorgesungen hatte, wenn sie krank gewesen war. Sie hatte ihr gegrillte Käsesandwiches gemacht und Tomatensuppe, die sie aus einer Kaffeetasse getrunken hatte, so, als sei sie schon ein großes Mädchen.

»Gute Besserung, meine Süße«, waren ihre Worte gewesen, als sie sie abends ins Bett gebracht hatte.

Ein paar Wochen später, als es Kaylee besser gegangen war, war Mommy mit ihr ans Meer gefahren. Sie hatten Sandwiches eingepackt und ihr Strandspielzeug und Wasserflaschen, und Sandburgen gebaut.

Ihr Herz begann zu pochen. Ihre Brust wurde weit. Die salzige Luft roch so gut. Sie hörte, wie die Wellen gegen den Strand brandeten. Dann streckte sich Mommy auf dem Handtuch aus. Ihre Wasserflasche fiel um. Sie schloss die Augen, und Kaylee dachte, sie würde schlafen.

Die Sonne strahlte, obwohl es schon kurz vor Weihnachten war, und der Wind war kalt. Heute Morgen hatten sie dicke Jacken und Mützen getragen, um auf die Suche nach Muscheln zu gehen.

Kaylee aß die Trauben auf, die Mommy eingepackt hatte

und trank ihr Wasser aus. Sie hätte gern in den Wellen gespielt, aber dafür war es heute zu kalt. Mommy sagte, sie würden im Sommer wiederkommen. Sie schärfte ihr auch ein, niemals allein ins Meer zu gehen. Die großen Wellen konnten einen packen und hinaus aufs Meer ziehen, wo es Haie gab.

Die Sonne begann, ins Meer zu sinken, und sie schlüpfte fröstelnd in ihre Jacke. Immer weniger Menschen kamen vorbeispaziert oder setzten sich, um selbst zu picknicken. Plötzlich bekam sie Angst und schüttelte ihre Mommy.

»Wach auf«, flüsterte sie.

Aber sie rührte sich nicht. Dann kam die Frau. Zuerst konnte Kaylee ihr Gesicht nicht erkennen, denn sie trug eine Baseballcap und eine Sonnenbrille. Sie beugte sich hinunter und berührte ihre Mommy.

»Sie ist tot, Schätzchen«, sagte die Frau. »Komm. Wir holen Hilfe.« Kaylee schrie ihre Mommy an. Aber sie bewegte sich nicht und öffnete auch nicht die Augen. Sie schüttelte sie wieder, aber die Frau nahm ihren Arm und zog sie fort. Sie brachte sie zu einem Lieferwagen. Kaylee wehrte sich und schrie sie an, aber es war niemand in der Nähe, der ihr hätte helfen können. Dann schob die Frau Kaylee unsanft in das Fahrzeug und schloss die Tür.

»Pst, Schätzchen, alles wird gut«, sagte die Frau. »Ich rufe jemanden an, der sich um deine Mommy kümmert.« Kaylee hämmerte gegen die Scheibe und weinte, während die Frau den Wagen startete und losfuhr. Ihre Mommy blieb zurück.

16

Haints Bar

Zwanzig Minuten nach Emilys Eintreffen herrschte wieder angespannte Stille im Haus. Jasper hatte immer noch nicht auf Laras Anruf reagiert. Ellie deutete das als schlechtes Zeichen.

Während Emily sich damit beschäftigte, eine Gemüsesuppe für sie zuzubereiten und Cord die Suchmannschaft organisierte, installierte Ellie eine Fangschaltung auf Laras Handy, falls der oder die Entführerin sich melden sollte. Lara widersprach dem nicht, sie schien in einen umnebelten Schockzustand abgeglitten zu sein. Sie war sicher schon ein Dutzend Mal in das Zimmer ihrer Tochter gegangen und hatte mit der Hand über die Kissen und ihre Stofftiere und Puppen gestrichen, die ordentlich aufgereiht auf dem Bett saßen. »Sie tat immer so, als seien es ihre Freunde. Sie hatte sie gern in ihrer Nähe, damit sie sie nachts beschützen«, erzählte Lara.

Ellie hob skeptisch eine Braue. »Warum fühlte sie sich nicht sicher?«

»Ach, Kindergeschichten. Ein Junge in der Schule erzählte ihr, dass es Monster gibt, die nachts durchs Fenster kommen und einen mitnehmen. Wir haben immer ein Spiel gespielt, bei dem ich im Kleiderschrank und unter dem Bett nachsah, ob alles in Ordnung ist, und dann die Gardinen fest zuzog. Ich sagte ihr, dass die Monster nicht reinkommen, wenn die Vorhänge zu sind.« Ihre Stimme zitterte. »Und jetzt hat ein echtes Monster sie vielleicht geholt, und das am helllichten Tag.« Ein neuer Schluchzer ließ sie erbeben, und sie rannte ins Badezimmer und verschloss die Tür.

Ihr herzzerreißendes Weinen tat Ellie in der Seele weh.

Schließlich kam Cord mit seinem Team an, bereit, mit der Suche zu beginnen.

Cords dunkle Augen suchten Ellies, als sie zu den Männern vor der Tür stieß. Sie glaubte, Schmerz darin zu erkennen, als ob ihn die Erinnerung daran quälte, was bei ihrem letzten Fall geschehen war. Lola, die Besitzerin des Corner Cafés, war gekidnappt worden, und Ellie hatte sie gesucht. Beide Frauen waren vom »Jäger« gefoltert worden, und der Bastard hatte auch Cord in seine Gewalt bringen können, der ihnen zu Hilfe hatte kommen wollen.

Zu ihrem Glück hatte Derrick sie letztlich alle gerettet. Im vergangenen Monat hatte sie Cord häufiger mit Lola in der Stadt gesehen, die beiden schienen sich nähergekommen zu sein. Sie freute sich für Cord. Er hatte eine schwierige Kindheit gehabt und ein bisschen Glück verdient.

»Das ist Avas Stoffhase«, sagte Ellie zu Cord und gab ihm das Plüschtier. Er reichte es Benji, dem Rettungshund, damit er Witterung aufnehmen konnte und packte es dann in seine Tasche.

»Sie hatte außerdem einen neongrünen Rucksack dabei, auf dem auch Hasen aufgedruckt sind«, sagte Ellie und beschrieb ihm dann die Kleidung des Mädchens.

»Ich gebe die Personenbeschreibung an alle Ranger weiter, für den Fall, dass der oder die Entführer mit ihr in die Berge geflohen sind.«

Der Gedanke ließ Ellie erschaudern. Sie sprachen hier von Hunderten von Quadratkilometern unwegsamer Wildnis, die selbst von erfahrenen Wanderern gemieden wurden. Dort konnte jeder, der es wollte, problemlos untertauchen.

Nachdem Cord und sein Team aufgebrochen waren, machte sie sich auf den Weg zu Haints Bar, wo Autumn Juniper arbeitete.

Die Bar, von der aus man den Friedhof überblickte, war seit jeher ein beliebter Treffpunkt der hiesigen Gesetzeshüter. Ellie stockte kurz der Atem, als sie die kleinen Grabsteine in dem Bereich des Friedhofs sah, der den Kindern vorbehalten war. Zu dieser Jahreszeit wirkte er mit all den Weihnachtsbäumchen und Geschenken, die die Eltern hierherbrachten, sogar noch ein bisschen trauriger. Sie würde alles tun, was in ihrer Macht stand, damit Ava nicht hier endete.

Aus den Lautsprechern plärrte Countrymusik und ohrenbetäubendes Stimmengewirr und Gelächter schwappten ihr entgegen, als sie den Raum betrat. Sheriff Bryce Waters war hier häufig zu Gast, und Ellie entdeckte ihn auch jetzt am Tresen. Sie ging quer durch den Raum auf ihn zu und bekämpfte den Widerwillen, der in ihr aufstieg. Sie und Bryce hatten sich schon in der Highschool zerstritten, und seit er ihren Vater als Sheriff abgelöst hatte, wurde er nicht müde, sie daran zu erinnern, wer hier jetzt das Sagen hatte.

Aber ein kleines Mädchen wurde vermisst, und ihre persönlichen Gefühle durften jetzt keine Rolle spielen.

»Ich dachte, du würdest in der Stadt nach Ava Truman suchen«, sagte sie also und baute sich vor ihm auf.

Seine Augen wurden schmal, während er auf sie herabsah, was sie nicht daran hinderte, ihm einen missbilligenden Blick zu schenken. »Bryce, wie kannst du hier herumsitzen und trinken, während ein Kind vermisst wird?«

»Ist mir schon klar, dass du jetzt der Boss bist«, blaffte er.

»Ich habe die ganze Zeit über nach ihr gesucht. Und jetzt esse ich zu Abend.«

Ellie schüttelte den Kopf. »Ich dachte, du würdest dich zusammenreißen und endlich ein geregeltes Leben führen, jetzt, da du weißt, dass du eine Tochter hast. Ihre Mutter zu verlieren war hart für Mandy, Bryce. Sie braucht Sicherheit und einen Menschen, dem sie vertrauen kann.«

Etwas Gefährliches blitzte in seinen Augen auf und er schnappte sich die Tüte mit dem Essen, die der Barkeeper auf den Tresen gestellt hatte. »Das versuche ich auch. Und, nur zu deiner Information: Ich habe heute Abend nichts getrunken.«

Ellie öffnete den Mund, um etwas zu sagen, aber er war schon wütend an ihr vorbeigestürmt. Sie zuckte die Schultern. Sie hatte jetzt keine Zeit, sich mit Bryce zu beschäftigen. Ava brauchte sie.

Sie sprach den Barkeeper an. »Arbeitet Autumn heute Abend?«

»Nein, gestern sagte sie, sie würde sich ein paar Tage freinehmen.«

»Hat sie erwähnt, wohin sie will?«

»Nein. Ich bin davon ausgegangen, dass sie mit ihrem Freund verreist, aber ich habe nicht nachgefragt.« Er zeigte in Richtung einer anderen Servicekraft, die einen kurzen Rock und ein Shirt mit tiefem V-Ausschnitt trug, das ihren üppigen Busen betonte. Ihr lockiges Haar war hell blondiert, an ihren Ohren baumelten Federn, die ihr bis auf die Schultern herabhingen. »Vielleicht weiß Chanel ja was.«

Ellie murmelte einen Dank. Dann schob sie sich durch die Menge auf die Frau zu. Sie wartete, bis Chanel die Bierkrüge abgestellt hatte, die sie gerade servierte. Dann räusperte sie sich und sprach sie an.

»Chanel, ich bin Detective Reeves.«

Die Frau musterte Ellie abschätzig, offensichtlich wenig

angetan von ihrer äußeren Erscheinung. »Brauchen Sie einen Tisch?«

»Nein, nur ein paar Informationen. Ich suche nach Autumn. Der Barkeeper erwähnte, dass sie sich für ein paar Tage freigenommen hat. Wissen Sie, wo sie ist?«

Die Frau wickelte sich versonnen eine Haarsträhne um den Finger. »Sie hat nicht gesagt, wohin sie will. Nur, dass sie eine Reise plant. Sie hat gehofft, dass Jaspers Frau endlich die Scheidungspapiere unterschreibt, damit er mit ihr zusammen sein kann.«

Ellie wurde hellhörig. »Hat sie irgendetwas von seinem kleinen Mädchen erzählt? Haben sie sie mitgenommen?«

»Ich hab' keine Ahnung.« Chanel zuckte mit den Schultern. »Aber Autumn hatte noch nie viel für Kinder übrig. Sie sagte, solange die Kleine da ist, könnten sie sich niemals von seiner Frau befreien.«

Ellies Puls beschleunigte sich und ein hässlicher Gedanke kam ihr. Wäre Autumn etwa dazu fähig, die kleine Ava aus dem Weg zu schaffen?

17

Shady Springs

Nachdem sie sich vom Besitzer des Haints Autumns Adresse und Nummer hatte geben lassen, versuchte Ellie, sie zu erreichen, aber sie ging nicht ans Telefon. Ellie hinterließ ihr eine Nachricht, dann fuhr in das Viertel namens Shady Springs, in dem Autumn in einem Apartmentkomplex lebte.

Im Hintergrund erhoben sich die Berge, das gesamte Grundstück war gesäumt von hohen Virginia-Eichen, die in den heißen Sommermonaten Schatten spendeten. Im Louisiana-Moos, das wie Spinnweben bis zum Boden herabhing, hatten Vögel ihre Nester gebaut, was der Szenerie etwas Gespenstisches verlieh.

Die älteren Holzbauten hätten einen frischen Anstrich vertragen können, die Rasenflächen waren fleckig und von Unkraut überwuchert. Auf dem Parkplatz hingen drei Teenager herum und rauchten. Sie senkten die Köpfe, als Ellie vorbeifuhr. Zwar parkten entlang der Straße einige Pickups und andere Fahrzeuge, aber die allgegenwärtige Verwahrlosung und die zerbrochenen Fensterscheiben ließen vermuten, dass viele der Einheiten leer standen.

Zwei Gebäude weiter stieß Ellie jedoch auf einen neueren Abschnitt der Anlage mit hübscheren Häusern aus Stein und Ziegeln und mit kleinen Vorgärten, die etwas gepflegter wirkten. Autumns Apartment lag ganz am Ende. Es hatte eine gelbe Eingangstür und von der kleinen Vorderveranda hing Efeu herab. In der Hoffnung, dass es nicht gleich anfangen würde zu regnen, rannte Ellie zur Tür.

Verstört von der Vorstellung, diese Frau könnte es auf Ava abgesehen haben, lugte Ellie durch das vordere Fenster. Es regte sich nichts, niemand schien zuhause zu sein. Sie pochte an die Tür und rief ihren Namen, aber es war abgeschlossen. *Verdammt.* Sie hatte keinen Durchsuchungsbeschluss. Doch Avas reizendes kleines Gesicht stand ihr mahnend vor Augen.

Ellie ging um das Gebäude herum und überprüfte alle Fenster und die Hintertür. Schließlich fand sie ein unverschlossenes Fenster und sah hinein. Sie stellte fest, dass es zur Waschküche gehörte. Sie stieß es ganz auf, stemmte sich am Fensterbrett hoch und kletterte hinein.

Sie durchquerte den kleinen Raum und kam in einen Gang. Von der Küchenzeile her wehte ihr der rauchige Duft von Schinken entgegen.

Sie sah sich um. Vor einer Frühstückstheke standen zwei mit Plüsch bezogene Barhocker, auf dem Küchentresen eine teuer aussehende Kaffeemaschine. Sie sah in den Kühlschrank und suchte nach Saftpäckchen oder kindgerechtem Essen, fand aber nur eine Flasche Wein, Käse und einen in Plastik verpackten Salat.

Sie überprüfte das einzige Schlafzimmer. Hier lagen überall teure Klamotten herum, Seidenblusen und Designerjeans, außerdem Stilettos. Sie zog ein paar Schubladen auf und fand gewagte Reizwäsche. Ihr fielen zudem mehrere überquellende Einkaufstaschen mit neueren Anschaffungen und zwei noch ungeöffnete Kartons auf. Ellie dachte bei sich, wie sehr sich Autumns Lebensstil doch von Laras unterschied, deren Alltag sich nur um ihre Tochter drehte.

Die Schuhe und Kleidungsstücke waren wild verstreut, als hätte Autumn es mit dem Packen eilig gehabt, und im Wandschrank fand Ellie keinen Koffer.

Etwa, weil sie beschlossen hatte, mit Ava zu verschwinden? Oder mit Jasper? Ihr Telefon vibrierte. Cord. Sie nahm schnell ab. »Bitte sag mir, dass Ihr Ava gefunden habt.«

»Nichts würde ich lieber tun, aber Benji hat ihre Spur am Parkplatz verloren. Ich habe den Rucksack gefunden. Jemand hat ihn am Rande des Parks in den Straßengraben des Main Highway geworfen, einige Kilometer von der Bushaltestelle entfernt.

Ellie kniff die Augen zusammen, die Nachricht traf sie hart wie ein Schlag. Wenn Jasper Ava mitgenommen hatte, warum sollte er dann ihren Rucksack wegwerfen oder den Hasen?

Ihr Magen verkrampfte sich. Das alles wollte keinen rechten Sinn ergeben. Ihr Vater hätte Ava das geliebte Stofftier nicht weggenommen.

Aber wenn ein Fremder Ava entführt hatte, sollte vielleicht alles verschwinden, was sie an ihr Zuhause erinnerte ...

18

Crooked Creek

Auf dem Weg zur Polizeiwache, wo eine erste Lagebesprechung stattfinden sollte, machte Ellie kurz Halt am Corner Café, um Kaffee und Donuts für ihre Kollegen zu besorgen. Sie würden die Stärkung brauchen. Sie arbeiteten alle ohne Pause, seit Ava verschwunden war.

Sie parkte und stieg aus, es regnete sanft, aber unerbittlich. Ihre Eltern kamen gerade aus dem Café und hielten inne, als sie sie entdeckten. Das kurze braune Haar ihrer Mutter sah zerzaust aus, als hätte sie vergessen, es nach einem stürmischen Spaziergang zu bürsten. Ellie hatte sie zuvor noch nie Jeans tragen sehen, aber heute hatte sie welche an, dazu einen dunkelgrünen Sweater. Randall hatte endlich wieder die paar Pfund zugenommen, die er verloren hatte, nachdem er vor einigen Monaten angeschossen worden war. Sie vermisste es, ihn in seiner Sheriff-Uniform zu sehen.

»Wir haben das von der kleinen Truman gehört, wie furchtbar«, sagte Vera, und Sorgenfalten bildeten sich um ihre Augen.

»Ich habe mit Emily Nettles gesprochen, wir wollen eine Gebetswache organisieren.«

»Danke. Die Angehörigen werden das sicher zu schätzen wissen«, sagte Ellie, überrascht, dass ihre Mutter die Initiative ergriff.

»Sag Bescheid, wenn ich irgendwie helfen kann«, bot ihr Vater an. Ellie lächelte ihm zu, bevor sie sich bedankte. Als sie die Tür aufdrückte, erklang über ihr ein Glockenspiel und der Duft von Pfefferminz-Mokka und Zimtäpfeln schlug ihr entgegen. Doch sobald die Tür hinter ihr zugefallen war, erhob sich leises Gewisper. Die Leute starrten sie an, die Luft im Raum knisterte plötzlich vor Spannung.

Sie ging zur Theke, um dort ihre Bestellung aufzugeben, und Lola, die Besitzerin, begrüßte sie mit sorgenvoller Miene.

»Cord hat mir von Ava erzählt«, sagte Lola. »Ihre Eltern müssen außer sich vor Angst sein.«

»Das sind sie«, murmelte Ellie. Sie wollte sich nicht in der Öffentlichkeit zu Details des Falls äußern, vor allem nicht in der Nähe einer stadtbekannten Klatschtante wie Maude Hazelnut.

»Ich bin auf dem Weg zur Polizeiwache, um alle auf den neuesten Stand zu bringen«, sagte sie. »Bekomme ich ein halbes Dutzend Donuts und ein paar Becher heißen Kaffee?«

»Natürlich. Ich packe dir alles ein. Später wollte ich zu Lara gehen und ihr etwas zu essen vorbeibringen.«

»Das ist wirklich nett von dir«, sagte Ellie. »Ich glaube nicht, dass sie an Essen bisher auch nur gedacht hat.«

»Ist das zu fassen? Dass in dieser Stadt schon wieder ein Kind verschwindet?«, murmelte Maude nun auf ihrem Eckplatz. Sie sah Ellie missbilligend an, dann erhob sie ihre Stimme. »Ich hoffe nur, dass Detective Reeves keine weitere Familie im Stich lässt, weil sie ihrer Aufgabe nicht gewachsen ist.«

Ihre Worte trafen Ellie wie ein Vorschlaghammer und

riefen all die Schuldgefühle wach, die sie den Opfern gegenüber hegte, die gestorben waren, während sie für deren Sicherheit verantwortlich gewesen war. Aber sie war auf das Gerede gefasst gewesen.

Carol Sue, Inhaberin der Beauty Barn, von wo aus sich jeder Tratsch wie ein Lauffeuer verbreitete, schnaufte neben Maude auf. »Von dem Fall habe ich auch gehört. Eine der Mütter, die auf der Weihnachtsfeier war, hat es gepostet. Sie sagte, Lara Truman sei völlig am Ende, und die Polizei würde im Dunkeln tappen.«

»Ich habe gehört, dass Avas Daddy mit ihr abgehauen ist«, meldete sich jetzt Bernice zu Wort, die die Bäckerei besaß. »Man weiß ja, dass er Lara schon eine ganze Weile das Leben schwer macht.«

Die anderen Frauen mischten sich jetzt auch ein, und Ellie bemühte sich nach Kräften, sie allesamt zu ignorieren. Sie musste sich auf den Fall konzentrieren, nicht auf die Meinungen dieser Frauen. Zwei Mütter betraten das Café, im Schlepptau ihre kleinen Mädchen. Sie hielten die Händchen ihrer Töchter so fest umklammert, als fürchteten sie, ein Päderast könnte direkt hinter der Tür des Cafés lauern.

Ein paar Minuten später brachte Lola ihr Kaffee und Donuts und Ellie bezahlte. Als sie zur Tür ging, wäre sie beinahe mit Winnie Bates zusammengestoßen, der Besitzerin von Books & Bites. »Detective, gibt es etwas Neues über die kleine Ava?«, fragte Winnie.

»Noch nichts, aber wir tun alles, um sie zu finden«, erwiderte Ellie.

»Wir starten morgen Abend eine Gebetswache am Engelsbaum«, sagte Winnie. »Wir zünden Kerzen an und beten rund um die Uhr, bis Sie sie uns wieder nach Hause gebracht haben.«

Ellie lächelte. »Meine Mutter hat mir schon davon erzählt.

Das ist eine schöne Geste. Die Trumans können jetzt jeden nur erdenklichen Beistand gebrauchen.«

Ellie eilte zur Tür, sie musste zum Meeting und wollte Maudes vorwurfsvollen Blicken entkommen. Neben dem Engelsbaum sah sie die alte Ms Eula Frampton auf einer Bank sitzen. Sie wirkte geistesabwesend. Sie hatte Ellie einmal erzählt, sie könne zwar nicht wirklich mit den Toten sprechen, aber sie habe einen sechsten Sinn dafür, wenn Kinder oder junge Frauen stürben.

Was sie nun wohl wegen Ava spüren mochte? Dass sie noch am Leben war? Oder schon tot?

Gerade, als sie sich das fragte, lief plötzlich ein kleines Mädchen über die Straße auf den Baum zu. Vater und Mutter schrien ihr nach, sie solle stehenbleiben. Ein Wagen raste auf das Kind zu, die Bremsen kreischten auf.

Ellie stockte der Atem, als der Vater das Kind in letzter Sekunde am Arm packte und zurückzog. Der Wagen kam mit quietschenden Reifen zum Stehen, die Fahrerin sprang heraus, sie war völlig aufgelöst.

»Es tut mir so leid, sie ist mir einfach vors Auto gelaufen!«

Die Mutter des Kindes sprach kurz mit ihr, während der Vater mit der Kleinen schimpfte. »In dieser Stadt ist es nicht sicher!«, rief er laut. »Du musst immer in unserer Nähe bleiben, und du darfst unsere Hand niemals loslassen.«

Du liebe Güte, die allgemeine Panik hatte also bereits eingesetzt. Die Kinder dieser Stadt sollten sich eigentlich auf Weihnachten freuen, so wie gestern Abend, als sie sie herausgeputzt, kichernd und singend auf dem Engelsfest gesehen hatte. Stattdessen lebten sie jetzt in der Angst, jemand könnte sie ihren Familien rauben.

19

Ellie war immer noch irritiert, als sie Derrick, Captain Hale, Sheriff Waters, Shondra und Deputy Landrum auf der Wache traf. Sie wollte sich mit ihnen besprechen, bevor sie sich an die Medien wandten.

Jede Sekunde zählte.

»Danke, dass ihr alle gekommen seid«, sagte sie. Sie befestigte Avas Foto am Whiteboard. »Das ist die sechsjährige Ava Truman, unser vermisstes Mädchen.« Sie holte tief Luft, dann fuhr sie fort. »Ava ist heute Morgen irgendwo zwischen ihrem Zuhause in der Honeysuckle Lane und einer Bushaltestelle, die nur ein paar Blocks entfernt liegt, verschwunden. Wir haben die meisten Nachbarn bereits befragt, aber niemand scheint sie gesehen zu haben. Ich habe ihren Stoffhasen, den sie sonst immer bei sich hat, im Gebüsch eines Parks gefunden, der direkt gegenüber der Bushaltestelle liegt.« Ellie schwieg einen Moment lang und beobachtete die ernsten Mienen um sie herum. Alle wussten, dass das nichts Gutes verhieß.

»Bisher haben wir Avas Leiche nicht gefunden. Wir arbeiten also unter der Prämisse, dass sie noch am Leben ist.

Ranger McClain hat den Rucksack des Kindes ein paar Kilometer weiter in einem Straßengraben neben dem Main Highway gefunden. Das heißt, dass sie in einem Auto weggebracht wurde und nicht zu Fuß unterwegs war. Der Rucksack wird ins Labor geschickt, um ihn auf Fingerabdrücke hin zu überprüfen, aber das Mädchen könnte mittlerweile schon weit weg sein, vielleicht sogar schon jenseits der Grenzen des Bundesstaates.«

Unter Avas Foto am Whiteboard begann sie nun, alle Informationen aufzulisten, die sie gesammelt hatten. »Die Eltern sind Jasper und Lara Truman.« Sie wiederholte, was Lara über den Ablauf des Morgens ausgesagt hatte. »Um die Mittagszeit fuhr Lara mit den Cupcakes zur Schule. Erst dort erfuhr sie, dass ihre Tochter nie in den Bus gestiegen war.«

»Das ist eine lange Zeit«, sagte Deputy Shondra.

Ellie nickte. »Es bedeutet, dass der oder die Entführer einen vierstündigen Zeitvorsprung haben.«

Nervöse Unruhe machte sich im Raum breit.

»Die Eltern leben getrennt, und Jasper Truman hat eine Freundin.«

Sie fügte die Fotos der Eltern hinzu, dann auch eines von Autumn. Auch sie könnte in diesem Fall eine Rolle spielen.

»Die Freundin arbeitet im Haints. Laut ihrer Kollegin Chanel mag sie keine Kinder und wollte, dass Jasper seine Familie für sie aufgibt.«

Sie versah Jaspers und Autumns Fotos mit einem Fragezeichen.

Sheriff Waters räusperte sich. »Wenn die Freundin keine Kinder mag, warum hätte sie das Mädchen dann entführen sollen? Das ergibt doch keinen Sinn.«

»Vielleicht wollte sie, dass Jasper Frau und Kind verlässt? Und als er sich weigerte, entführte sie die Kleine, um sich an ihm zu rächen«, schlug Shondra vor.

Bryce sah nicht überzeugt aus. »Klingt für mich, als wolltet ihr unbedingt dem Vater die Schuld geben«, erwiderte er mürrisch.

Ellie sah ihn herausfordernd an. »Ich ziehe nur alle Möglichkeiten in Betracht.« Sie spürte, dass er sie provozieren wollte, und sie fuhr fort. »Die Trumans haben finanzielle Probleme. Unklar, ob das etwas mit dem Fall zu tun hat, aber ihre Beziehung ist angespannt. Deputy Landrum hat mit einer Nachbarin gesprochen, einer gewissen Dottie Clark, die berichtete, dass sie das Paar immer wieder heftig streiten gehört hat. Und Lara gab außerdem zu, dass Jasper zu Wutausbrüchen neigt. Sie wollte, dass er sich deswegen psychologische Hilfe holt.«

»Dottie Clark ist die Frau, die überall in der Stadt Flyer aufhängt, um für eine Nachbarschaftswache zu werben«, ergänzte Shondra.

»Und außerdem ist sie ein bisschen bekloppt«, sagte Bryce. »Ich glaube, sie plant demnächst, ein Katzencafé zu eröffnen.«

Ellie konnte nicht erkennen, inwiefern dieser Einwurf sie in der Sache weiterbringen sollte. »Eine Nachbarschaftswache ist doch eine gute Sache. Also, Special Agent Fox?«

Derrick räusperte sich. »Bisher nichts Verdächtiges, was die finanzielle Situation des Paars angeht, abgesehen von der beträchtlichen Höhe ihrer Schulden. Der Ehemann meldete Konkurs an, nachdem die Krankenhaus-Rechnungen begannen, sich zu stapeln.«

»Ich habe mit Lara darüber gesprochen«, sagte Ellie. »Ava musste sich vor zwei Jahren einer Lebertransplantation unterziehen. Deswegen die hohen Schulden. Haben die Eltern eine Lebensversicherung für Ava abgeschlossen?«

Derrick schüttelte den Kopf. »Keines der Familienmitglieder besitzt eine Police.«

»Erpressung scheint also als Motiv auszuscheiden«, erwiderte Ellie. »Ein weiteres Problem ist, dass Ava täglich Immunsuppressiva erhält. Ob ihre Entführer sie entsprechend versorgen können, ist fraglich und gibt Anlass zur Sorge. Ich werde auch das in den Nachrichten lancieren lassen.«

»Das arme Kind«, murmelte Shondra. »Selbst wenn der Kidnapper nicht vorhat, sie zu töten, könnte sie ohne ihre Medikamente sterben. Dann hätten wir es mit Mord zu tun.“

Ellie nickte. »Genau. Ein Grund mehr für uns, keine Zeit zu verlieren.« Sie warf Bryce einen Blick zu. »Und in diesem Fall alle an einem Strang zu ziehen.«

Er öffnete den Mund, als wollte er etwas sagen, aber Captain Hale ergriff ihre Partei. »Sheriff, wir brauchen Ihre Deputys so schnell wie möglich.«

»Ist schon klar«, maulte Bryce.

Derrick warf Ellie einen ernsten Blick zu, den sie bereits von ihm kannte. Es war schließlich nicht ihre erste gemeinsame Ermittlung. Er musste etwas herausgefunden haben.

»Was gibt es, Agent Fox?«

Derrick seufzte. »Im Darknet tummeln sich zahllose Verbrecher. Ich hatte vor einer Weile mit einem Fall zu tun, bei dem ein Vater so verzweifelt war, dass er sein Kind verkaufte, um seine Schulden bezahlen zu können.«

Ellie wurde schlecht bei dem Gedanken. »Ich sage das nicht gern, aber wir dürfen auch eine solche Option nicht ausschließen.« Sie wandte sich nun an alle. »Diese Theorie darf aber auf keinen Fall an die Medien durchgestochen werden.«

Zustimmendes Gemurmel erhob sich, dann ergriff Derrick wieder das Wort. »Ich habe außerdem eine Liste aller Nachbarn in diesem Viertel angelegt. Das wird dir nicht gefallen.«

Ellies Nägel bohrten sich in ihre Handflächen, während sie die Hände ineinander verkrampfte. »Sprich bitte weiter.«

Sie wurden von einem Klopfen an der Tür unterbrochen, die Sekretärin steckte den Kopf zur Tür herein. »Angelica Gomez ist hier, Detective Reeves. Sie sagt, wenn Sie ein Interview in den Sechs-Uhr-Nachrichten wollen, müssten Sie jetzt anfangen.«

Ellie warf Derrick einen fragenden Blick zu, und er zuckte mit den Schultern, seine dunklen Augen blickten sorgenvoll. »Wir besprechen das im Anschluss. Das ist nichts, was wir in diesem Moment an die Presse weitergeben sollten.«

Ellie vertraute Derrick. Diskretion war von größter Bedeutung, und er war ein Profi.

»Alle arbeiten jetzt weiter. Wir richten eine Hotline ein und informieren Krankenhäuser und Apotheken bezüglich der Medikamente, die Ava bekommt. Ihr Foto wird rund um die Uhr in den Medien gezeigt.« Sie stand auf, ihre Stimme klang entschlossen. »Da draußen ist ein kleines Mädchen, das wir finden müssen. Und wir müssen das Kind noch vor den Feiertagen seiner Familie zurückbringen.« *Lebendig,* fügte sie im Stillen hinzu.

Sie und Derrick gingen in den Raum, den sie für Treffen mit Pressevertretern nutzten. Die Spannung zwischen ihnen war mit Händen zu greifen. Sie blickten in die Kamera. Angelica hatte ihr schwarzes Haar mit einer perlenbesetzten Spange zu einem eleganten Chignon hochgesteckt, ihr korallenroter Anzug schmeichelte ihrer olivfarbenen Haut. Sie nickte ihnen zur Begrüßung kurz zu, dann kam sie sofort zur Sache.

»Hier ist Angelica Gomez«, stellte sie sich vor. »Wir berichten live für Channel Five aus Crooked Creek, wo der wohl schlimmste Alptraum aller Eltern wahr geworden ist. Vermisst wird die sechsjährige Ava Truman.« Angelica machte eine dramatische Pause. Ellie kannte sie gut genug, um zu wissen, wie aufgewühlt sie hinter der toughen Fassade war.

Nachdem Angelica die Anmoderation beendet hatte und Ellie das Mikro hinhielt, zwang diese sich, ruhig und langsam zu sprechen. »Heute Morgen lief Ava Truman aus dem Haus, um ihren Schulbus noch zu erwischen. Laut der Busfahrerin war sie aber nicht an der Haltestelle. Ihre Mutter hatte sie aus den Augen verloren, nachdem sie um die Ecke gebogen war, dachte aber, ihre Tochter habe es noch geschafft, als sie kurz darauf den Bus vorbeifahren sah. Erst vier Stunden später, als Mrs Truman zur Weihnachtsfeier ihrer Tochter in der Grundschule von Crooked Creek erschien, erfuhr sie, dass ihre Tochter nie dort angekommen war.« Ellie machte eine Pause, äußerlich wirkte sie ruhig und professionell. »Man informierte sofort die Polizei. Als wir vor Ort ankamen, sprachen wir mit Avas Lehrerin, ihren Mitschülern und der Direktorin – niemand hatte Ava an diesem Tag gesehen.« Sie schwieg wieder. »Zum jetzigen Zeitpunkt gehen wir jeder Spur nach. Bisher waren weder Avas Vater, Jasper Truman, noch seine Freundin Autumn Juniper auffindbar. Wir möchten die beiden auf diesem Wege dringend bitten, Kontakt mit uns aufzunehmen. Sollten Sie sachdienliche Informationen bezüglich Avas Verschwinden oder über diese beiden Personen haben, rufen Sie bitte das Büro des Sheriffs oder die Polizeiwache von Crooked Creek an.«

Angelica hob die Brauen. »Glauben Sie, dass der Vater das Kind entführt hat?«

»Wie ich schon sagte«, entgegnete Ellie besonnen, »das wissen wir im Moment noch nicht. Aber wir müssen so schnell wie möglich mit Mr Truman sprechen.« Sie appellierte nun direkt an ihn: »Mr Truman, falls Ava bei Ihnen ist, bitte rufen Sie Ihre Frau an, damit sie weiß, dass Ava in Sicherheit ist.«

Angelica wandte sich Derrick zu. »Special Agent Fox?«

Er straffte die Schultern und sagte: »Wir haben eine Meldung bei AMBER herausgegeben und sämtliche Strafverfolgungsbehörden dieses Landes benachrichtigt, damit sie uns bei der Suche nach dem Kind unterstützen. Bitte helfen Sie uns, Ava zu finden, und sie ihrer Mutter zurückzubringen.«

Ellie ergriff wieder das Wort: »Es gibt einen weiteren Aspekt, der die Suche nach Ava noch dringlicher macht. Ava hatte eine Lebertransplantation und benötigt seither sogenannte Immunsuppressiva. Diese Medikamente nimmt sie täglich. Ohne diese Therapie gerät ihr Leben in Gefahr. Ich bitte also ihre Entführer inständig, sie unverzüglich wieder nach Hause zu bringen oder in die Obhut einer medizinischen Einrichtung zu übergeben.«

Mitgefühl flackerte in Angelicas Augen auf. »Wir werden Sie auch weiterhin über die Ermittlungen in diesem Fall auf dem Laufenden halten.« Es wurden nun die Fotos von Ava, ihrem Vater und Autumn eingeblendet, dazu die Nummer der Hotline.

Ellie gab Derrick ein Zeichen, mit in ihr Büro zu kommen. Sie wollte unbedingt hören, was er herausgefunden hatte. Als sie endlich allein waren, schloss sie die Tür hinter sich und atmete tief durch.

20

Azalea Court

Er starrte Avas schönes Gesicht auf dem Fernsehbildschirm an. Er hatte das bezaubernde kleine Mädchen mit den braunen Locken schon zuvor wochenlang beobachtet. Sie war gestern Abend der hübscheste Engel auf der Bühne gewesen.

Er schloss die Augen und rief sich in Erinnerung, wie sie getanzt hatte. Ihre Augen hatten gestrahlt, während sie aus voller Kehle gesungen hatte. Und sie hatte mit ihren Lacklederschuhen auf den Boden getrommelt, als könnte sie keine Sekunde stillstehen, sobald nur Musik erklang.

»*Einmal mehr bitten wir jeden, der Informationen über das Verschwinden von Ava Truman hat, sich umgehend bei der Polizei zu melden*«, sagte die Reporterin nun und riss ihn aus seinen lebhaften Tagträumen. Wieder wurde Avas Foto eingeblendet und er drückte auf Pause.

Schweißperlen traten ihm auf die Stirn, und er lief hektisch auf und ab, schließlich begann er, mit den Fäusten auf seinen Kopf einzutrommeln. Nein, nein, nein …

Die Polizei suchte nach Ava. Alle suchten nach ihr. Panik

stieg in ihm auf. Er hätte nicht mit ihr sprechen sollen. Nicht hinter die Bühne gehen dürfen.

Was, wenn jemand ihn gesehen hatte?

Vor seiner Zimmertür hörte er, wie sich schlurfende Schritte näherten, dann klopfte es leise. Seine Mutter steckte den Kopf herein. Ihr ergrautes Haar trug sie zu einem schütteren Dutt aufgesteckt, ihr Gesicht war gezeichnet von tiefen Falten. Sie sah sich im Raum um. Als sie entdeckte, dass der Fernseher angeschaltet war, und Avas Foto sah, entfuhr ihr ein erstickter Laut. »Bitte sag mir, dass du das nicht warst …«

21

Crooked Creek, Polizeiwache

Ellies Magen verkrampfte sich, als sie den düsteren Ausdruck in Derricks Augen sah. Sein Gesicht war angespannt, ebenso wie der Rest seines Körpers.

»Ich weiß, dass dieser Fall schlimme Erinnerungen bei dir weckt«, sagte sie sanft.

»Das stimmt, aber darum geht es nicht.« Derrick fuhr sich mit den Fingern durch die dichten schwarzen Strähnen.

Ellie runzelte die Stirn und holte tief Luft. Sie beschlich das ungute Gefühl, dass ihr nicht gefallen würde, was er ihr gleich zu sagen hatte. »Raus damit.«

Er ging quer durch den Raum bis zum Fenster und sah hinaus. Sein Rücken versteifte sich. Sie fragte sich, ob er dasselbe dachte wie sie: Dass der graue Himmel über dem festlichen Rot, Grün, Silber und Gold der Dekorationen der Stadt besonders trostlos wirkte.

Wie schnell sich die Dinge seit dem gestrigen Engelsfest geändert hatten, als die Familien sich noch voller Vorfreude auf die Feiertage auf dem Stadtplatz getummelt hatten. Während sie vom Corner Café zur Polizeiwache gefahren war, hatte sie die veränderte Stimmung deutlich wahrgenommen: die Angst, die in der Luft lag, die merkwürdige Stille, die Menschen, die hastig zu ihren Autos und nach Hause geeilt waren, statt entspannt miteinander zu plaudern.

Die Eltern dieser Stadt dachten nun nicht mehr über den Weihnachtsmann und das Weihnachtsessen nach. Stattdessen fragten sie sich, wie sie ihre Kinder vor einem weiteren Monster beschützen konnten.

Derrick wandte sich ihr zu und riss sie so aus ihren Gedanken. »Ich habe zu allen Verhaftungen von Pädophilen recherchiert, und mir die Liste der verurteilten Sexualstraftäter angesehen.«

Ellie stockte der Atem. »Und du bist fündig geworden?«

Er nickte ernst. »Ein junger Mann namens Nolan Grueler.«

Derrick öffnete seinen Laptop und rief Gruelers Strafakte auf. Ellie sah sich das Fahndungsfoto an und bekam eine Gänsehaut. Nicht, weil der Mann unheimlich gewirkt hätte, sondern im Gegenteil, weil er ganz normal aussah. Niemand würde ihn verdächtigen. Er hatte kurzes braunes, lockiges Haar, sein Gesicht war schmal, er war glattrasiert. Er war zierlich, schien geradezu zerbrechlich. Harmlos.

»Er arbeitete als Rettungsschwimmer in einem öffentlichen Freibad in Savannah«, sagte Derrick, während er die Akte studierte. »Die Mutter eines siebenjährigen Mädchens behauptete, er habe ihrer Tochter am Schwimmbecken nachgestellt. Er hat offenbar versucht, sie zu überreden, sich auf seinen Schoß zu setzen, aber sie rannte weg und erzählte es ihrer Mutter. Eine Reihe anderer Mütter gab daraufhin an, er sei zu kleinen Mädchen immer auffällig freundlich gewesen. Die Polizei ging dem nach, und man fand auf seinem Computer kinderpornografisches Material. Außerdem Bilder von den Kindern im Schwimmbad auf seinem Handy. Er stimmte einem Deal zu, saß ein Jahr im Gefängnis ab, jetzt ist er aber wieder draußen.«

Ellie spürte, wie ihr übel wurde. »Wo wohnt er?«

Sie wusste, dass es verurteilten Sexualstraftätern nicht erlaubt war, innerhalb eines Radius von dreihundert Metern um Kirchen, Schulen, Kindergärten, Schwimmbädern, Spielplätzen oder anderen Orten zu leben oder zu arbeiten, wo sich regelmäßig Kinder aufhielten. Wäre er im Park gewesen, hätte er diese Auflagen bereits verletzt. »Laut seiner Bewährungshelferin lebt er bei seiner Mutter.« Derrick Mund wurde schmal. »Und ihr Haus liegt direkt hinter dem der Trumans.«

22

Ellie fluchte, sprang auf und schnappte sich ihre Schlüssel. »Dann unterhalten wir uns jetzt mit Mr Grueler.«

Sie fuhren eilig durch die Stadt und sahen am Engelsbaum die flackernden Kerzen der Betenden, die sich dort zur Mahnwache versammelt hatten. Sie wirkten wie ein Leuchtfeuer der Hoffnung vor dem sich verdunkelnden Himmel. Der Weihnachtschor der Stadt sang »Stille Nacht«, während die Menschen ins Gebet versunken die Hände gefaltet hatten.

Ellie entdeckte auch Lola, die heißen Apfelwein und Kakao verteilte. Sie verließen die Hauptstraße und die festlichen Lichter verschwanden. Sie gelangten in ein hübsches Stadtviertel, dessen schmale Straßen gemütliche Bungalows, Handwerkerhäuser und alte Gehöfte aus Ziegelmauern säumten, wo Familien sich sicher und geborgen fühlen konnten.

Aber seit heute war alles anders.

Die adrette Nachbarschaft, in der Lara lebte, und die Sackgasse, wo das Haus von Ms Grueler stand, waren nur wenige Kilometer vom Stadtzentrum entfernt, aber die Fahrt schien Ellie eine halbe Ewigkeit zu dauern, während immer neue schreckliche Bilder vor ihrem inneren Auge auftauchten und sie quälten.

Sie betete unaufhörlich, dass sie sich irrten, und dass Ava bei Jasper war, und nicht bei diesem Mann.

Sie wollte Grueler keine Chance zur Flucht geben, falls er zuhause war und parkte ihren Wagen zwei Häuser weiter.

Sie und Derrick gingen betont gelassen auf das Haus zu. Alles wirkte winterlich, der trockene Rasen war welk, die Bäume hatten ihr Laub abgeworfen, der Weg zur Tür war übersät mit kleinen Zweigen und Pinienzapfen, die ein Sturm vor kurzem herabgerissen hatte.

Eine Brise fuhr raschelnd durch die trockenen Blätter, als sie die Treppe zum Vordereingang hinaufstiegen. Das schmiedeeiserne Geländer wackelte leicht, als sie es umfasste, die Fenster hätten dringend einmal wieder geputzt werden müssen. Sie blickte zurück auf die Straße, als plötzlich ein schwarzer Mustang mit getönten Scheiben auftauchte und röhrend an ihnen vorbeifuhr.

Derrick klingelte an der Tür und klopfte dann. Etwa eine Minute später erschien eine grauhaarige Frau in einem gelb bedruckten Hauskleid an der Tür. Sie trug eine Brille mit Stahlrahmen, über den hinweg sie ihnen mit zusammengezogenen Brauen einen prüfenden Blick schenkte.

Ellie und Derrick stellten sich vor und die Frau fasste sich mit der Hand nervös an die Brust. »Ich dachte mir schon, dass Sie hier auftauchen werden.«

»Ist das so?», entgegnete Ellie vorwurfsvoll.

Die Frau nickte. »Ich war heute in der Stadt, um Wolle nachzukaufen. Ich stricke immer Teekannenwärmer für den Kirchenbasar. Und da habe ich mit Fanny Mae gesprochen.

Fanny Mae war die eine Hälfte der Stitchin' Sisters, die wöchentlich eine Handarbeitsgruppe veranstalteten.

»Fanny Mae erzählte mir von dem kleinen Mädchen, das

hier im Viertel verschwunden ist, und dass alle über nichts anderes mehr sprechen.«

Ellie und Derrick wechselten einen Blick. »Ms Grueler, dürfen wir vielleicht reinkommen?«

Unbehagen zeichnete sich auf dem Gesicht der Frau ab. »Ich nehme an, ich habe keine andere Wahl.«

Ellie und Derrick sagten dazu nichts. Stattdessen folgten sie ihr durch den kleinen Vorraum in ein altmodisches Wohnzimmer, dessen Möblierung noch aus den Achtzigern stammen musste. Ein grünes geblümtes Sofa und ein Ohrensessel dominierten den Raum, an den eine kleine Küche mit avocadogrünen Fronten grenzte.

Ellie sah sich im Raum nach Nolan um, aber er war nicht da. Neben dem Sofa stand ein Korb mit Stricknadeln und Wolle und auf dem geflochtenen Teppich hatte sich eine getigerte Katze eingerollt.

»Ist Ihr Sohn zuhause?«, fragte Ellie.

Ms Grueler schürzte die Lippen. »Wir sind vorhin aneinandergeraten, und danach lief er wütend aus dem Haus.«

»Was meinen Sie mit aneinandergeraten?«, hakte Ellie nach.

Die Frau seufzte sorgenvoll. »Sie wissen Bescheid über meinen Sohn, sonst wären Sie doch nicht hier, oder?«

Derricks dunkle Augen durchbohrten sie förmlich. »Was meinen Sie damit? Dass er ein verurteilter Sexualstraftäter ist?«

Kurz kniff sie die Augen zusammen, als würden diese Worte ihr körperlichen Schmerz zufügen, dann öffnete sie sie wieder. Sie wirkte plötzlich traurig. »Ich weiß nicht, warum er so geworden ist«, sagte sie, ihre Stimme ein raues Flüstern. »Ich weiß es nicht. Als Kind schien er ganz normal, obwohl er gern mit Puppen gespielt hat.«

»Viele Jungs spielen gern mit Puppen«, sagte Ellie behutsam.

Die Frau biss sich auf die Unterlippe. »Das weiß ich. Es war nur ... die Art, wie er mit ihnen spielte.« Sie senkte die Stimme. »Er hat ihnen die Kleider ausgezogen, und dann ... Sachen mit ihnen angestellt.«

Ellie und Derrick wagten kaum zu atmen, Anspannung lag in der Luft.

Die alte Frau sank auf ihren Sessel und rang die knotigen Hände. Ellie und Derrick setzten sich auf das Sofa.

»Aber er hat für seine Taten bezahlt, und er nimmt die Medikamente, die die Ärztin ihm verschrieben hat, und ich dachte, es ginge ihm gut. Ansonsten hätte ich ihn nicht bei mir wohnen lassen.« Sie blickte zur Seite. Auch wenn sie ihren Sohn in Schutz nahm, hörte man den Zweifel in ihrer Stimme. »Er wusste, dass er nicht in die Nähe der Schule oder des Parks gehen darf.«

»Sie sagten eben, Sie beide hätten sich gestritten?«, warf Ellie ein. Sie spürte, dass die Frau mit sich rang, und sich fragte, wie viel sie preisgeben durfte. »Ging es dabei um Ava?«

Ms Grueler fuhr sich mit einem Finger gedankenverloren über die altersfleckige Hand, dann nickte sie leicht. »Nachdem ich Fanny Mae getroffen hatte, sah ich die Nachrichten, dann ging ich in Nolans Zimmer. Er schaute da drin ebenfalls fern und ...«

»Und was?«, half Ellie vorsichtig nach.

»Er hatte auf Pause gedrückt, und starrte das Foto an, das sie dort von Ava zeigten. Ich sah diesen Ausdruck in seinen Augen ... Ich stellte ihn zur Rede, fragte ihn, ob er sie beobachtet, ob er ihr etwas angetan hat ...«

Ellie hielt den Atem an. »Was sagte er dazu?«

»Er fing an zu schreien und zu weinen. Sagte, er könne nichts dafür, dass er alles versucht habe, aber dass die Polizei jetzt bestimmt kommen würde, um ihn zu verhaften.« Ihre Stimme brach. »Er sagte, er könne nicht zurück ins Gefängnis gehen.« Sie klang gequält, als sie weitersprach. »Sie haben ihm dort schreckliche Dinge angetan. Wirklich schrecklich.«

Ellie glaubte ihr. Pädophile waren in den Augen der anderen Häftlinge der letzte Abschaum.

»Was für einen Wagen fährt er?«, fragte Derrick.

Ms Grueler nahm sich ein Taschentuch vom Beistelltischchen und betupfte sich damit Augen und Nase. »Einen schwarzen Mustang. Er gehörte seinem Vater, aber der ist schon vor langer Zeit verschwunden. Er sagte, er könne Nolan nicht mehr in seiner Nähe ertragen.«

Ohne Zweifel also der Wagen, der davongebraust war, als sie hier ankamen.

Derrick zog sein Handy aus dem Gürtel. »Ich gebe eine Fahndung nach ihm und seinem Auto raus.«

»Ms Grueler«, sagte Ellie und erhob sich vom Sofa. »Glauben Sie, dass Ihr Sohn Ava heute Morgen entführt hat?«

Angst blitzte in den Augen der Frau auf. »Ich ... Ich weiß es wirklich nicht.«

»Würden Sie ihn decken, wenn es so wäre?», fragte Ellie sie geradeheraus. Aus dem Gesicht der Frau wich jede Farbe und sie schüttelte den Kopf.

»Ich habe die kleine Ava im Garten spielen sehen. Sie ist ein liebes Schätzchen. Genau wie ihre Mama.«

»Sie sagen, Sie hätten sie im Garten gesehen?« Ellie blickte zu den Fenstern an der Rückwand. »Man konnte sie von hier aus beobachten?«

»Von hier und von der Küche aus.«

Ellie ging zum Fenster und sah nach draußen. Der Garten der Trumans war von hier aus voll einsehbar. Es gab eine großzügige Rasenfläche mit einem Trampolin und einem Sandkasten, außerdem einen kleinen gepflasterten Patio mit einem Tisch und einigen Stühlen. Ellies Blick blieb an den Pflastersteinen hängen, an denen man immer noch die Reste eines

Himmel-und-Hölle-Spiels erkennen konnte, das Ava dort hingemalt haben musste.

Wenn Ms Grueler Ava dort hatte spielen sehen, dann galt das wahrscheinlich auch für ihren Sohn.

23

»Haben Sie Ihren Sohn dabei gesehen, wie er sie beobachtet hat?«, fragte Ellie mit pochendem Herzen.

»Wenn Ava draußen war, und er zuhause, habe ich immer die Vorhänge zugezogen.«

»Sie wollten ihn schützen?«

»Ihn, und auch das Kind.« Sie klang jetzt ein klein wenig abwehrend. »Wenn Nolan Ava entführt, oder ihr etwas angetan hat, dann braucht er Hilfe. Ich habe mir Vorwürfe gemacht, als er beim letzten Mal verhaftet wurde. Musste mir das Weinen der Mutter anhören und den Anblick des kleinen Mädchens ertragen, das völlig verängstigt war. Das hat mir das Herz gebrochen.« Sie putzte sich geräuschvoll die Nase.

»Gibt es einen Ort, an dem Nolan Zuflucht suchen würde?«, fragte Ellie. »Einen Ort, der ihm etwas bedeutet, vielleicht ein anderes Haus, wo er sich verstecken könnte?«

Die Hand der Frau zitterte, während sie sich die Stirn rieb. »Nicht, dass ich wüsste.«

»Hat er ein Handy?«, fragte Ellie.

»Ja, hat er.«

»Dann rufen Sie ihn bitte an, und sagen Sie ihm, dass wir mit ihm sprechen müssen.«

Die Frau zog ein Mobiltelefon aus der Tasche ihres Kleides und wählte eine Nummer. Als Nolan nicht ranging, hinterließ sie ihm eine Nachricht.

Derrick räusperte sich. »Ich gehe mal kurz nach draußen und rufe seine Bewährungshelferin an.«

Ellie nickte ihm zu, dann fragte sie: »Haben Sie etwas dagegen, wenn wir uns hier ein bisschen umschauen? Ich würde gern Nolans Zimmer sehen.«

Ms Grueler stand auf, ihre Knie zitterten und sie umklammerte Halt suchend die Lehne des Sessels. Ellie konnte sich kaum vorstellen, was sie gerade durchmachte.

Die alte Frau humpelte den Korridor entlang und blieb dann vor einer geschlossenen Tür stehen. Sie öffnete sie, und trat zur Seite, damit Ellie hineingehen konnte. Auf den ersten Blick wirkte das Zimmer auf Ellie wie das eines Teenagers. Über einem Doppelbett lag eine blaue Tagesdecke, an der Wand hing ein Poster, das eine Popband zeigte.

Mit zitternder Hand schob sie den Vorhang zur Seite.

Von Nolans Fenster aus konnte man direkt in Avas Schlafzimmer sehen.

24

Derrick gefiel es nicht, dass der Mann weggelaufen war. In seinen Augen machte er sich damit verdächtig.

Er wählte die Nummer der Bewährungshelferin. »Genesis Luttrell am Apparat.«

»Ms Luttrell, hier spricht noch einmal Special Agent Fox.«

Ihr Atem klang rau. »Sind Sie zu Nolan Grueler nach Hause gefahren?«

»Ja«, antwortete er. »Wir sind im Haus seiner Mutter. Nolan lebt in der Straße direkt hinter dem Haus der Trumans.«

»Ach herrje, das ist nicht gut«, murmelte sie. »Ich dachte, er hätte seinen Zustand im Griff. Er hat sich regelmäßig bei mir gemeldet, und hat auch keinen Termin bei seiner Therapeutin versäumt.«

Vielleicht hatte er auch einfach gelernt, sie alle zum Narren zu halten, dachte Derrick bei sich. Wusste nun, wie man es verhinderte, ertappt zu werden. Erfahrene Kriminelle konnten gerissen sein, manchmal sogar ein einnehmendes Wesen haben. »Seine Mutter sagte, sie habe ihn dabei erwischt, wie er die Nachrichten verfolgte, und ihn dann zur Rede gestellt.

Daraufhin haute er ab. Haben Sie eine Idee, wo er sein könnte?«

Angespannte Stille trat ein. »Nein. Aber ich rufe seine Therapeutin an und frage sie, ob sie etwas weiß. Wenn er das geplant hat, hat er mit ihr vielleicht über seine Gefühle gesprochen oder seine Medikation abgesetzt.«

»Fragen Sie sie, ob es einen Ort gibt, an den er flüchten könnte. Wenn er Ava hat, müssen wir ihn schnell finden.«

»Ich verstehe«, murmelte sie besorgt. »Ich rufe sie sofort an und melde mich dann bei Ihnen.«

Er dankte ihr und legte auf. Dann beschloss er, sich das Haus und das Grundstück von außen anzusehen. Aufmerksam um sich blickend ging er um die Seite des Gebäudes zum dahinter liegenden Garten. Der Garten der Gruelers war von jenem ihrer Nachbarn durch einen Zaun getrennt. Es gab keine Gartenmöbel, aber ein Blumenbeet. Nolans Mutter gärtnerte also gerne. Ein Magnolienbaum und einige wenige Kiefern wuchsen auf dem Grundstück, aber er sah keine Nebengebäude. Dann entdeckte er, vom Laubwerk einer Gruppe von Glanzmispeln beinahe versteckt, eine Holzkiste. Sie war groß genug, um einem kleinen Tier wie einer Schildkröte oder einem Hasen Platz zu bieten.

Neugierig ging er darauf zu, kniete sich hin und knipste seine Taschenlampe an, um zu sehen, was darin war. Sein Puls begann zu rasen, als er einen kleinen braunen Teddy entdeckte, außerdem eine Stoffpuppe und einen Stoffpanda.

Genau die Art von Dingen, mit denen ein Pädophiler versuchen würde, ein Kind anzulocken.

Oder hatte Nolan sie von Kindern gestohlen, die er beobachtet hatte?

Sein Handy vibrierte. Die Bewährungshelferin.

»Hier ist Mrs Luttrell«, sagte die Frau. »Ich habe mit der Therapeutin gesprochen. Obwohl sie der ärztlichen Schweigepflicht unterliegt, hat sie bestätigt, dass Nolan seine Medikamente weiterhin genommen hat. Aber es ging ihm schlecht. Er hat wohl erzählt, dass er sehr gegen seine Neigung ankämpfen muss, und dass er sich dafür hasst.«

Derrick sog hörbar die Luft ein. »Hat er vielleicht Ava Truman erwähnt?«

»Nein«, erwiderte Genesis. »Aber manchmal sprach er wohl davon, irgendwo unterzutauchen. An einem Ort zu leben, an dem er nicht täglich in Versuchung geraten konnte.« Sie seufzte. »Aber das hätte bedeutet, dass er die Termine mit mir und seiner Therapeutin nicht mehr einhalten kann.«

Frustration überwältigte Derrick, während er in den Anblick der Umgebung versank. Von dieser Straße aus konnte man in der Ferne die Berge sehen. Der Appalachian Trail war zu einer Brutstätte des Verbrechens verkommen. Kriminelle machten sich das unwegsame Terrain mit Höhlen, alten Minenschächten und unerschlossener Wildnis zunutze, um sich dort zu verstecken. Wer der Zivilisation entfliehen wollte, fand dort Unterschlupf an völlig isolierten Orten, inmitten dichter Wälder mit üppig wuchernder Bodenvegetation und undurchdringlichem Unterholz.

Und diese Wildnis gewährte jetzt vielleicht einem weiteren Kidnapper Zuflucht.

Unendliche Weiten, in denen Grueler Avas Leiche verschwinden lassen konnte, so wie der Mann, der einst Derricks Schwester entführt hatte.

25

»Ms Grueler«, sagte Ellie. »Hatte Ihr Sohn einen Job?«

»Nein, wegen seiner Vorstrafe wollte ihn niemand anstellen. Er hat sich für Gartenarbeiten in der Nachbarschaft beworben, aber hier leben viele Familien, und niemand wollte ihn in der Nähe seiner Kinder oder seines Hauses sehen.«

»Allein die Tatsache, dass er so nahe bei Ava wohnte, stellt eigentlich schon eine Verletzung seiner Bewährungsauflagen dar«, sagte Ellie ohne Umschweife.

»Ich weiß. Es sollte nur vorübergehend sein, bis er eine eigene Wohnung gefunden hat. Ohne Job war das aber ein aussichtsloses Unterfangen. Er brauchte eine Beschäftigung. Jede Arbeit, die mit Computern zu tun hat, war von vorneherein tabu. Er hätte nicht einmal in einem Lebensmittelgeschäft arbeiten dürfen.«

Ellie schenkte ihr einen mitfühlenden Blick. »Das muss sehr schwierig für Sie gewesen sein.«

Die Frau sah auf ihre Hände hinab und zupfte an ihren Fingerspitzen. »Der ganze Schlamassel hat unser Leben ruiniert. Die Leute tuscheln und tratschen und sagen schreckliche Dinge zu mir. Ich bin allein in den letzten zwei Jahren viermal umgezogen.«

»Hatte Nolan einen Computer?«, fragte Ellie.

»Nein, das schloss sein Behandlungsplan aus. Er durfte nicht im Internet surfen.«

Das ergab Sinn, denn es verstieße ebenfalls gegen die Auflagen. Aber er hätte es auch heimlich machen können.

»Wie ist es mit Waffen?«, fragte Ellie.

»Auch damit hätte er gegen seine Bewährungsauflagen verstoßen. Und ich hätte es nicht erlaubt. Außerdem ist Nolan kein gewalttätiger Mann. Er hat für Waffen nichts übrig.«

Ellie dachte kurz über diesen Satz nach. Wenn er nicht gewalttätig war, bestand vielleicht die Chance, dass Ava noch lebte.

Sie suchte den Schreibtisch ein weiteres Mal ab, dann warf sie einen Blick unter sein Bett und in seinen Wandschrank. Kein Laptop, kein Tablet, keine Waffen. Aber in einer Kommoden-Schublade fand sie eine Schuhschachtel gefüllt mit Haarschleifen. Sie betrachtete sie näher. Die rote mit den weißen Punkten kam ihr bekannt vor. Bei Lara hatte sie einen Korb voller Haarschleifen gesehen, die ganz ähnlich aussahen. Und Ava trug auf dem Foto, das auf Laras Kaminsims stand, exakt die gleiche Schleife.

»Ms Grueler«, sagte Ellie. »Fällt Ihnen sicher kein Ort ein, an dem ihr Sohn Zuflucht suchen würde, wenn er Angst hat oder in Not ist?«

»O mein Gott, die Blockhäuser. Die hatte ich ja ganz vergessen«, sagte die Frau mit zitternder Stimme.

»Wo sind die?«, fragte Ellie.

Ein kurzer Moment verstrich. »Blood Mountain. Sein Daddy hat ihn mal da raufgebracht, um ihn zu bestrafen. Er sagte, er wolle dem Jungen den Teufel austreiben.«

»Haben Sie damals in einem der Blockhäuser gewohnt?«, fragte Ellie.

»Nein, in einer alten verlassenen Jagdhütte, noch bevor man zu den Blockhütten am Fluss kommt. Mein Mann war zu geizig, um ein Haus anzumieten. Aber er kannte sich in der Gegend aus und es war außerhalb der Jagdsaison, er wusste also, dass dort niemand sein würde.«

»Nolan könnte Ava dorthin gebracht haben«, sagte Ellie.

Seine Mutter taumelte plötzlich rückwärts, ihr Gesicht wirkte fahl. Dann griff sie sich an die Brust und sackte auf dem Boden zusammen. Ellie sprang auf sie zu, ging auf die Knie und fühlte ihren Puls. Unregelmäßig und schwach. Sie zog ihr Handy hervor, um einen Krankenwagen zu rufen, aber Derrick stand plötzlich im Raum, erfasste die Situation mit einem Blick und wählte bereits die Nummer.

Während der bangen nächsten halben Stunde versuchten die Rettungssanitäter, Nolans Mutter zu stabilisieren. Sie gingen davon aus, dass es ein Herzinfarkt war, ausgelöst durch Stress, und man transportierte sie schließlich ins Krankenhaus.

»Ich rufe Cord an und frage ihn nach Blood Mountain«, sagte Ellie zu Derrick. »Er weiß vielleicht, wo diese Blockhäuser sind.«

Ihr Magen schmerzte, als sie nach draußen ging. Die Sonne war untergegangen, und die Schatten der Gewitterwolken auf dem leuchtenden Vollmond boten ein unheimliches Schauspiel. Ellie dachte an Lara, wie sie zuhause sorgenvoll auf und ab ging.

Und an die kleine Ava, die vor Angst sicher fast den Verstand verlor, weil die Nacht hereinbrach, und sie sich nach ihrer Mommy sehnte.

26

Blood Mountain

Ranger Cord McClain parkte an der Zufahrt zur Straße, die zu den Blockhütten führte, wo er sich mit Ellie und Agent Fox treffen sollte. Während er wartete und dabei die hohen Gipfel und scharfen Grate des Blood Mountain betrachtete, suchten ihn schmerzvolle Erinnerungen heim.

Mit eintausendzweihundert Metern Höhe war der Blood Mountain der höchste Gipfel entlang des Trails in Georgia und ein Touristenmagnet, der zahllose Wanderer und Jäger anzog. Der Geruch des Winters lag in der Luft und der Wind heulte unheilverkündend durch die Baumkronen, genau wie beim ersten Mal, als er hier gewesen war.

Die Schönheit des Berges wurde überschattet von den schrecklichen Ereignissen, die er mit seinem Anblick verband. Sein Pflegevater hatte ihn hier hinausgezerrt, als er kaum ein Teenager gewesen war.

»Entweder man tötet, oder man wird getötet«, hatte der alte Herr gesagt. »Also nimm deine Waffe, folge dem Wild und erleg es.«

»Ich bin doch kein Killer«, hatte Cord trotzig erwidert und ihm mutig das Kinn entgegengereckt.

»Ach nein? Dann bist du wohl ein Schwächling«, hatte sein Pflegevater geantwortet.

Und er hatte die Faust gehoben und ihn brutal verprügelt.

Cord hatte die Arme vor sein Gesicht gehalten, um sich zu schützen, aber der Alte hatte so hart zugeschlagen, dass er irgendwann gehört hatte, wie sein Handgelenk gebrochen war. Danach hatte er unerbittlich weiter auf sein Gesicht eingeprügelt, bis er vor Blut nichts mehr hatte sehen können. Der Schmerz in seinen Rippen hatte ihn schließlich zusammensacken lassen.

»Ich hab' keine Zeit für so ein wertloses Stück Dreck wie dich«, hatte der Mann hervorgestoßen. Dann hatte er ihm in die Magengrube getreten und ihn in der Wildnis zurückgelassen.

Stundenlang hatte Cord fast bewegungslos auf der Erde gelegen. Er hatte geblutet und schreckliche Schmerzen erlitten. Als irgendwann glühend die Sonne aufgegangen war, hatte er sich zum Bach geschleppt und sich gewaschen. Danach war er tagelang durch den Wald geirrt, verwirrt und hungrig, mit nichts am Leib als den zerrissenen Lumpen, die er getragen hatte. Und er hatte beschlossen, dass er um jeden Preis überleben wollte, egal, was er dafür ertragen musste. Der alte Herr hatte nicht geglaubt, dass Cord allein den Weg aus der Wildnis zurückfinden würde. Und er war tatsächlich so lange durch die dichten Wälder getaumelt, dass er beinahe geblendet worden war, als er schließlich auf eine Lichtung angekommen war. Ein Regensturm hatte den Bach dort zum reißenden Strom anschwellen lassen, und er war von den Fluten erfasst und kilometerweit mitgeschleift worden. Sein Körper war gegen einen Felsen gekracht, die scharfen Kanten hatten ihm die Haut zerschnitten. Er hatte für mehrere Tage das Bewusstsein verloren und war stark dehydriert gewesen. Er war krank geworden und hatte Fieber bekommen, hatte einige Male sogar halluziniert, und gedacht, er würde sterben. Es wäre ihm egal gewesen.

Aber er hatte überlebt, wenn auch nur knapp und daraufhin beschlossen, nie wieder zu diesem kranken Bastard zurückzukehren. Stattdessen war er in die Wälder gegangen, wo er gelernt hatte, mit praktisch nichts zu überleben.

Und nun stand er wieder am Fuß dieses Berges, der die Geister der Vergangenheit in ihm wachrief. Ellie hatte ihn angerufen und ihn gebeten, sich hier mit ihr zu treffen, als er gerade im Café gewesen war, um mit Lola zu sprechen. Und Ellie konnte er einfach nichts abschlagen. Vor allem, weil sie nach einem vermissten Kind suchte.

Er schaltete sein Radio an, gerade wurde das Interview übertragen, das Angelica Gomez mit Ellie geführt hatte, und erinnerte ihn daran, wozu er heute Abend an diesen Ort zurückgekehrt war.

Die kleine Ava Truman könnte irgendwo hier draußen sein, allein mit einem Monster. Genau wie er selbst damals.

27

Ellies Nerven waren zum Zerreißen gespannt, während sie ihren Wagen über die steilen Serpentinen den Berg hinauflenkte. Sie konnte nur ahnen, was Nolans Vater ihm angetan hatte, als die beiden hier allein gewesen waren.

»Ich war schon mal mit meinem Dad hier«, sagte Derrick, und seine Stimme klang, als käme sie aus weiter Ferne. »Er erzählte mir, dass hier vor langer Zeit eine blutige Schlacht zwischen den Cherokee und den Muscogee stattgefunden hat.«

Ellie nickte. »Es wurde so viel Blut vergossen, dass der Berg sich rot färbte. Daher soll der Legende nach sein Name stammen.«

Die Vorstellung, dass Grueler Ava in diese Wildnis mit ihren ganz eigenen Gefahren verschleppt haben könnte, ließ Ellie erschauern. Die Temperaturen konnten nachts in den höheren Lagen in den zweistelligen Minusbereich absinken, und das dichte Laubwerk nahm einem die Sicht.

Auch wilde Tiere waren eine Bedrohung. Ein Kind, das hier schutzlos zurückgelassen wurde, lief jedoch eher Gefahr, an Unterkühlung zu sterben. Sollte sie Grueler entkommen sein, könnte sie sich leicht in den endlosen Wäldern verirrt haben oder von einem der felsigen Überhänge gestürzt sein.

Ellie parkte ihren Wagen und entdeckte dann Cords Truck. Sollten sie Grueler nicht finden, würden sie ihn brauchen, um mit seiner Mannschaft die weiter entfernten Blockhütten abzusuchen. Als er sie sah, stieg er aus und kam auf ihren Jeep zu. Er brummte Derrick eine Begrüßung zu. Die beiden dickköpfigen Männer hatten zu Beginn durchaus ihre Meinungsverschiedenheiten gehabt, aber mittlerweile zu einer Art Waffenstillstand gefunden, um miteinander arbeiten zu können.

»Ich gehe mal rein, und frage, ob der Manager Grueler gesehen hat.« Sie eilte in das Büro, wo sie auf einen Mann mit silbergrauem Haar traf, der zusammengekauert hinter einem Tresen saß, auf der Nase eine Brille mit Metallgestell.

Ellie stellte sich kurz vor. »Wir suchen nach diesem Mann.« Sie zeigte ihm ein Bild von Grueler auf ihrem Handy. »Wir befürchten, dass er ein kleines Mädchen entführt und hierhergebracht haben könnte. Erkennen Sie den Mann wieder?«

Der Alte blinzelte das Foto an. »Ich glaube nicht, aber meine Augen sind nicht mehr die besten.«

»Könnten Sie in Ihrem Gästebuch nachsehen, wer sich zurzeit hier aufhält?«

Er fuhr sich mit den Fingern durch das schüttere Haupthaar. »Natürlich.« Er holte ein Buch vom Tisch und blätterte es durch. »Wir haben hier fünf Blockhütten. In einer wohnt ein Paar namens Anderson, in der zweiten eine vierköpfige Familie, Nummer drei wurde von einem Mann angemietet, der mit seinem Sohn hier ist, Nummer vier von einem Jäger. Das fünfte Haus steht leer.«

»Sie haben also kein kleines Mädchen gesehen?«, fragte Ellie.

Er schüttelte den Kopf. »Aber ein Stück weiter am Trail steht noch ein Blockhaus, das verlassen ist. In der Nähe des Dead Man's Bluff. Vielleicht sollten Sie da mal nachsehen.«

»Danke. Könnte ich für das unvermietete Blockhaus vielleicht den Schlüssel bekommen?«

Der Mann nickte und übergab ihn ihr. Ellie eilte wieder nach draußen. »Wir müssen die leerstehende Hütte überprüfen«, sagte sie und ließ den Motor an. »Vielleicht kannst du an den anderen Blockhäusern ja einmal anklopfen, um zu überprüfen, ob seine Angaben stimmen, Cord.«

»Wird gemacht«, sagte er.

Er setzte sich auf den Rücksitz, sein Gesicht wirkte angespannt. Ellie folgte dem GPS und bog auf eine Schotterpiste ab, die eine alte Bahnlinie kreuzte. Die Kiefern und Eichen schienen immer näher zu rücken, Mondlicht fiel bleich durch die dornigen Zweige und nackten Äste, die eine Art natürlichen Tunnel bildeten.

Plötzlich querte ein Hirsch ihren Weg, und Ellie musste bremsen. Auf dem holprigen Untergrund wirbelten ihre Reifen Dreck und kleine Steine auf.

Sie fuhren um eine weitere Kurve, dann entdeckte sie zwischen einer Baumgruppe ein Licht, das von etwas weiter oben am Hügel zu kommen schien.

Cord sah es im selben Moment. »Da sind die Blockhütten am Fluss.«

Ellie bremste ab und manövrierte den Jeep die gewundene Straße hinauf. Sie stellte den Wagen auf dem Seitenstreifen unter einer Gruppe von Kiefern ab. Die drei stiegen aus, Kies knirschte unter ihren Stiefeln und feuchte Blätter blieben an ihren Sohlen hängen. »Fang mit Nummer eins und zwei an«, bat Ellie Cord.

»Ich übernehme drei und vier«, sagte Derrick.

»Und ich kümmere mich um das leerstehende Haus.«

Sie teilten sich auf, und Ellie überprüfte ihre Waffe, bevor sie auf Haus Nummer fünf zuging. Es brannte kein Licht und nirgendwo war ein Wagen zu sehen. Auf den ersten Blick sah alles verlassen aus, aber sie zückte dennoch ihre Taschenlampe.

Als sie die vordere Veranda erreichte, leuchtete sie damit durch eine der dunklen Scheiben. Sie fischte den Schlüssel aus ihrer Tasche und schloss die Tür auf, dann schob sie sie auf. Die Stille im Raum war drückend, sie rief ihren Namen hinein.

Der Kegel der Taschenlampe tastete den rustikal möblierten Raum ab, alles wirkte aufgeräumt und verlassen. Hier schien wirklich niemand zu sein.

Überzeugt davon, dass das Haus leer stand, ging sie zurück auf die Veranda, schloss die Tür wieder ab und kehrte zum Jeep zurück, wo sie auf Derrick und Cord traf. »In Nummer fünf war niemand«, sagte sie.

»Eins und zwei sind auch überprüft«, sagte Cord.

Derrick seufzte. »Für drei und vier gilt dasselbe. Vielleicht liegen wir falsch, und er war niemals hier.«

»Wir sind noch nicht fertig«, sagte Ellie. »Der Manager sagte, dass etwas weiter oben am Trail, am Dead Man's Bluff, noch eine verlassene Jagdhütte steht.« Sie wandte sich zu Cord um. »Kannst du uns dorthin führen?«

»Natürlich«, sagte Cord, während über ihren Köpfen leises Donnergrollen erklang.

»Gehen wir. Wenn er Ava hat, dürfen wir keine Sekunde verlieren.«

28

Dead Man's Bluff

Ellie ging hinter Cord den dunklen Weg entlang, dicht gefolgt von Derrick. Die Wolkendecke verbarg Mond und Sterne, was die Orientierung zusätzlich erschwerte und sie nur langsam vorankommen ließ.

Ihr Vater hatte ihr schon einmal vom Dead Man's Bluff erzählt, ein steiler Grat des Blood Mountain, wo die Geister der gefallenen Krieger umgehen sollten.

»Ich kenne diese Hütte«, sagte Cord grimmig. »Wenn er dort ist, hat er eine andere Route genommen oder hat abseits der Straße geparkt und ist dann zu Fuß weitergegangen. Die Zufahrt aus dieser Richtung ist seit einiger Zeit durch einen umgestürzten Baum blockiert.«

Am Klang seiner Stimme erkannte Ellie, dass diese Gegend traumatische Erinnerungen in Cord wachrief, aber sie wollte ihn nicht mit Fragen bedrängen. Cord hatte seine Geheimnisse, eine dunkle Vergangenheit. Und sie war klug genug, nicht daran zu rühren.

»Passt auf, wo ihr hintretet, der Weg ist rutschig, es hat

gerade erst geregnet«, warnte sie Cord, während er sie durch das Labyrinth aus Baumstämmen auf abschüssigem Terrain lotste. Der feuchte Boden war von Unkraut überwuchert, in der Luft hing der betäubende Duft von Moos.

Sie kamen an Gruppen von Hemlocktannen und Kiefern vorbei, während sie dem gurgelnden Flusslauf folgten, tappten unbeholfen über lose Felsbrocken und glitschige Steine und wichen Dornengestrüpp aus.

Ellie ahnte, dass sie sich ohne Cords Hilfe hier sofort verlaufen würden, und Derrick erschien ihr noch wortkarger als sonst. Dieser Fall ging ihm zweifellos besonders an die Nieren.

Nach etwa zwei Kilometern hielt Cord an und deutete auf ein Waldstück. Alles wirkte so, als hätte vor Kurzem ein Sturm hier gewütet. Fast versteckt stand dort eine kleine Hütte, die Wände halb überwuchert von Schlingpflanzen.

Sie löschten ihre Taschenlampen, ein Schauer durchrieselte Ellie.

Sie schüttelte das unangenehme Gefühl ab und ging langsam auf die Hütte zu. Im Inneren sah sie gedämpftes Licht, wie von einer Laterne. Derrick machte ihr ein Zeichen. Er würde sich von rechts nähern, sie solle sich links halten. Sie bedeutete Cord, draußen zu bleiben, um das Grundstück im Auge zu behalten.

Als sie sich der verfallene Behausung näherten, hörten sie einen tiefen Klagelaut, es klang fast wie ein verwundetes Tier.

Oder wie ein weinendes Kind.

Ellies Herz begann zu hämmern, und sie und Derrick spurteten los.

29

Ellie zog und entsicherte ihre Waffe und Derrick tat es ihr gleich, während sie vor der Tür kurz innehielten. Dann ging er vorsichtig zu einem winzigen Fenster auf der rechten Seite und warf einen Blick ins Innere, während sie ihr Ohr an die Tür presste.

Ihr Herz hämmerte, das Jammern wurde lauter.

»Bitte mach, dass er Ava nichts getan hat«, flüsterte sie.

Sie warf Derrick einen kurzen Blick zu, und er flüsterte kaum hörbar, dass er im Haus niemanden sehen konnte.

Sie hielt ihre Waffe bereit und klopfte an die Tür.

»Nolan Grueler, hier ist die Polizei. Öffnen Sie die Tür!«

Derrick stellte sich neben sie, dann stieß sie die Tür auf und sah in den dunklen Raum. Das Laternenlicht fiel dämmrig durch das Zimmer und warf diagonale Schatten auf den primitiven Dielenboden, der sich an einigen Stellen durch Regen und andere Wasserschäden verzogen hatte. Ein schimmliger Geruch schlug ihr entgegen, und sie sah ein Nagetier in einer Ecke verschwinden.

Aber keine Spur von Ava. Doch dann stockte ihr der Atem, als sie den am Boden knieenden Nolan Grueler entdeckte, mit dem Oberkörper wie in Trance vor und zurück schaukelnd. Das Jammern stammte von ihm, in der zitternden Hand hielt er eine Neun-Millimeter-Pistole.

Verdammt, seine Mutter hatte doch gesagt, er besitze keine Waffe.

Sie hob erneut ihre Dienstwaffe und ging langsam auf ihn zu. Derrick blieb an der Tür stehen, um den Mann nicht zu erschrecken.

»Nolan, legen Sie die Pistole weg«, sagte Ellie vorsichtig.

Er hatte die Augen fest zusammengekniffen, sein Oberkörper war gekrümmt, er hob die Waffe und hielt sich den Lauf gegen die Schläfe.

»Tun Sie das nicht, Nolan.« Ellie lehnte sich nach vorne, ihre Stimme war nur noch ein Flüstern.

»Legen Sie die Waffe weg, wir können über alles reden.«

Endlich schien er sie gehört zu haben und sah sie mit glasigem Blick an. Seine Mutter hatte behauptet, er sei nicht gewalttätig, aber die Verzweiflung in seinen Augen ließ sie daran zweifeln. »Bitte legen Sie die Waffe weg und sprechen Sie mit mir.«

Der Lauf der Waffe zuckte auf und ab, und Nolan zitterte am ganzen Körper. »Das wird nichts nützen. Sie werden mir nicht glauben.«

»Sagen Sie mir die Wahrheit und ich glaube Ihnen«, sagte Ellie. »Das ist alles, was ich will.«

»Das habe ich, aber Sie glauben trotzdem, dass ich das kleine Mädchen entführt habe, genau wie meine Mutter«, rief er erregt. »Das wird niemals aufhören.«

»Wir haben das Spielzeug in der Kiste gefunden, die sie auf dem Grundstück des Hauses Ihrer Mutter versteckt haben«, sagte Ellie. »Sie haben sie von Ihrem Fenster aus beobachtet, nicht wahr?«

Er nickte, Tränen liefen ihm über die Wangen, sein schmales Gesicht war schmerzverzerrt. »Ich wollte das nicht, aber ich konnte nicht anders. Sie war so hübsch und süß und lächelte immerzu …«

Ellies Magen zog sich zusammen. »Sie sagen, dass sie hübsch *war*«, sagte sie. »Soll das bedeuten, dass sie es nicht mehr ist? Dass Sie ihr etwas angetan haben?«

Er schüttelte den Kopf, das Haar stand ihm wild zu Berge, und er begann, mit dem Schießeisen in ihre Richtung zu fuchteln. »Nein, ich habe gar nichts getan hat«, schrie er. »Ich wollte es, trotzdem habe ich es nicht getan. Aber das spielt keine Rolle.«

»Doch, das tut es«, entgegnete Ellie. »Wenn Sie sie entführt haben, dann sagen Sie mir, wo sie ist, und ich kann Ihnen helfen.«

»Ich habe doch gesagt, dass ich nichts getan habe!«, kreischte er. »Aber Sie werden mir trotzdem die Schuld geben. Und ich kann das nicht mehr ertragen. Ich nehme die Pillen, die man mir verschrieben hat, und ich dachte, ich könnte es unter Kontrolle halten. Aber es holt mich immer wieder ein.« Seine Stimme brach.

»Wir können Ihnen helfen«, sagte Ellie. »Sie zu einem Arzt bringen.«

»Das wird mir nicht helfen«, brüllte er. »Ich habe Ava beobachtet. Beinahe täglich. Aber ich habe sie nicht entführt.« Er richtete die Waffe wieder gegen sich selbst.

»Es wird niemals aufhören. Jedes Mal, wenn ein Kind vermisst wird oder einem Kind etwas zustößt, wird man mich verdächtigen. Ich kann so nicht mehr leben. Ich könnte ebenso gut im Gefängnis sein.«

Ellie schluckte hart. »Nolan, ich habe mit Ihrer Mutter gesprochen«, sagte sie im verzweifelten Versuch, ihn abzulenken, während Derrick sich hinter ihr in den Raum schlich. »Sie weiß, dass Sie in Schwierigkeiten sind.«

»Sie schämt sich für mich!«, weinte er nun. »Sie ist besser dran, wenn ich tot bin.«

»Nein«, sagte Ellie bestimmt.

Aber Nolan wurde von einem letzten Schluchzer gebeutelt und drückte dann den Abzug. Das Klicken der Trommel und das ohrenbetäubende Pfeifen der Kugel hallten im Raum nach.

Ellie und Derrick sprangen auf ihn zu. Die Kugel hatte Nolans Brust durchschlagen. Er war nach hinten auf den Boden gekippt, das Blut floss in Strömen.

Ellie schüttelte ihn. »Verdammt noch mal, wagen Sie es nicht zu sterben, Nolan. Wo ist Ava?«

»Ich war es nicht«, stieß er röchelnd hervor. Seine Augenlider begannen zu flattern, er starrte sie an, sein Kopf sank nach hinten.

»Bitte reden Sie mit mir«, flüsterte Ellie.

Er erwiderte nur starr ihren Blick, er schien das Bewusstsein zu verlieren. »Ich war nicht der Einzige, der sie beobachtet hat. Da war eine Frau, in einem weißen Van«, stöhnte er. Bevor er noch etwas sagen konnte, begann sein Körper zu krampfen und die blutverschmierte Waffe glitt ihm aus der Hand.

30

Ellie starrte ihn stumm und fassungslos an. Eine andere Person, die Ava beobachtet haben sollte?

»Von wem sprechen Sie da?«, fragte sie mit rauer Stimme.

Er keuchte, sein Körper bäumte sich auf, dann wurde er ohnmächtig.

Derrick kniete sich neben ihn, um seinen Puls zu fühlen. »Er ist noch am Leben. Ruf einen Krankenwagen.«

Ellie ließ die Waffe sinken, während Derrick ein paar Tücher aus der Küche holte und sie auf Nolans Brust presste. »Ich versuche, die Blutung zu stoppen. Sieh du dich im Haus um.«

Ellie wählte die 911, und bat darum, der Rettungswagen möge die direkte Route wählen. Sie öffnete die Tür zum einzigen anderen Raum der Hütte, der offensichtlich als Schlafzimmer diente. Abgesehen von einem alten Schlafsack war er leer.

Sie leuchtet mit der Taschenlampe in den Wandschrank, entdeckte dort ebenfalls nichts und kehrte in das kleine Wohnzimmer mit Küche zurück. Sie überprüfte auch schnell die Vorratskammer, fand aber nichts außer einem aufgerissenen

Päckchen Mehl und einer Blechdose mit Öl. Über die leeren Regalbretter huschten Käfer.

In der Ecke stand ein altmodischer kleiner Kühlschrank, die Außenwände waren schmutzig und fleckig von Rost. Ein ekelhafter Gestank lag in der Luft, der sich mit dem metallischen Geruch des Blutes mischte, das auf dem Boden gerann.

Sie hielt die Luft an und ging um Nolan und Derrick herum zu dem Kühlschrank. Sie zog die Schultern hoch und öffnete die Tür, der tranige Gestank, der ihr entgegenschlug, raubte ihr beinahe den Atem. Schnell knallte sie die Tür wieder zu.

»Kein Zeichen von Ava hier«, sagte sie. »Ich rufe ein Spurensicherungsteam. Cord soll die Sanitäter hierherführen. Dann sehe ich mir Gruelers Wagen an.«

»Wie ist er mit dem Auto hierhergekommen, wenn wir es nicht geschafft haben?«

»Wie ich schon sagte, es gibt eine alternative Route von der anderen Seite des Berges aus«, sagte Cord. »Wir sind die Abkürzung gefahren. Aber er hat den Umweg wohl in Kauf genommen, um nicht vom Manager gesehen zu werden.«

Was bedeutete, dass er etwas zu verbergen hatte. Ellie lief schnell nach draußen.

Vielleicht würde sie in seinem Wagen etwas finden, was sie zu Ava führte.

31

Ellie eilte zu Nolans Wagen, während Cord losging, um sich mit den Sanitätern zu treffen. Im Auto fand Ellie eine Barbiepuppe und eine My-Little-Pony-Figur, aber kein Anzeichen dafür, dass Ava hier gewesen war. Cord kehrte bald mit den Sanitätern im Schlepptau zurück und brachte sie zu Grueler. Sie überprüften seine Vitalzeichen und verabreichten ihm ein Mittel, um den Blutfluss zu stillen.

»Er ist in einen Entführungsfall verwickelt. Halten Sie ihn am Leben«, informierte Ellie sie knapp. Sollte Grueler Avas Kidnapper gesehen haben, durfte sie nicht zulassen, dass er sein Wissen mit ins Grab nahm.

»Hat er sonst noch etwas gesagt, Derrick?«, fragte sie.

»Nein, er wurde ohnmächtig«, sagte Derrick.

Sie wandte sich an Cord. »Hast du draußen etwas gefunden?«

Er schüttelte den Kopf. »Ich organisiere ein Team, das die Wälder und den Fluss absucht, falls er Ava irgendwo in der Nähe zurückgelassen hat.«

»Was ist mit seinem Wagen?«, wollte Derrick wissen.

»Ein paar Spielsachen, aber nichts davon gehört Ava. Keine

Snacks, die er ihr gegeben haben könnte, um sie ruhigzustellen, kein Seil, um sie fesseln. Die Spurensicherung soll sich trotzdem alles ansehen. Wenn sie im Wagen war, müsste es irgendwo Fingerabdrücke geben.«

Derrick wies auf Nolan, der immer noch bewusstlos war. »Glaubst du ihm?«

»Ich weiß nicht, was ich glauben soll«, sagte Ellie. »Er hat zugegeben, dass er Ava beobachtet hat. Wenn er sich das Leben nehmen wollte, warum hat er dann nicht gestanden und uns gesagt, wo sie ist?«

Derrick verzog nachdenklich den Mund. »Gute Frage. Vielleicht kann uns seine Therapeutin weiterhelfen.«

Ellie wandte sich wieder an Cord. »Gibt es hier noch irgendwelche weiteren Gebäude oder einen Atomschutzbunker?«

»Nichts in der Art«, erwiderte er.

Ellie kratzte sich am Kopf. »Nolan sagte, eine Frau in einem weißen Van habe Ava beobachtet.«

»Vielleicht wollte er eine falsche Spur legen«, wandte Derrick ein.

»Vielleicht. Oder er wusste nicht, wer das ist.« Voller Frust trat sie beiseite und wählte die Nummer seiner Bewährungshelferin.

»Ich wusste, dass es ihm sehr schlecht ging«, sagte die Frau, offenbar verstört von der Nachricht. »Aber ich habe nicht geahnt, dass er selbstmordgefährdet ist.«

Sie dachte offenbar, Ellie habe ihn in die Enge getrieben. »Er hat zugegeben, Ava beobachtet zu haben. Aber wenn er sie entführt hat, warum hat er nicht auch das gestanden?«

Angespannte Stille trat ein. »Das ergibt alles keinen Sinn«, sagte Genesis. »Als man damals Anklage gegen ihn erhob, hat er seine Taten nicht geleugnet. Er war sofort geständig und stimmte dem Deal zu, den man ihm vorschlug. Ich ... Ich glaube, er wollte aufhören.«

»Glauben Sie, er hat sich erschossen, weil er die Kontrolle verloren und Ava entführt hat?«

Wieder verstrichen einige Sekunden. »Ich weiß es nicht, aber Nolan hat niemals gelogen. Und wenn er sie entführt hätte, dann hätte er ihr nicht wehgetan. Falls seine Schuldgefühle so groß gewesen wären, dass er Selbstmord begehen wollte, hätte er sie an einem Ort zurückgelassen, an dem man sie finden würde.«

Aber von Ava fehlte immer noch jede Spur.

32

Ellie ließ sich von der Bewährungshelferin die Nummer der Therapeutin geben und versuchte sie zu erreichen, während Cord eine weitere Suchmannschaft organisierte. Dr. Myers war gerade in einer Sitzung, sie hinterließ ihr also eine Nachricht, und bat sie, sie in einer dringenden Angelegenheit zurückzurufen. »Wir werden uns aufteilen und mit der Suche in einem Radius von etwa fünfzehn Kilometern beginnen«, erklärte ihr Cord. »Einer der Männer kann mich bei meinem Truck absetzen, wenn wir fertig sind.«

Ellie wandte sich an das Team, das Cord unterstützen sollte. »Danke, dass Sie alle so schnell gekommen sind. Wir wissen nicht, ob Ava da draußen ist, aber wenn ja, dann müssen wir sie finden.« Es war Winter und bereits stockdunkel. »Der Wind frischt auf, und nachts werden die Temperaturen weiter sinken. Falls Ava hier war und Grueler entkommen konnte, ist sie vielleicht in die Wälder geflohen und dann über einen Felsvorsprung gestürzt oder in den Fluss gefallen. Ein wildes Tier könnte sie verletzt haben. Und wenn sie überlebt hat, ist es möglich, dass sie jetzt irgendwo da draußen liegt, frierend, verängstigt und hungrig.«

»Wir werden nicht aufhören, bevor wir hier jeden Quadratzentimeter abgesucht haben«, versprach Cord ihr.

Ellie klatschte in die Hände. »Dann an die Arbeit.«

Cord zeigte ihnen die Karte und sie teilten sich auf, um zu beginnen. Entschlossenheit lag in den Mienen der Männer. Derrick stieß wieder zu ihr, er hatte mit den Sanitätern gesprochen. »Sie nehmen Nolan jetzt mit«, sagte er. »Fahr meinen Jeep wieder zurück«, bat sie ihn und übergab ihm die Schlüssel. »Ich fahre zusammen mit Grueler, für den Fall, dass er aufwacht.«

»Wirst du bei Avas Mutter vorbeischauen und ihr von Grueler erzählen?«, fragte Derrick.

»Nein. Sie hat für heute wirklich genug durchgemacht. Und bisher haben wir keinen Beweis für Gruelers Schuld. Warten wir erst ab, ob er die Schussverletzung überlebt.«

Er stimmte ihr zu und sie eilte zum Rettungswagen, in dem Grueler lag. Man hatte ihm eine Infusion gelegt, er war bleich und wirkte nahezu leblos. Sie kletterte zu ihm in den Wagen.

Die Sirene heulte los und das Blaulicht blinkte, während sie davonbrausten. Ellie rief ihren Vorgesetzten an, um ihn auf den neuesten Stand zu bringen. »Wir sollten an seinem Krankenzimmer eine Wache abstellen«, schlug sie vor. »Er ist zu schwach für einen Fluchtversuch. Aber wenn es sich herumspricht, dass wir einen verurteilten Sexualstraftäter in der Sache verhören ...«

»Wir versuchen, nichts durchsickern zu lassen, aber Sie haben recht«, sagte Captain Hale. »Das könnte heikel werden. Ich spreche mit dem Sheriff.«

Ellie seufzte und lauschte der Sirene, die die nächtliche Stille zerriss. Tag eins. Ava war seit fünfzehn Stunden verschwunden, und sie waren ihr keinen Schritt nähergekommen, seit dem Moment, als sie die Nachricht erhalten hatte.

33

Honeysuckle Lane

Lara ließ die Finger über den glitzernden Christbaumschmuck gleiten, den Ava in der Schule gebastelt hatte. Ihr Herz schmerzte, als sie ihn zurück auf den Kaminsims legte. Sie würde ihn nicht eher aufhängen, als bis Ava wieder zuhause war. Dann könnte sie das zusammen machen.

Panik kroch in ihr hoch. *Was, wenn sie nicht mehr zurückkommt?*

Sie hatte Geschichten von entführten Kindern gehört, die niemals wieder aufgetaucht waren. Die von fremden Menschen aufgezogen wurden, und die man so lange einer Gehirnwäsche unterzog, bis sie ihre wahren Eltern vergessen hatten.

Und erst im vergangenen Jahr hatte man all die Knochen der kleinen Mädchen am Trail entdeckt.

Sie schluchzte erneut, und suchte im Wandschrank nach der Tüte mit den Geschenken, die sie für die Vorweihnachtszeit gekauft hatte. Sie hatte mit dieser Tradition begonnen, als Ava zwei Jahre alt war. Jeden Tag bekam ihre Tochter ein kleines verpacktes Geschenk, bis schließlich Weihnachten war. Es waren einfache Dinge wie ein Päckchen Sammelkarten oder Aufkleber oder neue Filzstifte.

Sie packte die große Schachtel mit Kreiden aus, die sie Ava heute hätte schenken wollen, dann legte sie sie auf den Kaminsims neben den Weihnachtsschmuck. Dort würden sie beide auf Ava warten.

Ihr kleines Mädchen würde nicht zu den Kindern gehören, die für immer verschwanden. Sie musste einfach bei Jasper sein. Denn dann wäre sie immerhin sicher.

Aber warum sollte er sie mitnehmen, ohne etwas zu sagen? War ihm nicht bewusst, dass sie in Panik geraten und die Polizei informieren würde? Oder war ihm das egal?

War das alles ein niederträchtiges Komplott, um sie zum Unterschreiben der Scheidungspapiere zu zwingen? Ihr Herz hämmerte gegen ihren Brustkorb, und sie griff nach ihrem Telefon und wählte erneut seine Nummer. Es klingelte dreimal, dann sprang die Mailbox an. »Jasper, hier spricht Lara. Bitte ruf mich an. Ich muss wissen, ob es Ava gut geht. Wenn du sie mir wiederbringst, dann unterschreibe ich die Papiere. Bitte …«

Ihre Stimme begann zu zittern, Tränen stiegen ihr in die Augen und tropften ihr die Wangen hinab. Sie legte auf, dann ging sie in Avas Zimmer und starrte auf ihr leeres Bett. Die Laken waren noch zerwühlt, ihre Stofftiere ordentlich an der Wandseite aufgereiht. So arrangierte sie sie jeden Abend. Sie mochte es, dann neben ihnen zu liegen, ihnen etwas vorzusingen oder ihnen im Flüsterton Geheimnisse anzuvertrauen.

Lara kroch in Avas Bett, nahm ihre rosa Decke und presste sie an ihre Wange, um ihren Geruch einzuatmen. Der Duft ihrer Tochter umhüllte sie, und sie rollte sich auf die Seite und betrachtete Avas Stofftiere. Sie hatte sie ihre Freunde genannt, und sagte immer, sie würden sie beschützen, während sie schlief.

Aber wer beschützte sie in dieser Nacht?

34

Bluff County Hospital

Zorn auf Grueler stieg in Ellie auf, als der Krankenwagen einschlug und scharf in Richtung Notaufnahme abbog.

»Ich will über seinen Zustand ständig auf dem Laufenden gehalten werden«, sagte sie zu dem Pfleger, der die Sanitäter am Eingang in Empfang nahm. »Und ich will mit ihm sprechen, sobald er wieder bei Bewusstsein ist.«

»Natürlich«, erwiderte der Pfleger. Er wandte sich um und folgte den Sanitätern, die Gruelers Liege im Laufschritt zu einem Untersuchungsraum fuhren.

Ellie ging zum Getränkeautomaten und zog sich einen Kaffee.

Sie ging damit zur Rezeption, um sich dort bei einer Schwester nach Nolans Mutter zu erkundigen, die erst wenige Stunden zuvor hier eingeliefert worden war.

»Ihr Zustand ist stabil«, sagte die diensthabende Schwester. »Aber sie ist sehr schwach.«

»Ich muss ihr sagen, was mit ihrem Sohn geschehen ist«, sagte Ellie.

»Damit würde ich bis morgen warten«, riet ihr die Schwester. »Das könnte sie ihm Moment überfordern.«

»Ich verstehe.« Ellie fürchtete dieses Gespräch ohnehin. Vielleicht konnte sie der Frau morgen früh sagen, ob ihr Sohn die Nacht überlebt hatte. Ihr Telefon vibrierte und sie sah prüfend nach der Nummer.

Es war Dr. Myers, Gruelers Psychiaterin. »Detective Reeves?«, fragte die Ärztin, als Ellie sich meldete.

»Ja. Es tut mir sehr leid, dass ich Sie so spät noch störe, aber es geht um Nolan Grueler. Ich bin gerade bei ihm im Krankenhaus.«

Der Frau entfuhr ein kehliger Laut. »Was ist denn passiert?«

»Wir gehen davon aus, dass er wichtige Informationen über einen Entführungsfall hat oder sogar darin verwickelt ist. Gerade vorhin hat er jedenfalls versucht, sich das Leben zu nehmen.«

»Meine Güte«, sagte Dr. Myers. »Wird er es überleben?«

»Ich weiß es nicht«, sagte Ellie. »Er wird gerade ärztlich versorgt. Ich habe mit ihm gesprochen, bevor er die Waffe gegen sich gerichtet hat, und er bestritt, Ava entführt zu haben. Aber ich frage mich, warum er sterben wollte, wenn er unschuldig ist.«

Ellie hörte am anderen Ende der Leitung Papierrascheln. »Sie wissen, dass ich der ärztlichen Schweigepflicht unterliege?«

»Wir sprechen hier von Kindesentführung«, entgegnete Ellie. »Ava wird seit heute Morgen vermisst, und Nolan Grueler lebt in der Straße direkt hinter ihrem Zuhause.« Sie schwieg kurz, und als die Frau immer noch nichts sagte, setzte sie nach. »Dann erzählen Sie mir, was Ihnen möglich ist.«

Eine weitere Sekunde verstrich. »Nolan litt enorm unter seiner Veranlagung«, sagte Dr. Myers. »Er sagte, er wolle nicht der Mensch sein, der er war, und er sprach auch davon, sich eines Tages das Leben zu nehmen, aber ich dachte, im Moment sei er stabil.«

»Glauben Sie, er könnte schwach geworden sein und Ava entführt haben?«

Dr. Myers' Stimme schien plötzlich unsicher. »Wenn ja, dann glaube ich nicht, dass er ihr wehtun würde«, sagte sie. »Seine Fantasien waren nie gewalttätiger Natur. Im Gegenteil.«

Alle schienen davon überzeugt zu sein, dass er nicht gewalttätig war, aber sich zu erschießen, war ein Akt extremer Gewalt gegen sich selbst. Vielleicht zeugte das von seinem tiefen Selbsthass. »Seine Bewährungshelferin glaubt, dass er die Wahrheit sagen würde, sollte er Ava wirklich entführt haben«, sagte Ellie.

»Dieser Einschätzung stimme ich zu«, sagte Dr. Myers. »Er wiederholte immer wieder, dass er Hilfe wolle, um sich zu stoppen. Er war auch aufgeschlossen gegenüber weiteren Therapien.« Sie schwieg kurz. »In welchem Krankenhaus liegt er?«

»Bluff County«, antwortete Ellie. »Ich habe den Pfleger gebeten, mich zu informieren, wenn er wieder zu Bewusstsein kommt.«

»Rufen Sie mich an, wenn es soweit ist, dann werde ich mit ihm sprechen.«

»Danke«, sagte Ellie. »Ihnen gegenüber würde er sich wahrscheinlich eher öffnen.«

Dr. Myers stimmte ihr zu und Ellie beendete das Gespräch. Dann setzte sie sich ins Wartezimmer. Wenn Nolan wieder zu sich kam, konnte die Therapeutin ihn hoffentlich zum Reden bringen.

Obwohl ihr Instinkt ihr sagte, dass er nicht gelogen hatte. Sie mussten also noch mal ganz von vorne anfangen.

35

SAMSTAG, 21. DEZEMBER

Am nächsten Morgen wurde Ellie schlagartig wach. Ihre Gliedmaßen waren steif, denn sie hatte die Nacht auf einem harten Stuhl im Wartezimmer des Krankenhauses verbracht.

Während der Nacht hatte ihr Boss ihr geschrieben und versprochen, dass der Sheriff entweder selbst kommen oder jemanden schicken würde, der ein Auge auf Grueler hatte, damit sie weiter in alle Richtungen ermitteln konnte.

Sie stand auf und streckte sich, ihre Muskeln schmerzten. Dann ging sie zum Schwesternzimmer. »Gibt es etwas Neues von Nolan Grueler?«

»Es tut mir leid. Er ist stabil, aber er liegt im Koma«, sagte die Schwester. »Wir müssen abwarten.«

Frustration überkam Ellie. »Gut. Rufen Sie mich an, wenn er aufwacht.«

Ein Tonnengewicht schien sie niederzudrücken, als sie auf die Uhr an der Wand sah.

Es war acht Uhr morgens. Ava wurde nun offiziell seit vierundzwanzig Stunden vermisst. Sie wollte zurück ins Wartezimmer gehen, als plötzlich die Türen der Notaufnahme aufflogen. Bryce stürmte auf sie zu. »Was zur Hölle soll das,

Ellie?«, brüllte der Sheriff sie an. »Du ermittelst gegen einen potenziellen Kinderschänder und ich erfahre nichts davon?«

»Ich wollte dich ja informieren«, sagte sie mit zusammengebissen Zähnen. »Aber die Trumans sollten nichts davon mitbekommen, bevor ich mit ihm gesprochen habe.« Bryce starrte sie feindselig an. »Das werden sie ohnehin. Vor allem jetzt, wo du dich schützend vor den Mistkerl stellst.«

Ellie verschränkte die Arme vor der Brust. »Kann ich sonst noch etwas für dich tun?«, fragte sie mit eisiger Stimme. »Falls er Ava wirklich entführt hat, was er bestritten hat, bevor er versucht hat, sich zu erschießen, wird er uns als toter Mann kaum noch erzählen können, wo sie ist.«

Bryce atmete schwer, es herrschte angespannte Stille. »Wenn er Kindern wehtut, hat er kein Recht zu leben.«

»Weder du noch ich sind hier, um Gott zu spielen, Bryce.« Ellie schob ihre persönlichen Gefühle kurz beiseite. »Außerdem hat Grueler behauptet, eine Frau in einem weißen Van habe Ava beobachtet.«

Bryce grunzte. »Wahrscheinlich will er nur von sich ablenken, er nutzt deine Leichtgläubigkeit aus.«

»Ich verlasse mich einfach darauf, dass das System funktioniert«, sagte Ellie.

»Und ich glaube, dass du dir keinen Gefallen damit tust, ihn in Schutz zu nehmen«, erwiderte Bryce.

»Mag sein«, sagte Ellie. »Aber ich muss mich an das Gesetz halten, Sheriff. Und wenn du hier keine Wache aufstellst, dann werde ich es eben tun.«

»Ich kümmere mich darum«, lenkte Bryce ein. »Ich will selbst mit dem Kerl sprechen.«

Zitternd vor Erschöpfung lief Ellie den Gang entlang und nach draußen. Sie hatte das Gefühl, keine Luft mehr zu bekommen. Und sie zweifelte nicht daran, dass Bryce recht hatte.

Etliche der Einwohner hatten sich wütend gegen ihren Vater gewandt, als dieser damals Informationen über Veras

Sohn für sich behalten hatte. Wahrscheinlich würde die Stadt nun sie dafür verdammen, dass sie Nolan Grueler Personenschutz gewährte.

Aber darüber konnte sie sich jetzt nicht den Kopf zerbrechen. Wenn man diesen Job machte, musste man manchmal ein paar Leuten auf die Füße treten.

Und der Fall war es Ellie wert, sich mit der ganzen verdammten Welt anzulegen.

36

Crooked Creek

Nach Einholung der ärztlichen Erlaubnis informierte Ellie schließlich Nolans Mutter darüber, was geschehen war. Die arme Frau wirkte bestürzt, aber auch resigniert. »Was für eine gequälte Seele«, murmelte sie leise. »Vielleicht ist es besser so. Dann fände er endlich seinen Frieden.«

Dieser letzte Satz wollte Ellie nicht mehr aus dem Kopf gehen, als sie nach Hause fuhr. Die Strahlen der Morgensonne durchschnitten die Wolken wie Glasscherben, der Geruch des Winters lag in der Luft.

Sie eilte ins Haus und nahm schnell eine Dusche, dann kleidete sie sich für den Tag. Da ihr Kühlschrank leer war und sie auch tanken musste, fuhr sie zum Corner Café, um sich von dort etwas mitzunehmen. Unterwegs sah sie, dass man in der ganzen Stadt Steckbriefe mit Avas Foto aufgehängt hatte.

Als sie das Café betrat, schlug ihr der so bodenständige wie tröstliche Duft von Speck und Red-eye-Gravy, einem Gericht aus Kaffee und Schinken, entgegen. Die angespannte Stille im Raum, mit der sie begrüßt wurde, mochte dazu nicht recht passen. Das fröhliche Geplapper über die bevorstehenden Weihnachtstage von vor zwei Tagen war besorgten Gesprächen im Flüsterton gewichen, Angst lag in der Luft.

An einem Tisch saß eine Gruppe junger Frauen, ihre Kinder neben sich. »Ist diese Geschichte mit Ava Truman nicht einfach entsetzlich?«, fragte eine junge Blonde im Jogginganzug. »Ich habe gestern bei der Gebetswache mitgemacht. Es war furchtbar traurig«, murmelte eine Dunkelhaarige mit drei Kinder im Schlepptau.

»Sie haben uns gebeten, eine brennende Kerze ins Fenster zu stellen, bis Ava wiederkommt«, fügte eine Frau mit einem Baby auf dem Schoß leise hinzu.

»Wer wird hier wohl als nächstes sein Kind verlieren?«, fragte die Blonde. Die Mutter des Babys drückte ihr Kleines fest an sich und zog ihre Tochter, ein Kleinkind mit zwei hochgebundenen Pferdeschwänzen, näher zu sich heran. »Ich weiß es nicht. Aber ich werde meine Kinder nicht mehr aus den Augen lassen.«

Die Mutter mit den drei Kindern presste sich die Hand an die Brust. »Könnt ihr euch vorstellen, wie es ist, wenn die Tochter aus dem eigenen Haus entführt wird?« Eines der kleinen Mädchen begann zu weinen. »Mommy, ich hab' Angst.« Ihre Mutter nahm sie auf den Schoß, um sie zu trösten, als Ellies Handy kurz klingelte. Es war eine Nachricht von Cord.

Haben im Umkreis von fünfzehn Kilometern alles abgesucht. Haben weder Ava noch irgendeine Spur von ihr gefunden. Wir machen noch einen Durchlauf, dann kommen wir zurück.

Ellie wurde bewusst, dass er die ganze Nacht nach Ava gesucht hatte, und sie bedankte sich. Plötzlich hörte sie Schritte in ihrer Nähe und sie sah, wie Ms Eula sich in ihre Sitznische zwängte, ängstlich darauf bedacht, nicht mit der Perlenkette, die sie um den Hals trug, hängenzubleiben. Während Lola sich um Ellies Wurst im Brötchen kümmerte, ging sie kurz hinüber zu ihrem Tisch. Einige der Frauen in der Stadt machten lieber einen Bogen um Ms Eula, aber Ellie wusste, dass die alte Frau harmlos war.

Ms Eula fummelte an ihren Perlen herum, als Ellie sich ihrem Tisch näherte. »Ich habe mich schon gefragt, wie Sie zurechtkommen.«

Ellie zuckte die Achseln. Sie war sich nicht sicher, ob Ms Eula von ihrem Privatleben sprach oder von dem Fall. »Ich mache mir nur Sorgen um das verschwundene kleine Mädchen. Ich ... will diesmal nicht zu spät kommen.«

Ms Eula drückte ihre Hand. »Die Menschen hier können froh sein, Sie zu haben, liebe Ellie.«

Ellie war sich da nicht so sicher.

Hinter ihr räusperte sich jemand und Ellie spürte einen Lufthauch in ihrem Nacken. »Was machen Sie denn hier, Detective? Holen Sie sich jetzt etwa schon Rat von einer geistig Verwirrten?«

Ellie ballte die Fäuste neben dem Körper und wandte sich zu Bryce' Mutter Edwina, der Frau des Bürgermeisters, um. Ihr Tonfall ließ keinen Zweifel daran, dass sie Ellie für eine komplette Fehlbesetzung hielt.

»Ich sage dieser netten Dame nur guten Tag, und dann fahre ich weiter zur Polizeiwache.« Ellie und Ms Eula wechselten noch einen Blick, dann richtete Ellie sich auf. »Ich muss jetzt los.«

Sie ging zurück zum Tresen, um ihre Bestellung abzuholen, und spürte förmlich, wie die Blicke der anderen Gäste sich in ihren Rücken bohrten, während sie bezahlte.

Die Frau des Bürgermeisters hielt Ms Eula ganz offensichtlich für nicht zurechnungsfähig. Ellie wusste es besser. Die alte

Frau mochte zwar nicht mit den Toten sprechen können, aber sie hatte Mumm und so etwas wie einen sechsten Sinn.

Ellie ging nach draußen. Der eisige Wind bog die Äste der Bäume und ließ die einzige Ampel des Ortes vor- und zurückschaukeln. Ein Gefühl der Vorahnung beschlich sie. Sie sah sich um. Wurde sie etwa von jemandem beobachtet? Sie ballte die Hände und musterte die Gesichter der vorbeieilenden Passanten, die auf dem Weg zu ihren Autos oder in die Geschäfte waren, um dort die letzten Weihnachsteinkäufe zu erledigen. Eingemummelt in dicke Wintermäntel und die Gesichter fast verborgen unter Skimützen und Schals schien niemand Augenkontakt zu suchen. Könnte unter diesen Menschen ein Entführer sein?

37

Derrick erwartete Ellie schon, als sie zur Polizeiwache kam. Er wirkte angespannt.

»Haben McClain und die Hunde etwas gefunden?«

»Nichts.« Sie rieb sich die müden Augen.

Angelica und ihr Kameramann kamen herein. Die Reporterin signalisierte ihr, dass sie ein Interview brauchte.

Ellie verzog das Gesicht, doch sie wusste, dass sie die Öffentlichkeit nicht ignorieren durften.

Tom, Angelicas Kameramann, brachte sich in Stellung und Ellie fuhr sich übers Haar, um die Strähnen zu glätten, die aus ihrem nachlässigen Pferdeschwanz entschlüpft waren. Neben Angelica sah sie immer irgendwie unordentlich aus.

Die Reporterin nahm sich das Mikrofon und begann mit der Anmoderation. »Weihnachten steht vor der Tür, und man fahndet weiter unter Hochdruck nach der sechsjährigen Ava Truman, die seit gestern Morgen verschwunden ist. FBI und Polizei arbeiten rund um die Uhr, um das Kind noch vor den Feiertagen zurück zu den Eltern bringen zu können und die Beamten brauchen auch Ihre Hilfe. Nach wie vor versucht man, Kontakt zu Avas Vater Jasper Truman aufzunehmen.

Wenn Sie also wissen, wo er sich aufhält, dann informieren Sie bitte umgehend die Polizei.«

Ellie setzte eine professionelle Miene auf.

»Stimmt es, dass in Avas unmittelbarer Nachbarschaft ein verurteilter Sexualstraftäter lebt?«, fragte Angelica.

Ellie biss sich auf die Innenseite der Wange, um sich nicht zu einer Reaktion hinreißen zu lassen. Hatte Bryce das etwa durchgestochen?

Angelica räusperte sich. »Detective?«

Sie durfte nicht lügen, sonst würden die Leute das Vertrauen in sie verlieren. Außerdem hatte Angelica den Zuschauern ohnehin schon das Wichtigste verraten, und jeder konnte sich nun im Internet alle Informationen über Nolan Grueler beschaffen. Es war besser, dem zuvorzukommen.

Sie schluckte hart, dann begann sie zu sprechen. »Ja, das ist wahr. Wir haben ihn verhört. Er bestreitet, etwas damit zu tun zu haben. Bis zu diesem Zeitpunkt gibt es auch keinen Beweis dafür, dass er eine Straftat begangen hat.«

»Haben Sie ihn verhaftet?«, fragte Angelica.

Ellie biss die Zähne zusammen. »Nein. Die betroffene Person hat versucht, sich zu erschießen und liegt jetzt im Koma.« Sie machte eine kurze Pause. »Aber ich möchte alle Zuschauer daran erinnern, dass wir uns noch am Anfang dieser Ermittlung befinden und jeder Spur nachgehen werden. Sollten Sie also Informationen haben, die uns helfen könnten, dieses Kind zu finden, dann zögern Sie nicht, uns zu kontaktieren.«

Angelica wollte noch etwas sagen, aber Ellie schüttelte den Kopf. »Wenn Sie mich jetzt bitte entschuldigen würden. Ich muss zurück an die Arbeit. Die kleine Ava braucht uns.« Die Trumans würden wahrscheinlich gleich hier auftauchen oder anrufen.

Sie hastete zurück in ihr Büro. Sie war sauer auf Angelica, auch wenn sie wusste, dass sie nur ihren Job machte. Jetzt war nicht nur Nolan in Gefahr – bislang der einzige Mensch, der ihnen vielleicht dabei helfen konnte, Ava aufzuspüren – sondern der Zorn der Öffentlichkeit würde auch seine labile Mutter treffen.

Eine Sekunde später klopfte Angelica an ihre Tür und kam herein. Ihr Gesicht war ernst.

»Ich wünschte, du hättest das nicht getan«, sagte Ellie. »Wenn Avas Mutter das sieht, dann wird das ihre Angst noch weiter vergrößern.«

»Wenn ich nicht darüber berichtet hätte, dann hätte es ein anderer getan.« Angelica hielt ihr Handy umklammert. »Ellie, kurz nach dem Interview habe ich eine Textnachricht bekommen, das solltest du dir wohl ansehen.«

Ellie verstummte, ihr Herz setzte für eine Sekunde aus. »Ein Tipp über Avas Entführer?«

»Nicht wirklich.« Angelica biss sich nervös auf die Unterlippe, dann hielt sie Ellie ihr Handy hin, damit sie die Nachricht lesen konnte.

Da draußen gibt es noch andere vermisste Mädchen.
Vergessen Sie sie nicht.

Ein kalter Schauder durchrieselte Ellie.

38

Willow Circle

Jan Hornsby rang um Fassung, nachdem die Fernsehreporterin das Interview mit der Ermittlerin aus Crooked Creek beendet hatte. Ein weiteres Kind war also verschwunden. Fünf Jahre alt.

Etwa so alt wie ihre Becky.

Becky war an ihrem Geburtstag entführt worden, das lag nun sechs Monate zurück.

Tränen brannten in ihren Augen, während sie einen Blick hinüber zum Weihnachtsbaum warf. Sie konnte sich einfach nicht überwinden, ihn zu schmücken. Wie sollte sie auch Weihnachten feiern, wenn ihr kleines Mädchen nicht bei ihr war?

»Ach herrje, die arme Familie. Was ist nur aus dieser Welt geworden?«, sagte Jans fünfundsiebzigjährige Mutter mit einem traurigen Kopfschütteln.

»Ich weiß es nicht, Mom.« Jan sah zu ihrer Mutter. Sie bedauerte die Trumans und wurde von ihren eigenen Erinnerungen gequält. Sie war im vergangenen Monat bei ihrer Mutter eingezogen, weil sie das leere Haus nicht mehr ertragen hatte, das einst von Beckys Lachen erfüllt gewesen war. Sie hatte gehofft, die Einsamkeit würde sie hier nicht mehr so quälen, aber nun hatte sie das Gefühl, Becky damit im Stich gelassen zu haben. Als würde ihr kleines Mädchen eines Tages einfach wieder dort auftauchen und um Schokoladenkekse betteln.

Sie konnte in diesem Moment nicht so tun, als würde sie nicht an das Verschwinden ihrer eigenen Tochter denken. Also wickelte sie sich ein Tuch um die Schultern, ging hinaus auf die hintere Veranda und sah in den grauen Himmel und auf die Trauerweiden, die im rückwärtigen Teil des Gartens standen. Manche Leute behaupteten, diese Bäume würden Unglück bringen und dass sie Schlangen anlockten. Nachts hörte sie die unheimlichen Rufe der Eule, die dort hauste. Die Augen des Vogels durchbohrten die Dunkelheit, als könnten sie das Böse wahrnehmen, das dort lauerte.

Die Zweige hingen nun schlaff herab, fast so, als würden sie den Verlust ihrer schmalen Blätter so betrauern wie Jan den Verlust ihrer Tochter.

Aber im Frühling würden diese Bäume die ersten sein, die neu ausschlugen. Wäre Becky dann wieder bei ihr, um das zu sehen? Der Kummer drohte, sie zu übermannen und sie presste die Hand gegen den Bauch, um nicht zu weinen, während sie an ihren letzten Tag mit Becky dachte.

Ihr kleines Mädchen hatte sich so auf das Straßenfest in Chattanooga entlang der Uferpromenade gefreut. Dort gab es Stände von Kunsthandwerkern, die ihre Waren verkauften, Musik, einen Streichelzoo, Ponyreiten und Kinderschminken. In Gedanken sah sie Becky ganz andächtig dasitzen, während eine Künstlerin ihr einen farbenfrohen Regenbogen auf die Wange zauberte. Dann sprang sie quietschend auf und wollte die Ziegen im Streichelzoo besuchen.

Sie hatte die Künstlerin bezahlt und war Becky hinterhergelaufen, aber plötzlich war ihre Tochter wie vom Erdboden verschluckt gewesen.

Sie zitterte jetzt und zog sich das Tuch enger um die Schultern. Das Entsetzen dieses Morgens holte sie mit voller Wucht wieder ein.

Die Polizei hatte ermittelt. Gesucht.

Nichts gefunden.

Sie rief jede Woche dort an, um zu erfahren, ob man noch nach Becky suchte, aber mit jedem Tag, der verging, schien der Eifer der Polizisten nachzulassen, und sie ahnte, dass ihr kostbares Kind bald vergessen sein würde.

An manchen Tagen war der Schmerz so überwältigend, dass sie dachte, nicht mehr weiterleben zu können. Aber sie musste durchhalten.

Becky war irgendwo dort draußen und brauchte sie.

Verzweiflung überwältigte sie, und sie nahm ihr Handy und ging auf die Seite der Facebook-Gruppe, die sie als Unterstützungsnetzwerk gegründet hatte. Sie hatte sie *Mütter der vermissten Kinder* genannt.

Sich mit anderen Müttern zusammenzutun, hatte ihr die Augen geöffnet. Sie hatte erkannt, dass das System manchmal versagte, und wie schnell man vermisste Kinder und ihre Familien aufgab, um sich neueren Fällen zuzuwenden. Und wer hätte den unerträglichen Schmerz der Ungewissheit besser verstehen können als andere Betroffene? Wie es war, sich immerzu zu fragen, ob es dem eigenen Kind gut ging, ob es verletzt war, hungrig, ob man für es sorgte?

Wenn sie als Mütter nicht um ihre verschwundenen Kinder kämpften, würde es keiner tun.

Und sie würde nicht zulassen, dass man Becky vergaß.

39

Honeysuckle Lane

Ellie lehnte sich über ihren Schreibtisch und nahm ein paar tiefe Atemzüge, um gegen ihre wachsende Unruhe anzukämpfen.

Hatte Avas Kidnapper auch andere Kinder entführt? Hatten sie es mit jemandem zu tun, der reihenweise Kinder in seine Gewalt brachte? Und plante diese Person weitere Entführungen?

Derrick versuchte sofort, die Textnachricht zurückzuverfolgen, die Angelica erhalten hatte, seine düstere Miene verhieß aber nichts Gutes. »Wurde von einem Wegwerf-Handy verschickt. Keine Chance, den Absender zu identifizieren.«

Warum überraschte sie das nicht? »Entweder handelt es sich beim Absender um den Täter oder um eine Person, die etwas über den Täter weiß. Und dass er nicht zum ersten Mal zuschlägt.«

Ihr Boss steckte den Kopf zur Tür herein. »Wir haben gerade einen Notruf erhalten, Verdacht auf häusliche Gewalt. Das Haus der Trumans«, sagte er. »Deputy Eastwood ist gerade nach Hause gefahren, um zu duschen. Also bewegen Sie Ihren Arsch dorthin.«

Adrenalin rauschte durch Ellies Adern. »Was ist passiert?«

»Die Nachbarin sagt, sie hat einen heftigen Streit gehört«, erwiderte Captain Hale. »Das ist alles, was ich weiß.«

Ellie ging zur Tür, dicht gefolgt von Derrick. Sie sprangen in ihren Jeep und fuhren mit quietschenden Reifen vom Parkplatz. Es herrschte kaum Verkehr, da die Winterferien nun begonnen hatten. Neben dem drohenden Schneeregenwetter tat die grassierende Angst ihr Übriges, um die Leute im Haus zu halten. Blätter rieselten zu Boden, der Wind trieb die kümmerlichen Reste des Laubs quer über die Straße. Über ihnen am Himmel hing eine riesige graue Wolke, was die bedrückte Stimmung noch verstärkte.

Während der Fahrt bemerkte sie in den Fenstern mancher Häuser flackernde Kerzen, ein Zeichen der Unterstützung für die Trumans.

Als sie am Haus der Trumans ankamen, sahen sie einen schwarzen Pickup, der halb auf dem Rasen, halb in der Einfahrt stand, als hätte der Fahrer es sehr eilig gehabt. Aus dem Haus drangen laute Stimmen. Als Derrick und Ellie sich näherten, hörten sie plötzlich ein Krachen. Ellie zog ihre Waffe und signalisierte Derrick mit einer Geste, er solle ihr Deckung geben. Dann klopfte sie an und nannte laut ihren Namen.

»Lara, hier ist die Polizei. Öffnen Sie die Tür.«

Durch das der Straße zugewandte Fenster konnte sie einen Mann sehen, der Lara in die Küche folgte.

Auf den ersten Blick wirkte es auf sie, als sei er unbewaffnet. Allerdings hatte er eine Lampe umgestoßen und beugte sich nun drohend über Lara. Er war etwa einen Meter achtzig groß, muskulös und hatte struppiges, schmutzig-braunes Haar.

Durch die Wolken brach ein schmaler Streif Sonnenlicht und sie konnte nun auch sein Gesicht erkennen. »Das ist Jasper

Truman«, flüsterte sie Derrick zu. »Ich glaube, er ist unbewaffnet.«

Aber Jasper war wütend, daran bestand kein Zweifel.

Sie klopfte ein weiteres Mal an, dann stieß sie die Tür auf und rief nach Lara. »Hier sind Detective Reeves und Agent Fox.«

Die Waffe im Anschlag ging sie vorsichtig durch die Diele, bis sie und Derrick schließlich den Korridor erreichten. Jasper musste sie gehört haben, denn plötzlich riss er den Kopf herum. Sein Gesicht wirkte aufgewühlt, sein Haar war zerrauft. Seine Augen starrten wild und wütend und seine Haut war von Schweiß bedeckt.

»Du hast unsere Tochter verloren«, brüllte er, dann schnellte seine Hand nach vorn und er fegte die Reste des Schneemann-Puzzles vom Tisch.

»Lara«, sagte Ellie leise, während sie langsam auf das Paar zuging. »Alles in Ordnung mit Ihnen?«

Die Frau sah mit rot geränderten verweinten Augen zu Ellie. Ellie betrachtete sie aufmerksam und suchte nach Anzeichen für Verletzungen. Derrick stellte sich jetzt zwischen Lara und ihren Ehemann.

»Treten Sie zurück von Ihrer Frau, Mr Truman«, befahl er Jasper.

Der Mann hob die Hände in die Luft, wie um zu signalisieren, dass er unbewaffnet war, und Ellie näherte sich Lara. »Sind Sie verletzt?«

Lara schlang die Arme um ihren Oberkörper, ihr Kinn zitterte.

»Er sagt, dass er Ava nicht hat«, sagte sie weinend.

Mit zusammengekniffenen Augen musterte Ellie den Mann, der die Hände neben dem Körper zu Fäusten geballt hatte. Sein Gesicht war gerötet, Bartstoppeln bedeckten die Wangen und seine Nüstern waren weit gebläht. An den Händen hatte er etliche Narben und Kratzer. Stammten die von seiner Arbeit? Oder rührten sie daher, dass er Ava verscharrt hatte?

»Sie ist nicht bei mir!«, bellte er. »Wie konnte das passieren, Lara?«

Dann wandte er sich vorwurfsvoll an Ellie. »Und was unternehmen Sie, um meine Tochter zu finden?«

Lara verbarg das Gesicht in den Händen, sie zitterte am ganzen Körper. Ellie setzte sich vorsichtig neben sie auf das Sofa. Derrick berührte Jasper am Arm. »Setzen Sie sich, Mr Truman.«

Er starrte Derrick an und schüttelte den Kopf. Schweißtropfen rannen ihm von den Schläfen seitlich über das Gesicht. »Ich will mich nicht setzen. Ich will wissen, wo mein kleines Mädchen ist. Hat dieser Perverse sie etwa verschleppt?«

»Welcher Perverse?«, ächzte Lara auf.

»Der, der direkt hinter unserem Haus wohnt!« Jasper zeigte auf Ellie. »Das kam alles in den verdammten Nachrichten!«

Lara blickte entsetzt zu Ellie, und Ellie drehte sich der Magen um. »Mr Truman«, sagte sie mit fester Stimme. »Ich habe diesen Mann verhört, aber ich glaube nicht, dass er Ava entführt hat. Er hat es nicht nur abgestritten, wir haben auch keinen einzigen Beweis dafür gefunden, dass er Kontakt zu ihrer Tochter hat. Tatsächlich hatten wir gehofft, dass Sie uns sagen können, wo sie ist.«

Er rammte seine Faust in die Handfläche. »Woher soll ich das wissen? Ich war beim Fischen, und ich dachte, sie sei hier bei ihrer Mutter.«

»Das war sie auch«, sagte Lara. »Aber sie wollte zur Bushaltestelle und ich habe nur einen Moment lang nicht hingesehen, und ... sie kam nie dort an.«

»Wo genau waren Sie beim Fischen?«, fragte Ellie den Ehemann.

»Oben am Beaver Pond«, sagte er. »Was zur Hölle geht hier vor sich?«

Derrick verschränkte die Arme vor der Brust. »Ihre Frau hat gestern versucht, Sie zu erreichen. Mehrmals. Wenn Sie so besorgt um Ava sind, warum tauchen Sie dann erst heute hier auf?«

»Weil ich in den Wäldern kein Netz habe«, schnauzte Jasper ihn an. »Ich konnte meine Mailbox erst heute Morgen abhören, als ich Köder kaufen ging.« Er griff nach seinem Handy. »Gestern Abend rief Lara mich an und beschuldigte mich praktisch, mein eigenes Kind entführt zu haben.«

Ellie achtete genau auf seine Körpersprache. Angespannte Schultern, verkrampfte Kiefermuskulatur, die Hände ballten und öffneten sich wieder. Als hätte er am liebsten auf etwas eingeschlagen. In seiner Stimme mischten sich Angst und Wut zu gleichen Teilen. Hatte er Angst um Ava, oder fürchtete er, geschnappt zu werden? »War jemand mit Ihnen beim Fischen?«, fragte sie.

Jasper kniff die Lippen zusammen, bis sein Mund nur noch ein schmaler Strich war. »Ja. Ein Kumpel. Sein Name ist Curtis Banks.«

»Wir werden seine Kontaktdaten brauchen«, sagte sie.

Er atmete hörbar aus, es klang wütend. Aber dann suchte er die Nummer heraus. »Er ist heute Morgen zum Fischen gegangen, also wird er auch keinen Empfang haben.«

»Wo haben Sie übernachtet?«, fragte Ellie.

»Wir haben am See gezeltet.«

»Wie weit ist das Angler-Geschäft von ihrem Lager entfernt?«, fragte Ellie weiter.

Jasper ließ wieder die Faust in eine Handfläche krachen. »Ungefähr eineinhalb Kilometer. Warum stellen Sie mir all diese Fragen, anstatt nach Ava zu suchen? Und woher wissen Sie, dass dieses kranke Schwein ihr gerade nicht weh tut?«

»Weil er gestern Nacht versucht hat, sich das Leben zu nehmen.« Ellie räusperte sich. »Wie ich schon sagte, wir haben keinen Beweis dafür gefunden, dass er etwas mit ihrem

Verschwinden zu tun hat.« Obwohl er Ava beobachtet hat, rief sie sich ins Gedächtnis. »Aber wir behalten ihn weiterhin im Auge.«

Lara riss den Kopf hoch. »Ich möchte mit ihm sprechen. Er soll mir ins Gesicht sehen und es mir selbst sagen.«

»Ich fürchte, das ist nicht möglich«, sagte Ellie. »Er liegt im Koma. Aber bevor er das Bewusstsein verlor, erwähnte er eine Frau in einem weißen Van, die Ava beobachtet haben soll.«

»Was?« Laras Stimme war nur noch ein ersticktes Flüstern. »Wer war das?«

»Das weiß ich nicht. Ich hoffe, er kann uns das sagen, wenn er wieder zu sich kommt.« *Wenn* er je wieder zu sich kommt, dachte sie bei sich. Die Ärzte hatten keine günstige Prognose gestellt. »Lara, ist Ihnen in der Nähe des Hauses oder der Bushaltestelle in letzter Zeit ein weißer Van aufgefallen?«

Lara fuhr sich mit einer Hand über das Gesicht. »Nicht wirklich. Weiße Vans und Trucks sieht man ja jeden Tag.«

Das ist wahr, dachte Ellie. *Und Grueler hatte nicht gesagt, ob es sich um einen Geschäftswagen oder ein privates Fahrzeug gehandelt hatte.*

»Mr Truman, wir müssen auch andere mögliche Szenarien in Betracht ziehen. Dazu brauchen wir Ihre Hilfe.«

Seine Augen blickten nervös hin und her.

Derrick streckte seine Hand aus. »Bitte geben Sie mir Ihr Telefon.«

»Warum?«, raunzte Jasper.

»Um Ihre Geschichte überprüfen zu können«, sagte Ellie.

Sie warf Avas Vater einen prüfenden Blick zu und suchte nach Anzeichen dafür, dass er log.

Er fluchte, seufzte dann aber resigniert auf und drückte Derrick das Handy unwirsch in die Hand.

»Suchen Sie, solange Sie wollen. Sie werden nichts finden.« Dann wandte er sich seiner Frau zu, sein Blick war voller

Verachtung. »Das ist wirklich ein Witz, Lara. Du verlierst unsere Tochter und dann gibst du mir die Schuld dafür.«

»Ich will nur, dass sie gefunden wird«, sagte Lara mit brüchiger Stimme. »Ich dachte, du hättest sie mitgenommen, um mich zu zwingen, die Scheidungspapiere zu unterschreiben.«

»Aber sie ist nicht bei mir!«, brüllte er. »Also, wo steckt sie?«

»Ich weiß es doch nicht«, sagte Lara unter Tränen.

»Bitte, Mr Truman, setzen Sie sich und beruhigen Sie sich«, sagte Ellie.

Er ließ sich in einen Stuhl sinken. »Wie kann ich mich beruhigen, wenn Sie mich beschuldigen, meine eigene Tochter entführt zu haben?«

40

»Wir haben Sie nicht beschuldigt«, entgegnete Ellie. »Wir dachten schlicht, Ava sei bei Ihnen. Und ehrlich gesagt, Mr Truman, hat Ihre Frau das gehofft, weil alle anderen möglichen Szenarien sehr viel beunruhigender sind.« Nicht beunruhigend, sondern beängstigend, aber sie wollte die Situation nicht noch weiter verschärfen.

Er biss die Zähne zusammen, sein Gesicht wurde kalkweiß. Sie war sicher, dass er an Grueler dachte. In seinem aufgewühlten Zustand wäre es Jasper zuzutrauen, dass er ihn sich persönlich vorknöpfte.

»Wir haben eine Meldung bei AMBER herausgegeben und Avas Foto und Personenbeschreibung wurde an jede Strafverfolgungsbehörde des Landes weitergeleitet«, erklärte sie Jasper. »Wir haben außerdem die Nachbarn befragt, und Ihre Frau hat alle unsere Fragen beantwortet. Wir sind jetzt darauf angewiesen, dass auch Sie mit uns kooperieren.«

Er fuhr sich mit einer Hand über das Gesicht. »Ich weiß überhaupt nichts, außer, dass ich Ava an Weihnachten besuchen wollte, wenn ich wieder hier bin.«

»Wo ist Ihre Freundin, Autumn?«, fragte Ellie, während ihre Fingerspitzen nervös auf ihren Oberschenkel trommelten.

Er warf seiner Frau einen finsteren Blick zu. »Ich weiß es nicht. Wir haben uns gestritten, und dann habe ich Schluss gemacht. Deshalb wollte ich ein paar Tage wegfahren.«

Laras Augen wurden rund. »Du hast dich von ihr getrennt?«

Er nickte, sein Zorn schien ein wenig abzuebben. »Ich ... Weil die Feiertage vor der Tür standen, wollte ich Zeit mit Ava verbringen. Ich hatte gehofft, wir könnten wieder eine Familie sein, wenn auch nur für den einen Tag.«

Lara sah auf ihre abgekauten Fingernägel hinunter und biss sich auf die Unterlippe.

Ellies Finger trommelten weiter auf ihr Bein ein. Er klang ehrlich, aber sie konnte ihm doch nicht recht glauben. »Haben Sie und Ihre Freundin sich darüber gestritten?«

Er fuhr sich mit der Hand noch einmal durchs Haar, ihr Blick fiel wieder auf die Narben und Kratzer, die er dort hatte. »Ja«, sagte er. »Sie wollte, dass ich die Scheidung endlich durchsetze. Aber ich ... sagte ihr, ich sei dafür noch nicht bereit.«

»Wirklich?«, hauchte Lara.

»Ja.« Sein Kiefer zuckte. »Autumn war ziemlich wütend. Sagte, sie wolle ein paar Tage allein verreisen.«

»Hat sie gesagt, wohin sie wollte?«, fragte Ellie.

Er schüttelte den Kopf. »Wahrscheinlich irgendwohin zum Shoppen, oder in ein Wellness-Hotel. Sie fährt alle paar Monate für einen Shopping-Marathon nach Atlanta und wohnt dort dann im Hotel.«

Ellies Gedanken begannen zu rasen. »Mr Truman, halten Sie es für möglich, dass Autumn Ava entführt hat, um sich an Ihnen zu rächen?«

41

Jaspers Miene verfinsterte sich. »Ich glaube nicht, aber … verdammt, was weiß ich schon. Sie wollte keine Kinder. Sie wollte, dass ich Ava aufgebe.« Seine Stimme wurde hart. »Ich hab' ihr klargemacht, dass das niemals passieren wird.«

Lara öffnete den Mund und schloss ihn wieder, sichtbar entsetzt.

»Wie kann ich sie erreichen?«, fragte Ellie.

Er wies auf das Handy, das Derrick gerade in die Mangel nahm. »Sie finden ihre Nummer in meiner Kontaktliste.«

Derrick tippte auf Jaspers Telefon herum. »Curtis hat nicht geantwortet. Ich habe ihm eine Nachricht hinterlassen und ihn gebeten, so schnell wie möglich zurückzurufen.«

Vielleicht konnte Cord ja zum Beaver Point fahren und ihn dort suchen. Sie wandte sich an Jasper. »Gibt es jemanden, der Ihnen schaden wollen würde, indem er Ava entführt? Jemand, dem Sie Geld schulden, und der Sie erpressen will?«

»Nein«, sagte Jasper. »Sie können unsere Finanzen überprüfen. Wir haben Schulden, aber ich zahle sie langsam ab.«

»Ist Ihnen vielleicht aufgefallen, dass jemand Ava beobachtet hat, wenn Sie mit ihr zusammen waren?«

Er schüttelte den Kopf. »Nein.«

»Niemand in einem weißen Van?«, fragte Ellie.

«Nein.«

Ellie wies auf seine Hände. »Diese Kratzer und Narben, woher haben Sie die?«

Jasper hob seine Hände und sah sie achselzuckend an. »Ich arbeite auf dem Bau.«

Lara keuchte auf. »Deine Baufirma hat doch weiße Vans. Hast du einen davon vielleicht an deine Freundin verliehen?«

»Nein. Aber manchmal parken wir einige von ihnen an der Baustelle.« Man spürte seine Beklemmung wachsen, während es ihm zu dämmern schien.

»Ich werde Autumn anrufen.«

Ellie hob einen Finger. »Gut. Aber suchen Sie keine Konfrontation. Reden Sie einfach nur mit ihr. Deuten Sie vielleicht an, dass Sie sie gern sehen würden.«

Er holte tief Luft, murmelte dann, dass er verstanden habe und nahm sein Handy von Derrick entgegen.

»Stellen Sie sie auf laut«, sagte Ellie.

Er befolgte ihre Anweisung und wählte dann Autumns Nummer. Ellie hatte nicht damit gerechnet, dass sie gleich abnehmen würde, und war überrascht, als sie es doch tat.

»Hier ist Jasper.«

»Ich dachte, du wolltest raus zum Fischen?«, sagte sie, ihre Stimme klang so schneidend wie ein Rasiermesser.

Jasper nahm langsam einen tiefen Atemzug. »Da war ich auch, aber ich bin früher zurückgekommen. Ich musste dauernd an dich denken und wollte noch mal mit dir sprechen. Wo bist du?«

»Im Spa. Was ist los, Jasper? Jemand von der Polizei hat mir auf die Mailbox gesprochen, und wollte, dass ich zurückzurufe.«

Ellie biss sich auf die Innenseite ihrer Wange. Also hatte

Autumn ihre Nachricht bekommen, aber nicht darauf reagiert. Warum nicht?

»Ich weiß, die Polizei ist jetzt gerade bei mir«, gab Jasper zu, seine Stimme war rau. »Autumn, wir glauben, dass jemand Ava entführt hat.«

Angespannte Stille trat ein, dann fand Autumn die Sprache wieder, sie klang gereizt. »Was soll das denn heißen? Hat sie jemand mitgenommen?«

»Ja, gestern Morgen, auf dem Weg zur Bushaltestelle«, sagte er. »Ava ist nie in der Schule angekommen. Und seither fehlt jede Spur von ihr. Ich … dachte, vielleicht weißt du etwas darüber.«

Ellie hörte, wie Autumn nervös mit den Fingernägeln auf eine Tischplatte klackerte. »Warum zum Teufel sollte ich darüber etwas wissen?«

Eine weitere Sekunde verstrich. Er sah zu seiner Frau, dann zu Ellie und Derrick. »Ich dachte, vielleicht hast du sie ja mitgenommen. Vielleicht, um mich zu überraschen«, log er.

»Du weißt doch, dass ich nicht auf Kinder stehe, Jasper. Und wenn du damit das andeuten willst, was ich gerade glaube, dann fahr zur Hölle.«

»Bitte, Autumn, wenn du sie hast, dann sag es mir«, flehte Jasper jetzt. »Ich würde alles tun, um Ava wiederzubekommen.«

»Dann geh einfach zurück zu deiner Frau. Ich muss jetzt auflegen, ich habe einen Massage-Termin.«

Sie hatte das Gespräch beendet. Lara presste die Faust gegen ihren Mund, als wolle sie damit einen Schrei ersticken. Jasper fluchte.

Ellie war erstaunt, wie kaltschnäuzig Autumn reagiert hatte. Die Frau hatte definitiv nichts für Kinder übrig.

Aber war sie fähig, ein Kind zu kidnappen, um Jasper dafür zu bestrafen, dass er Ava ihr vorzog?

42

Shondra traf ein, um bei den Trumans die Stellung zu halten. Ellie brachte sie auf den neuesten Stand, während Lara weinend in Avas Zimmer verschwand. Jasper lief nervös im Wohnzimmer auf und ab. Seine schweren Arbeitsstiefel polterten auf dem Holzboden, während er die Familienfotos vergangener Weihnachtsfeste betrachtete, die Lara auf dem Kaffeetisch arrangiert hatte.

»Was hältst du von alldem?«, fragte Shondra Ellie.

»Bei Jasper bin ich mir nicht sicher. Er scheint sich wirklich Sorgen zu machen, aber vielleicht sind das auch Schuldgefühle, weil er Ava wehgetan hat.« Ellie schwieg kurz. »Die Freundin ist eiskalt. Die streichen wir vorerst definitiv noch nicht von der Liste der Verdächtigen.«

»Ich werde ihn beobachten«, sagte Shondra. »Mal sehen, ob er bei seiner Geschichte bleibt.«

»Behalt auch sein Handy im Auge, falls Autumn versucht, ihn zu erreichen oder er sich wegschleicht, um sie anzurufen.«

»Keine Sorge«, sagte Shondra. »Ich habe Erfahrung mit unberechenbaren Typen.«

Ellie schenkte ihr ein mitfühlendes Lächeln. Sie wusste,

dass Shondra als Kind in ihrer Familie häuslicher Gewalt ausgesetzt gewesen war.

»Der Angestellte an der Rezeption des Spa hat bestätigt, dass Autumn dort ist«, sagte Derrick und legte auf. »Sie hat praktisch jede Dienstleistung gebucht, die sie im Angebot haben.«

Sie beschlossen, sich aufzuteilen. Ellie setzte Derrick an der Polizeiwache ab, damit er dort seinen Wagen holen konnte. Er würde zu Autumns Apartment fahren und es durchsuchen. Ellie wollte sich in der Zwischenzeit mit Cord treffen, um mit ihm zum Beaver Point zu gehen.

Obwohl es aufgehört hatte zu regnen, türmten sich am Horizont neue dicke graue Wolken. Sie parkte im Schatten einiger Kiefern und Espen und stieg aus. Sie hatte das Gefühl, als sei es hier um zehn Grad kälter. Es hatte während der Nacht geregnet und an den zitternden Zweigen, auf dem welken Laub und an Gras und Unkraut glänzten noch Wassertropfen.

»Geht es dir gut?«, fragte Cord, als sie nebeneinander den schmalen Pfad entlangliefen.

»Nur müde. Und ich mache mir Sorgen um Ava«, sagte Ellie und atmete den Duft von feuchtem Moos tief ein.

Seine dunkelbraunen Augen suchten ihren Blick. »Es tut mir sehr leid wegen des kleinen Mädchens, aber das habe ich eigentlich nicht gemeint. Der Fall mit dem ›Jäger‹ muss dir doch sehr zugesetzt haben.«

Ihre Wangen wurden heiß. Er streckte die Hand aus und berührte ihren Arm. »Ellie?«

Sie straffte den Rücken und kämpfte gegen das Bedürfnis an, sich an ihn zu lehnen. »Ab und zu habe ich noch Alpträume. Aber ich habe es überlebt. Wie geht es Lola damit?«

Schmerz und Sorge zeigten sich kurz auf seinem Gesicht. »Ähnlich wie dir. Sie will aber nicht darüber sprechen.«

Ellie konnte das verstehen. »Sie hat Glück, dich an ihrer Seite zu haben, Cord«, sagte sie.

Er zuckte die Schultern. »Sie hätte was Besseres verdient.«

»Du verkaufst dich unter Wert.« Danach schwiegen beide, während sie immer tiefer in den Wald vordrangen. Zarte Sonnenstrahlen ließen die Regentropfen an den Bäumen glitzern, sie sahen aus wie Perlen. Doch der morbide Geruch nach nasser Erde und ein metallischer Gestank, der wohl von einem verendeten Tier kam, wollte nicht recht zu all der Naturschönheit passen.

Sie erklommen einen weiteren Hügel, dann erreichten sie den Laden für Anglerbedarf. Der Inhaber bestätigte ihnen, Jasper mit einem anderen Mann hier gesehen zu haben. Er wies ihnen die Richtung zu ihrem Lager.

Nach weiteren drei Kilometern Wegstrecke trank sie einen Schluck Wasser. Ihr ganzer Körper schmerzte vom Schlafmangel, aber sie riss sich zusammen und folgte Cord weiter einen schmalen Felsvorsprung entlang. Kleine Steine lösten sich und kullerten und sprangen den Abhang hinab. Man konnte hier leicht den Halt verlieren, vor allem wenn der Untergrund rutschig war und die Stiefel im Schlamm stecken blieben. Sie spürte, dass sich in der nebligen Luft ein neuer Regenschauer ankündigte und der Duft nach wilden Pilzen und feuchten Flechten war überwältigend.

Der See lag in einer Talmulde und war vom Felsen aus gut zu sehen. Sie erreichten den höchsten Punkt, dann querten sie einen weiteren Pfad und es ging wieder abwärts, vorbei an dichtem Gestrüpp und wuchernden Dornenhecken. Während des steilen Abstiegs klammerte sie sich an Baumstämme und Äste, um nicht zu stürzen. Ihre Lungen schmerzten von der eisigen Luft. Schließlich kamen sie unten an.

Cord machte Halt neben einer Eiche und suchte das Terrain mit dem Fernglas ab. »Da drüben.«

Ellie entdeckte einen stämmigen Mann in einem schweren Übermantel und mit einer Baseballcap auf dem Kopf, der zusammengekauert am Ufer des Sees saß.

Sie und Cord bahnten sich mühsam einen Weg zwischen Bäumen und Sträuchern, um zu ihm zu gelangen. Er schien ganz in Gedanken verloren zu sein.

Der Wind pfiff und kräuselte die Wasseroberfläche. Hoch am Himmel flogen ein paar Zugvögel Richtung Süden. Sie sah ein paar Krähen auf Futtersuche und hörte das Rascheln anderer Tiere, die im Wald unterwegs waren.

Der Mann musste sie bemerkt haben, denn er wandte ihnen plötzlich den Kopf zu, die Angel erstarrte in seiner Hand. Er rückte seine Kopfbedeckung zurecht. Er trug Overall und Stiefel, in seinem Mundwinkel hing eine Zigarette. Der Qualm trieb Ellie die Tränen in die Augen.

»Sieh dich bitte im Lager um, während ich mich mit Mr Banks unterhalte«, bat Ellie Cord. »Jasper könnte Ava hierhergebracht haben, bevor Banks angekommen ist.«

»Wird gemacht.«

Ellie holte tief Luft, unterdrückte ein Husten, hob dann grüßend die Hand und stellte sich vor.

»Sind Sie Curtis Banks?«, fragte Ellie.

Er hob verwundert die buschigen Augenbrauen. »Ja. Warum?«

»Wir haben gerade mit Jasper Truman gesprochen. Er sagte, er sei gestern mit Ihnen hier gewesen, und auch am Abend zuvor. Ist das richtig?«

Banks schnippte ein wenig Asche von seiner Zigarette auf den Boden, Verwirrung stand ihm ins Gesicht geschrieben. Cord ging derweil das Ufer ab und suchte nach einer Spur von Ava. »Ja. Wir kennen uns schon eine ganze Weile. Er sagte, er hätte Probleme mit seiner Freundin, also haben wir uns zum Fischen verabredet.«

»Sind Sie beide in einem Wagen hergefahren?«

»Nein, er kam ein bisschen früher als ich. Heute Morgen ist er losgegangen, um noch mehr Köder zu besorgen und ist seither nicht mehr aufgetaucht.« Er nahm noch einen Zug von seiner Zigarette. »Was ist los? Ist ihm was passiert?« Ellie suchte nach Anzeichen dafür, dass er log, aber er schien sich ehrlich Sorgen um seinen Kumpel zu machen. »Seine Tochter Ava ist seit gestern Morgen verschwunden. Seine Frau dachte, Jasper habe seine Tochter an der Bushaltestelle abgefangen.«

Die Augen des Mannes weiteten sich. »Die kleine Ava ist verschwunden?«

»Ja«, sagte Ellie. »Wissen Sie irgendetwas darüber?«

Er schüttelte den Kopf. »Nein, Himmel, nein. Der Handyempfang hier draußen ist schlecht, und wir haben kein Funkgerät mitgenommen. Man kommt hierher, um für eine Weile seine Ruhe zu haben.«

»Hat Jasper von seiner Tochter gesprochen?«, fragte Ellie.

Der Mann warf seine Kippe in den Dreck und drückte sie mit seinem lehmigen Stiefel aus. »Er hat nur gesagt, dass er sie vermisst und sie zu Weihnachten besuchen wird. Sagte, er würde nachgeben und ihr endlich den Hundewelpen schenken, den sie sich so gewünscht hat.«

»Er war also die ganze Zeit über hier mit Ihnen zusammen?«, fragte Ellie.

»Ja, bis heute Morgen.« Er schob sich die Kappe in den Nacken und wischte sich den Schweiß von der Stirn. Dann kramte er sein Handy aus der Tasche und zeigte ihr ein Foto, das Jasper mit einer Forelle zeigte, die er gefangen hatte. »Hat sich riesig gefreut, als er diesen Prachtkerl erwischt hat!« Ellie warf Cord einen Blick zu, der an einen Baum gelehnt in ihrer Nähe stand und zuhörte. Banks klang überzeugend und der Zeitstempel auf dem Foto bewies, dass Jasper hier gewesen war. Er hatte also für den Zeitraum, in dem Ava verschwunden war ein Alibi. »Kennen Sie Jaspers Freundin?« Der stämmige Mann zuckte mit den Schultern. »Hab' sie ein paarmal getroffen. Keine Ahnung, was Jasper an ihr fand. Er erzählte mir, er habe Schluss gemacht. Sie sei zu fordernd gewesen, und habe sich außerdem nicht gut mit Ava verstanden.«

»Könnten Sie sich vorstellen, dass sie Ava mitgenommen hat, um ihn zu verletzen, oder ihn zu zwingen, zu ihr zurückzukehren?«

Der Mann verzog den Mund zu einer nachdenklichen Grimasse. »Das bezweifle ich. Ich glaube nicht, dass ihr viel an ihm lag. Sie hat sich eigentlich nur für Geld interessiert.« Er fuhr sich über seinen Bierbauch. »Jasper erzählte, sie sei schon mal schwanger gewesen, und habe damals mit dem Gedanken gespielt, das Baby zu verkaufen. Hätte einen schönen Batzen Geld dafür bekommen.«

Ellie schwieg, der Schweiß brach ihr aus. Wenn Autumn sich einen von Jaspers Vans geborgt hatte, hatte Ava vielleicht geglaubt, im Wagen säße ihr Vater und wäre eingestiegen.

Aber was hatte sie dann mit ihr gemacht?

43

Priscilla Wilkinson musste unaufhörlich an die Nachrichten über das verschwundene kleine Mädchen aus Crooked Creek denken. Sie war gerade auf ihrer jährlichen Wanderung nach Raven Landing, ihrem Lieblingsausflugsziel in der Nähe von Raven Cliff Falls. Sie und ihre Schwester Renee waren jedes Jahr mit Renees kleiner Tochter Kaylee hierhergekommen, um die Raben zu beobachten. Die Vögel zogen, mit breiten schwarzen Schwingen schlagend, meist paarweise ihre Kreise am klaren blauen Himmel. Manche stießen herab und landeten auf dem Felsvorsprung, von wo aus sie mit wachsamen Augen auf die Welt herabzublicken schienen.

»Was ist der Unterscheid zwischen Krähen und Raben?«, hatte Kaylee gefragt.

»Raben sind größer als Krähen, etwa so groß wie ein Rotschwanzbussard«, hatte Renee ihr erklärt.

»Sie sind wunderschön, Mama«, hatte Kaylee gerufen, während sie im Fluss von Stein zu Stein gesprungen war.

Kummer schnürte Priscilla die Kehle zu. *Lieber Gott, es ist jetzt schon ein Jahr her, dass das Kind verschwunden ist.* Sie wusste, welche Hölle die Truman-Familie gerade durchmachte.

Sie hatte das alles am eigenen Leib erlebt, an der Seite ihrer Schwester. Schlimmer noch, der Polizist, der in dem Fall ermittelt hatte, hängte ihrer Schwester schließlich eine Klage wegen Gefährdung des Kindewohles an. Er war überzeugt, dass Renee für den Tod ihrer Tochter verantwortlich war.

Man hatte niemals eine Leiche gefunden.

Priscilla klammerte sich deswegen an die Hoffnung, ihre Nichte könnte noch am Leben sein. Ebenso wie Renee es getan hatte.

Dann kam, zwei Wochen nachdem man ihre Schwester verhaftet hatte, die Nachricht aus dem Gefängnis. Priscilla hatte die Augen geschlossen, als sie den Anruf entgegengenommen hatte. Sie hatte geahnt, dass etwas Schreckliches passiert war. »Leider müssen wir Ihnen mitteilen, dass Ihre Schwester sich im Gefängnis das Leben genommen hat.«

»Nein!«, hatte Priscilla gebrüllt, ein fast animalischer Schrei, der aus den Tiefen ihrer Seele zu kommen schien. »Das hätte sie niemals getan. Sie wollte ihre Tochter finden …«

Aber Renee war tot.

Nun war Priscilla ganz allein mit ihrem Schmerz. Und all ihren Fragen.

Sie hatte keine Sekunde daran geglaubt, dass Renee Selbstmord begangen haben könnte, ohne zu wissen, was mit Kaylee geschehen war.

»Sie müssen in dem Fall ermitteln«, hatte sie das Wachpersonal und die Polizei aufgefordert. »Renee würde sich niemals das Leben nehmen.«

Aber sie hatten ihr nicht geglaubt, ebenso wenig wie sie Renee geglaubt hatten.

So hatte sie ihre Schwester und Kaylee verloren.

Sie riss sich von ihren Erinnerungen los und lehnte sich gegen eine hohe Kiefer, ihr Atem ging unregelmäßig. Über ihr am Himmel sah sie zwei Raben ihre Kreise ziehen.

Entschlossenheit stieg in ihr auf, und sie biss die Zähne

zusammen und legte die Sonnenblumen ab, die sie mitgebracht hatte, um Renees Andenken zu ehren. Die leuchtend gelben Blüten setzten einen frischen Akzent zwischen all dem verdorrten Gras und den Unkräutern, sie wirkten wie ein Symbol der Hoffnung.

»Ich bringe die Wahrheit ans Licht, Renee. Das schwöre ich dir. Und wenn Kaylee noch am Leben ist, dann werde ich sie finden.«

44

Als Ellie wieder auf der Polizeiwache ankam, schmerzten ihre verspannten Muskeln. Sie meldete sich bei Shondra. »Gibt es was Neues bei den Trumans?«

»Nein, nichts. Jasper bleibt bei seiner Geschichte. Aber die beiden streiten schon wieder. Jasper macht seiner Frau Vorwürfe, weil sie Ava nicht zur Bushaltestelle gebracht hat. Und Lara sagt, er sei schuld an allem. Hätte er sich um seine Tochter gekümmert, wäre sie weniger gestresst gewesen, und hätte auch keine Migräne.«

Ein plötzlicher Gedanke ließ sie innehalten und sie setzte sich vor ihren Laptop am Schreibtisch. Sie hatte Geschichten über verzweifelte Frauen gehört, die Babys aus Krankenhäusern raubten, weil sie selbst ein Kind verloren hatten oder keines bekommen konnten. Es gab sogar Kidnapper-Banden, die Kinder entführten, um sie an Paare zu verkaufen, die ein Baby adoptieren wollten.

Und dann war da noch das, was Banks über Autumn erzählt hatte. Sie schrieb Derrick eine Nachricht mit dieser Information und fügte hinzu: *Wenn Autumn Geld für ihr eigenes Baby nehmen würde, würde sie dann auch Ava verkaufen?*

Er schrieb zurück: *Bin auf dem Weg nach Atlanta, um sie zu verhören. Habe in ihrem Apartment nichts gefunden.*

Ellie beschloss, nach Müttern zu suchen, die hier in der Gegend lebten und in jüngerer Zeit ein Kind verloren hatten und öffnete die Datenbank mit den Todesurkunden aller Kinder, die innerhalb der letzten sechs Monate gestorben waren. Die nächste Stunde verbrachte sie damit, alle betreffenden Eintragungen für Bluff County zu sichten. Trauriges Resultat waren vier Todesfälle von Kindern unter vier Jahren. Zwei waren Totgeburten, ein Kind hatte einen Herzfehler und ein viertes war bei einem Verkehrsunfall ums Leben gekommen.

Mitgefühl mit den Familien stieg in ihr auf, doch sie schob ihre Emotionen beiseite. Wollte eine Frau oder eine Familie ein Baby ersetzen, würde man wahrscheinlich ein Kind im gleichen Alter wählen.

Sie suchte weiter und stieß auf einen Siebenjährigen, der von einem Auto erfasst worden war, als er mit dem Fahrrad unterwegs gewesen war. Auf ein vierjähriges Kind mit einem Gehirntumor. Und auf ein achtjähriges Kind, das an Leukämie gelitten hatte.

Sie wischte sich die Tränen weg. Sie hatte nicht gemerkt, dass sie zu weinen begonnen hatte.

Keines dieser Kinder war in Avas Alter gewesen. Als sie die Recherche beendete, war sie in dieser Gegend auf keinen einzigen Todesfall eines Kindes gestoßen, auf das Avas Profil gepasst hätte.

Häufig wählten Kriminelle ihre Opfer anhand bestimmter Merkmale aus, wie Alter, Erscheinungsbild, Körpertyp, oder, im Falle von Erwachsenen, oft auch anhand ihres Berufs. Sie überprüfte das Opferprofil, aber weder das vierjährige noch das achtjährige Kind ähnelten Ava auch nur im Entferntesten.

Frust stieg in ihr auf. Sie stand auf, streckte sich, ging zum Fenster und betrachtete den düsteren grauen Himmel. Ein weiterer Tag war vergangenen. Sie hörte leises Donnergrollen, eisiger Regen begann zu fallen. Die Uhr tickte im Hintergrund, und jede Stunde, die verging, ließ ihre Angst wachsen.

Die arme kleine Ava musste gerade Höllenqualen leiden.

Wo auch immer du bist, gib nicht auf, Ava. Ich werde dich finden.

45

Atlanta

Etwa eine Stunde nachdem er Autumns Apartment verlassen hatte, erreichte Derrick das Luxushotel, in dem sie abgestiegen war. Autumn ließ sich gerade eine Tiefengewebsmassage verpassen, die sie allerdings abbrach, als er ihr den richterlichen Beschluss unter die Nase hielt, den er sich hatte ausstellen lassen. Sie schnappte sich einen Bademantel und warf ihn sich über. Sie war sichtlich verärgert. »Ich kann es nicht glauben«, fuhr sie ihn an. »Warum behandeln Sie mich wie eine Kriminelle? Ich habe doch schon gesagt, dass ich nicht weiß, wo Ava ist. Jasper will mit dieser Frau und seinem Blag zusammen sein. Von mir aus gern.«

Derrick wurde die Frau von Minute zu Minute unsympathischer. Besaß diese Person denn keinen Funken Mitgefühl? Er verstand zwar, warum manche Männer sich von ihrer üppigen Oberweite und dem jungen Gesicht angezogen fühlen mochten, aber für ihn sah sie so künstlich und verlogen aus wie sie klang.

Er begleitete sie zurück auf ihr Zimmer, der Manager wartete an der Tür, während er den Raum durchsuchte.

Ihr Koffer stand geöffnet auf einem Gepäckständer, auf einer Anrichte lockte der obligatorische Obstkorb für Gäste, eine Flasche Perrier, Gurkenwasser, Badeprodukte und diverse Lotionen. In einem Eiskübel wartete eine Flasche Champagner darauf, entkorkt zu werden, daneben eine Platte mit edlen Häppchen.

Angesichts der Tatsache, dass Autumn im Haints arbeitete, das alles andere als ein erstklassiges Etablissement war, zog Derrick den Schluss, dass die Frau noch über eine weitere Einkommensquelle verfügen musste.

Vielleicht hatte sie noch einen anderen Job. Oder einen großzügigen Liebhaber.

Er entdeckte ihren Laptop auf dem Boden und nahm ihn an sich.

»Darauf werden Sie nichts finden«, rief sie. »Jasper ist mir nicht wichtig genug, um das zu tun, was Sie mir da unterstellen.« Ihre Augen blitzten auf.

Abscheu erfüllte Derrick. Sie scherte sich offenbar einen Dreck um Ava oder ihre Familie. Das bedeutete aber auch, dass sie keine Anklage wegen Kidnapping riskieren würde, nur um Jasper zu verletzen. Sie würde sich wohl einfach einen anderen Kerl suchen.

»Warum tun Sie mir das an?«, lamentierte sie jetzt, ihre Stimme klang schrill. »Das ist mein Urlaub!«

»Ein kleines Mädchen wird vermisst«, erwiderte Derrick, seinen Zorn nur mühsam unter Kontrolle haltend. »Ihre Eltern sind außer sich vor Angst, und wenn ich Sie als Verdächtige ausschließen kann, kann ich anderen Spuren nachgehen. Und jetzt halten Sie den Mund oder ich klage Sie wegen Behinderung einer polizeilichen Ermittlung an.«

»Das können Sie doch nicht machen«, stotterte sie.

»Ich kann, und ich werde.« Sein Blick durchbohrte sie. »Ich weiß, was Sie von Kindern halten. Dass Sie darüber gesprochen haben, Ihr Baby zu verkaufen, als Sie schwanger waren. Haben Sie das etwa mit Ava gemacht? Sie entführt und verkauft, um so Ihren luxuriösen Lebensstil zu finanzieren?«

46

»Wovon reden Sie da? Und was machen Sie mit meinem Computer?«, fragte Autumn.

»Ich konfisziere ihn«, antwortete Derrick. »Und Ihr Handy brauche ich auch.« Sie stemmte die Hände wütend in die Hüften. »Warum? Da ist nichts Illegales drauf.«

»Das gehört zum üblichen Prozedere bei Entführungsfällen. Jede Person und alles, was irgendwie in Verbindung zu dem vermissten Kind stehen könnte, wird überprüft.« Er verspürte eine gewisse Befriedigung angesichts der Nervosität, die sich nun auf ihrem Gesicht zeigte. »Also, Ihr Handy?«

Ihre Hand zitterte, als sie das Gerät an ihre Brust presste. »Das dürfen Sie mir nicht wegnehmen. Das ist das neueste iPhone.«

Sie verhielt sich so affektiert, dass er beinahe lachen musste. Er zog noch einmal den richterlichen Beschluss aus der Tasche. »Hier steht, ich kann sehr wohl.«

Sie blinzelte hektisch, überflog das Dokument und presste die Lippen zusammen.

»Ich möchte einen Anwalt anrufen.«

»Tatsächlich?« Er sah sie fragend an. »Wenn Sie nichts zu

verbergen haben, und uns tatsächlich helfen wollten, die kleine Tochter Ihres Freundes zu finden, dann würden Sie sich doch kooperativ verhalten.«

Sie biss sich auf die Unterlippe. »Ich verberge gar nichts. Aber das hier ist eine Verletzung meiner Rechte.«

Er ignorierte ihren Kommentar und streckte die Hand aus. »Sie bekommen es zurück, wenn wir fertig sind. Und jetzt folgen Sie mir bitte.«

Angst flammte in ihren Augen auf. »Muss ich das?«

»Sie können freiwillig mitkommen, oder ich kann Sie verhaften«, sagte er. »Wie auch immer, Sie kommen mit.«

Sie starrte ihn lange an. Dann stand sie wütend auf. »Lassen Sie mich wenigstens meine Sachen zusammenpacken und an der Rezeption meine Spa-Termine umlegen.« Sie stemmte wieder die Hände in die Hüften. »Und wenn die mir hier was extra berechnen, dann werden Sie das bezahlen!«

Derrick verkniff sich einen Fluch. Meine Güte, sie war so egoistisch, dass er sie am liebsten dafür verhaftet hätte, dass sie so ein schlechter Mensch war. Wenn sie tatsächlich etwas mit Avas Verschwinden zu tun hatte, würde er dafür sorgen, dass die einzige Massage, die sie in naher Zukunft bekam, eine Abreibung von ihren Zellengenossinnen sein würde.

47

Ellie sah von ihrem Schreibtisch auf, als sie Lärm aus dem Großraumbüro hörte. Derrick eskortierte gerade die wutschnaubende Autumn in die Polizeiwache.

»Ich sage nichts, bis mein Anwalt hier ist«, zeterte sie.

»Hervorragend.« Derrick bugsierte sie durch eine Doppelschwingtür und brachte sie zu einem Vernehmungsraum, Ellie folgte ihnen. Die Frau mochte äußerlich schön sein, ihr Charakter war es definitiv nicht.

»Ich habe ihren Computer und ihr Handy«, informierte er Ellie, nachdem er Autumn in den Raum gesperrt hatte, wo sie auf ihren Anwalt wartete. »Ich konnte sie davon überzeugen, mir auch die entsprechenden Passwörter zu geben.«

»Das ist ein Anfang«, sagte Ellie. »Was hatte sie sonst noch zu sagen?«

»Sie sagt, sie sei die ganze Zeit im Spa gewesen, und die Angestellten dort haben das bestätigt.« Er stellte ihren Laptop auf den Tisch in der Ecke. »Aber sie verbirgt etwas. Ob es dabei um Ava geht, oder ob sie in etwas Illegales verstrickt ist, weiß ich nicht.«

»Sehen wir uns ihre Korrespondenz an«, sagte Ellie.

Er gab ihr Autumns Handy und klappte ihren Laptop auf, fuhr ihn hoch und begann zu suchen.

Ellie gab Autumns Passwort ein und rief ihre Textnachrichten auf. Sie sah sie durch und stieß auf etliche, die an einen Mann namens Walton gegangen waren.

»Sieht so aus, als hätte sie nebenbei noch auf Privatpartys gearbeitet«, sagte Ellie. »Exotischer Tanz. Ich frage mich, ob Jasper davon wusste.«

»Scheiße, genau so könnte er sie doch kennengelernt haben«, erwiderte Derrick. »Und es erklärt außerdem, warum sie so mit Geld um sich werfen kann.«

Ellie nickte ihm kurz zu, dann durchsuchte sie die Textnachrichten weiter. Einige an den Besitzer des Haints. Ein paar andere, der Wortwahl nach zu urteilen, an andere Tänzerinnen gerichtet.

»Das ist seltsam. Hier ist keine einzige Nachricht an Jasper.«

Interesse blitzte in Derricks Augen auf. »Such doch mal nach gelöschten Inhalten.«

Ellie wurde ebenfalls misstrauisch. Der einzige Grund, die Nachrichten zu entfernen, war, dass sie etwas Belastendes enthielten.

Sie brauchte ein paar Minuten, um herauszufinden, wie man gelöschte Nachrichten wiederherstellen konnte, aber endlich fand sie einige, die in den vergangenen Monaten an Jasper geschickt worden waren. In den ersten hatten sie noch geflirtet, man merkte, dass sich die beiden gerade erst kennengelernt hatten. Es ging um Verabredungen, ein bisschen Telefonsex.

Sie verdrehte die Augen und übersprang diesen Teil, dann wurde der Tonfall etwas gereizter.

Jasper: *Wir können uns heute nicht treffen. Ich besuche Ava.*

Autumn: *Vergiss die Kleine, Lover Boy.*

Jasper: *Nicht schon wieder. Lara sitzt mir schon wegen der Kohle im Nacken. Sie droht mir, dass ich sie bald gar nicht mehr sehen darf.*

Autumn: *Komm her, oder es ist aus.*

Die nächsten Nachrichten schrieben sie sich einige Tage später.

Autumn: *Ich warte an unserem Treffpunkt. Mitternacht.*

Jasper: *Ich kann heute nicht. Ich hab' was bei Ava gutzumachen, wegen letztem Mal.*

Autumn: *Willst du deine Geldprobleme loswerden und wieder frei sein? Ich habe da eine Idee.*

Jasper: *Was meinst du damit?*

Autumn: *Komm her und ich erzähle es dir.*

Ellies Puls beschleunigte sich, sie las Derrick die Nachricht laut vor. »Wir müssen rausfinden, was sie vorhatte.« Sie scrollte weiter, auf der Suche nach weiteren Nachrichten.

Autumn: *Hast du über meine Idee nachgedacht? Wenn du mir erlaubst, ihr Ava wegzunehmen, kannst du deine Schulden bezahlen, und du wärst wieder ein freier Mann.*

Jasper hatte darauf offenbar nicht geantwortet.

Ellie stand auf, angewidert von dieser Frau. »Ich unterhalte mich jetzt mal mit Autumn.« Sie würde nicht lockerlassen, bevor diese hinterhältige Person ihr die Wahrheit sagte.

48

Das iPhone in der Hand, stürmte Ellie in den Vernehmungsraum. Sie konnte ihre Wut nur mit Mühe unter Kontrolle halten.

Autumn musterte sie, während sie mit einer Haarsträhne spielte, die sie sich um den Finger gewickelt hatte. »Wird ja auch langsam Zeit. Kann ich jetzt gehen?«

Ellie stapfte durch den Raum auf sie zu. »Noch nicht.« Vielleicht nie wieder. Sollte sie herausfinden, dass diese Person Ava auch nur ein Haar gekrümmt hatte, würde sie dafür sorgen, dass sie niemals mehr wieder auf freien Fuß gesetzt wurde. »Wir müssen uns unterhalten, Autumn.«

»Wo ist mein Anwalt?«, wollte sie wissen.

Ellie holte tief Luft. »Er ist auf dem Weg. Aber wenn Sie wissen, wo Ava ist, wäre es klüger, schnell mit uns zu kooperieren.«

»Das ist einfach lächerlich«, sagte Autumn gereizt. »Ich habe dem Typen vom FBI schon gesagt, dass ich nichts weiß.«

»Ich glaube Ihnen nicht«, entgegnete Ellie, und legte das Telefon vor ihr auf den Tisch. »Nicht nach den Textnachrichten, die ich gerade entdeckt habe.« Sie hob eine Braue. »Vor allem diese eine hier gibt mir zu denken: ›*Wenn du mir erlaubst, ihr Ava wegzunehmen, kannst du deine Schulden bezahlen, und du wärst wieder ein freier Mann*‹.«

Die Frau presste die Lippen fest zusammen »Kein einziges Wort mehr, bis mein Anwalt hier ist.«

Ellie verschränkte die Arme vor der Brust, um sich davon abzuhalten, Autumn zu packen und zu schütteln. »Gut. Aber das verrät mir eine ganze Menge über Sie, Ms Juniper. Sie verstecken sich lieber hinter einem Anwalt, als uns bei der Suche nach einem vermissten sechsjährigen Mädchen zu helfen.«

Autumn zuckte zusammen, aber sie schwieg.

49

Honeysuckle Lane

Ellie hätte Autumn liebend gern gezwungen zu reden, aber ihr waren die Hände gebunden. Während Deputy Landrum die Frau überwachte und sie auf den Anwalt warteten, rief sie Shondra an.

»Ist Jasper noch da?«

»Ja«, sagte Shondra. »Aber hier herrscht dicke Luft. Er tigert wie ein eingesperrtes Tier herum, während Lara apathisch den Weihnachtsbaum anstarrt.«

»Sorg dafür, dass er nicht abhaut«, bat Ellie sie. »Ich habe ein paar ziemlich verdächtige Textnachrichten entdeckt, die seine Freundin ihm geschickt hat. Special Agent Fox und ich sind auf dem Weg, wir wollen mit ihm sprechen.«

Shondra erwiderte, sie habe verstanden, und Ellie und Derrick hasteten zu ihrem Jeep. Abgesehen von den Menschen, die sich am Engelsbaum zur Gebetswache versammelt hatten, waren die Straßen jetzt menschenleer. Crooked Creek wirkte plötzlich wie eine Geisterstadt.

Ellie graute vor dem, was nun kommen würde, als sie auf

die Honeysuckle Lane einbog und dann in die Einfahrt der Trumans fuhr. Leider waren sie gerade im Begriff, Laras Tag noch ein bisschen schrecklicher zu machen.

»Wie sollen wir vorgehen?«, fragte Ellie.

»Übernimm du die Führung«, sagte Derrick. »Ich halte mich im Hintergrund und suche auf Autumns Laptop weiter nach Beweisen für unsere Theorie.«

Ellie griff nach dem Türgriff. »Klingt nach einem Plan«, sagte sie, während sie auf das Haus zugingen. Sie klingelte und Shondra öffnete ihnen. »Emily Nettles ist eben gegangen«, sagte Shondra. »Aber sie wird bald wiederkommen. Wenigstens konnte sie Jasper und Lara dazu bringen, sich nicht pausenlos mit Vorwürfen zu überhäufen.«

Ellie drückte sachte Shondras Arm. »Ist einer der beiden von seiner ursprünglichen Geschichte abgewichen?«

Shondra schüttelte den Kopf und sie folgten ihr ins Wohnzimmer, wo Jasper nervös auf- und ablief. Immer wieder sah er zum Fenster hinaus, als würde er damit rechnen, dass Ava plötzlich dort auftauchte, durch die Tür gerannt kam und ihre kleinen Arme um ihn schlang. Wie Shondra sie schon vorgewarnt hatte, war Lara mit den Nerven völlig am Ende. Mit den Fingerspitzen strich sie immer wieder über ein kleines Rentier, das Ava als Weihnachtsschmuck gebastelt haben musste.

Ellie tat der Anblick in der Seele weh. Aber sie erinnerte sich an die Worte, die Autumn an Jasper geschrieben hatte, und nahm sich zusammen.

Jasper riss den Kopf hoch und sah sie an. Lara ließ die Hände in den Schoß sinken. »Haben Sie sie gefunden?«

Ellie schenkte ihr einen mitfühlenden Blick. »Nein, noch nicht. Es tut mir sehr leid. Aber wir geben nicht auf.« Sie sah zu Jasper. »Wir müssen mit Ihnen sprechen, Mr Truman.«

Er erstarrte, sein Blick wurde wachsam. In der Zwischenzeit hatte sich Derrick an den Schreibtisch in der Ecke des

Raums gesetzt und fuhr Autumns Laptop hoch. Er hatte sich so positioniert, dass er Ellie und Jasper beobachten konnte.

»Bitte setzen Sie sich doch«, forderte Ellie Jasper auf.

Er ließ sich auf das Sofa fallen und Lara sank zurück auf ihren Stuhl, die Angst in ihren Augen entging Ellie nicht.

»Warum haben Sie sie immer noch nicht gefunden?«, fragte Jasper barsch.

Ellie, Derrick und Shondra tauschten Blicke aus, dann räusperte Ellie sich. »Wir gehen jeder möglichen Spur nach. Darum sind wir jetzt auch hier.«

Ellie sah Jasper nun direkt an. »Wir haben mit Autumn gesprochen, Mr Truman«, sagte sie.

Er faltete die Hände und wippte nervös mit dem Bein. »Sie ist nicht länger meine Freundin. Das hatte ich Ihnen doch schon gesagt. Warum?« Seine Augen wurden schmal. »Hat sie Ihnen etwa erzählt, dass wir noch zusammen sind?«

»Nein. Tatsächlich war sie nicht besonders gesprächig«, sagte Ellie. »Sie verlangt einen Anwalt.«

Lara starrte ihren Mann mit offenem Mund an und rang die Hände.

In Jaspers Augen spiegelten sich nun Wut und Angst, er wich dem Blick seiner Frau aus. Ellie zog Autumns Handy aus der Tasche und las dann die Textnachricht vor. »›Wenn du mir erlaubst, ihr Ava wegzunehmen, kannst du deine Schulden bezahlen, und du wärst wieder ein freier Mann.‹«

Lara stöhnte auf, aus Jaspers Gesicht wich jede Farbe.

»Was hatten Sie beide da geplant?«, fragte Ellie.

»N-Nichts«, brachte er mühsam hervor. »Ich habe mit ihr schlussgemacht.«

Ellie umklammerte das Handy mit feuchten Fingern. »Davon steht in den Textnachrichten, die Sie beide sich geschrieben haben, aber kein Wort.«

Sein harter Blick traf auf Ellies, eine Ader an seinem Hals schwoll an.

Lara gab einen erstickten Laut von sich. »Wovon spricht sie da, Jasper? Was hat diese Textnachricht zu bedeuten?« Als er sich mit den Händen über die Augen fuhr, verlor Lara die Nerven. »Um Himmels willen, Jasper, wenn du weißt, wo Ava ist, dann sag es uns!«

»Ich weiß nicht, wo sie ist«, erwiderte Jasper mit rauer Stimme. »Autumn hat die Nachrichten sicher gelöscht, weil ich sie verlassen habe.«

Ellie riss jetzt der Geduldsfaden. »Ach ja? Glaubt man diesen Sätzen, planten Sie beide, sich zu treffen. Sie wollten Ava loswerden, und mit ihr auch Ihre Frau Lara, um endlich frei zu sein.«

Lara taumelte kurz zur Seite, dann stürmte sie auf Jasper zu, packte ihn an den Armen und schüttelte ihn heftig. »O mein Gott, Jasper! Was hast du getan?«

»Nichts«, stotterte er, während er versuchte, sich von ihr zu befreien.

Ellie und Shondra tauschten einen weiteren Blick, und Derrick sah sie fragend an, doch Ellie bedeutete ihm mit einer Geste zu warten. Lara tat ihr unendlich leid. Allein die Tatsache, dass ihr Mann eine solche Konversation geführt hatte, gab ihr jedes Recht, ihm die Seele aus dem Leib zu prügeln.

Aber sie musste die Wahrheit herausfinden, musste herausfinden, ob er es wirklich auch durchgezogen hatte.

»Sag mir, wo sie ist!«, schrie Lara. »Was hast du mit meinem Kind gemacht?«

Jasper versuchte, etwas zu sagen und Shondra ging jetzt dazwischen. Sie zog Lara weg, die begonnen hatte, mit den Fäusten auf ihren Mann einzuhämmern.

Ellie strich Lara sanft über den Rücken. »Ich verstehe, dass Sie wütend sind, Lara, aber bitte überlassen Sie das jetzt mir.«

Während Shondra Lara zurück zu ihrem Stuhl führte, stellte Ellie Jasper zur Rede.

»Erklären Sie mir, was genau sie damit gemeint hat«, stieß sie zwischen zusammengebissenen Zähnen hervor.

Jasper rieb sich mit der Hand übers Gesicht, auf seiner Haut erschienen rote Flecken, in seinen Augen spiegelten sich Angst und Verwirrung. »Ich habe diese verdammten Nachrichten gelöscht, weil ich sie schrecklich fand«, sagte er endlich. »Ich machte Autumn klar, dass ich Ava niemals aufgeben würde, aber sie sagte … sie sagte …« Die Stimme versagte ihm, als er seiner Frau einen Blick zuwarf, die ihn entsetzt anstarrte.

»Sagte was?«, fragte Ellie, sie klang jetzt todernst.

»Sie sagte, nur wenn wir Ava loswürden, könnten wir endlich zusammen sein.«

50

Ellie erschauderte. Scheinbar hatte Autumn in Ava nichts weiter als einen Störfaktor gesehen. »Was haben Sie dazu gesagt?«

Sein Blick glitt wieder zu Lara, er wirkte panisch. »Ich habe natürlich nein gesagt.« Er holte tief Luft. »Lassen Sie mich zu ihr. Wenn sie etwas weiß, kriege ich sie zum Reden.«

Ellie dachte kurz über den Vorschlag nach, doch dann kam ihr ein anderer, ein düsterer Gedanke. Sein Job. Eine Baustelle wäre wohl der perfekte Ort, um eine Leiche verschwinden zu lassen. Und wenn sich Autumn einen der Vans geliehen hatte, würde niemand Verdacht schöpfen, wenn sie ihn an der Baustelle geparkt hätte.

»Mr Truman«, begann Ellie. »Sie sagten, Sie arbeiten für ein Bauunternehmen?«

Sein Gesichtsausdruck schien verwirrt, als würde er diesen abrupten Themenwechsel nicht verstehen.

»Ja, das ist richtig.«

Ellie achtete genau auf seine Körpersprache. Seine Schultern waren zusammengesackt, die Hände verkrampft, gezeichnet von schwerer körperlicher Arbeit. So behauptete er jedenfalls. Er zappelte nervös mit dem Bein. »Und Autumn wusste das?«

»Ja, sicher. Wir haben uns ein paarmal an der Baustelle getroffen.«

Dann wusste sie wahrscheinlich auch von den Vans, die dort geparkt sind. »Ich brauche eine Liste aller Baustellen, auf denen Sie aktuell im Einsatz sind.« Jasper wurde unruhig. »Was hat das mit dem Verschwinden meiner Tochter zu tun?«

Ellie legte einen Block und einen Stift vor ihn hin. »Erstellen Sie einfach die Liste.« Sie würde die Einsatzorte mit den Daten der Baufirma abgleichen, um zu überprüfen, ob er etwas wegließ. Das würde ihr mehr über seine Schuld oder Unschuld verraten als ein Gespräch.

Ihre Gedanken rasten, während die Vorstellung sie quälte, was sie dort finden könnten.

Lara schaukelte wieder mechanisch mit dem Oberkörper vor und zurück, sie war leichenblass. Shondra ging in die Küche, füllte ein Glas mit Wasser und brachte es ihr. Während Truman seine Liste schrieb, ging Ellie in die Küche, um sich mit Derrick zu unterhalten.

»Vielleicht sollten wir Jasper wirklich mit Autumn sprechen lassen«, sagte Ellie. »Wir könnten ihn verkabeln.«

Derrick war skeptisch. »Vergiss das besser mit der Wanze. Wenn sie denken, sie seien unter sich, werden sie offener miteinander sprechen.«

Auch wieder wahr. Ellie war bereit, alles zu tun, um die Wahrheit zu erfahren.

»Ich kann in der Baufirma anrufen und seine Angaben zu den Baustellen zu überprüfen«, bot Derrick ihr an.

Ellie nickte, dann gingen sie zusammen zurück ins Wohnzimmer. Ellie schnappte sich die Liste, die Jasper geschrieben hatte.

»Sind Sie einverstanden damit, dass ich mit Autumn rede?«, fragte Jasper.

Ellie verzog keine Miene. »Das bin ich. Wenn Sie unschuldig sind, wird sie Ihnen vielleicht erzählen, ob sie ihren Plan in die Tat umgesetzt hat.«

Lara stand auf. »Ich komme auch mit. Ich will dieser Frau ins Gesicht sehen und sie zur Rede stellen.«

Das könnte unangenehm werden, dachte Ellie. Aber wenn Autumn wirklich in die Sache verwickelt war, wäre das vielleicht der schnellste Weg, Ava zu finden.

51

Crooked Creek, Polizeiwache

Dreißig Minuten später setzten sich Ellie, Derrick und Lara in die Überwachungskabine, die an den Vernehmungsraum grenzte, wo Jasper sich mit Autumn treffen sollte.

Jasper war unruhig und wippte wieder nervös mit dem Bein. Doch als die Tür sich öffnete und Deputy Landrum Autumn hereinführte, straffte er den Rücken und sein Blick wurde hart.

»Jasper«, sagte Autumn, ihre Stimme ein raues Flüstern. »Was tust du denn hier?«

Er ballte die Hände auf dem Tisch zu Fäusten. »Wir müssen uns unterhalten.«

Heath verließ wie geplant den Raum, um Autumn das Gefühl zu geben, dies sei ein Privatgespräch. Sie sah sich nervös im Raum um, der Stuhl quietschte, als sie sich setzte. »Ich kann es echt nicht fassen, dass die mich hierhergeschleppt haben«, sagte sie nörgelnd. »Die behandeln mich, als wäre ich eine gewöhnliche Kriminelle.«

Sie kennt wieder kein anderes Thema als sich selbst, dachte Ellie voller Abscheu.

Lara fummelte am Ende ihres zerzausten Pferdeschwanzes herum. Sie trug immer noch denselben Weihnachtspullover wie gestern, als Ellie ihr zum ersten Mal begegnet war.

Autumn war verglichen mit ihr ein ganz anderes Kaliber. Sie war wahrscheinlich zehn Jahre jünger als Lara, hatte üppiges dunkles Haar und verführerische Augen, deren Farbe zwischen blau und grün changierte. Aber das Gesicht war nicht so wichtig. Die Männer lagen ihr fraglos vor allem wegen ihrer üppigen Oberweite zu Füßen, die sie offenherzig zur Schau stellte. Ellie hatte immer wenig Lust verspürt, sich selbst so zu präsentieren. Wenn ein Mann sie nur wegen ihrer Brüste mochte, dann war er ohnehin nicht der Richtige.

Jaspers Kiefermuskulatur spannte sich an. »Autumn, das ist eine ernste Sache. Jemand hat Ava entführt. Ich mache mir schreckliche Sorgen um sie. Lara ist kurz davor, den Verstand zu verlieren.«

»Dann hätte sie eben besser auf ihr Blag aufpassen sollen«, zischte Autumn zwischen den Zähnen hervor.

Die brutalen Worte verschlugen Ellie einen Moment lang buchstäblich den Atem und sie griff sich an die Brust.

»Ich habe immer gut auf sie achtgegeben«, flüsterte Lara kläglich.

»Ich weiß.« Ellie legte ihre Hand auf Laras, um sie zu trösten, auch auf Derricks Gesicht zeigte sich Mitgefühl.

»Ich weiß, dass du sauer auf mich warst«, entgegnete Jasper erstaunlich ruhig. »Hast du Ava deswegen mitgenommen?«

Die junge Frau strich sich ihre Seidenbluse glatt.

»Um Himmels willen, Jasper. Ich kann nicht glauben, dass du mir so eine Frage stellst.«

»Du hast gesagt, wir müssen sie loswerden«, erwiderte Jasper.

Autumn verdrehte die Augen, und tat seinen Kommentar

damit als bedeutungslos ab. »Das habe ich doch nur gesagt, weil du dir so viele Sorgen wegen deiner finanziellen Lage gemacht hast.«

Jasper griff plötzlich nach ihr und zerrte sie dann quer über den Tisch. »Rede endlich«, brüllte er. »Hast du sie mitgenommen, um mich dafür zu bestrafen, dass ich mit dir Schluss gemacht habe?«

Derrick stürmte aus dem Raum, die Tür schlug hinter ihm zu. Bevor Ellie sie aufhalten konnte, war Lara ihm gefolgt. Ellie rannte ihr nach, doch sie war zu langsam. Lara hatte Derrick bereits eingeholt.

»Lassen Sie sie los, Jasper«, befahl Derrick.

»Schaffen Sie ihn mir vom Hals«, schrie Autumn.

Jasper schloss die Hände noch fester um Autumns Kehle und drückte zu. »Wo ist mein kleines Mädchen? Was hast du mit ihr gemacht?«

Ellie hielt Lara zurück, während Derrick Jasper von Autumn wegriss und ihn dann gegen die Wand drückte. »Beruhigen Sie sich«, zischte Derrick

Autumn rieb sich mit den Händen den Hals. Die roten Abdrücke von Jaspers Fingern waren klar zu sehen, aber Ellie konnte kein Mitgefühl für diese egoistische Person aufbringen.

»Sie müssen ihn einsperren«, kreischte Autumn schrill. »Er hat mich angegriffen.«

»Du Schlampe!« Jasper wollte wieder auf sie losgehen, aber Derrick packte ihn an den Armen und hielt ihn zurück.

Tränen rannen Lara die bleichen Wangen hinab. »Bitte sagen Sie mir, wo mein Kind ist«, flehte sie. »Bitte, sie muss doch schreckliche Angst haben.«

Autumn blickte zwischen ihnen hin und her, ihre Augen waren kalt wie Eis. »Was zur Hölle wird das hier? Wo ist mein Anwalt?«

Plötzlich klopfte es an der Tür und Captain Hale kam herein. Seine Miene verfinsterte sich, als er begriff, was hier vor sich ging. »Der Anwalt ist jetzt hier«, sagte er. Dann wandte er sich an alle anderen im Raum. »Derrick, ich würde vorschlagen, Sie bringen Mr Truman an einen Ort, an dem er sich wieder beruhigen kann.« Er bedeutete Ellie, sie möge ihm nach draußen folgen.

»Ich bin gleich wieder bei Ihnen«, sagte sie zu Lara. »Es tut mir leid, dass das Ganze außer Kontrolle geraten ist, Captain«, sagte sie zu ihrem Boss, als sie allein waren.

Er zuckte mit den Achseln. »Ist zwar nach hinten losgegangen, war aber einen Versuch wert. Diese Ms Juniper ist ja ein richtiges Miststück.«

»Da gebe ich Ihnen recht, Sir«, stimmte Ellie zu. »Ich bitte Deputy Eastwood, Lara nach Hause zu bringen und bei ihr zu bleiben.«

»Gut.« Er klopfte sich die Gesäßtaschen ab, dann zog er einen Umschlag hervor und gab ihn ihr. »Die richterlichen Beschlüsse. Und das Boden-Radargerät für die Baustellen ist ebenfalls einsatzbereit. Wir müssen denen nur noch sagen, wo sie anfangen sollen.«

52

Baustelle Seniorenresidenz Lazy Days, Chattahoochee River

Ellie und Derrick verbrachten die folgende Stunde damit, die Liste, die Jasper angefertigt hatte, mit den Angaben von Cato Construction abzugleichen, der Firma, bei der er angestellt war. Sie stimmten überein, was immerhin hieß, dass Jasper in diesem Punkt nicht gelogen hatte. Ellie schickte Deputy Landrum zum Büro der Baustelle, um an den Vans nach Fingerabdrücken zu suchen. So sollte das forensische Team auch an allen anderen Baustellen verfahren.

Glücklicherweise war die Liste nicht allzu lang. Nur auf einer der Baustellen war in den letzten achtundvierzig Stunden eine Grube ausgehoben worden, um ein Fundament zu gießen – für einen Pool, der zu einem Bauprojekt namens Lazy Days am Chattahoochee River gehörte. Das Angebot richtete sich an Ruheständler, die ihren Lebensabend gern in einer ruhigen Wohnanlage mit Blick auf den Fluss, eigenem Pool und täglichem Freizeitprogramm genießen wollten.

Sie sprach sich mit dem Captain und der Mannschaft ab, die die Radargeräte bedienen würden. Dann rief sie Cord an und bat ihn, Suchhunde für die Baustelle mitzubringen. Wenn Autumn oder Jasper die kleine Ava getötet und ihren Leichnam vergraben haben sollten, könnten sie sie so auf dem Gelände oder sogar unter dem Fundament des Pools finden.

Bei der Vorstellung drehte sich Ellie der Magen um. Ein anderer Gedanke kam ihr, nicht weniger verstörend. Autumn arbeitete im Haints, das direkt neben dem White Lilies Cemetery lag. Was, wenn sie Ava dort begraben hatte?

Lieber Gott, sie hoffte, dass sie sich irrte ...

Trotzdem erzählte sie Derrick von ihrem Verdacht. Er erstarrte förmlich, während er darüber nachdachte. »Du hast recht, Ellie, wir sollten auch den Friedhof überprüfen. Vielleicht teilen wir uns besser auf.«

Ellie stimmte ihm zu. Sollte Ava noch am Leben sein, lief ihr langsam die Zeit davon.

53

White Lilies Cemetery

Derrick bot an, die Suche auf dem Friedhof zu übernehmen. Doch da Ellie wusste, dass er erst vor wenigen Monaten die sterblichen Überreste seiner eigenen Schwester begraben hatte müssen, übernahm sie das lieber und überließ ihm die Baustelle.

Ihre Nerven waren zum Zerreißen gespannt, als sie sich mit dem Friedhofswärter traf, einem alten kahlköpfigen Mann namens Floyd. Die kleinen Parzellen, die winzigsten unter ihnen für Säuglinge, die etwas größeren für ältere Kinder, waren wohl das Traurigste, was Ellie sich vorstellen konnte. Sie sah kleine Gedenktafeln, verziert mit Engeln, Tauben, betenden Händen und Babyschühchen, daneben Grabsteine mit herzzerreißenden Inschriften. In kleinen Vasen standen sonst immer Blumen der Saison, zu dieser Jahreszeit enthielten sie jedoch Tannenzweige und Weihnachtssterne. Familien hatten kleine Geschenke auf den Gräbern abgelegt, die ihre Kinder niemals auspacken würden.

Man sagte, das Gras hier sei das ganze Jahr über grün,

wegen der vielen Tränen, die die Eltern vergossen. Andere behaupteten, es würde an dieser Stelle häufiger regnen, und glaubten, die Engel im Himmel würden dann weinen.

Floyd fuhr sich mit einer Hand durch den struppigen Bart. »Meine Güte, ich habe die Nachrichten über das vermisste Mädchen gehört.« Er wies auf die tadellos gepflegten Rasenflächen. »Warum glauben Sie, sie könnte hier sein?«

»Wir gehen jeder möglichen Spur nach«, sagte Ellie. »Haben Sie etwas Verdächtiges bemerkt?«

Er schien angestrengt nachzudenken. »Was meinen Sie damit?«

»Zum Beispiel jemanden, der ein Grab aushebt«, antwortete Ellie.

Er schüttelte den Kopf. »Nein, nichts dergleichen. Zurzeit kommen vor allem Familien hierher. Eine wirklich harte Zeit für sie.«

»Gibt es hier Überwachungskameras?«

Er nickte. »Ich habe sie letztes Jahr installiert, als jemand anfing, Geschenke und Spielzeuge zu stehlen, die die Eltern hier ablegen.« Er fuhr sich wieder mit der Hand durch den Bart. »Wirklich nicht nett, sowas zu machen.«

»Da stimme ich Ihnen zu«, sagte Ellie. Sie hatte sogar schon von älteren Frauen gehört, die frische Blumen klauten, um damit zuhause ihren Kaffeetisch zu dekorieren, oder sie auf die Gräber der eigenen Angehörigen zu legen.

»Ich würde mich gerne ein wenig umsehen und mir dann die Bänder der Sicherheitskameras anschauen«, sagte Ellie. »Könnten Sie mir die Aufnahmen der letzten Woche heraussuchen?«

»Mach ich«, erwiderte Floyd. »Ich hoffe wirklich, das kleine Mädchen ist nicht hier.«

»Das hoffe ich auch«, murmelte Ellie.

Ihr Herz pochte, während sie die Reihen der Gräber abging. Die Namen und Daten auf den Grabsteinen erzählten von kleinen Leben, die viel zu früh ein Ende gefunden hatten. Eine Welle der Traurigkeit stieg in ihr auf. Der Anblick des Spielzeugs war schwer zu ertragen. Ein blauer Teddybär, ein Modellzug, ein kleiner Lastwagen, Plastikautos, eine Babypuppe, in ein Deckchen gewickelt …

Sie schritt Grab um Grab ab und suchte nach aufgewühltem Erdreich oder Erdhaufen, die darauf hindeuteten, dass jemand hier vor Kurzem gegraben hatte. Doch alles wirkte perfekt gepflegt und ihr fiel nichts Verdächtiges auf.

Sie atmete erleichtert auf, dann folgte sie dem Kopfsteinpflasterweg, der zum Haus des Friedhofswärters führte. Nachdem sie eingetreten war, winkte Floyd sie zu einem kleinen Raum voller Monitore.

»Die Aufnahmen der vergangenen Woche, wie Sie wollten«, sagte Floyd. »Haben Sie da draußen etwas entdeckt?«

Ellie schüttelte den Kopf und dankte ihm dann für seine Hilfe. Sie setzte sich auf einen Stuhl und Floyd ließ die Aufnahme ablaufen.

Ihr wurde das Herz schwer, während sie zusah, wie Mütter, Väter, Geschwister und Großeltern die kleinen Gräber besuchten, weinten und beteten. Ihr Kummer war fast mit Händen zu greifen.

Ellie war in ihrem Beruf als Polizistin immer zu eingespannt gewesen, um an eigene Kinder zu denken. Dennoch konnte sie sich gut vorstellen, dass die bevorstehenden Feiertage das seelische Leid der Angehörigen noch verschärften.

Während die Aufnahme lief, musterte sie die Gesichter der Besucher genau. Autumn tauchte nicht auf.

Aber dann sträubten sich die Härchen in ihrem Nacken, als eine Frau in einem schwarzen Mantel und in ein Schultertuch gewickelt den Weg zwischen den Gräbern entlanglief. Ihrer Körpersprache nach zu urteilen war sie extrem aufgewühlt. Sie blickte zu Boden, ihr Gesicht war von der Kamera abgewandt. Vor einer Gedenktafel, die zwei ineinander verschränkte

Hände von Mutter und Kind zeigte, fiel sie auf die Knie. Ihr ganzer Körper zitterte, man sah, dass sie heftig weinte. Ein großer Mann in einem dunkelgrünen Mantel näherte sich ihr und legte ihr den Arm um die Schulter, aber die Frau schob ihn weg. Ellie sah den Ausdruck des Entsetzens und des Schmerzes auf seinem Gesicht und beobachtete dann wieder die Frau.

Die drehte sich jetzt zu ihm um und schrie ihn an. Ellie hätte schwören können, dass ihre Worte »Du hast unsere Tochter getötet« lauteten.

Ihre Ermittler-Instinkte erwachten. Sie wusste nicht, ob die Frau das wörtlich oder nur metaphorisch gemeint hatte. Doch wie dem auch sei: Sie machte den Mann für den Tod ihrer Tochter verantwortlich.

Ellie blinzelte und versuchte, den Namen auf dem Grabstein zu entziffern, aber es gelang ihr nicht ganz.

»Wissen Sie, wer dort beerdigt ist?«, fragte sie Floyd.

Er blickte mit zusammengekniffenen Augen auf den Bildschirm. »Ein kleines Mädchen, sie ist bei einem Unfall ums Leben gekommen. Der Nachname ist Gooding. Ihre Mutter war am Boden zerstört.«

Was für eine Tragödie. Die Familie machte sicher Schreckliches durch. Dennoch musste sie ihre Gefühle unter Kontrolle halten. Sie musste sich auf Ava konzentrieren.

54

Baustelle Seniorenresidenz Lazy Days, Chattahoochee River

Auf der Baustelle der Seniorenresidenz Lazy Days nahm der Wind zu, die Temperaturen würden heute Nacht bestimmt unter den Gefrierpunkt sinken. Wenn sie Ava nicht fanden, und sie sich irgendwo im Wald verlaufen hatte, könnte sie erfrieren.

Derrick traf sich am Parkplatz für das Community-Clubhaus mit Pool mit dem Besitzer der Baufirma, David Cato. Auch die Mitarbeiter der Firma, die das Radargerät bedienen würden, warteten dort, ganz vorne stand ein großer Mann in Jeans und einem Shirt mit dem Logo des Unternehmens darauf. Sein Name war Eddie Beacon und er sprach gerade mit Cato, der lockiges aschblondes Haar und den Körperbau eines Footballstars hatte.

Die Männer stellten sich einander vor und Cato führte sie um das Clubhaus herum zu dem neu gegossenen Fundament, wo der Bauherr auf sie wartete. Der Pool würde nicht vor dem Frühjahr mit Wasser befüllt werden, doch der Bauherr erklärte, wenn die ersten Schritte schon getan seien, würde das Interessenten zusätzlich zum Kauf eines der Blockhäuser motivieren.

Derrick ließ den Blick über die Kiefern und Eichen gleiten, die das Ufer des Chattahooche River säumten, der am Baugrund vorbeirauschte. Dahinter erstreckten sich unzählige Quadratkilometer dichter Wälder, wo Truman oder Autumn Ava zurückgelassen haben konnten. Der Fluss entsprang in Jacks Gap in den Blue Ridge Mountains, floss Richtung Süden durch Atlanta und weiter durch das Einzugsgebiet des Tennessee River. Sollte man Ava ins Wasser geworfen haben, wäre sie von den starken und schnellen Strömungen flussabwärts mitgerissen worden, und sie würden sie niemals wieder finden.

55

Als Ellie an der Baustelle ankam, sah sie einen muskulösen Typen, der sich gerade mit Derrick unterhielt und einen weiteren Mann, der mit dem Boden-Radar den Grund des Pools absuchte. Wenigstens hatte der Eisregen noch nicht eingesetzt, obwohl die grauen Wolken am Horizont versprachen, dass es nicht mehr lange dauern würde.

Derrick sah zu ihr auf, sein Blick war fragend.

Sie schüttelte den Kopf, um ihm stumm mitzuteilen, dass sie nichts gefunden hatte. Dann stellte Derrick sie den Männern vor. »Bis zu welcher Tiefe kann man mit dem Radar etwas aufspüren?«, fragte Ellie den Fachmann.

»Bis zu einem knappen Meter«, antwortete Beacon.

Das würde genügen, um eine Leiche verschwinden zu lassen, wenn man in Eile war.

»Mr Cato«, sagte Derrick, »Jaspers Freundin hatte angedeutet, dass er sich seiner Tochter entledigen sollte. Können Sie sich vorstellen, dass Jasper dazu in der Lage wäre, seiner Tochter weh zu tun oder einem solchen Plan zuzustimmen?«

Cato wirkte schockiert und schob die Hände tief in die Hosentaschen seiner Arbeitsjeans. »Über die Freundin weiß ich nichts. Aber Jasper würde Ava niemals etwas antun. Er hat mir auch erzählt, er sei fertig mit dieser Frau und wolle zu Ehefrau und Kind zurück.«

Ellie warf Derrick einen Blick zu. Damit hatte Cato Jaspers Geschichte bestätigt.

Die nächste halbe Stunde beobachteten sie Eddie Beacon dabei, wie er mit der Boden-Radar-Ausrüstung den Grund des Pools absuchte. Einmal hielt er inne, weil er offenbar etwas gefunden hatte, und Ellie blieb beinahe das Herz stehen, während er überprüfte, worum es sich handelte.

Er ließ die Maschine den betreffenden Bereich noch einmal abtasten, dann sah er auf den Bildschirm. »Falscher Alarm«, sagte Beacon. »Scheint nur ein kleines Tier zu sein. Vielleicht ein Waschbär oder ein Opossum.«

Ellie atmete auf und sah dann auf die brodelnden Fluten hinaus. Sollte Ava dort hineingefallen sein, wäre sie wahrscheinlich innerhalb weniger Minuten ertrunken. Die scharfkantigen Felsen hätten ihr die Knochen gebrochen. Und wenn sie nicht ertrunken war, dann wäre sie an Unterkühlung oder an ihren Verletzungen gestorben.

Dreißig Minuten später traf Cord mit seinem Rettungshund und einem dreiköpfigen Team ein. Der Sturm braute sich weiter zusammen.

»Jasper Truman arbeitet für dieses Bauunternehmen«, erklärte sie, dann erzählte sie Cord von Autumns perfidem Plan.

Cords Miene verfinsterte sich. »Ich wünschte, ich könnte sagen, dass ich nicht glaube, dass ein Mensch zu so etwas fähig ist. Aber ich weiß es leider besser.«

Ellie erging es ähnlich. Und das machte ihr die größten Sorgen.

Cord biss die Zähne zusammen. »Wir werden gründlich sein«, versprach er ihr. »Wenn sie da draußen ist, werden wir sie finden.«

56

Big Boulder

Priscilla Wilkinson stand vor der Tür ihres Cottage. Der Kummer lastete so schwer auf ihr wie die zahllosen Decken, die ihre Mutter über sie und ihre Schwester Renee gehäuft hatte, wenn im Haus einmal wieder die Heizung ausgefallen war. Sie waren arm gewesen und hatten in einem weißen schindelgedeckten Häuschen gelebt, der einzige Ölheizer hatte im Wohnzimmer gestanden.

»Lass mich heute Nacht bei dir bleiben«, sagte Raymond, der Architekt, mit dem sie sich nun schon seit ein paar Monaten traf. Er drückte sanft ihre Schulter.

»Nicht heute«, sagte Priscilla. »Ich ... Ich kann nicht, Raymond. Heute ist es ein Jahr her, dass Kaylee und Renee ...«

»Du bist ja wie besessen von ihrem Tod«, erwiderte Raymond, er klang gereizt. »Ich weiß, es ist hart, aber du musst nach vorne schauen und aufhören, in der Vergangenheit zu leben.«

Er verstand es einfach nicht. Wie sollte er auch?

»Ich brauche Zeit für mich, Raymond. Geh nach Hause.«

Seine Züge verhärteten sich. »Ist es das, was du willst? Für immer allein sein?«

»Nein. Ich will meine Familie zurück«, erwiderte sie aufgebracht. »Und du willst scheinbar, dass ich sie einfach vergesse.«

»Ich will, dass du der Wahrheit ins Auge siehst«, rief er nun und wurde laut.

»Lass sie los, damit wir gemeinsam neu anfangen können.«

Wut stieg in ihr auf, und ihr wurde plötzlich heiß. »Ich kann sie nicht vergessen«, sagte sie barsch. »Nicht, solange Kaylee noch irgendwo dort draußen sein könnte. Solange ich noch die Chance habe, sie zu finden.« Sie schob seine Hände unwirsch weg, als er nach ihr griff. »Also, gute Nacht.« *Und Lebwohl.*

Sie stürmte ins Haus und schlug die Tür hinter sich zu, ihr Atem ging schwer. Raymond würde es niemals verstehen. So wie sie niemals aufhören würde, nach ihrer Nichte zu suchen.

Sie spürte das Bedürfnis, sich mit jemandem auszutauschen, der sie verstand und klickte auf die Facebook-Gruppe für Mütter verschwundener Kinder, die sie vor einiger Zeit entdeckt hatte. Obwohl sie nicht Kaylees Mutter war, fühlte sie sich diesen Frauen tief verbunden, auf eine Art, die nur für Menschen nachvollziehbar war, die selbst ein Kind verloren hatten.

Einige der Posts stammten von Müttern vermisster Teenager, die von zu Hause weggelaufen waren. Andere Familien waren Opfer von Kindesentführungen geworden, in drei Fällen gingen der Tat Sorgerechtstreitigkeiten voraus. Eine Frau namens Jan Hornsby hatte die Gruppe gegründet, nachdem ihre Tochter an ihrem sechsten Geburtstag verschwunden war.

Priscilla sah vom Laptop auf, ihr Blick fiel durch das Fenster auf die große Gebirgsformation, die sich in der Ferne abzeichnete. Mit ein wenig Fantasie sah man dort wirklich riesige Felsblöcke, was der Gegend den Namen gegeben hatte.

Einer davon erinnerte sie an einen Bären. Drei andere

standen als Gruppe beieinander, und Kaylee hatte darin immer ein Tipi gesehen, in dem die Cherokee gelebt haben mochten, als sie noch in den Bergen siedelten.

Neuer Schmerz stieg in ihr auf und machte ihr das Atmen schwer. Kaylee, süße Kaylee ... Obwohl sie so lange krank gewesen war, hatte sie nie die Lebensfreude verloren. Sie liebte ihre Wanderungen, watete gern durch den Fluss und sang abends Lieder im Mondschein. Sie hatte sich immer gewünscht, das Meer zu sehen. Als sie wieder gesund war, hatte Renee also mit ihr an die Küste fahren wollen.

Dieser Urlaub hatte der Beginn eines neuen Lebensabschnittes für Kaylee sein sollen.

Stattdessen war es ein Endpunkt gewesen.

Gib nicht auf. Du musst sie finden.

Sie musste jemandem ihr Herz ausschütten, also begann sie zu schreiben.

Es ist jetzt ein Jahr her, seit meine kleine Nichte Kaylee verschwunden ist. Die Polizei stellte die Suche ein, nachdem man meine Schwester verhaftet hatte. Jetzt, nachdem sie gestorben ist, nimmt man nicht einmal mehr meine Anrufe entgegen.

Jan war online und schrieb zurück.

Bei mir sind es jetzt sechs Monate. Ich habe heute den Detective angerufen, der Beckys Verschwinden untersucht, aber er sagte, dass es keine neue Spur gibt. Ehrlich gesagt glaube ich, dass er aufgegeben hat.

Ich weiß, wie sich das anfühlt, meldete sich eine Frau namens Julie zu Wort. *Mein Mann hat meinen kleinen Sohn Ronnie entführt, und niemand weiß, wo die beiden jetzt sind.*

Die Polizei sagt, es sei keine Entführung, weil er Ronnies Vater ist.

Jan: *Früher habe ich Weihnachten geliebt. Ich habe es immer total übertrieben, und in jedem Zimmer einen Weihnachtsbaum aufgestellt. Dieses Jahr habe ich nicht einmal Energie, einen einzigen zu schmücken.*

Priscilla: *Es geht mir ganz ähnlich. Der Anblick der Lichter und Weihnachtsdeko lässt mich meine Familie nur noch mehr vermissen.*

Jan: *Habt ihr das von dem kleinen Mädchen aus Crooked Creek gehört, das verschwunden ist?*

Priscilla erschauderte.

Ja. Ava Truman. Das Seltsame ist, dass sie am 20. Dezember verschwunden ist. Genau wie Kaylee im vergangenen Jahr.

Etwa eine Minute lang meldete sich niemand auf ihren Post.

Dann schrieb Jan: *Das klingt merkwürdig.*

Priscilla sah nach draußen, Regen rann die Fensterscheibe herunter. Sie wischte sich die Tränen von den feuchten Wangen.

Jan: *Das könnte etwas zu bedeuten haben. Vielleicht solltest du dich bei der Polizei in Crooked Creek melden.*

Priscilla sah zu dem Foto von Renee und Kaylee, das über dem Küchentresen hing. Ihr wäre nie die Idee gekommen, dass es zwischen Kaylees Verschwinden und dem des Truman-

Mädchens einen Zusammenhang geben könnte. Aber was, wenn doch?

Es konnte wohl nicht schaden, die Polizei zu kontaktieren. Vielleicht würde diese Detective Reeves ihr ja zuhören.

Andererseits traute sie den Cops nicht mehr über den Weg. Der Detective, der für Kaylees Fall zuständig gewesen war, hatte ihre Schwester beschuldigt und verhaftet. Und dann war sie im Gefängnis gestorben.

Priscilla glaubte nach wie vor, dass man Renee ermordet hatte.

57

Honeysuckle Lane

Lara packte ein weiteres Geschenk ein, das sie Ava heute gegeben hätte. Es war eine Schneekugel mit einer Miniaturversion des Nordpols darin. Seit sie zwei Jahre alt war, versetzte der Anblick von Schneekugeln Ava in helles Entzücken. Sie liebte es, sie in die Händchen zu nehmen und zu schütteln. Fasziniert sah sie dann immer zu, wie die kleinen Flocken wild durcheinanderstoben. Lara hatte beschlossen, eine kleine Tradition daraus zu machen und Ava jedes Jahr eine neue Schneekugel zu schenken. Ihre Tochter besaß schon eine kleine Sammlung.

Im ersten Jahr war es eine mit einem kleinen Eisbären gewesen, der neben einem Nordpolschild stand. Im Jahr darauf hatte sie eine mit einem winzigen Weihnachtsbaum mit bunten Lichtern bekommen. Im dritten Jahr waren es drei kleine Figürchen, die eine Familie unter dem Weihnachtsbaum darstellten, gewesen. In der nächsten die Sternsinger. Dann ein Schlitten und das Dorf des Weihnachtsmannes.

Sie stellte das Geschenk zu den anderen auf dem Kaminsims, dabei schnürte sich ihr die Kehle zu. Sie würden dort warten, bis Ava wieder nach Hause kam und sie auspacken konnte. Und ihr kleines Mädchen *würde* nach Hause kommen, sprach sie sich selbst Mut zu. Sie musste einfach.

Es klingelte an der Tür und die Polizeibeamtin stand auf, um nachzusehen, wer es war. Als Lara die Stimme ihrer Nachbarin Dottie hörte, ging sie ins Wohnzimmer. Dottie besaß locker ein halbes Dutzend Katzen und wusste über alles und jeden in diesem Viertel genauestens Bescheid. Lara war sich nie sicher gewesen, ob die alte Dame einfach einsam war oder schlichtweg gern über andere lästerte. Sie glaubte jedenfalls, dass es Dottie gewesen war, die der Polizei von den lauten Streitereien zwischen ihr und Jasper berichtet hatte. Sie neigte also im Moment eher zu letzterer Einschätzung.

»Ich habe Ihnen eine Hühnersuppe mitgebracht«, sagte Dottie, ihre Miene war mitfühlend. »Ich dachte mir, Sie könnten jetzt etwas Tröstliches zu essen vertragen.«

Lara hatte keinen Hunger, murmelte aber dennoch einen Dank.

»Das mit Ava tut mir wirklich schrecklich leid«, sagte Dottie. »Ich werde für Sie beide beten, Liebes.«

Lara war plötzlich gerührt und sie brachte keinen Ton heraus. Dottie schien auch nicht auf eine Antwort zu warten. Sie drückte ihr den Topf mit der Suppe in die Hand. »Bitte sagen Sie Bescheid, wenn ich irgendetwas für Sie tun kann.«

Lara nickte, der Kloß in ihrem Hals drohte, sie zu ersticken. Deputy Eastwood brachte die alte Dame zur Tür. Vielleicht war sie letztlich doch freundlich und ein bisschen einsam, und nicht nur neugierig.

»Ihre Nachbarin hat recht, Sie sollten etwas essen«, sagte die Polizeibeamtin, als sie zurückkam. »Sie müssen Ihre Kräfte schonen. Sie werden Sie brauchen, wenn Ava wieder nach Hause kommt.«

Wenn sie denn je wieder nach Hause kommt, dachte Lara, gegen die Angst ankämpfend, sie sie zu überwältigen drohte.

»Ich mache das hier jetzt warm und koche uns einen Tee«, sagte Deputy Eastwood und nahm Lara den Topf aus der Hand.

Sie nickte stumm und folgte ihr in die Küche. Der Kalender auf dem Tisch schien sie zu verhöhnen. Für jeden Tag der Winterferien hatte sie eine besondere Aktivität mit ihrer Tochter geplant und darin vermerkt.

Sie schnappte nach Luft. Gestern wäre Popcorn-Tag gewesen. Sie hätten Weihnachtsschmuck aus Popcorn gebastelt, indem sie das Popcorn aufgefädelt und an den Baum gehängt hätten. Und sie hätten außerdem kleine Papiertüten damit befüllt, um sie an die Nachbarn zu verschenken.

Sie betrachtete die Zutaten, die sie für heute besorgt hatte, und glaubte, an ihrem Kummer ersticken zu müssen.

Graham Cracker, verschiedene Bonbons, Streusel und Glasur, um damit Lebkuchenhäuschen zu dekorieren. Am liebsten mochten Ava die rot-weißen Zuckerstangen. Sie platzierte immer einen Hershey's Kiss, eine Schoko-Praline in Tropfenform, als Knauf in der Mitte der Tür. Dann schmückte sie die Wände außenherum mit Zuckerstangen, zu guter Letzt wurde das Dach mit M&Ms gedeckt.

Verzweiflung überkam Lara, sie ließ den Kopf auf den Tisch sinken und schloss die Augen.

Wo bist du nur, Ava, mein Kleines? fragte sie sich im Stillen. *Halte durch und hab keine Angst, Mami wird alles für dich aufheben. Dann können wir die Lebkuchenhäuschen gemeinsam dekorieren, wenn du wiederkommst.*

58

Irgendwo am Appalachian Trail

»Komm Ava, wir backen heute Lebkuchenhäuschen. Wäre das nicht ein Spaß?«

Ava sah zu der großen dünnen Frau mit dem strähnigen schwarzen Haar auf und ließ sich zurück gegen die Wand sinken. »Ich möchte nach Hause. Mommy und ich haben immer zusammen Lebkuchenhäuser gebacken. Sie wartet bestimmt auf mich.«

»Nein, das tut sie nicht, Ava. Ich bin jetzt deine Mommy«, sagte die Frau, und ihre Stimme klang scharf, so wie die der Lehrerin in der Schule, wenn sie die Jungs ermahnte, nicht mit Steinen zu werfen. »Und wir werden eine Familie sein.«

Ava schüttelte heftig den Kopf, ihre Tränen ließen alles vor ihren Augen verschwimmen. »Sie sind nicht meine Familie. Das ist meine Mommy.« Ihr Kinn zitterte und sie fuhr sich mit der Hand über die Wangen. Ihre Kehle war so wund vom Weinen, dass ihre Stimme wie die eines Frosches klang.

Die Frau strich Ava über das Haar und rückte die Schärpe

ihres Kleidchens zurecht. »Aber, aber. Ich weiß, es ist schwierig. Aber deine Mommy hat mich gebeten, für dich zu sorgen«, sagte sie. »Sie ist furchtbar müde und hat zu wenig Geld, um eine gute Mommy für dich zu sein. Und ich werde dich von ganzem Herzen lieben.«

Ava sah ihre richtige Mommy vor sich, wie sie in der Küche stand und Cupcakes für die Schulfeier machte. Eine Feier, die sie verpasst hatte. Mommy war müde gewesen und sie hatte Kopfschmerzen gehabt und war zu beschäftigt gewesen, um mit ihr zur Bushaltestelle zu gehen.

Ihre Brust schmerzte so sehr, dass sie kaum atmen konnte. Sie wollte nicht glauben, dass ihre Mommy sie nicht mehr wollte. Alle Mommys waren ab und zu mal müde, oder nicht?

»Wir haben ein großes Haus und du bekommst ein schönes Spielzimmer mit vielen Spielsachen und einer Staffelei, und ich kann dir hübsche Kleider und Schleifen für dein Haar kaufen.«

»Ich will keine Haarschleifen, außer denen, die Mommy mir macht. Und Sie sind eine Lügnerin. Mommy will mich doch.« Ava biss sich auf die Unterlippe. »Wir backen immer Kekse und schenken den Nachbarn Tüten mit Popcorn.«

Die Frau fasste Ava nun unter das Kinn und sah ihr in die Augen. »Wir können auch Popcorn-Ketten auffädeln und Tüten damit befüllen«, sagte die Frau. »Und dein Daddy wird bald hier sein.«

Ava krampfte die kleinen Hände in das furchtbare Kleidchen mit den vielen Rüschen und versuchte, nicht loszuheulen. Ihr Daddy kam hierher? »Wo ist Daddy? Er wird mich nach Hause bringen. Das weiß ich ganz bestimmt.«

Die Frau presste die Lippen zusammen. »Das hier ist jetzt dein Zuhause. Wir werden eine Familie sein, und dir wird es sehr gut gefallen bei uns. Du hast jetzt sogar eine Schwester, Willst du sie nicht kennenlernen?«

Ava schmollte. »Ich möchte nach Hause zu meiner richtigen Mommy und in meinem Zimmer schlafen, zusammen mit Bunny.«

Die Frau packte ihre Arme und drückte so fest zu, dass ihre Nägel sich in Avas Fleisch bohrten. »Du *bist* zuhause, Ava. Und je eher du aufhörst dich zu beklagen, desto einfacher wird es.«

»Wo ist mein Rucksack, und wo ist Bunny?«, wimmerte Ava.

»Die sind leider weg. Du wirst von uns neue Spielsachen und Stofftiere bekommen.«

»Aber ich liebe nur Bunny, und er wird lebendig werden, so wie der Samthase.«

»Pst, wir wollen jetzt nicht mehr über Bunny sprechen.« Die Frau zog sie zu sich heran und schlang die Arme um sie. Ava wollte sie wegschieben, aber die Frau hielt sie so fest umklammert, dass sie sich kaum rühren konnte. Ihr Pullover war kratzig und ihr Parfüm roch so eklig, dass Ava schlecht davon wurde.

»Ich habe alles hier, um Lebkuchenhäuschen zu machen«, flüsterte die Frau. »Und ich möchte, dass du mir hilfst, den Baum weiter zu schmücken, und wir können einen Brief an den Weihnachtsmann schreiben. Du kannst ihm alles sagen, was du dir zu Weihnachten wünschst.«

Ava biss sich auf die Zunge, um nicht loszuschreien. Alles, was sie wollte, war, zurück nach Hause zu dürfen.

Aber es war, als hätte die Frau sich die Ohren verstopft, und würde sie nicht hören. Sie schloss die Augen, neue Tränen flossen. Aber es tröstete sie, dass ihr Daddy bald kommen würde. Er würde sie zurück zu Mommy bringen!

Dann fiel ihr wieder ein, wie ihre Mommy und ihr Daddy gestritten hatten, weil sie so viel Geld kostete, und dass die Schuldenleute angerufen hatten, und sie das Haus vielleicht verkaufen mussten, und wie ihre Mommy ihren Daddy angeschrien hatte, weil er eine andere Frau mochte, und ihr Magen verkrampfte sich.

Was, wenn die Frau Daddys neue Freundin war? Und sie die Wahrheit sagte, und Mommy sie wirklich nicht mehr wollte?

59

Crooked Creek

Es war bereits dunkel, als Ellie, Derrick und Cords Team die Baustelle und das zugehörige Grundstück komplett abgesucht hatten. Wolken türmten sich am grauen Himmel wie aufgewühlte Meereswellen, während die Suchmannschaften sich auflösten. Bisher hatten sie keinen einzigen Beweis dafür gefunden, dass Autumn Ava etwas angetan haben könnte. Sie würden sie bald auf freien Fuß setzen müssen. Heath hatte angerufen, und ihr mitgeteilt, dass auf keinem Lieferwagen von Cato Construction ein Fingerabdruck von Autumn gewesen war.

Hoffentlich würde Derrick etwas auf ihrem Computer finden.

Ellie fuhr bei Burger Barn vorbei, holte ein paar Hamburger und Fritten und fuhr damit nach Hause. Trotz des üblen Wetters hatte man die Gebetswache nicht abgebrochen, in den Fenstern vieler Häuser brannten außerdem Kerzen und unter dem Engelsbaum auf dem Marktplatz standen Menschen.

Als sie an ihrem Bungalow ankam, zuckte ein erster Blitz

über den Himmel, Mond und Sterne waren vollständig hinter den Sturmwolken verschwunden. Dann rissen die Wolken auf und es begann heftig zu regnen. Bis Ellie an der Haustür war, war sie bereits völlig durchnässt. Derrick parkte hinter ihr und folgte ihr dann ins Haus. Sie verschwand im Schlafzimmer, um sich dort umzuziehen, und warf Derrick ein Handtuch zu, damit er sich abtrocknen konnte.

Als sie sich ein frisches Sweatshirt übergezogen und in eine Jogginghose geschlüpft war, ging sie in die Küche. Bryce hatte ihr eine Sprachnachricht hinterlassen.

»Die ganze Stadt ist in Aufruhr wegen Grueler«, raunzte es aus der Mailbox. »Mein Büro wird mit Beschwerden überhäuft. Das ist wohl das Letzte, was wir jetzt brauchen können.«

Ellie löschte die Nachricht, ihre Nackenhaare sträubten sich. Sollte Bryce toben, so viel er wollte. Sie war keine kaltblütige Mörderin. Und sie brauchten Grueler lebendig, damit er ihnen die mysteriöse Frau beschreiben konnte.

»Was ist los?«, fragte Derrick.

»Bryce ist sauer, weil die Leute ihm wegen Grueler die Hölle heiß machen.«

»Vergiss Bryce«, sagte Derrick. »Du setzt Ava an die erste Stelle und hältst dich an das Gesetz. Das ist es, was einen guten Cop ausmacht. Nicht, sich von Gefühlen leiten zu lassen und sich zum Richter und Henker aufzuschwingen.«

Ellie zuckte die Achseln und schenkte sich einen Wodka ein. Derrick nahm den Bourbon, den sie ihm anbot, dankend an. Sie stellten das Essen und die Drinks auf den Tisch, wo Derrick schon seinen Laptop neben Autumns platziert hatte.

Ellie musste gähnen. Sie war erschöpft, konnte kaum mehr denken, und sie war krank vor Sorge. Doch sie wusste, dass sie etwas essen musste und knabberte lustlos einen kleinen Bissen von ihrem Burger ab. Dann zwang sie sich zu einem Schlückchen Wodka. Dieser Drink war heute Abend ihr Limit. Sie brauchte einen klaren Kopf. Sie mochte sich kaum vorstellen, was Lara jetzt durchmachte.

Derrick verschlang seine Mahlzeit, als hätte er seit Tagen nichts mehr zu essen bekommen. Dann warf er die Servietten in den Mülleimer und kam zurück zum Tisch, um sich Autumns Computer vorzunehmen. Seine Miene wurde von Minute zu Minute finsterer. Er ließ sich im Stuhl zurücksinken und seufzte auf.

»Was hast du gefunden?«

Er klopfte mit den Fingerknöcheln auf die Tischplatte. »Autumn hat im Darknet eine Seite besucht, auf der Kinder gehandelt werden. Sie heißt MWC.«

Ellie bekam eine Gänsehaut. »MWC?«

Er nickte grimmig. »Mother Wants Child.«

Ellie wurde plötzlich eiskalt.

60

Irgendwo am Appalachian Trail

Ava war den ganzen Nachmittag über launisch und zickig gewesen, aber das Mädchen würde lernen. Sie musste nur Geduld haben. Bald würde sie akzeptieren, dass ihre Mommy weg war, und sie würde lernen, sie zu lieben. Kaylee hatte eine Weile gebraucht, und dann Becky ... obwohl Becky kränkelte.

Sie wusste nicht recht, wie sie damit umgehen sollte.

Nun war ihr Ehemann in Beckys Zimmer, um ihr ihre Medizin zu geben. Sie hatte Kaylee und Ava ihre Medikamente verabreicht, und jetzt sahen sie sich *Rudolph the Red-nosed Reindeer* an. Das würde sie für eine Weile beschäftigen. Es war *ihr* absoluter Lieblingsfilm!

Silas kam aus Beckys Zimmer, sein Haar zerzaust, die Stirn gerunzelt. »Um Himmels willen, ich kann nicht glauben, dass du Ava hierhergebracht hast! Hast du die Nachrichten gesehen«?

Sie schüttelte den Kopf. »Nein. Und ich werde nicht zulassen, dass du mir die Feiertage verdirbst.«

»Ich verderbe *dir* die Feiertage?«, fuhr er sie an. »Du solltest vielleicht damit aufhören, Kinder zu sammeln. Das ist illegal.«

Ihr Blick wurde hart. »Was willst du dagegen unternehmen? Willst du mich etwa verpfeifen?« Sie bohrte ihm mit dem Zeigefinger in die Brust. »Dann bist du auch dran. Dann erzähle ich nämlich allen, dass das deine Idee war.«

An seinem Hals schwoll eine Ader an, aber dann verflog sein Zorn plötzlich, und Schuldgefühle traten an dessen Stelle. Seine Augen wurden matt und ausdruckslos.

Und er hatte allen Grund sich schuldig zu fühlen, erinnerte sie sich.

Einen beklommenen Moment lang starrte er sie an, so als könnte er sich nicht mehr daran erinnern, wer sie eigentlich war. Aber sie ignorierte ihn, machte sich eine Tasse heißen Tee, ging dann zu ihrem Schreibtisch und fuhr ihren Computer hoch. Wenn in den Nachrichten über Avas Verschwinden berichtet wurde, dann suchte die Polizei nach ihr.

Aber niemand wusste, wo sie waren. Sie waren viele Kilometer weit weg von der Stadt und von allen anderen Menschen, und so würde es auch bleiben. Sie brauchte keine Gesellschaft.

Nur ihre Familie.

Sie musste sich aber um Kaylees Tante Priscilla und Beckys Mutter kümmern. Im vergangenen Monat hatte sie entdeckt, dass Jan Hornsby einen Facebook-Gruppe für Mütter gegründet hatte, deren Kinder vermisst wurden. Sie hatte sich das mal genauer angesehen.

Kaylees Tante hatte sich der Gruppe angeschlossen, und die beiden Frauen schienen sich anzufreunden.

Das gefiel ihr überhaupt nicht. Aber solange sie nicht mehr taten, als sich zu beschweren und zu jammern, würde sie sie in Ruhe lassen. Sie war bereits zu viele Risiken eingegangen und wollte nicht noch mehr Aufmerksamkeit auf sich lenken. Sie meldete sich in der Gruppe nie zu Wort, sie beobachtete nur.

Sie überprüfte die Posts des heutigen Tages und ihre

Hände begannen zu zittern. Priscilla hatte entdeckt, dass Kaylee und Ava am selben Tag verschwunden waren.

Und dann Jans Kommentar: *Das könnte etwas bedeuten. Vielleicht solltest du diese Detective Reeves in Crooked Creek kontaktieren.*

Ihre Hände umklammerten die Tischkante. Ihre Brust schmerzte, sie keuchte auf und rang nach Luft. Diese beiden Frauen bedeuteten Ärger. Bevor sie anfingen, die Puzzleteile zusammenzusetzen, musste sie sie stoppen.

Plötzlich sah sie Renees vertrauensseliges Gesicht vor ihr, kurz bevor sie starb. Eine quälende Erinnerung. Aber sie hatte Renee aufgehalten. Und sie würde auch Priscilla und Jan nicht gewähren lassen.

61

Crooked Creek

Abscheu erfüllte Derrick allein bei dem Gedanken, jemand könnte ein Kind verkaufen. Ellie war vom Tisch aufgesprungen und in ihr Schlafzimmer gerannt. Er ließ sie in Ruhe. Dieser Fall ging ihnen beiden an die Nieren.

Sollte Ava tatsächlich im Darknet verkauft worden sein, wäre es deutlich schwieriger, sie zu finden als im Falle einer Entführung durch ein Elternteil. Man konnte es mit kriminellen Organisationen zu tun bekommen, die international operierten.

Die Täterin konnte aber auch einfach eine verzweifelte Frau sein, die unbedingt ein Kind wollte. Und sie könnte sich irgendwo in der Nähe versteckt haben, vielleicht hier in den Appalachen.

Schweißperlen traten ihm in den Nacken, während er seinen Partner beim FBI anrief und ihm berichtete, was er herausgefunden hatte. Er kannte Bennett seit der Zeit, als die beiden in der Armee gedient hatten. Gemeinsam hatten sie so schreckliche Dinge durchgemacht, dass sie einen Pakt geschlossen hatten, niemals wieder von alldem zu sprechen. Doch manchmal holten ihn nachts seine Erinnerungen ein. Die endlosen Schreie. Die Explosionen. Der Geruch nach verbranntem Fleisch. Die Knochen der Toten, die überall verstreut lagen.

Er schüttelte die Gedanken an die Vergangenheit ab, der er nicht entkommen konnte. Er musste sich auf den Fall konzentrieren. Die Arbeit war das Einzige, was ihm half, die Dunkelheit in ihm in Schach zu halten. Die ihm half zu vergessen, was sie getan hatten ...

»Fox?«, sagte Bennett. »Bist du noch da?«

Nicht wirklich. »Ja. Unser Cyber-Team soll diese Gruppe genau unter die Lupe nehmen«, sagte er. »Findet heraus, wer dahintersteckt, und von wo aus sie operieren. Und haltet Ausschau nach Menschen, die ein Kind in Avas Alter suchen.«

»Ich übernehme das persönlich«, sagte Bennett. »Diese Bastarde müssen gestoppt werden.«

Als Derrick nach draußen in den grauen Himmel sah und dem Regen lauschte, der aufs Dach trommelte, dachte er daran, welche Ängste Ava wohl gerade ausstand.

Wenn sie noch am Leben war.

Ellie kam aus dem Schlafzimmer. Sie sah bleich und erschöpft aus. Er stand auf und ging quer durch den Raum auf sie zu. »Leg dich jetzt ins Bett, Ellie. Hoffen wir, dass mein Partner morgen früh mehr über diese Gruppe in Erfahrung gebracht hat. Du brauchst jetzt etwas Ruhe, damit wir morgen wieder voll durchstarten können.«

Ellie hob das Kinn, und hätte gern die Tapfere gespielt, aber ihre müden Augen verrieten sie. »Das gilt dann aber auch für dich.« Sie drehte sich um und ging zurück in ihr Schlafzimmer. Nachdem sie die Tür geschlossen hatte, setzte er sich wieder an den Computer.

Er fand jetzt noch keine Ruhe. Nicht, solange Avas Gesicht ihn verfolgte.

Sie mussten sie vor dem Monster retten, das sie ihrer Mutter gestohlen hatte. Wer auch immer das sein mochte.

62

Honeysuckle Lane

Der Wind peitschte Lara das Haar ins Gesicht, während sie in der Dunkelheit vorwärts stolperte. Der Wald war so dicht, und die mächtigen Baumstämme standen so nah beieinander, dass sie kaum etwas sehen konnte. Aber sie hörte irgendwo Ava weinen.

»Ich komme, mein Mädchen, ich bin gleich bei dir«, rief Lara unter Tränen. Ihre Waden schmerzten vom Laufen, ihr Atem ging stoßweise, und Gestrüpp und wucherndes Unkraut zerrten an ihren Armen und Beinen.

»Mommy!«

Ein herzzerreißender Schluchzer ließ sie erbeben, als sie auf eine kleine Lichtung kam und das Monster entdeckte, das ihre Tochter tiefer in den Wald zerrte, einen Hügel hinauf und dann mitten hinein in die unwegsame Wildnis. Sie legte an Tempo zu, ihre Lungen taten weh und sie rang nach Luft, während sie den Berg hinaufkletterte.

Der beißende Gestank eines verendeten Tiers schlug ihr

entgegen, und Regen prasselte herab, der zu Hagel wurde, und ihr in Wangen und Augen stach.
»Ava!«
Die Gestalt auf dem Hügel hielt plötzlich inne und sah von einem Felsen aus auf sie herunter. Der dicke Wintermantel und eine Mütze verbargen Gesicht und Körper, aber sie hörte eine unheimliche Stimme.
»Sie gehört jetzt mir. Du wirst sie niemals wiedersehen.«
»Nein«, schrie Lara. »Ava!«
Plötzlich entluden sich die düsteren Wolken, und es fielen Ströme von Regen und Graupel, die ihr die Sicht raubten. Die Gestalt verschwand zwischen Eichen und Kiefern.
Sie rannte schneller, kletterte höher und höher, aber die Bäume bogen sich unter den Sturmböen, zu ihren Füßen wurde das tote Laub aufgewirbelt, und überall ächzten und brachen Äste. Ihr Fuß verfing sich, vielleicht in einer Wurzel, dann spürte sie, wie Efeu sie umfasste und festhielt, als wären es Schlangen. Sie konnte nicht mehr aufstehen. Über ihr dräute die Finsternis, und sie kämpfte gegen den Würgegriff des Efeus an, doch die Pflanze schien lebendig geworden zu sein und drückte sie nach unten und drohte, sie zu erdrosseln, und sie konnte sich nicht befreien, und Ava war fort …
»Du wirst sie niemals wiedersehen.«
Die Worte hallten als Echo von den Berghängen wider, und sie schrie und schrie Avas Namen, aber ihre Stimme wurde vom dichten Wald verschluckt, genau wie ihre Tochter.

Plötzlich packte sie jemand an den Armen, schüttelte sie und rief ihren Namen. Sie öffnete die Augen, entsetzt, sein Gesicht zu sehen, zu entdecken, dass er Ava wehgetan hatte.

»Ganz ruhig, Lara, ich bin es.«

Die tiefe Stimme durchdrang den Nebel und sie begann, mit den Fäusten auf den Mann einzuschlagen. Doch er schlang die Arme fest um sie und wiegte sie sanft. »Ruhig, ich bin es, Jasper. Ich bin hier. Du hattest einen Alptraum.«

Lara lehnte sich an ihn und weinte. Sie hasste ihn dafür, dass er sie verlassen hatte, dass er mit dieser bösartigen Person geschlafen hatte, aber sie war trotzdem froh, dass die Polizei ihn hatte gehen lassen. Dass er hier war.

Sie blinzelte und sah zu ihm auf. Obwohl nur spärliches Licht durch das Fenster fiel, sah sie die Tränen, die ihm über die Wangen liefen.

Dann erinnerte sie sich plötzlich wieder an die Textnachrichten zwischen ihm und Autumn und neue Wut stieg in ihr auf. Mit so viel Kraft, wie sie nur aufbringen konnte, schubste sie ihn weg.

Er keuchte überrascht auf, seine Stimme schmerzerfüllt. »Ich schwöre es dir, Lara, ich habe diesen Plan nicht mit Autumn gefasst«, sagte er mit erstickter Stimme. »Du musst mir bitte glauben. Ich wollte Weihnachten mit dir und Ava verbringen.«

Vielleicht sagte er die Wahrheit. Oder er hatte dem Plan erst zugestimmt, dann aber seine Meinung geändert. Vielleicht weinte er, weil er Ava liebte. Oder vielleicht, weil man ihn geschnappt hatte. Sie konnte sich nicht sicher sein.

Und sie wusste nicht mehr, was sie glauben sollte.

Außer, dass das Monster aus ihrem Traum real war, und sie ihr kleines Mädchen vielleicht niemals wiedersehen würde.

63
SONNTAG, 22. DEZEMBER

Crooked Creek

Am nächsten Morgen erwachte Ellie, Sorge nagte an ihr. Noch drei Tage bis Weihnachten. Wäre das Mädchen jetzt zuhause, würden Mutter und Tochter sicher schon die Tage und Minuten zählen, bis der Weihnachtsmann endlich kam.

Sie quälte sich aus dem Bett, nahm eine kurze Dusche und tappte dann in die Küche, um sich einen Kaffee zu machen. Die Decke auf der Couch sah zerwühlt aus, und ihr wurde bewusst, dass Derrick die Nacht hier verbracht hatte. Sie hätte wohl überrascht sein sollen, aber das war schon häufiger vorgekommen. Wie sie ihn kannte, hatte er sicher die halbe Nacht gearbeitet.

Neben der Kanne mit Kaffee, den er für sie gekocht hatte, fand sie eine Notiz. Er war zu seiner Blockhütte gefahren, um zu duschen. Sie sollten sich in etwa einer Stunde auf der Wache treffen.

Ihr Telefon vibrierte, als sie sich gerade eine Tasse Kaffee einschenkte, und den Duft nach Pekannüssen einsog. Sie warf einen Blick auf das Display. Ihr Vater.

Sie ging ran, wollte es aber kurz machen. »Hi, Dad.«

»Hi, Ellie, ich wollte nur mal nach dir hören«, sagte er.

»Ich weiß, du hast alle Hände voll zu tun mit der Suche nach dem vermissten Mädchen. Und ich habe gehört, dass sich viele Leute beschwert haben, weil du dich schützend vor diesen Grueler stellst.«

»Wenn du angerufen hast, um mir einen Vortrag zu halten, Dad, dann spar dir die Mühe. Grueler hat definitiv ein Problem«, sagte sie. »Aber er gilt als unschuldig, bis wir seine Schuld bewiesen haben. Und bisher haben wir keinen Beweis dafür, dass er Ava entführt hat. Stattdessen hat er behauptet, eine Frau gesehen zu haben, die Ava beobachtet hat. Wenn er wieder zu sich kommt, kann er uns die Person vielleicht beschreiben.«

Beklommenes Schweigen trat ein. »Manchmal ist es am schwierigsten, das Richtige zu tun«, sagte er schroff.

Sie fragte sich, ob er von ihr oder von sich selbst sprach, und auf die Geheimnisse anspielte, die er für sich behalten hatte, um sie zu beschützen. Dafür hatte er teuer bezahlt.

Sie hoffte, es würde ihr nicht ebenso ergehen.

»Ich bin stolz auf dich, weil du für deine Überzeugungen eintrittst und einen kühlen Kopf behältst.«

Ellie spürte, wie sie rot wurde. »Danke, Dad. Ich muss jetzt wieder an die Arbeit.«

»Kann ich dir irgendwie helfen?«, fragte er.

Ellie holte sich ihre Dienstwaffe vom Nachttisch.

»Danke, aber ich glaube nicht.«

Er räusperte sich. »Deine Mutter wünscht sich, dass du am Weihnachtsabend zum Essen kommst, oder am Weihnachtstag zum Mittagessen.«

Ellie biss kurz die Zähne zusammen, eine Welle der Nostalgie überkam sie. Als kleines Mädchen war sie in der Nacht vor Weihnachten immer so aufgeregt gewesen, dass sie nicht hatte schlafen können. Sie war meist schon morgens um vier

Uhr aufgewacht, um ihre Geschenke auszupacken. Sie hatte die Verpackungen aufgerissen und in ihrem Pyjama gespielt, während Vera in der Küche Waffeln zubereitet hatte. Zur Mittagszeit hatte ihre Mutter dann schon ihre legendären Prime Ribs vorbereitet, die es abends gegeben hatte.

»Das hängt ganz davon ab, ob wir Ava finden, Dad. Wir arbeiten rund um die Uhr, damit sie an Weihnachten wieder zuhause sein kann.«

Sie musste ihre eigene Familie vorläufig zurückstellen. Im Moment hatte Laras Familie Priorität.

64

Irgendwo am Appalachian Trail

Ava zitterte, als die übelriechende Frau sie aus dem dunklen Zimmer in ein anderes führte, das größer war, und in dem mehrere Doppelbetten standen. Sie kniff die Nase zusammen, um den Geruch nicht einatmen zu müssen, von dem ihr drohte schlecht zu werden. Es roch wie an dem Parfümstand, an dem Mommy und sie manchmal in der Mall vorbeigingen, und wo sich alle Düfte mischten. Ihre Mommy hatte davon leicht Kopfschmerzen bekommen, und sie waren immer möglichst schnell daran vorbeigelaufen.

»Ist das nicht ein hübsches Zimmer?«, fragte die Frau, ihre Stimme ein seltsamer Singsang. »Sieh nur, wie die Sonnenstrahlen versuchen, durch den Regen zu brechen.«

Ava blinzelte. Die Sonnenstrahlen waren hell, aber nicht so leuchtend wie die Wände selbst. Sie waren so gelb, als hätte man sie mit Butter gestrichen.

»Sieh mal, ich habe dir doch erzählt, dass es hier Bücher und Spielzeug für dich gibt!« Die Frau wies in eine Ecke des

Raums, wo sich ein Bücherregal, ein Tisch, Zeichenblöcke, eine Staffelei und Spiele befanden.

Dann entdeckte Ava den Kalender an der Pinnwand, und wieder stiegen ihr die Tränen auf und ihre Kehle wurde eng.

Zuhause hatten Mommy und sie einen Adventskalender gehabt. Man hatte jeden Tag eine Süßigkeit von dem Holzbäumchen gepflückt, bis schließlich Weihnachten war.

Es waren noch drei Tage. Würde Mommy die Süßigkeit heute ohne sie essen?

»Komm jetzt, trödle nicht herum«, sagte die Frau und schob sie weiter in den Raum.

Aus einer Ecke erklang ein Summen, und Ava sah ein anderes Mädchen dort am Tisch sitzen und mit Filzstiften etwas zeichnen. Ihre blonden Haare waren zu Zöpfchen geflochten und mit hellroten Bändern zusammengebunden. Ava biss sich auf die Unterlippe, als die Frau sie sanft vorwärtsschob. Ihre Füße fühlten sich so schwer an wie Blei, und klebten am Boden, als würde sie auf Leim treten.

»Das ist das wunderschöne Zimmer, von dem ich dir erzählt habe, Ava. Du wirst ein eigenes Bett haben und viele Spielsachen, und außerdem eine Schwester.« Die Frau hatte ein merkwürdiges Lächeln aufgesetzt, dann ging sie zu dem kleinen Mädchen am Tisch und umarmte es. »Das ist Kaylee.«

Kaylee sah Ava mit großen Augen an, dann wandte sie sich wieder ihrer Zeichnung zu.

Die Härchen auf Avas Armen sträubten sich. »Ich will nach Hause«, flüsterte sie. »Zurück in mein Zuhause, zu meiner richtigen Mommy.«

Die Frau beugte sich zu ihr herab und schob ihren Daumen unter Avas Kinn. »Sieh mich an. Ich habe dir doch gesagt, dass deine Mommy dich nicht mehr will. Du wirst jetzt hier leben, und wir werden eine Familie sein.«

Avas Unterlippe begann zu zittern, und sie schüttelte den

Kopf. »Nein, Mommy will mich nicht loswerden. Sie ... Sie hat mich lieb.«

Die Frau nahm Avas Gesicht in ihre Hände. Sie fühlten sich kalt und klamm an, nicht so warm und weich wie die von Mommy. »Du verstehst das jetzt noch nicht, aber irgendwann wirst du.« Ihr Blick bohrte sich in den ihren und sie musste an die dürre schwarzweiße Katze denken, die bei Ms Dottie wohnte. Dann strich sie Ava übers Haar und flüsterte: »Ich habe dich so sehr vermisst, Piper.«

Ava drehte sich der Magen um. »Mein Name ist nicht Piper«, flüsterte sie. »Ich heiße Ava.«

Abrupt ließ die Frau ihre Arme los und richtete sich wieder auf. Ihre Mundwinkel zuckten verärgert, und Ava hatte weiche Knie. »Ich lasse euch jetzt mal allein, dann kannst du deine neue Schwester besser kennenlernen«, sagte sie.

Sie drehte sich noch einmal um, legte die Hände zusammen und sah dann zu den beiden Mädchen. »Während ihr spielt, bereite ich schon mal alles für die Lebkuchenhäuser vor.« Sie klatschte in die Hände, als hätte sie jubelnden Zuspruch erhalten und ging dann endlich aus dem Zimmer. Ava hörte, wie sie die Tür abschloss, nachdem sie sie zugezogen hatte. In ihrem Magen herrschte Aufruhr. Sie drehte sich um und sah zu Kaylee. Kaylee schob den leeren Stuhl, der am Tisch stand, in Richtung Ava.

»Setz dich zu mir, Ava.«

Mit zittrigen Beinen ging sie auf den Tisch zu. Kaylee legte einen neuen Zeichenblock vor Ava, dann stellte sie den Becher mit den Filzstiften in die Mitte des Tischs. »Du wirst dich daran gewöhnen«, sagte Kaylee, sie klang resigniert.

Ava wischte sich über das Gesicht, nahm sich einen Filzstift und begann, Bunny zu zeichnen. Sie wollte sich nicht daran gewöhnen.

Wenn Mommy schon nicht kam, dann würde Bunny ja vielleicht lebendig werden und sie retten.

65

Crooked Creek

Ellie holte auf dem Weg ins Büro Kaffee für sich und Derrick, der Duft des dunklen Gebräus half ihr, ihr Gehirn wieder auf Trab zu bringen. Als Derrick von seinem Laptop aufsah, lagen in seinen kohlschwarzen Augen Sorge und Zorn.

»Ich habe mir diese Gruppe namens Mother Wants Child mal genauer angesehen«, sagte er. »Angeblich hat man es sich dort zur Aufgabe gemacht, neue Familien zusammenzubringen, indem man bedürftige Kinder an Frauen vermittelt, die selbst keine Kinder haben können. Aus welchem Grund auch immer.«

»Wenn man ein Kind adoptieren will, gibt es doch auch Dutzende legaler Möglichkeiten«, sagte Ellie. »Und wenn das Angebot seriös ist, warum agiert man dann im Darknet?«

»Genau.« Derrick lehnte sich in seinem Stuhl zurück und wies auf die IP-Adresse. »Ich habe die kontaktiert.«

Ellies Puls beschleunigte sich. »Ach, tatsächlich?«

»Ich habe einen Plan. Das heißt, wenn du einverstanden bist.«

Neugierig geworden, setzte sie sich auf ihren Stuhl. »Okay, ich bin ganz Ohr.«

»Ich denke, wir sollten uns als Paar ausgeben, das nach einem Kind sucht.« Seine Miene war ernst, während seine Worte in ihr nachhallten.

»Als Paar?« Sie schlug die Beine übereinander und hob die Brauen.

»Wie könnten wir leichter an Informationen kommen als im Rahmen einer verdeckten Operation?« Er ließ sich wieder gegen die Stuhllehne sinken. »Wenn du es nicht machen willst, dann kann ich auch jemand anderen fragen.«

»Nein, wenn die Möglichkeit besteht, dass Autumn in die Sache verwickelt ist, und wir Ava so finden könnten, dann mache ich es«, stimmte Ellie zu.

»Ich habe heute Morgen noch einen Laptop besorgt, den man weder zum FBI noch zu uns zurückverfolgen kann.«

Ellie trommelte mit den Fingern nervös auf ihren Oberschenkel. »Okay, was wollen wir denen erzählen?«

Ein feines Lächeln umspielte Derricks Augenwinkel und Ellie spürte, wie sie rot wurde. »Du wusstest, dass ich ja sagen würde, nicht wahr?«

Er lachte leise. »Ja«, gab er zu. »Du bist eine Draufgängerin, Ellie. Und ich weiß, du würdest alles tun, um dieses Kind zu retten.«

Ellie nickte. »Dann an die Arbeit. Wenn diese Leute Ava haben, könnten sie sie an weiß Gott wen vermitteln, und wir finden sie nie wieder.«

Schlimmer noch. Wenn sie international operierten, könnte Ava jetzt auch schon in einem Flugzeug sitzen und auf dem Weg ans andere Ende der Welt sein.

66

Honeysuckle Lane

Lara fühlte sich wie betäubt vor Sorge und Erschöpfung. Jasper schien auf die Situation genau entgegengesetzt zu reagieren – er war zappelig und konnte kaum stillsitzen. Sie hörte ihn die ganze Zeit im Haus auf- und abgehen.

Bevor sie gegen Mitternacht endlich entkräftet auf ihr Bett gesunken war, hatte sie noch die Nachrichten gesehen und entsetzt aufgehorcht, als diese Reporterin Detective Reeves nach Nolan Grueler gefragt hatte. Sie war so wütend gewesen, dass sie am liebsten geschrien hätte. Wie konnte Reeves es wagen, sich schützend vor diesen Mistkerl zu stellen, während ihr kleines Mädchen vermisst wurde?

Sie hatte im Bett gelegen, und sich hundert Arten ausgemalt, wie sie Grueler persönlich ins Jenseits befördern würde. Alle waren schmerzhaft und endgültig gewesen.

Gott möge ihr beistehen, offensichtlich verlor sie langsam den Verstand. Wenn er etwas über Ava wusste, dann musste er das Bewusstsein wiedererlangen, um es ihnen erzählen zu können.

Das Handy vibrierte, und sie sah, dass es Emily war. Obwohl Emilys eine melodische Stimme hatte, klang sie beruhigend. Lara hatte im Moment keine Kraft mit ihr zu sprechen, also ließ sie die Mailbox rangehen und hörte sich anschließend die Sprachnachricht an.

»Hey Lara, hier ist Em. Ich wollte nur nachfragen, wie es dir geht.«

Ihre Worte klangen weich und mitfühlend.

»Ich habe auf Facebook eine Support-Gruppe entdeckt, die dich vielleicht interessieren könnte. Sie nennt sich Mothers of Missing Children. Ich schicke dir den Link.«

Sie zögerte.

»Vielleicht würde es dir ja helfen, dich mit anderen Müttern auszutauschen. Wenn du möchtest, dass ich später vorbeikomme, dann ruf mich an oder schreib mir eine Nachricht. Ich bin für dich da.«

Emily war ein Geschenk des Himmels. Sie sorgte sich einfach um alle.

Dennoch fand Lara die Idee mit der Facebook-Gruppe wenig überzeugend. Was sollte hilfreich daran sein, sich die schrecklichen Geschichten anderer Mütter, die ihre Kinder verloren hatten, anzuhören?

Sie warf sich den Morgenmantel über und ging nach unten. Jasper saß am Küchentisch und blätterte durch die Fotoalben, die sie gebastelt hatte. Die meisten Menschen verwalteten ihre Fotos heutzutage online, aber sie war altmodisch und sie und ihre Tochter hatten Sammelalben mit Avas Kunstwerken gestaltet, und sie hatte ihre liebsten Fotos entwickelt, um so alle wichtigen Momente von Avas Kindheit festzuhalten.

Sie wollte all die schönen und besonderen Momente nicht vergessen, vor allem nicht die Lebensfreude ihrer Tochter. Jasper zitterte vor Kummer, und als Lara an ihm vorbeiging, um sich Kaffee zu nehmen, sah sie, dass er das Foto betrachtete, das sie an dem Tag gemacht hatten, als sie Ava nach Hause geholt hatten.

Zärtlichkeit schnürte ihr die Brust zu. An diesem Tag waren Jasper und sie sich so nahe gewesen, beide nervös und voller Vorfreude. Nach sechsunddreißig Stunden in den Wehen hatten sie ihr Glück kaum fassen können, als Ava endlich das Licht der Welt erblickt hatte, rosarot und zappelnd und heulend. Lara erinnerte sich, wie die Hebamme ihr geholfen hatte, ihr Nachthemd aufzuschnüren, um Ava an ihre Brust zu legen, und wie Jasper sie hingerissen beobachtet hatte.

Zwei Tage später hatten sie ihr Neugeborenes in einen winzigen rosa-weißen Strampler gekleidet und ihr ein pinkfarbenes Schleifchen umgebunden, sie in eine Decke gewickelt, in den Autositz gesetzt und nach Hause gebracht. Das Zimmerchen, das dort auf sie wartete, hatte Lara selbst eingerichtet. Jasper hatte Ava nach drinnen getragen. Er hatte sie so vorsichtig gehalten, als sei sie aus zartem Glas.

Ihr Blick wanderte zu der Schachtel mit den Christbaumkugeln, die sie heute mit Ava hatte bemalen wollen, dann zu den Wasserfarben, die ihre Tochter heute als kleines Geschenk bekommen hätte. Und sie war plötzlich so untröstlich traurig, dass sie glaubte, sich übergeben zu müssen.

67

Crooked Creek, Polizeiwache

Ellie und Derrick feilten gemeinsam an einer Geschichte, die ihnen glaubwürdig erschien. »Wir sollten Namen verwenden, die wir nicht so leicht vergessen«, sagte Derrick. »Es ist wichtig, immer möglichst nah an der Wahrheit zu bleiben, und die Dinge nicht unnötig kompliziert zu machen.«

Sie tauschten einige Vorschläge aus, dann entschieden sie sich mit Erikson für eine Variante von Derricks Namen als Familiennamen.

»Ich benutze Mae, den Namen, den man mir bei meiner Geburt gab«, sagte Ellie.

»Und ich bin Jared, das ist der Name meines Vaters«, erwiderte Derrick.

Derrick notierte alles. »Gut. Da wir bereit sind, viel Geld für ein Kind hinzublättern, müssen wir wohlhabend sein. Ich bin Finanzberater und besitze eine eigene Agentur.«

»Und ich kann als Buchhalterin für dich arbeiten«, sagte Ellie, obwohl Rechnen ehrlicherweise nicht gerade ihre Stärke war.

»Das klingt gut. Dann richte ich eine erfundene Firma ein, mit Kundenkartei und allen dazugehörigen finanzrechtlichen Informationen.«

Ellie nickte. »Wir leben natürlich in einem schicken Viertel, mit Menschen in unserem Alter, die eher der Oberschicht angehören.«

»Dann wäre Buckhead das Passende«, sagte Derrick. »Dort gibt es jede Menge altes Geld. Tatsächlich könnten wir erwähnen, dass deine oder meine Eltern einen Treuhandfonds für uns eingerichtet haben.«

»Das kannst du übernehmen«, schlug Ellie vor. »Und nun zu den Motiven, warum wir auf diesem Weg ein Kind suchen. Sagen wir, wir sind seit fünf Jahren verheiratet und versuchen seither erfolglos, schwanger zu werden. Sogar mit einer In-vitro-Befruchtung haben wir es schon probiert, aber auch das hat nicht geklappt.« Sie schwieg kurz, dann holte sie tief Luft. »Seither bin ich verzweifelt und völlig besessen von dem Wunsch, ein Kind zu haben.«

»Warum wollen wir dann keinen Säugling, sondern ein älteres Kind?«

Ellie rieb sich nachdenklich die Stirn. »Lass uns meine Geschichte einflechten. Ich wurde adoptiert, als ich vier Jahre alt war. Und ich weiß daher, wie schwierig es für ältere Kinder ist, noch ein Zuhause zu finden.«

Derrick musterte sie neugierig. »Und du bist sicher, dass das okay für dich wäre? Von deiner Vergangenheit zu erfahren, war belastend für dich.«

Gefühle drohten kurz, sie zu überwältigen, aber Ellie schob sie beiseite. Sie konnte es sich nicht leisten, dass ihr privates Chaos die Suche nach Ava beeinträchtigte. »Es geht mir gut, lass uns das so machen«, erwiderte sie. »Weil wir beide berufstätig sind, suchen wir ein Kind im schulpflichtigen Alter, am besten zwischen fünf und sechs Jahren. So bräuchten wir tagsüber keine Betreuung. Da ich als Buchhalterin arbeite, bin ich allerdings zeitlich flexibel. Und ich kann auch zuhause arbeiten, um da zu sein, wenn das Kind aus der Schule kommt.«

»Klingt gut«, stimmte Derrick zu. »Wir könnten an dieser Stelle erwähnen, dass wir uns auch einen Hund anschaffen wollen. Kinder lieben Hunde.«

Ellie Herz zog sich zusammen. »Lara sagte, dass Ava sich einen Hund zu Weihnachten gewünscht hat.«

Ihre Blicke trafen sich, angespannte Stille trat ein. Im Hintergrund tickte eine Uhr. Eine weitere Stunde des dritten Tages nach Avas Verschwinden war vergangen.

Derrick lächelte leicht. »Ich weiß nicht, ob sie nach solchen Dingen fragen würden. Das hängt davon ab, ob diese Leute einfach Menschen verkaufen oder wirklich daran interessiert sind, ein gutes Zuhause für bedürftige Kinder zu finden. Was wir noch brauchen, ist allerdings eine Geschichte darüber, wie wir uns kennengelernt haben.«

»Wie du schon sagtest, wir sollten so oft es geht bei der Wahrheit bleiben. Wir könnten ihnen also erzählen, dass wir uns während eines heftigen Schneesturms kennengelernt haben, als wir hier Urlaub in den Bergen machten.«

»Nicht hier«, sagte Derrick. »Das könnte Verdacht erregen.«

»Dann sagen wir eben, wir hätten in derselben Wohnanlage gewohnt, und es gab einen Stromausfall. Und alle Nachbarn trafen sich im Gemeinschaftsraum und dort lernten wir uns kennen und haben uns sofort gut verstanden.«

»Sechs Monate später haben wir geheiratet«, sagte Derrick. »In einer Luxus-Ferienanlage auf St. Simon's Island.«

Das klang wundervoll, dachte Ellie. Weit weg von Mord und Verbrechen. Ein kristallblauer Ozean, Sonnenstrahlen schimmerten auf der Wasseroberfläche, Wellen schlugen sanft an den Strand.

Sie riss sich aus ihrem kurzen Tagtraum. Das hier war kein Urlaub. Avas Leben stand auf dem Spiel.

68

Irgendwo am Appalachian Trail

Die fünfjährige Becky Hornsby rollte sich zusammen, presste die Bettlaken an ihre Brust und barg ihr Gesicht darin.

Sie war wieder krank.

Sie zitterte am ganzen Körper und ihre Glieder schmerzten. Sie hielt sich mit der Hand den Mund zu, um nicht zu würgen, und sie konnte einfach nicht aufhören zu weinen.

Seit die Frau sie hierhergebracht hatte, war es ihr wieder schlechter gegangen. Am Anfang hatte Becky sie noch angeschrien, sie solle sie wieder nach Hause bringen. Aber die Frau hatte gesagt, dass Beckys Mommy sie nicht mehr haben wollte, weil sie ihr einfach zu viel Mühe machte.

Und Becky hatte viel Mühe gemacht.

Tränen tropften ihr die Wangen hinab und durchnässten den Überzug des Kopfkissens. Sie hatte ihrer Mommy nicht zur Last fallen wollen, vor allem nicht, seit ihr Daddy gestorben war. Ihre Mommy hatte seitdem zwei Jobs, trotzdem konnte sie nicht alle Rechnungen bezahlen.

Kein Wunder, dass die Frau sie mitgenommen hatte. Ihre

Mommy würde das alles einfach nicht mehr schaffen, hatte die Frau gesagt. Becky solle also ein braves Mädchen sein. Sie würde hier wohnen und ab jetzt ihre Tochter sein.

»Du solltest dankbar sein, dass wir dir ein Zuhause schenken«, hatte die Frau gesagt, als sie sie in das Zimmer mit den Doppelbetten und den Spielsachen zu dem anderen Mädchen gebracht hatte, das Kaylee hieß. Kaylee war ungefähr in ihrem Alter. Sie hatte sie in die Arme genommen und ihr gesagt, dass alles gut werden würde.

Aber Becky hatte immer so ein flaues Gefühl in ihrem Bauch, wenn die Frau sie ansah. Wenn ihre Augen zu glänzen anfingen, und sie von Becky verlangte, sie Mommy zu nennen.

Plötzlich brach ihr der Schweiß aus und sie begann gleichzeitig zu zittern. Ihr Hals schmerzte, als hätte sie Sand geschluckt. Sie wollte zurück in das andere Zimmer zu Kaylee, aber ihre neue Mommy hatte gesagt, sie müsse hierbleiben, bis es ihr wieder besser ging.

Sie hatte Becky Hühnersuppe eingeflößt und ihr die Stirn mit einem kühlen Tuch abgewischt. Aber Becky hatte gehört, wie die Frau sich vor der Zimmertür mit dem Mann gestritten hatte, den sie Daddy nennen sollte, und sie wusste, dass nichts wieder gut werden würde.

Jetzt rief der Mann hinter der Tür mit lauter Stimme: »Becky wird sterben, wenn wir nichts unternehmen.«

Die Frau begann zu weinen, und Becky presste das Gesicht ins Kissen und heulte. Sie war noch ein kleines Kind. Aber sie wusste ein paar Dinge. Zum Beispiel, dass man in einem Loch vergraben wurde, wenn man tot war, so wie ihr Daddy.

Und dann war man für immer weg.

69

Crooked Creek

Ellie setzte ein Meeting an, um alle auf den neuesten Stand zu bringen, während Derrick weiter an ihrer Tarnung arbeitete. Er erstellte eine Fake-Website für das Unternehmen, Vermögensberatung Erikson, dazu Biografien für sie beide mit sämtlichen Finanzdaten, da er davon ausging, dass MWC genau diese Details überprüfen würde.

Er legte außerdem Profile für sie auf LinkedIn an, dazu eine Liste erfundener Kunden, die sich in ebenso frei erfundenen Kommentaren zur Qualität der von ihnen angebotenen Dienstleitungen äußerten. Laut ihrer Vita hatte Ellie die University of Georgia besucht, während Derrick seinen Master an der Georgia Tech erworben hatte.

Ellie wartete derweil auf Captain Hale, Deputy Landrum und den Sheriff und betrachtete das Whiteboard mit den Informationen ihres ersten Treffens. Shondra war zurück zu den Trumans gefahren, um dort die Stellung zu halten.

Bryce klopfte kurz an und kam dann herein, er war der

Erste. Er wirkte ernst, sein Gesicht war wie erstarrt, als er durch den Raum auf sie zukam. »Irgendetwas Neues von der Kleinen?«

Ellie schüttelte den Kopf. »Und ihr, habt ihr neue Tipps bekommen?«

»Nichts Brauchbares dabei. Noch ein paar Sichtungen von Kindern, die Ava ähneln. Aber ich versuche, jedem Hinweis nachzugehen. Während meine Deputys abwechselnd damit beschäftigt sind, deinen Kinderschänder zu bewachen.« Sein Tonfall gefiel ihr nicht.

»Und das ist schon alles?«, fragte Ellie. Ihr Mut sank. Sie hatte gehofft, dass jemand etwas Wichtiges gesehen hatte.

»Oh, so eine Spinnerin hat noch angerufen, und erzählt, ihre Nichte sei vor einem Jahr verschwunden. Ich habe ihre Geschichte überprüft, und es stellte sich heraus, dass die Mutter betrunken gewesen war, und das Kind unbeaufsichtigt am Strand hat spielen lassen. Das Mädchen ist wahrscheinlich ertrunken. Die Mutter wurde wegen Kindeswohlgefährdung verurteilt und hat sich dann im Gefängnis umgebracht.« Er zögerte kurz. »Mein Vater sitzt mir wegen der Sache im Nacken, Reeves. Du solltest also besser bald ein paar Ergebnisse vorweisen können.«

Ellie hielt seinem Blick stand, sie kämpfte gegen ihre Selbstzweifel an. Sie und Bürgermeister Waters hatten sich schon etliche Male in den Haaren gelegen, und diesmal würde es wohl wieder darauf hinauslaufen.

»Bringen wir erst mal alle auf den neuesten Stand«, sagte sie kurz angebunden.

Seine Bemerkung hallte in ihr nach, aber er wandte sich von ihr ab, als Captain Hale, Deputy Landrum und Derrick jetzt zu ihnen stießen. Ellie sah den eisigen warnenden Blick, den Derrick Bryce zuwarf.

Sie verspürte wenig Lust auf ein Kräftemessen mit Bryce. Sie ging also nach vorn und notierte alle neuen Informationen, die sie gewonnen hatten, auf dem Whiteboard: Die Ergebnisse der Befragungen von Jasper und Autumn, die immer noch als verdächtig galten. Als wichtigstes Verdachtsmoment hielt sie fest, dass Autumn vorgeschlagen hatte, sich Avas zu entledigen. Dann schrieb sie das Akronym MWC an die Tafel.

»Autumn hat diese Seite besucht. Die Gruppe organisiert private Adoptionen, doch es scheint nicht alles mit rechten Dingen zuzugehen«, fügte sie hinzu.

Derrick pochte mit den Knöcheln auf den Tisch. »Wir glauben, dass wir es hier mit Kinderhandel zu tun haben.«

»Der Absender der Textnachricht, die Angelica erhielt, wies darauf hin, dass noch weitere Kinder vermisst werden.«

Ellies Herz pochte. »Wir konnten ihn oder sie bisher aber nicht lokalisieren.«

Schweigen herrschte im Raum, während alle die neuen Informationen auf sich wirken ließen.

Dann fuhr Ellie fort. »Agent Fox hat sich für sich und mich falsche Identitäten ausgedacht. Mithilfe dieser Tarnung wollen wir Kontakt mit der Gruppe aufnehmen.«

»Wie können wir helfen?«, fragte Deputy Landrum.

»Der Sheriff arbeitet derzeit daran, allen eingehenden Hinweisen nachzugehen. Seine Leute suchen sämtliche leerstehende Grundstücke im County ab«, sagte Ellie. »Deputy Eastwood beobachtet zudem alle Aktivitäten rund um das Haus der Trumans. Ihr anderen haltet euch einfach bereit, falls wir Verstärkung benötigen.« Captain Hale meldete sich zu Wort. »Ms Junipers Anwalt hat dafür gesorgt, dass sie auf freien Fuß gesetzt wird.«

Bryce räusperte sich. »Ich werde einen meiner Deputys auf sie ansetzen«, sagte er. »Sollte sie tatsächlich mit einem Kinderhändlerring unter einer Decke stecken, nageln wir sie fest.«

Ellie war überrascht von seinem unerbittlichen Tonfall und darüber, dass er *wir* gesagt hatte. War es möglich, dass doch ein Teamplayer in ihm steckte? Er roch heute auch nicht nach

Whiskey. Vielleicht machte es ja doch einen Unterschied, dass er nun wusste, dass er eine Tochter hatte.

»Es wird Zeit, wieder an die Arbeit zu gehen«, sagte Ellie. »Es sind nur noch drei Tage bis Weihnachten. Sorgen wir dafür, dass Ava das Fest zuhause feiern kann.«

70

Irgendwo am Appalachian Trail

Sie platzierte die Weihnachtsmänner auf dem Kaminsims und dem Ecktisch im Wohnzimmer. Sie und Piper hatten angefangen, sie zu sammeln, als das kleine Mädchen erst ein Jahr alt gewesen war, und in einem Geschäft den ersten Weihnachtsmann entdeckt hatte. Piper hatte es immer ungemein lustig gefunden, wenn die Rede auf den dicken Bauch des Weihnachtsmannes kam. Einmal hatte sie sich sogar ein Kissen unter das Oberteil ihres Pyjamas gestopft, war damit durchs Haus gerannt und hatte dabei laut »Ho-ho-ho« gerufen. Ein andermal hatte sie ein Bild gezeichnet, auf dem der Weihnachtsmann im Kamin steckenblieb.

Viele Kinder hatten Angst vor dem Weihnachtsmann, aber Piper war so arglos gewesen. Sie hatte es immer kaum erwarten können, auf seinen Schoß zu klettern und ihm kichernd von all den Dingen zu erzählen, die sie sich zu Weihnachten wünschte.

Als sie Ava heute in die Augen gesehen hatte, hatte sie dort etwas von Piper entdeckt. Sie hatte sie in die Arme schließen und wie ein Baby wiegen wollen. Aber Ava war so ängstlich wie das Fohlen, auf dem sie zu reiten versucht hatte, als sie selbst noch ein Kind gewesen war.

Sie würde sich an das Leben hier gewöhnen, genau wie Kaylee und Becky. Bald würde sie sie Mommy nennen, und sie würden gemeinsam lachen und Kekse backen und sie würde sie um Hilfe bei den Hausaufgaben bitten.

Sie hätte sie früher holen sollen. Bis kurz vor den Feiertagen zu warten, machte den Übergang schwieriger. Aber sie beobachtete Ava schon seit Wochen, und diese Lara war immer in ihrer Nähe gewesen. Sie schien praktisch an dem Kind zu kleben. Sie hatte gehört, wie Lara und ihr nutzloser Ehemann sich laut angeschrien und über Ava gestritten hatten.

Die beiden hatten Ava nicht verdient. Vor allem, weil sie jetzt zur ihr gehörte.

Sie hängte die Strümpfe der Mädchen auf und beschloss, dass Ava ihren selbst dekorieren sollte. Sie legte ihn ihr auf den Basteltisch.

Bevor sie in das Zimmer der Mädchen ging, stellte sie den knapp einen Meter großen Weihnachtsmann neben den Kamin. Sie hatte Pipers Lieblingsmittagessen gekocht, Makkaroni mit Käse. Sie freute sich schon auf Avas Gesicht, wenn sie sie damit überraschte.

Sie schloss die Tür auf und sah, dass Kaylee immer noch am Tisch saß und zeichnete. Ava sah ihr zu, sie hatte sich Kaylees Stoffhund an die Brust gepresst.

»Mittagessen ist fertig, Mädchen, ich habe euch eure Leibspeise gemacht.« Sie strahlte sie an. »Danach kannst du noch deinen Weihnachtsstrumpf verzieren, Ava, und ihn zu den anderen am Kamin hängen. Und dann machen wir die Lebkuchenhäuser.«

Kaylee stand auf, nahm Avas Hand und führte sie zur Tür.

Ava sah sie mit großen ernsten Augen an. Sie strich der Kleinen über das Haar. Mit ihrer Frisur stimmte etwas nicht, aber darum würde sie sich noch kümmern. Bald würde Ava ihr altes Leben vergessen haben. Und sie würde lernen, sie so zu lieben, wie Piper es getan hatte.

71

Ava wollte nicht mit der Frau mitgehen, aber ihr Magen knurrte, und sie hatte noch nichts gegessen, seit sie an diesen Ort gekommen war. Kaylee zupfte sie an der Hand. »Komm, das wird Spaß machen.«

Ava versteifte sich, ihre Beine fühlten sich an, als wären sie aus Holz, während Kaylee sie hinaus in den Gang und dann die Treppe hinunterführte. Die Wände waren schmucklos, und es fühlte sich an, als würde der Gang niemals enden, so wie die Fahrt durch die Berge, als die Frau sie hierhergebracht hatte. Endlich trat Ava in eine große Küche neben dem Wohnzimmer, wo ein künstlicher Weihnachtsbaum stand, der mit silbernem, rotem und blauem Weihnachtsschmuck dekoriert war.

»Ist der nicht perfekt?« In diesem Moment erinnerte sie die Stimme der Frau an einen zwitschernden Vogel.

Ava musste blinzeln. Nein. Er gefiel ihr überhaupt nicht.

Er sah schick aus, wie etwas, das man in einem Laden sah, und von dem Mommy sagte, man solle es nicht anfassen. »Sieh mal, was auf dem Schild steht, Schätzchen«, hatte Mommy gesagt. »Wenn man etwas kaputt macht, muss man es kaufen.«

Ava hatte sich dann an Mommys Hand geklammert und sich bemüht, die Glaskugeln nicht zu berühren.

Sie war so froh, als sie wieder zuhause gewesen waren. Sie hatten kleine Rentiere bemalt, mit albernen Kringeln als Nasen und Knopfaugen. Sie hatte einen der winzigen Knöpfe verloren, aber Mommy hatte gesagt, das sei nicht schlimm, und sie hatte sich aus ihrer Knopfschachtel einen größeren aussuchen dürfen. Er hatte zwar nicht zu dem anderen Auge gepasst, aber Mommy hatte gesagt, das sei schon in Ordnung. »Das ist eben ein ganz spezielles Rentier, anders als alle anderen«, waren ihre Worte gewesen. Und dann hatte sie sie umarmt.

»Sieh mal, ich habe schon alles vorbereitet«, sagte die Frau.

Ava nickte ganz leicht. Auf der Küchentheke standen Weizen-Cracker, Bonbons, Streusel und Glasur für die Lebkuchenhäuser. Tränen brannten in Avas Augen. Sie war keine Heulsuse. Aber seit sie hier war, konnte sie damit gar nicht mehr aufhören.

Sie fühlte Trotz in sich aufsteigen. Sie wollte hier kein Lebkuchenhaus basteln. Das war etwas ganz Besonderes, das sie nur mit ihrer Mommy machte. Sie konnte Mommy lachen und »Jingle Bell Rock« singen hören, während sie M&Ms auf das Dach der Häuschen gaben und die Cracker mit Glasur überzogen. »Wenn du willst, können wir so ein ganzes Dorf bauen«, hatte Mommy gesagt. »Wir können jedes Häuschen in einer anderen Farbe gestalten.«

Ava bekam weiche Knie, als sie die regenbogenbunten Häuschen wieder vor sich sah, und das letzte war ganz aus Schokolade gewesen. Spät am Abend hatte sie es gemeinsam mit ihrer Mommy verschlungen, während sie *Frosty the Snowman* im Fernsehen gesehen und alles mit einem großen Glas Milch heruntergespült hatten.

Kaylee zupfte sie wieder an der Hand und Ava gelang es, sich aus ihrer Erstarrung zu lösen und weiterzugehen. Kaylee führte sie zu einem runden Tisch an der Fensterseite des

Raums. Ava sah von dort die Glasschiebetüren, durch die Licht in den Raum fiel. Sie wünschte, sie könnte durch diese Türen fliehen und dann rennen, immer weiter, bis sie schließlich wieder zuhause war.

Aber der Wind heulte und der Sturm rüttelte an den Ästen der Bäume und Schnee begann zu fallen. Man konnte kaum etwas sehen. Eigentlich mochte sie Schnee, aber dass es jetzt schneite, bedeutete, dass es draußen wirklich kalt war. Wenn sie nach draußen lief, konnte sie also erfrieren.

Alles, was sie sah, waren Bäume und Bäume und noch mehr Bäume. Wenn es so stark schneite wie im letzten Jahr, könnte sie sich auch verirren, und die Bären würden sie fressen.

Am ganzen Körper zitternd presste sie die Lippen zusammen, setzte sich neben Kaylee und starrte auf ihre Makkaroni mit Käse. Dann sah sie hinüber zu dem riesigen Weihnachtsbaum mit all dem Schmuck und zum Kamin, an dem drei Strümpfe hingen. Sie hatte dieses Jahr gelernt zu lesen. Piper. Kaylee. Becky. Sie sah auf dem Tisch in der Ecke den unbeschrifteten Strumpf liegen, der wohl für sie gedacht war.

Ihr drehte sich der Magen um und neue Tränen stiegen ihr in die Augen. Sie hatte zuhause einen eigenen Strumpf. Sie brauchte den hier nicht, denn wenn Daddy kam, würde er sie nach Hause zu ihrer Mommy bringen.

»Nun aber los, Liebes, iss. Das ist doch dein Lieblingsessen«, sagte die Frau, und klopfte mit ihrem Löffel auf die Tischplatte.

Ava schüttelte den Kopf. »Nein, ist es nicht. Ich mag am liebsten Pizza.«

Kaylee wurde neben ihr ganz still, und das Lächeln der Frau erstarb. »Dann gibt es zum Abendessen eben Pizza.«

Die Frau tat so, als würde das alles wieder gut machen, aber das stimmte nicht. Mit einem Stirnrunzeln stand sie auf, ging zum Kühlschrank und füllte zwei Gläser mit Milch.

»Ich hasse Milch«, murmelte Ava leise, obwohl das gelogen

war. Aber die Milch erinnerte sie an das Schokoladen-Lebkuchenhaus. »Ich will das nicht.«

»Sei kein Dummchen, Ava, trink sie. Sie ist gut für dich«, sagte die Frau und stellte die Gläser auf dem Tisch ab. Das Telefon, das auf dem Tresen stand, klingelte, und die Frau nahm ab und sprach leise mit dem Anrufer.

Kaylee stupste unter dem Tisch leicht gegen Avas Bein und flüsterte ihr zu: »Sei brav, Ava, oder Mommy steckt dich in das Besinnungszimmer.« Sie kräuselte das Näschen. »Dort willst du ganz bestimmt nicht hin.«

Angst kroch in Ava hoch. Sie zeigte auf die zwei leeren Teller, die noch auf dem Tisch standen. »Für wen sind die denn?«

»Ich weiß es nicht. Piper habe ich noch nie gesehen«, antwortete Kaylee flüsternd. »Becky hat eine Zeit lang in unserem Zimmer gewohnt, aber dann ist etwas passiert, und eines nachts hat sie furchtbar geweint. Mommy kam und war ganz aufgeregt, und dann hat sie sie mitgenommen ... Kaylees Augen sahen auf einmal riesig aus, wie fliegende Untertassen aus einem Weltraum-Comic.

Ava hätte ihr gern noch mehr Fragen gestellt, aber die Frau kam zurück an den Tisch, setzte sich und starrte sie an. Diesmal lächelte sie nicht. Ihre grünen Augen wirkten wütend und auch ängstlich.

Ava dachte mit Entsetzen daran, wohin sie das Mädchen Becky wohl gebracht haben mochte, wischte sich eine Träne ab, hob das Milchglas an ihre Lippen und nahm einen großen Schluck.

72

Crooked Creek

Während viele andere Mädchen in ihrem Alter mit Puppen gespielt hatten, war Ellie immer lieber nach draußen gegangen, war auf Bäume geklettert, hatte Burgen gebaut, in den Wäldern nach Schätzen gesucht und Würmer ausgebuddelt, um dann fischen zu gehen. Später hatte sie sich so sehr darauf konzentriert zu beweisen, dass aus ihr ein ebenso guter Polizist werden konnte, wie ihr Vater einer war, dass sie niemals auch nur ans Heiraten gedacht hatte. Solange sie denken konnte, hatten Vera und sie sich deswegen gestritten. Ellie hatte Angst davor gehabt, eigene Kinder zu bekommen, Angst davor, sie würde ihnen keine gute Mutter sein.

Sie begriff nun, dass sie zu wenig über das Thema Mutterschaft wusste, um ihre Rolle überzeugend spielen zu können und begann deshalb, online auf Informationssuche zu gehen. Sie stieß auf diverse Blogs, in denen Frauen sehr offen über ihre Sehnsucht nach einer eigenen Familie berichteten, und über alle damit verbundenen Schwierigkeiten.

Jeder einzelne dieser Beiträge war herzzerreißend.

Ich will ein Kind, seit ich mit fünfundzwanzig Jahren geheiratet habe. Ich bin jetzt dreißig und wir haben es seitdem immer wieder probiert. Alle meine Freundinnen aus dem College haben mittlerweile eine Familie gegründet, und es fällt mir schwer, mich in ihrer Gesellschaft aufzuhalten. Alles, worüber sie sprechen, sind ihre Schwangerschaften, wie sie Kinderzimmer einrichten und welche Namen sie ihren Babys geben wollen. Jeden Monat hoffe ich auf Neue ... und werde immer wieder enttäuscht.

Mein Mann sagt, ich sei von der Idee besessen, ein Kind zu haben. Wir probieren es jetzt seit mittlerweile sieben Jahren, und ich hatte zwei Fehlgeburten. Ich habe das Gefühl, ihn zu enttäuschen. Ich wäre so furchtbar gerne Mutter. Manchmal gehe ich in den Park und beobachte die Kinder beim Spielen, und danach weine ich stundenlang.

Ich bin in meiner Familie mit sechs Geschwistern aufgewachsen. Manche Leute hatten den Eindruck, bei uns zuhause würde nur Chaos herrschen, aber wir haben jede Woche einen Spieleabend gemacht, und ich habe immer gern auf meine jüngeren Geschwister aufgepasst. Doch mein Arzt hat mir heute gesagt, dass ich nicht dazu in der Lage bin, ein Kind auszutragen. Als ich es meinem Mann erzählt habe, ist er ohne ein Wort gegangen. Jetzt bin ich ganz allein, und weiß nicht, was ich tun soll.

Ich habe gestern Abend versucht, mit meinem Mann über eine In-vitro-Befruchtung zu sprechen, aber er findet, das ist zu teuer. Ich weiß auch nicht, woher wir das Geld nehmen sollen, aber ich wünsche mir so sehn-

süchtig ein Kind, dass ich mich jeden Abend in den Schlaf weine. An manchen Tagen fühle ich mich so deprimiert, dass ich kaum aus dem Bett komme.

Ellie spürte plötzlich, dass sie jemand beobachtete. Sie sah auf und entdeckte Derrick, der in der Bürotür stand. Aus dem Augenwinkel konnte sie den winzigen Weihnachtsbaum sehen, den sie aufgestellt hatte, und der mit jedem Tag ein bisschen trauriger wirkte.

»Alles in Ordnung mit dir, Ellie?«

Sie klappte den Laptop zu und wischte sich über die Augen, während er auf sie zukam. Sie hatte nicht gemerkt, dass sie angefangen hatte zu weinen. »Es geht mir gut«, sagte sie und hob das Kinn. »Ich recherchiere nur ein bisschen. Und in den Blogs stößt man auf wirklich tragische Schicksale.«

Derrick sah sie fragend an. »Hast du jemals selbst daran gedacht, Kinder zu haben?«

Die Wärme in seiner Stimme durchzuckte sie wie ein Blitz. Panik regte sich in ihr. »Ich will nur meine Rolle überzeugend spielen«, sagte sie abwehrend.

Ihre Blicke trafen sich. Sie sahen sich einen langen Augenblick in die Augen. Dann seufzte er. »Ich hoffe, du bist bereit. Der Kontakt ist hergestellt.«

Ellie hielt den Atem an. »Das ging ja schnell.«

»Wenn die mit entführten Kindern handeln, wollen sie ihre Ware sicher so schnell wie möglich an den Käufer bringen.«

»Das ist für diese Leute nur ein Geschäft, oder?«, fragte Ellie schaudernd.

»Das gilt es jetzt herauszufinden.«

73

Stony Gap

Ellie und Derrick planten, Ellies Bungalow nun so auszustaffieren, als wären die Eriksons bereit, sofort ein Kind bei sich aufzunehmen – alles sollte perfekt wirken, bis hin zum komplett eingerichteten Kinderschlafzimmer. Sollte es sich bei MWC um ein legales Unternehmen handeln, was zu bezweifeln war, würde man sich dort sicher ein Bild vom künftigen Zuhause des Kindes machen wollen. Und falls die Leute dort an einer schnellen Transaktion interessiert waren: die Eriksons waren vorbereitet.

Im Moment gab es im Ellies Haus aber nichts, was für ein Kind passend gewesen wäre, also fuhr sie zu Vera.

Dieses Jahr hatte Vera das neue Farmhaus mit weißen Lichterketten geschmückt und ihr Vater hatte entlang der Traufe der Veranda leuchtende Eiszapfen aufgehängt. Sie wusste, dass sich Vera Schnee zu Weihnachten wünschte, so wie auch all die Einheimischen, die mit dem Slogan *Besuchen Sie die Berge für weiße Weihnachten!* um Touristen warben. Aber dieses Jahr machte ihnen das Wetter einen Strich durch die Rechnung.

Ein Kind wurde vermisst, und die Berge erschienen auf einmal bedrohlich, und die steilen Felsen und scharfen Grate verhießen Gefahr und Tod.

Sie eilte zur Tür, und dann betrat sie zum ersten Mal, seit sie und ihre Eltern auf Distanz zueinander gegangen waren, ohne Einladung deren Haus.

Sie rief nach Vera und ihre Mutter kam sofort. Die Zeit des sorgfältig frisierten Haars und der seidenen Hosenanzüge schien vorbei zu sein. Sie trug einen Jogginganzug aus Velours, Turnschuhe und hatte eine Schürze um die Hüften gebunden. Irgendwie wirkte sie in diesem legeren Outfit und der mit Mehl bestäubten Schürze nahbarer und weicher als gewohnt.

»Ellie, alles in Ordnung?«, fragte Vera.

»Nicht wirklich. Ava Truman wird immer noch vermisst.« Ellie schnaufte kurz auf. »Hast du vielleicht noch ein paar Sachen aus meiner Kindheit?«

Vera wirkte überrascht. »Es gibt noch ein paar Kisten mit Spielsachen und Büchern«, sagte sie.

»Die müsste ich mir ausleihen«, sagte Ellie, während sie zur Tür zurückwich.

»Wozu das?«, fragte Vera und hob argwöhnisch eine Augenbraue.

Ellie hatte eigentlich keine Lust, es ihr zu erklären, und schon mit dem Gedanken gespielt, ihr einfach zu erzählen, sie wolle die Sachen spenden. Aber schließlich war sie es gewesen, die Ehrlichkeit von ihrer Familie eingefordert hatte. Nun musste sie dem auch selbst gerecht werden. »Es geht um Avas Fall«, sagte sie. »Ich habe keine Zeit, es genauer zu erklären. Aber ich bringe dir die Sachen zurück.«

Die Miene ihrer Mutter verdüsterte sich vor Sorge. »Wenn es dir hilft, dieses kleine Mädchen zu finden, dann nimm die Sachen, Ellie. Du kannst sie gerne behalten. Sie sind auf dem Dachboden.«

»Danke, Mom.«

Ellie rannte die Treppe hinauf. Als sie oben vor der Tür zum Dachboden ankam, wurde ihr plötzlich bewusst, dass sie Vera zum ersten Mal wieder Mom genannt hatte, seit Vera und Randall ihr die Wahrheit über sie erzählt hatten.

74

Crooked Creek

Als Ellie bei ihrem Bungalow ankam, war ein eisiger Wind aufgekommen, und die Temperaturen sanken rasant. Sie betete zu Gott, dass Ava an einem warmen Ort war, und nicht irgendwo in der Wildnis umherirrte.

Als sie aus dem Wagen stieg und zu ihrer Haustür sah, zuckte sie zusammen. Jemand hatte mit riesigen blutroten Lettern eine Botschaft an ihrer Eingangstür hinterlassen.

Ellie Reeves kann unsere Kinder nicht beschützen

Ihr schossen Tränen in die Augen. Die Kiste mit den Kindersachen, die sie von ihrer Mutter geholt hatte, wirkte nun wie purer Hohn und sie ließ sie zu Boden gleiten. Die Menschen hier ahnten nicht, wie sehr es ihr wehtat, wenn sie ein Opfer nicht retten konnte. Vor allem, wenn es jung war. Oder wie sehr die Schuldgefühle an ihr nagten.

Einen Moment lang zog sie es in Erwägung, eine Stellungnahme zu veröffentlichen, um sich zu verteidigen, aber sie verwarf die Idee sofort wieder. Die Leute dachten ohnehin nur, was sie wollten. Wenn sie jetzt noch verbal aufrüstete, würde sie damit nur Öl ins Feuer gießen. Außerdem hatte sie für so etwas keine Zeit.

Sie musste sich fokussieren und ihren Job machen. Sie musste Ava retten.

Argwöhnisch sah sie sich auf dem Grundstück um. Der vordere Rasen, die Einfahrt und die Flächen neben dem Haus wirkten unberührt. Sie zog ihre Waffe und ging auf die Tür zu. Sie war noch immer abgesperrt, ebenso die Fenster. Es gab keine Anzeichen für einen Einbruch. Ansonsten wäre die Alarmanlage auch angesprungen und hätte sie gewarnt. Sie umrundete das Haus und überprüfte alle Fenster. Dann stieg sie die Treppe zur hinteren Veranda hinauf, von der aus man auf den Fluss sehen konnte. Sie war leer, alles wirkte unverändert und war so, wie sie es zurückgelassen hatte.

Sie seufzte erleichtert auf und ging wieder zurück zum Vordereingang, als Derrick in die Einfahrt bog. In seinem Blick spiegelten sich Missbilligung und Zorn, als er aus dem Wagen stieg.

»Verdammt, Ellie, die Leute in dieser Stadt können wirklich voreilig sein, wenn es darum geht, jemandem die Schuld zuzuschieben.«

»Angesichts all der Verbrechen, die hier in den letzten Jahren passiert sind und der Tatsache, dass jetzt schon wieder ein Kind vermisst wird, kann es ihnen niemand verübeln. Sie wollen hier mit ihren Kindern in Sicherheit leben.«

Er wies in Richtung Haustür. »Hast du noch irgendwo Farbe übrig? Ich bringe das für dich in Ordnung.«

»Ich mach das schon«, sagte Ellie. »Ich habe ein paar meiner alten Kindersachen besorgt. Ich wollte sie im Haus verteilen, damit es etwas gemütlicher aussieht. So als wären wir gut darauf vorbereitet, spontan ein Kind aufzunehmen.«

»Wir haben in anderthalb Stunden einen Online-Termin«,

sagte Derrick. »Du kümmerst dich um die Innenräume, ich streiche die Tür«, sagte Derrick. »Ich wollte auch eine falsche Nummer anbringen, für den Fall, dass die herausfinden, wo das Haus liegt.«

Daran hatte Ellie noch nicht gedacht. »Danke. In der Garage steht noch eine Dose mit blauer Farbe. Dort findest du auch Pinsel.«

Derrick nickte und sie begann, die Sachen wieder aufzusammeln, die ihre Mutter ihr überlassen hatte. Sie stellte die Kiste im Eingangsbereich ab, dann begutachtete sie ihre Behausung und stellte zufrieden fest, dass es gemütlich aussah. Sie räumte ein Regalbrett leer und arrangierte darauf einige der Lieblingsbücher aus ihrer Kindheit. Als nächstes fügte sie drei Schachteln mit Brettspielen hinzu und stapelte sie so übereinander, dass die Titel gut sichtbar waren. Ihr plüschiger Sitzsack fand Platz in der Ecke des Raums. Sie breitete eine Kinderdecke darüber, auf denen Cartoon-Figuren abgebildet waren.

In der Küche platzierte sie Teller mit Superhelden-Motiven und farbenfrohe Plastiktassen auf der Frühstückstheke.

Mit den Wohnräumen war sie zufrieden. Sie ging ins Gästezimmer, zog die dunkelblaue Tagessdecke vom Bett ab und ersetzte sie durch eine, die Vera ihr gekauft hatte, als sie zehn Jahr alt gewesen war. Sie war pink, mit weißen Kätzchen darauf. Pink war nie ihre Lieblingsfarbe gewesen, aber Vera hatte darauf bestanden.

Sie packte noch ihr liebstes Kuschelkissen dazu, einen Stoffbären, dazu einige Schleifen und Haarspangen. Auf den Badewannenrand stellte sie eine Flasche Schaumbad und ein Kindershampoo. Zuletzt drapierte sie noch ein paar bunte Handtücher auf den Haltern.

Ein Funken der Sehnsucht regte sich in ihr, als sie ihr Werk betrachtete. Es sah wirklich aus, als würde hier demnächst ein Kind einziehen.

Ihr Herz zog sich zusammen. Soweit würde es wahrscheinlich nie kommen. Aber sie hätte doch nicht damit gerechnet, eines Tages diesen Wunsch in sich zu verspüren.

75

Dreißig Minuten später brachten sich Ellie und Derrick an der Frühstückstheke für das Meeting in Position. Ellies Gesicht war mittlerweile zu oft in den Medien aufgetaucht, als dass sie ohne Verkleidung hätte auftreten können. Eine kastanienbraune Perücke und eine Brille mit dickem Rahmen leisteten hier ausreichend gute Dienste. Derrick hatte sich bei Presseterminen meist im Hintergrund gehalten, also ging er davon aus, dass er an seinem Erscheinungsbild nicht allzu viel würde ändern müssen. Er trug eine Baseballcap, ein Braves-T-Shirt und Jeans, um möglichst zivil zu wirken und nicht wie ein FBI-Agent.

Während sie die Verbindung herstellten, spürte Ellie, wie ihre Nerven zu flattern begannen. Auf dem Bildschirm erschien eine Frau. Sie saß hinter einem Schreibtisch, vor sich hatte sie eine geöffnete Akte liegen. Die Beleuchtung war spärlich, so als wollte man verhindern, dass Details des Raums erkennbar würden. Ihr lackschwarzes Haar trug sie zu einem strengen Knoten hochgesteckt, ihre blasse Haut wirkte unnatürlich gespannt und glatt, den Mund hatte sie sich in einem tiefen Rotton geschminkt. Sie musste etwa Mitte fünfzig sein. Ihre dunkelbraunen Augen fixierten Ellie und Derrick.

»Guten Tag, Mr und Mrs Erikson«, begrüßte sie sie. »Ich bin Serena. Ich freue mich, Ihre Bekanntschaft zu machen.«

Ellie fand es immer noch ungewohnt, dass sie als Paar angesprochen wurden. »Hi«, sagte sie. »Sie können mich Mae nennen.«

»Und ich bin Jared.« Er zog Ellie zu sich heran, legte den Arm um sie und drückte ihr sanft die Schulter. »Wir sind sehr aufgeregt. Meine Frau und ich versuchen schon so lange, ein Kind zu bekommen, dass wir beinahe aufgegeben hatten.«

Ellie räusperte sich. »Ich kann seit Monaten an nichts anderes mehr denken. Aber wir beide arbeiten hart, und wir dachten daher, ein älteres Kind würde besser zu unserem Leben passen als ein Baby.«

»Tatsächlich?«, fragte Serena.

Ellie schlug das Herz bis zum Halse. »Nun, ich wurde selbst als Kind adoptiert. Und ich war dem Paar, das mir ein neues Zuhause schenkte, sehr dankbar.« Sie spürte die Anspannung, die von Derrick ausging, und fragte sich, ob sie sich besser an das Skript gehalten hätte. Aber ihre Gefühle hatten ihr einen Strich durch die Rechnung gemacht.

»Es freut mich, dass Sie so viel Glück hatten, Mae«, sagte Serena. »Die meisten Paare wünschen sich ein Baby. Aber auch die Adoption eines älteren Kindes kann eine erfüllende und lohnende Aufgabe sein.«

Sie war sich nicht ganz sicher, wie lohnend diese Aufgabe für Vera gewesen war.

Ihr hattet eure Meinungsverschiedenheiten, aber sie hat dich immer geliebt.

»Ich stimme dem voll und ganz zu«, erwiderte Ellie. »Und ich kann es kaum erwarten, ein Kind bei uns willkommen zu heißen.« Sie wies auf das Plastikgeschirr auf dem Tresen. »Wie Sie sehen, haben wir schon einiges vorbereitet.« Sie presste eine

Hand gegen ihre Brust. »Wir sehnen uns so danach, die Leere in unserem Leben zu füllen und einem Kind die Chance auf einen Neuanfang zu schenken.«

Derricks Augen leuchteten plötzlich in einer Intensität, die sie nicht recht zu deuten wusste. »Sagen Sie uns einfach, was wir tun müssen, um den Prozess in Gang zu setzen.«

Schweigen trat ein, und Ellie wurde klar, dass Serena sich die Fotos des Hauses und die Informationen zu ihrer wirtschaftlichen Situation ansah, die Derrick ihr geschickt hatte.

Ellies Herz hämmerte gegen ihre Rippen und sie lehnte sich gegen Derrick. Er umarmte sie ein wenig fester, sie spürte, dass er genauso nervös war wie sie. Von der Qualität ihrer kleinen Vorstellung hing nun vielleicht ab, ob sie Ava finden oder für immer verlieren würden.

76

Serenas Antwort kam schneller, als Ellie erwartet hätte. »Tatsächlich haben Sie Glück«, sagte sie, und sah von ihrer Akte auf. »Ich habe mir Ihre Unterlagen genau angesehen, und wir könnten sofort starten.«

Hatte sie etwa schon einen Hintergrundcheck durchgeführt, oder hatte sie es so eilig, das Geschäft abzuschließen?

Serena tippte auf den Ordner vor ihr auf dem Tisch. »Laut Ihrer Bewerbung wünschen Sie sich ein Mädchen, etwa fünf oder sechs Jahre alt. Ich hätte ein passendes Kind.«

Sämtliche Alarmglocken in Ellies Kopf begannen zu schrillen. »Ach wirklich?«

Serena verzog die Lippen zu einem Lächeln. »Das läuft nicht immer so reibungslos ab, aber Ihr Timing war perfekt. Sie war eine Zeit lang bei einer Pflegefamilie und sucht jetzt nach einem richtigen Zuhause.«

Derricks Finger schlossen sich enger um die ihren. »Das klingt ja wunderbar.«

»Ach du meine Güte«, sprudelte es aus Ellie hervor. »Stell dir nur vor, an Weihnachten könnten wir schon ein kleines Mädchen haben!«

Serena faltete die Hände vor sich auf dem Tisch. »Es freut mich, dass Sie so begeistert sind. Ich brauche einen Vorschuss, dann bekommen Sie ein Foto von mir.«

Ellie wurde übel. Diese Frau sprach von dem Kind wie von einem beliebigen Produkt, das in einem Katalog zum Kauf angeboten wurde.

»Dann sollten wir jetzt wohl über das Finanzielle sprechen«, sagte Derrick.

»Selbstverständlich«, erwiderte Serena, ganz Geschäftsfrau. »Der Vorschuss beträgt zehntausend Dollar. Den Rest der Gebühr, einhunderttausend Dollar, müssten Sie kurz vor Übergabe des Kindes bezahlen. Wären Sie damit einverstanden?«

Ellie zwang sich, keine Reaktion zu zeigen.

»Geld spielt keine Rolle«, erwiderte Derrick ungerührt. »Schließlich ist die Liebe eines Kindes doch unbezahlbar.«

»Da gebe ich Ihnen recht«, sagte Serena. Sie klang so fröhlich und aufgeräumt wie jemand, der eben ein großartiges Geschäft gemacht hat.

»Müssen wir noch einen privaten Anwalt anheuern?«, fragte Derrick.

»Nein, nein, das wird nicht nötig sein. Unsere Gebühr deckt alles ab, inklusive des Anwalts, der sich um den nötigen Papierkram kümmern wird.«

Ellie zwang sich zu einem Lächeln. »Perfekt. Ich kann es kaum erwarten, sie kennenzulernen.«

Derrick schlang den Arm um ihre Schultern und zog sie in eine verschwörerische Umarmung. »Meine Frau wird eine wundervolle Mutter sein.«

Ellie küsste ihn ganz im Sinne ihrer Rolle auf die Wange und spürte, wie er überrascht die Luft einsog. *Das hat er nur gesagt, damit wir überzeugender wirken.*

Als sie sich aufrichtete, schenkte er ihr ein verliebtes Lächeln, bevor er sich wieder Serena zuwandte. »Auf welches Konto darf ich den Vorschuss überweisen?«

»Ich schicke Ihnen die entsprechende Bankverbindung, dann können Sie den Auftrag sofort in die Wege leiten. Wir treffen im Anschluss alle Vorkehrungen für den Transfer des Mädchens.« Serenas Lächeln wurde noch breiter. »Vorausgesetzt, dass Ihre vorgelegten Informationen korrekt sind, können Sie den Weihnachtsabend mit Ihrer neuen Tochter verbringen.«

Ellie klatschte leise in die Hände und Derrick bat die Frau, die Sache zügig voranzutreiben, sie seien bereit und würden gespannt auf die nächsten Anweisungen warten.

Nachdem sie die Verbindung getrennt hatten, verzog Derrick das Gesicht zu einer Grimasse. »Alarmstufe rot. Die haben keine einzige Frage über das Haus gestellt, zu unseren geplanten Erziehungsmethoden oder über unseren Gesundheitszustand. Ganz zu schweigen von Schulungen für adoptionswillige Paare oder von Hausbesuchen. Alles Dinge, die legale Institutionen einfordern würden.«

Widerwillen stieg in Ellie auf. »Du hast recht. Selbst wer ein Tier adoptieren will, muss mehr über sich preisgeben.«

Sie kratzte sich am Kopf. »Womit haben wir es hier zu tun, Derrick? Ist das ein Einzelfall, oder handeln diese Leute im großen Stil mit Kindern?«

77

Ellie überprüfte ihr Handy, das sie während des Meetings auf lautlos gestellt hatte, und sah, dass mehrere Nachrichten eingegangen waren.

Während Derrick Bennett anrief, um den Geldtransfer von einem fingierten Konto aus in die Wege zu leiten, hörte sie ihre Mailbox ab. Das meiste kam von anonymen Anrufern.

»Was zur Hölle treiben Sie da, Detective Reeves? Sie sollten sich um den Schutz unserer Kinder sorgen, und nicht um die Sicherheit verurteilter Sexualverbrecher.«

»Sie setzen die falschen Prioritäten und verschwenden unsere Steuergelder und ihre Personalressourcen an diesen miesen Typen, statt nach Ava Truman zu suchen.«

Die letzte Nachricht kam von Meddlin' Maude. Ihre Enkelin war durch die Hand eines Serienmörders gestorben, der hier vor gar nicht langer Zeit gewütet hatte und sie gab Ellie die Schuld dafür.

»Ich hoffe, Sie lassen Lara Truman nicht so im Stich wie mich. Diese Mutter verdient es, ihr Kind an Weihnachten wieder in die Arme schließen zu dürfen.«

Ellie kniff sich in den Nasenrücken. Sie stimmte Meddlin' Maude zu. Aber es hätte keinen Zweck, sie zurückzurufen. Sie musste die Leitung freihalten, für den Fall, dass jemand einen Tipp für sie hatte.

Derrick wippte in seinem Stuhl vor und zurück. »Alles erledigt. Das Geld wurde überwiesen.« Er musterte sie. »Was ist los? Ich hab' dich am Telefon beobachtet.«

Ellie stand auf und ging zu der Glastür, von der aus man ihre hintere Veranda überblicken konnte.

Stetiger Regen fiel, tropfte die Fenster herab und verschleierte die Sicht auf die Berge in der Ferne.

Derrick trat hinter sie. »Ellie?«

Ihre Schultern sackten zusammen. »Das waren mehrere Sprachnachrichten von Leuten, die unzufrieden damit sind, wie ich in dem Fall vorgehe. Und wie ich mit Grueler verfahre.«

Derrick rieb sanft über ihre Oberarme. »Du tust alles Menschenmögliche, um Ava zu retten.«

Derricks Laptop klingelte kurz auf und sie sahen sich einen Moment lang in die Augen, bevor sie an den Tisch eilten.

Es war eine E-Mail von Serena. Das Foto war da, zusammen mit dem Profil des kleinen Mädchens.

78

Derrick drückte Ellies Hand. Er hätte ihr gerne erzählt, dass alles in Ordnung war, aber das traf auf rein gar nichts an dieser Situation zu, weder auf die Entführung noch auf das, was MWC da tat.

Er hatte während des Gesprächs mit Serena die ganze Zeit über das Gefühl gehabt, sein Magen sei ein einziger harter Knoten. Diese Hyäne von einer Frau schien sich nur für Geld zu interessieren.

Würde sie ein legales Unternehmen vertreten, hätte sie darauf bestanden, das Haus persönlich zu besichtigen und hätte dafür gesorgt, dass ein Sozialarbeiter oder ein Verfahrenspfleger regelmäßig Hausbesuche bei ihnen durchführte. Legale Adoptionen wurden einfach nicht so schnell abgewickelt.

Das erste Foto erschien auf dem Bildschirm, was ihn zurück in die Gegenwart holte. Er hörte Ellies rauen Atem neben sich.

»Das ist nicht Ava«, flüsterte sie.

Nein, aber es war ein kleines blondes Mädchen mit zwei hohen Pferdeschwänzen in einem Weihnachtskleidchen mit Rüschen. Sie hatte große sanfte Augen und wirkte vollkommen unschuldig. Er fragte sich, wie sie in die Klauen von Serenas Maklerfirma für Kinder geraten war.

Ellie las die Beschreibung. »Daisy ist sechs Jahre alt, und sie malt gern, bekommt gern vorgelesen und liebt ihre American Dream Doll, eine Puppe namens Sasha. Ihr Vater ist in Afghanistan gefallen, ihre Mutter war obdachlos und hat sie in unsere Obhut gegeben, damit wir ein gutes Zuhause für sie finden.

Daisy hat sich vom Weihnachtsmann eine Mommy und einen Daddy gewünscht, und wir möchten ihr diesen Wunsch gern erfüllen.

Vor allem der letzte Satz schien Derrick zuzusetzen. »Um wie viel wollen wir wetten, dass die Hälfte dieser Geschichte gelogen ist?«

Ellie nickte, auch sie war empört. »Glaubst du, das Mädchen wurde entführt?«

Er zuckte mit den Schultern. »Möglich. Es wäre auch denkbar, dass die Kleine von einem oder von beiden Elternteilen aus Verzweiflung verkauft wurde, um an Geld zu kommen.«

»Kaum vorstellbar, dass jemand ein so bezauberndes kleines Mädchen einfach aufgibt. Oder überhaupt ein Kind.«

Derrick murmelte zustimmend. »Ich gleiche das Foto sofort mit der Datenbank des ›National Centre for Missing and Exploited Children‹ ab. Aber wir sollten zuerst Serena antworten.«

Ellie stemmte die Hände in die Hüften. »Sie soll uns Uhrzeit und Ort der Übergabe mitteilen«, sagte sie. »Egal, wie sie an das Mädchen gekommen sind. Ich will nicht, dass das Kind auch nur einen Tag länger bei diesen Menschen bleiben muss.«

»Keine Sorge. Wir lassen den ganzen Laden hochgehen.«

Derrick schickte die Antwort an Serena ab und fragte, ob man sich am kommenden Morgen treffen könne.

»Ich schicke Daisys Bild den Technikern. Sie sollen ihre

Identität ermitteln und sicherstellen, dass es sich nicht einfach um ein beliebiges Bild aus dem Internet handelt, das mit Photoshop manipuliert wurde«, sagte er dann.

»Du glaubst also, es könnte sich um einen Fake handeln?«

»Nicht auszuschließen. Es könnten auch Trickbetrüger sein. Sie nehmen das Geld, und dann tauchen sie nie mit den Kindern auf.«

Ellie schüttelte bei diesem Gedanken den Kopf, murmelte dann aber leise, dass er wohl recht hatte. »Oder sie haben gleich mehrere Interessenten kontaktiert und ihnen allen dasselbe Kind angeboten.«

»Um es dann an den Meistbietenden zu verkaufen.«

79

Irgendwo am Appalachian Trail

Sie sah den Engeln zu, wie sie über die Bühne tanzten, ihre Flügelchen flatterten im Rhythmus ihrer sich hebenden und senkenden Arme. Inmitten eines goldenen Lichthofes, der wirkte, als käme er direkt vom Himmel, bildeten sie dann einen Kreis. Winzige weiße Lichtpunkte flackerten über die kleinen Tänzerinnen hinweg wie funkelnde Sterne. Im Hintergrund diente ein selbstgemaltes Wandgemälde als Bühnenbild, das eine winterliche Schneelandschaft zeigte.

Eins, zwei, drei ... insgesamt waren es zehn. Alles wunderschöne kleine Mädchen mit glitzernden roten Schleifen im Haar und Ballerina-Schuhen an den Füßen. Den Tanz hatte eine Lehrerin aus dem Ort choreografiert.

Doch der Star der Show war ihre Tochter. Piper, mit ihrem langen goldenen Haar, das glänzte wie Maisgrannen, und einem Lächeln, das den Raum erhellte wie Sonnenstrahlen. Piper, die so hübsch war, dass Menschen auf der Straße sie manchmal ansprachen, um ihr ein Kompliment zu machen.

Piper, ihr süßer kleiner Engel.

Die kleinen Mädchen wirbelten umher und trippelten auf den Zehenspitzen, während sie »We Wish You a Merry Christmas« sangen. Ihre Stimmen weckten süße Erinnerungen in ihr, und dann trat Piper nach vorne vor das Mikrofon und sang »Here Comes Santa Claus«.

Das Publikum begann zu applaudieren, während Piper mit ihrer melodiösen Stimme und ihren hypnotisierend himmelblauen Augen alle verzauberte.

Beim Zusehen schlug ihr Herz höher, ihre Gefühle überwältigten sie und schließlich streckte sie die Hand in Richtung Bildschirm aus, als könnte sie Piper tatsächlich berühren, sie aus der Videoaufnahme herausziehen und in ihre Arme schließen.

Aber der Bildschirm war kalt und glatt und Piper verschwand, sie schwebte davon wie eine Feder im Wind.

Sie unterdrückte ein Schluchzen, während sie sich vorstellte, wie sie morgens aufwachte und Piper hinterher ins Wohnzimmer stürmte, um mit ihr nachzusehen, welche Geschenke der Weihnachtsmann ihr gebracht hatte. Ihr Mädchen würde vor Vergnügen quietschen, während sie die Päckchen aufriss, und zum Frühstück würde es heißen Kakao und Blaubeerwaffeln geben und sie konnten den ganzen Tag in ihren Pyjamas bleiben und miteinander spielen.

Sie atmete tief durch, öffnete die Augen und ging zum Wandschrank in ihrem Handarbeitszimmer, um sich ihr Nähkästchen, weißen Stoff und glitzernde Bänder zu holen. Heute Abend würde sie den Mädchen Engelskostüme schneidern. Dann könnten sie morgen früh eine Aufführung machen, wie die der kleinen Engel in Crooked Creek vor ein paar Tagen.

Die Mädchen würden sich bestimmt darüber freuen …

Aus dem Nebenraum hörte sie plötzlich ein Weinen, das sie aus ihren Gedanken riss, und Angst regte sich in ihr. Becky.

Sie wusste, sie musste nach ihr sehen, also befüllte sie eine kleine Flasche mit Wasser und eilte dann den Gang entlang zu dem Zimmer, in dem sie das Mädchen untergebracht hatte. Panik ergriff sie, als sie den Raum betrat und sah, wie Becky sich auf dem Bett hin- und herwarf. Das kleine Mädchen wurde mit jedem Tag schwächer. Sie hustete und klammerte sich zitternd an die Decke, ihre Haut war so weiß wie der Bettbezug.

»Mommy …« Beckys Stimme war so schwach, dass es klang, als käme sie aus weiter Ferne.

Sie nahm ein feuchtes Tuch aus dem Nachtkästchen und strich damit über die schweißbedeckte Haut der Kleinen. Dann setzte sie sich auf die Bettkante und neigte den Kopf zu ihr hinab. Becky musste wieder gesund werden …

Sie durfte sie nicht noch einmal verlieren.

80

Silas gab Becky ihre Spritze. Seine Gedanken wirbelten durcheinander wie die sich ballenden Sturmwolken vor dem Fenster. Sie war in schlechter Verfassung. Sie musste in ein Krankenhaus.

Er wollte sie retten. Er wollte sie alle retten.

Doch es war ihm nicht gelungen, den Menschen zu retten, den er am meisten geliebt hatte.

Seine Frau hasste ihn dafür. Er hasste sich selbst dafür.

Das Geräusch von Beckys rasselndem Atem erfüllte den Raum und er schloss die Augen. Doch statt Beckys Gesicht zuckte vor seinem inneren Auge nun das Bild seines kleinen Mädchens mit dem blonden Haar und den leuchtenden Augen auf.

»Komm schon, Daddy«, bettelte sie. »Du hast versprochen, dass wir heute Rohrkolben anschauen würden. Die Pflanzen, die so aussehen wie Katzenschwänze.«
Er nahm ihre Hand. Ja, er hatte es versprochen. »Ich weiß nicht, ob wir heute welche finden«, sagte er. »Der Boden ist gefroren.«

»Aber du hast es versprochen. Und wir sind den weiten Weg hier rauf zur Cattail Cove gefahren«, erwiderte sie und zog an seiner Hand. »Du hast gesagt, es gibt sie da, wo der Boden sumpfig ist. Und da drüben ist ein Teich.«
Sie ließ seine Hand los und begann zu rennen. Seine Frau schrie ihr nach, sie solle zurückkommen, bevor sie ihr folgte. »Halt sie auf, Silas! Der Teich ist zugefroren!«
Er versuchte, sie einzuholen und rutschte dabei immer wieder auf dem vereisten Pfad aus, der sich von einem Zeltplatz bis nach Jacks Rock Falls schlängelte. Er hatte einfach nur einen Ausflug mit ihr machen wollen, ein bisschen Zeit mit der Familie verbringen, nachdem er in der vergangenen Woche an die hundert Stunden geschuftet hatte. Die Fälle hatten überhandgenommen. Die Pflegekräfte waren überarbeitet und erschöpft. Er hatte einen Patienten verloren.
Er hatte begonnen, sich hilflos zu fühlen.
Eis knackte und knisterte, an den Zweigen der Bäume und auf dem Boden unter ihm, während er rannte und zusah, wie Piper jetzt über den Teich schlitterte. Ihr Pferdeschwanz wurde von den Windböen, die vom Berg herabwehten, zerzaust und sie ruderte aufgeregt mit den Armen. Seine Frau war schneller am Teich als er und hechtete auf die gefrorene Fläche hinaus.
»Bleib stehen, Schätzchen!«, rief sie.
Aber seine Tochter tanzte völlig selbstvergessen über das Eis, wirbelte herum und drehte Pirouetten, während sie lauthals »Frosty the Snowman« schmetterte.
Er erreichte das Ufer und hörte noch, wie das Eis brach. Er sah, wie die Oberfläche zu seinen Füßen aufsplitterte und dann in tausend Scherben zerbrach wie Glas.
»Runter vom Eis!«, brüllte er.
Aber Piper war völlig in ihr Spiel versunken, sie setzte gerade zu einem hohen Sprung an, und seine Frau schrie

in Panik auf, während er mitansehen musste, wie das eisige schwarze Wasser sein kostbares kleines Mädchen verschluckte.

81

Crooked Creek

Ein Pochen an Tür ließ Ellie und Derrick aufhorchen. Es war bereits nach neun Uhr abends. Doch es klopfte gleich darauf erneut, diesmal etwas lauter und energischer.

Sie öffnete und stand Angelica gegenüber. Ihr Chignon wirkte leicht derangiert, ihre Zähne klapperten. »Ellie, die Leute beschweren sich bei der Polizei darüber, wie ihr mit diesem Grueler umgeht. Und sie wollen wissen, was ihr konkret unternehmt, um das Truman-Mädchen zu finden.«

Resigniert bat Ellie Angelica herein. Die Reporterin eilte zum Kamin, um sich am Feuer die Hände zu wärmen. Regen tropfte von ihrem Mantel. Als sie Derrick entdeckte, blitzten ihre Augen neugierig auf.

Derrick nickte ihr zur Begrüßung kurz zu, blieb aber sitzen. Er war mit den Details ihrer Undercover-Operation beschäftigt.

Angelica verschränkte die Arme vor der Brust. »Was ist los, Ellie? Ich muss über irgendetwas berichten. Die Leute geraten in Panik. Man denkt sogar schon darüber nach, die Parade am

Weihnachtsabend abzusagen, aus Sorge, weitere Kinder könnten verschwinden.«

Ellie kniff sich in den Nasenrücken. »Ich wünschte, ich hätte gute Neuigkeiten für dich. Aber alles, was ich sagen darf, ist, dass wir einer Spur nachgehen.«

»Das reicht nicht«, setzte Angelica nach. »Alle haben Angst, Ellie. Und wenn ihr schweigt, denkt man, ihr würdet nichts tun, um Ava zu finden.«

Ellie gab es nur ungern zu, aber Angelica hatte wahrscheinlich recht. »Also gut«, sagte sie. »Was ich dir jetzt sage, muss aber unter uns bleiben. Wir haben Jasper Trumans Freundin vorgeladen und überprüfen jetzt ihre Kontakte zu einer Gruppe, die offenbar mit Kindern handelt. Agent Fox und ich haben uns als potenzielle Interessenten ausgegeben und ein Treffen anberaumt. Wir versuchen herauszufinden, ob Trumans Freundin Ava an diese Leute verkauft hat. Damit dürfen wir aber nicht an die Öffentlichkeit gehen, das könnte den Erfolg der Operation gefährden.«

Angelica rieb sich die kalten Hände. »O mein Gott, das ist ja furchtbar.«

»Das ist es«, stimmte Ellie ihr zu. »Die Trumans dürfen davon auf keinen Fall etwas erfahren. Und wenn du glaubst, die Leute sind jetzt schon aufgebracht, dann stell dir vor, wie sie reagieren, wenn sich herumspricht, dass hier ein Kinderhändlerring sein Unwesen treibt.«

Angelica trommelte sich nachdenklich mit den Fingerspitzen auf dem Arm herum. »In Ordnung, ich verstehe. Aber wenn das klappt, dann will ich die Erste sein, die davon erfährt. Konntet ihr die Nachricht zurückverfolgen, die ich bekommen habe?«

»Nein. Die kam von einem Wegwerf-Handy«, sagte Ellie. »Offenbar weiß da jemand etwas, will aber anonym bleiben.«

Angelica nickte jetzt entschlossen. »Verstanden. Vorläufig

werde ich also nur darüber berichten, dass ihr eine Spur verfolgt, und vielleicht kurz davorsteht, den Fall aufzuklären.«

Ellie zögerte. Sie wollte den Menschen keinen Sand in die Augen streuen. Aber es waren nur noch zwei Tage bis Weihnachten, und sie alle brauchten jetzt wenigstens einen Funken Hoffnung.

82

Irgendwo am Appalachian Trial

Avas Bauch tat weh. Sie hätte der Frau gern gesagt, dass sie sich schlecht fühlte. Dass sie ihre Mommy gesehen hatte, als sie vorhin in das Milchglas geschaut hatte, wie sie Lebkuchenhäuschen mit Schokolade machte. Und wie die Glasur und die Krümel ihre Münder und Wangen verschmiert hatte. Dann hatten sie das klebrige Zeug mit großen Schlucken Milch aus bärchenförmigen Tassen heruntergespült.

Kaylee kroch herüber auf ihre Seite des Bettes und legte den Arm um sie.

»Alles wird gut, wir sind jetzt Schwestern.«

»Ich habe keine Schwester«, wimmerte Ava. »Ich finde es schrecklich hier.«

»Du wirst dich daran gewöhnen«, redete das andere Mädchen ihr gut zu.

»Ich werde es den Lehrern erzählen, wenn ich zur Schule gehe«, murmelte Ava.

»Mommy unterrichtet uns hier zuhause«, flüsterte Kaylee

leise. »Wir verlassen die Farm nie, außer, wenn wir zum Spielen rausgehen, und dann bleibt sie immer in unserer Nähe.«

»Dann laufe ich eben weg«, weinte Ava.

»Das habe ich am Anfang auch versucht, aber hier gibt es nichts als Bäume und den unheimlichen Wald. Man kann nirgendwohin laufen.«

Ava kuschelte sich an Kaylee. Sie war so wütend und verängstigt, dass sie zitterte, wie die orangefarbene Katze von Ms Dottie, als sie einmal versehentlich ausgesperrt wurde, während es regnete.

»Komm, lass uns nach Becky sehen.« Kaylee nahm Avas Hand und zog sie zur Tür.

Avas Magen rebellierte, die Milch drohte, ihr wieder hochzukommen, als sie zusammen hinaus in den dunklen Gang tapsten. Kaylee tastetet sich im Dunkeln voran und Ava hielt sich an ihr fest, geduckt wie ein ängstliches Tier, als sie um die Ecke schlichen.

»Wohin gehen wir?«, fragte Ava leise.

»Pst.« Kaylee drehte sich um und legte Ava sachte ihre Hand auf den Mund. »Sei ganz leise. Wenn sie uns erwischen, bekommen wie große Probleme.«

Ava verstummte und presste die Lippen aufeinander. Sie wollte lieber nicht wissen, was das hieß.

Sie schlichen auf Zehenspitzen um eine weitere Ecke und blieben dann vor einer Tür stehen. Durch die Ritzen fiel schwacher Lichtschein und Kaylee legte ihr Ohr an das Holz. Ava tat es ihr gleich und lauschte, obwohl sie keine Ahnung hatte, was es da wohl zu hören gab.

Dann erklang die Stimme der Frau. »Komm schon, bleib bei mir Schätzchen. Ich hab' dich doch lieb.«

»Wir müssen sie gehen lassen«, hörten sie nun den Mann sagen. »Wir können so nicht weitermachen, Liebling.«

»Du bist jetzt ihr Daddy. Du musst sie retten. Ich brauche sie.« Die Frau schluchzte jetzt. »Sie muss an Weihnachten bei uns sein.«

Ava krallte die Fußnägel in den Boden. Die Frau hatte gesagt, dass ihr Daddy sie holen würde.

Aber das war nicht die Stimme ihres Daddys.

83

Crooked Creek

Ellie rieb sich die müden Augen.

Sie und Derrick wussten, dass MWC den Namen des kleinen Mädchens geändert haben könnte. Manche Kidnapper wechselten sogar die Frisur ihrer Opfer und zwangen Mädchen, sich wie Jungs zu kleiden oder umgekehrt, um zu verhindern, dass man die Kinder wiedererkannte. Daisy war für ihren Fototermin perfekt gestylt worden, um das Herz des Betrachters höher schlagen zu lassen.

Derrick speiste ihr Foto in die Datenbank des »National Centre for Missing and Exploited Children« ein, und sie warteten eine gefühlte Ewigkeit, aber die Suche führte zu nichts.

Hatte sie etwa niemand als vermisst gemeldet?

Derrick ließ seine verspannten Schultern kreisen, als eine weitere Nachricht von Serena kam. Er las sie laut vor. »Überweisen Sie den Rest des Betrages morgen früh. Sobald das Geld verbucht ist, treffen wir uns für die Übergabe im Bear Mountain Park. Die Zeit und den genauen Ort der Übergabe teile ich Ihnen noch mit.«

Ellie zuckte innerlich zusammen. Das ging alles so schnell, dass ihr der Kopf schwirrte.

»Die wollen zuerst das Geld«, sagte Derrick.

»Es ist widerwärtig«, erwiderte Ellie. »Sie nutzen unschuldige Frauen und verzweifelte Paare aus, die sich sehnlichst ein Kind wünschen. Und weil sich ein Sturm zusammenbraut, wird der Park wahrscheinlich menschenleer sein.«

Sein Kiefer spannte sich an. »Wir sollten uns ein wenig ausruhen. Das FBI hat den Geldtransfer autorisiert. Ich überweise den Betrag morgen früh, dann fahren wir zum Park.«

Ellie nickte, ihre Entschlossenheit wuchs angesichts der Sorge um die Kinder. »Wenn sie Ava haben, warum zeigen sie nicht auch ein Foto von ihr?«

»Weil ihr Gesicht gerade überall in den Medien ist. Sie wollen vielleicht noch warten, bis die Aufregung sich gelegt hat, bevor sie sie anbieten.« Er kehrte an seinen Laptop zurück. Er hatte eine Nachricht von Bennett bekommen, die er nun ebenfalls laut vorlas. »Das Bild des Kindes ist authentisch. Die Techniker analysieren die Seite und die IP-Adresse, um den Standort der Organisation zu lokalisieren.«

Ellie biss die Zähne zusammen. »Hoffentlich tauchen die morgen wirklich auf und wir bekommen ein paar Antworten.«

84
MONTAG, 23. DEZEMBER

Irgendwo am Appalachian Trial

Ava klammerte sich an Kaylees Hand, als diese sie am nächsten Morgen in die Küche führte. Nachdem sie in der vergangenen Nacht wieder zurück in ihrem Zimmer gewesen waren, hatte sie sich unter der Bettdecke verkrochen und sich von ganzem Herzen gewünscht, dass ihr Daddy auftauchte. Sie hatte ein Kratzen gehört, das vom Fenster zu kommen schien und kurz geglaubt, das Gesicht ihrer Mommy dort zu sehen.

Dann war sie verschwunden, und an ihrer statt war ein Monster dort aufgetaucht und ein dicker fetter Grizzlybär, und sie hatte sich die Decken über den Kopf gezogen, damit er sie nicht sehen konnte.

Daddy konnte manchmal jähzornig werden, und sie hasste es, wenn er die Beherrschung verlor. Aber in diesem Moment wünschte sie sich nichts mehr, als dass er dieser Frau klarmachen würde, dass sie zu ihm gehörte, und dass sie sie nicht behalten durfte.

»Sei brav heute«, flüsterte Kaylee ihr zu. »Letzte Nacht

habe ich gehört, wie Daddy sagte, dass Becky nicht länger hierbleiben kann.«

Ava schniefte. »Ich will auch nicht hierbleiben.«

»Du verstehst das nicht«, erwiderte Kaylee, ihre Stimme klang rau, als würde ihr ein Stück Popcorn im Halse stecken. »Wir wissen nicht, wohin sie sie bringen. Vielleicht geben sie sie zu schlechten Menschen oder setzen sie allein im Wald aus.«

Ava presste sich die Faust gegen den Mund, um nicht zu weinen. Im Wald hausten Bären und Luchse und Schlangen und andere wilde Tiere. Und es war kalt. So kalt und windig, dass die Bäume zitterten, so wie sie, als sie einmal während des Herbstfestes in das Spukhaus bei der Schule gegangen war. Dort draußen könnte sie erfrieren.

Sie hörte die Frau »Here Comes Santa Claus« summen, als sie in die Küche kam, Teller mit Pancakes und Bananen in den Händen. Neben den zwei Saftbechern standen zwei kleine Behälter mit Medikamenten auf dem Tisch, für jede von ihnen einer. »Guten Morgen, Mädchen«, sagte sie mit breitem Lächeln. »Wenn ihr eure Medizin genommen und gefrühstückt habt, dann habe ich eine Überraschung für euch.« Sie ging in den kleinen Raum, der an die Küche angrenzte und kam dann mit zwei Engelskostümen wieder. »Wir werden vor unserem wunderschönen Weihnachtsbaum unser eigenes Engelsfest aufführen.« Sie klatschte in die Hände. »Das wird sicher Spaß machen, nicht wahr?«

Ava hasste diesen Baum. Sie starrte das Engelskostüm an und ihr Herz hämmerte. Am Abend, bevor diese Frau sie mitgenommen hatte, war sie mit ihrer Mommy beim Engelsfest gewesen, und sie hatte sie geküsst, bevor sie auf die Bühne gegangen war. Als Ava dann in die Menge geblickt hatte, hatte ihre Mommy ihr zugewunken und ihr Kusshändchen zugeworfen. Und als sie wieder zuhause waren, hatten sie Eiscreme mit Plätzchenteig-Geschmack gegessen und Mommy war mit ihre durchs Wohnzimmer getanzt und hatte ihr zugeflüstert, wie sehr sie sie liebhatte.

»Das klingt gut«, sagte Kaylee gehorsam.

Ava schüttelte den Kopf. »Ich will dieses Kostüm nicht anziehen. Ich will das Kostüm, das Mommy mir gemacht hat.«

Die Frau wies auf die glitzernden Flügelchen. »Das habe ich für dich gemacht. Und du wirst es tragen.«

Ava schüttelte den Kopf. »Sie haben mich wegen meines Daddys angelogen. Wo ist er?«

Die Frau sah ihr in die Augen. »Deine Familie ist jetzt hier. Und jetzt sei kein solches Gör.«

»Mommy hat mich niemals Gör genannt«, rief Ava.

Die Augen der Frau wurden so groß und blickten so wütend, dass sie dachte, sie würde sie schlagen. Ihr fiel wieder ein, was Kaylee gesagt hatte. Dass sie brav sein musste, sonst würde man sie wegschicken.

Die Frau beugte sich zu ihr herunter. »Jetzt hör mal, Ava. Du bist mein kleines Mädchen. Und wir werden heute hier zusammen singen und tanzen und jede Menge Spaß haben.«

Avas Stimme klang jetzt tränenerstickt. »Sie lügen, lügen, lügen! Sie haben gesagt, dass meine Mommy mich nicht mehr will. Und dass mein Daddy hierherkommt.«

Die Augen der Frau wurden wieder zornig.

Aber Ava war es ganz gleich. Sie ballte ihre Hände zu Fäusten. »Sie haben gesagt, dass mein Daddy kommen wird. Wo ist er?«

»Du hast jetzt einen neuen Daddy«, sagte die Frau.

»Ich will keinen neuen Daddy und Sie will ich auch nicht. Ich will meine alte Mommy und meinen Daddy.« Sie stampfte mit dem Fuß auf, dann drehte sie sich um und rannte die Treppe hinauf. Sie riss die Tür auf und warf sich aufs Bett. Die Tränen flossen nun schnell und heftig, und sie blickte hinaus auf den schier endlosen Wald.

Auf dem Gipfel der Berge regnete es gerade kleine

Eisbröckchen. Wenn es zuhause schneite, hatten sie die weißen Berge immer an ihre Schneekugeln erinnert. Nur dass die magisch und hübsch waren. Aber dort draußen sah es nicht hübsch aus. Es war kalt und hässlich und ganz anders als bei ihr zuhause.

Sie hörte, wie sich Schritte näherten, dann kam die Frau an ihr Bett. »Jetzt hör mal gut zu«, sagte sie, und ihre Stimme klang hart. »Ich bin jetzt deine Mommy. Und ich sage, dass wir heute ein Engelsfest feiern. Und du wirst gehorchen.«

Ava wollte weglaufen, aber sie erinnerte sich daran, was Kaylee über Becky gesagt hatte. Dass die Frau Becky an irgendwelche Leute weitergeben würde, oder sie draußen aussetzen konnte. Angst stieg in ihr auf, als die gemeine Frau sie am Arm packte und aus dem Bett zog.

»Komm jetzt. Kaylee hat schon ihr Engelskostüm an und wartet.«

Ava wollte schreien, aber ihre Stimme versagte und sie sah wieder hinaus in den Wald. Ihre Knie zitterten, als die Frau sie zurück ins Wohnzimmer brachte.

Ihr Frühstück war nun abgeräumt. Kaylee stand in ihrem Engelskostüm neben dem Weihnachtsbaum. Sie trug glänzende schwarze Lederschuhe und eine große rote Schleife im Haar. Die Frau stülpte Ava das andere Engelskostüm über den Kopf und über ihren Pyjama. Dann richtete sie ihr die Flügelchen.

Sie bürstete Avas Haar und setzte ihr die Haarspange ein.

Ava spürte, wie ihr Tränen in den Mund liefen. Aber sie blieb ganz ruhig stehen, vor Angst wie erstarrt.

»Du bist jetzt auf der Bühne«, sagte die Frau, als sie Ava sanft auf Kaylee zuschob. Dann schaltete sie die Musik an, und Ava hätte am liebsten wieder geweint. Es war dieselbe Musik wie auf dem Engelsfest. Kaylee warf ihr einen seltsamen Blick zu, dann nahm sie ihre Hand. Sie begann zu tanzen und sang dazu »We Wish You a Merry Christmas«. Sie stupste Ava an, und ermunterte sie, mitzumachen.

Ava war weder nach Singen noch nach Tanzen zumute, aber die Frau zeigte mit dem Finger auf sie und sah sie dabei an wie Mommy, wenn sie keinen Spaß mehr verstand. Ava schloss die Augen und tat so, als würde sie für ihre richtige Mommy tanzen. Sie stellte sich vor, sie könnte nach Hause fliegen, wenn sie ihre kleinen Engelsflügel spreizte. Sie würde hoch über die Wipfel der Bäume hinwegschweben, hinweg über all die wilden Tiere, bis sie wieder zurück in ihrem Bett und bei Bunny war.

85

Big Boulder

Priscilla hatte beinahe die ganze Nacht wachgelegen und über ihr Telefonat mit dem Sheriff nachgedacht. Sie hätte wissen müssen, dass die Polizei ihr nicht helfen würde.

Während sie ihren morgendlichen Kamillentee trank, schaltete sie den Fernseher an, um die Nachrichten zu verfolgen.

»Hier ist Angelica Gomez von Channel Five, wir berichten einmal mehr aus Crooked Creek«, sagte die Lokalreporterin. »Die kleine Ava Truman wird nun schon seit drei Tagen vermisst und ihre Eltern warten verzweifelt auf Antworten. Obwohl Detective Ellie Reeves bislang keine neuen Informationen hat, die sie mit der Öffentlichkeit teilen kann, soll ich Ihnen folgende Botschaft übermitteln: ›Ich möchte Ihnen versichern, dass wir alles tun, was in unserer Macht steht, um Ava Truman zu finden. Aktuell verfolgen wir eine vielversprechende Spur. Wir hoffen, wir können Ihnen diesbezüglich bald mehr sagen. Ich möchte noch einmal an alle Zuschauer appellieren: Sollten Sie Informationen haben, die uns helfen könnten, Ava zu finden, zögern Sie nicht, die Polizei zu kontaktieren.‹«

Priscillas Handy meldete sich mit kurzem Klingeln, ein Facebook-Post. Sie sah nach, ein Eintrag von Jan.

Hast du dich entschieden, die Polizei zu informieren?

Ihre Finger flogen über die Tastatur.

Ja, aber der Kerl dort hat mich abgewimmelt.

Jan: *Die Leute halten mich auch für verrückt, weil ich nie aufgehört habe, nach Becky zu suchen. Aber ich werde nicht aufgeben.*

Priscilla holte tief Luft und sah zurück zu der Reporterin auf dem Bildschirm.

Ich werde Angelica Gomez anrufen. Wenn die Polizei nicht zuhören will, dann wird sie es vielleicht tun.

86

Irgendwo am Appalachian Trail

Alles, was sie je gewollt hatte, war eine Familie zu gründen.

Als kleines Mädchen hatte sie mit Babypuppen gespielt, hatte so getan, als würde sie sie füttern, sie in ihren Armen gewiegt und mit ihnen gekuschelt. Sie hatte von einer großen Familie mit vielen Kindern geträumt, die den ganzen Tag lachten und tobten. Und für kurze Zeit hatte sie geglaubt, dass dieser Traum wahr werden könnte.

Bis ... dieser entsetzliche Tag über sie gekommen war ...

Und sie alles verloren hatte.

Sie schloss die Augen. Gott helfe ihr, sie hatte sich gewünscht, sie wäre an Pipers Stelle gestorben.

»Wir können noch einmal ein Kind haben«, hatte Silas gesagt.

Aber das hatte nicht funktioniert. Sie konnte nicht schwanger werden.

»Wir werden uns um eine private Adoption bemühen«, hatte Silas versprochen. »Ich treffe alle Vorbereitungen.«

Aber auch dazu hatte sie sich nicht überwinden können.

Sie hörte, wie Kaylee und Ava miteinander flüsterten, das holte sie wieder in die Realität zurück. Die beiden bastelten Karten für das Kinderkrankenhaus, die sie mit Filzstiften und Glitzer verzierten. Aber Ava sprach nun nicht mehr mit ihr.

Die ganze Nacht hatte sie sich um Becky gesorgt und an die Konversation zwischen Priscilla und Jan auf dieser blöden Facebook-Seite gedacht. Während die Mädchen am Tisch saßen und arbeiteten, besuchte sie die Seite ein weiteres Mal.

Es gab noch mehr Posts von Priscilla und Jan.

> Jan: *Die Leute halten mich auch für verrückt, weil ich nie aufgehört habe, nach Becky zu suchen. Aber ich werde nicht aufgeben.*
>
> Priscilla: *Ich werde Angelica Gomez anrufen. Wenn die Polizei nicht zuhören will, dann wird sie es vielleicht tun.*

Jeder Nerv in ihrem Körper vibrierte, sie spürte Panik in sich aufsteigen. Die Polizei hatte Priscilla ignoriert, aber sie hatte diese neugierige Reporterin gesehen. Sie war wie ein Köter, der einen Knochen in der Erde witterte, und dann nicht mehr aufhörte zu buddeln. Wenn sie anfing Fragen zu stellen, könnte das die Aufmerksamkeit der Polizei erregen.

Sie fluchte leise. Sie wusste, was sie zu tun hatte.

Sie ging zum Wandschrank, nahm ihre Pistole aus der Schuhschachtel und ließ sie in die Tasche ihres Mantels gleiten. Dann erzählte sie ihrem Mann, sie müsse ein paar Besorgungen machen und bat ihn, ein Auge auf die Mädchen zu haben.

Niemand würde ihr ihre Familie wegnehmen. Nicht jetzt. Nicht wieder. Niemals mehr.

87

Crooked Creek

Ellie erwachte davon, dass Angelica ihr eine Nachricht schickte. Sie forderte ein weiteres Update. Sie schrieb außerdem, dass die Trumans sie um einen Fernsehtermin gebeten hatten, um an den oder die Entführer ihrer Tochter zu appellieren.

Sie rief Angelica an, sie hatte einen Kloß im Hals. »Hey, du. Ich schreibe Shondra und bitte sie, das Interview zu arrangieren.«

»Glaubst du, ihr seid dem Täter auf der Spur?«, fragte Angelica.

Glaubte sie das? »Ich hoffe es«, sagte Ellie. »Ich halte dich auf dem Laufenden.« Sie beendete das Gespräch und begutachtete ihre Verkleidung. Für einen Videocall hatte sie genügt, aber nun würde sie dem kritischen Blick echter Menschen standhalten müssen, und auf einmal wirkte sie nicht mehr ganz so überzeugend.

In diesem Moment klingelte es an der Tür. Sie öffnete, es war Derrick. Er trug ein Braves-Shirt und eine Baseballcap. Sie hatten bereits entschieden, in getrennten Autos zu fahren, falls man sie in einen Hinterhalt lockte, und sie sich aufteilen mussten.

»Gibt es etwas Neues?«, fragte Ellie.

»Das Treffen findet um zehn Uhr im Bear Mountain Park statt. Bist du bereit?«

»Mehr als das«, erwiderte Ellie. »Willst du einen Kaffee für unterwegs?«

»Das wäre toll. Vielen Dank.«

Sie eilte in die Küche und befüllte zwei To-go-Becher. Dann griff sie sich Holster und Waffe, Mantel und Hut und lief wieder nach draußen zu Derrick.

»Ich fahre dir nach und wir parken meinen Wagen dann etwa zwei Kilometer vom Treffpunkt entfernt«, schlug Derrick vor. »Wenn wir Daisy haben, kannst du mich absetzen und sie in Sicherheit bringen. Ich verfolge dann die Person, die zum Treffen erschienen ist.«

Sie kletterte in ihren Jeep. Dann rief sie Shondra über die Freisprechanlage an und bat sie, alles für das Interview der Trumans mit Angelica vorzubereiten. Während sie den steilen Bergpass erklommen, der Regen auf das Dach des Jeeps trommelte und Windböen am Wagen zerrten, fragte sie sich, ob sie noch rechtzeitig kommen würden.

Oder ob für Ava jede Hilfe zu spät kam.

88

Bear Mountain Park

Die Wolken wirbelten über den stahlgrauen Himmel, Hagelschauer drohten. Ellie steuerte den Jeep die Haarnadelkurven hinauf, die vereist und rutschig waren. Sie hatten Derricks Wagen wie geplant abgestellt und waren dann im Jeep weitergefahren. Ihre Nerven waren zum Zerreißen gespannt.

Am Ziel angekommen, glitt ihr Blick prüfend über den Parkplatz. Sie parkte und stellte den Motor ab. Außer ihnen schien niemand hier zu sein. Die Gegend war beliebt bei Touristen, die die schöne Aussicht auf die Berge und die Wasserfälle genießen wollten und zum Wandern hierherkamen. Doch heute lag die Temperatur unter dem Gefrierpunkt und das Wetter war winterlich. Die Gegend war deshalb praktisch menschenleer. Bei dieser Adoption ging es definitiv nicht mit rechten Dingen zu.

Während sie warteten, fragte sie sich, ob es eine gute Entscheidung gewesen war, auf Verstärkung zu verzichten, und keine weiteren Beamten im Park zu platzieren. Da aber ansonsten niemand hier war, hatte sie gefürchtet, dass sie entdeckt worden wären und Daisys Begleiter sofort die Flucht ergriffen hätten.

Damit hätten sie das Kind in Gefahr gebracht.

Sie hoffte inständig, dass MWC sie nicht nur an der Nase herumführte und tatsächlich jemand hier auftauchen würde.

Derrick legte die Hand auf dem Oberschenkel ab, er wirkte nervös. Eine Sekunde später erhielt er eine Nachricht auf dem Wegwerf-Handy.

»Gehen Sie zum Pavillon am Fluss. Warte dort auf sie«, las er laut vor.

Ellie atmete tief durch, dann prüfte sie, ob ihre Waffe unter ihrem dicken Wintermantel gut versteckt war. Derrick tat es ihr gleich. Sie griff sich das Einhorn-Stofftier, das sie als Geschenk für Daisy mitgebracht hatte und stieg aus dem Auto. Der Pavillon lag auf der gegenüberliegenden Seite des Parks, und während sie mit Derrick dorthin ging, vorbei an Schaukeln und Klettergerüsten, hatte sie am ganzen Körper eine Gänsehaut.

Der Wind trieb pechschwarze Wolken vor sich her, die die Sonne verdunkelten. Es fiel ein eisiger Regen, der die ganze Welt in einen Grauschleier hüllte.

Derrick nahm ihre Hand in die seine und drückte sie fest. »Denk an unsere Tarnung.«

Dankbar für seine Ermahnung zwang sie sich zu einem Lächeln und schmiegte sich an ihn, um den Eindruck eines glücklichen Paares zu erwecken, falls man sie beobachtete. »Ich bin ja schon so aufgeregt! Endlich werden wir eine Familie sein, so wie wir es uns schon immer gewünscht haben«, rief sie aufgekratzt.

»Und das auch noch pünktlich zu den Feiertagen«, erwiderte Derrick mit lauter Stimme. »Es sind immer noch zwei Tage bis Weihnachten«, ergänzte er. »Wir können Daisy zum Mittagessen ausführen, und mit ihr dann shoppen gehen und den Weihnachtsmann besuchen.«

»Das ist eine wunderbare Idee«, sagte Ellie. Sie war außer

Atem, als sie sich dem Pavillon näherten. Ganz in der Nähe entdeckte sie einen weißen Van, der dort geparkt war.

Ihr Herz hämmerte, während sie eine riesige Eiche neben dem Pavillon umrundeten, und dann sah sie darin ein zusammengekauertes kleines Mädchen sitzen. Fest in einen dicken blauen Wintermantel eingekuschelt, hatte sie die Knie bis zum Kinn hochgezogen. Sie sah so winzig und zerbrechlich und verängstigt aus, dass Ellie die Leute, die ihr das angetan hatten, am liebsten auf der Stelle erwürgt hätte.

Neben ihr saß ein stämmiger Typ in einem schwarzen Parka. Er trug eine Mütze, seine Augen blickten unruhig umher, seine Hände glichen riesigen Pranken und ruhten neben den Oberschenkeln auf der Bank.

Ellies erster Impuls war, so schnell wie möglich loszurennen und die Kleine zu retten. Aber Derrick berührte ihren Arm, um sie zu zurückzuhalten.

Sie hatten vereinbart, nicht aus der Rolle zu fallen, bis Daisy in Sicherheit war. Also hielten sie sich an den Händen, während sie auf den Pavillon zugingen. Trotzdem konnte Ellie nicht verhindern, dass ihr Schritt sich immer weiter beschleunigte, je näher sie kamen.

Der Mann stand auf, eine Hand über die Tasche seines Mantels gelegt, und Derrick blieb stehen. »Wir sind die Eriksons«, sagte er. »Wir sind gekommen, um unsere Tochter nach Hause zu holen.«

Der große Kerl hatte einen dichten Bart und schlammbraune Augen, seine Skimütze hatte er sich tief ins Gesicht gezogen. Daisy sah zu Ellie auf, der angsterfüllte Blick, den sie ihr zuwarf, brach ihr das Herz.

»Hallo meine Süße«, sagte sie sanft. »Mein Name ist Mae, und das hier ist Jared.«

Der große Mann beobachtete sie so argwöhnisch, dass sich ihr fast der Magen umdrehte. Aber sie konzentrierte sich auf das kleine Mädchen, und kniete sich vor sie hin. »Ich habe dir ein Geschenk mitgebracht.«

Sie wollte das Einhorn unter ihrer Jacke hervorziehen, aber der Typ schüttelte den Kopf und grunzte.

»Es ist nur ein Geschenk«, sagte Ellie sanft. »Ein Stofftier.«

»Langsam«, lenkte der Mann mürrisch ein.

Ellie nickte und holte das Einhorn heraus. »Bitteschön, Daisy. Es hat noch keinen Namen. Ich dachte, du willst ihm vielleicht einen geben.«

Tränen glitzerten auf Daisys bleichen Wangen und sie starrte Ellie mit weit aufgerissenen misstrauischen Augen an.

Doch dann nahm sie das Einhorn und presste es an ihre Brust.

Ellie strich Daisy vorsichtig eine Haarsträhne aus der Stirn. »Dürfen wir sie jetzt mit nach Hause nehmen? Wir haben schon alles vorbereitet.«

Eine Ader trat am Hals des Mannes hervor, und einen Augenblick lang dachte Ellie, er würde einen Rückzieher machen. Aber er nickte kurz.

»Wie wunderbar. Ist Serena hier, mit den Unterlagen?«

»Sie wird Sie Ihnen per Post schicken. Sie sollten keinen Kontakt mehr zu uns aufnehmen«, sagte er barsch. »Es sei denn, Sie wollen ein weiteres Kind. Ansonsten war's das.«

Ellie streckte die Arme aus. »Komm, Daisy. Wir gehen nach Hause. Dort ist es warm, und es gibt Kekse.«

Daisy biss sich auf die Unterlippe, aber sie ließ es zu, dass Ellie sie auf den Arm nahm. Derrick bot dem Mann seine Hand an, aber als der den Kopf schüttelte, strich er ihm stattdessen über eine Seite des schweren Mantels.

Daisy zitterte in Ellies Armen, während sie mit dem Kind zum Jeep rannte. Sie setzte die Kleine dort auf den Rücksitz.

»Alles in Ordnung, Schätzchen«, flüsterte Ellie. »Ich bin hier, um dir zu helfen.« Sie kroch auf die andere Seite des Rücksitzes, zog die Kleine an sich und umarmte sie. Dann hielt sie den Atem an und wartete auf Derrick. Er kam im Laufschritt auf den Jeep zu, dann sprang er hinein.

»Verschwinden wir von hier.«

»Was ist mit ihm?«, fragte Ellie.

Derrick warf ihr einen kurzen Seitenblick zu. »Ich habe ihm eine Wanze in die Manteltasche geschmuggelt.«

Ellie sah ihn erleichtert an, dankbar für seine Umsichtigkeit. Dann trat er aufs Gaspedal und sie brausten vom Parkplatz. Alles, was sie in diesem Moment wollte, war, Daisy vor diesem Monster in Sicherheit zu bringen.

Und dann mussten sie herausbekommen, ob diese Leute auch Ava hatten.

89

Hangman's Dome, in der Nähe von Crooked Creek

Nachdem sie ihren Wagen an dem Überhang geparkt hatte, von dem aus man die steilen Felsabbrüche in der Nähe des Blood Mountain überblicken konnte, las Priscilla Jans Nachricht noch einmal.

Hi, hier ist Jan. Ich dachte, ich schreibe dir eine SMS damit du meine Nachricht auch sicher bekommst. Wir treffen uns am Hangman's Dome, dann fahren wir gemeinsam zu dieser Reporterin.

Priscilla hatte ihre Telefonnummer zwar vor einer Weile in der Gruppe gepostet, aber alle Mitglieder kommunizierten normalerweise über Facebook und die zugehörige Messenger App. Doch Jan hatte recht – Priscilla bekam es nicht immer sofort mit, wenn sich in der Facebook-Gruppe jemand zu Wort meldete. Sie war also dankbar dafür, dass ihre Freundin so vorausschauend war. Priscilla hatte Sorge gehabt, dass man sie wieder als Verrückte abtun würde, so wie Detective Forrester und dieser Sheriff, also hatte sie Jans Angebot dankbar angenommen.

Jan war in den letzten Monaten ihre wichtigste Unterstützerin geworden, und sie hatte dringend eine Freundin gebraucht, vor allem während der Feiertage, an denen sie an nichts anderes denken konnte als an ihre Familie. Trotz der traurigen Umstände freute sie sich auch ein wenig darauf, Jan nun persönlich kennenzulernen. Die Gruppe war ihr eine große Hilfe gewesen, aber gerade jetzt brauchte sie einen echten Menschen an ihrer Seite.

Der Wind hatte sich gelegt, als sie den Motor ausschaltete. Die Luft war still und unbewegt, erfüllt vom Duft der Kiefern und der nassen Erde. Am Aussichtspunkt des Überhangs war niemand zu sehen, nur ein paar Geier kreisten am Himmel über ihr, ihre Silhouetten von der dicken Wolkendecke fast verborgen.

Der Hangman's Dome trug seinen Namen unter anderem wegen der Felsformation, die eine natürliche Kuppel über dem Fluss bildete, der in Richtung des Chattahoochee floss. Vor Jahren hatten sich hier eine Gruppe von Teenagern gemeinsam das Leben genommen. Sie hatten unter Drogen gestanden und sich erhängt, und bis heute kursierten in der Gegend Geschichten über den grausigen Vorfall. Manche behaupteten, die Schreie der verlorenen Seelen um Hilfe rufen zu hören, ihre Stimmen hallten dann angeblich von den Felswänden wider. Andere behaupteten, sie würden die Lebenden anflehen und sie ermutigen, es ihnen gleichzutun und sich zu ihnen zu gesellen. Alle Eltern in dieser Gegend hatten es ihren Kindern verboten, an diesen Ort zu kommen, als fürchteten sie, auch sie könnten der dunklen Verlockung der Todessehnsucht erliegen.

Priscilla sah auf, als ein Fahrzeug sich näherte. Gegenüber von ihr hielt ein Van, die Fahrerin blendete kurz die Scheinwerfer auf. Als Priscilla aus dem Wagen stieg, winkte sie ihr zu, aber irgendetwas stimmte nicht. Jan arbeitete in einem Büro, es kam Priscilla merkwürdig vor, dass sie einen Van fuhr. Die Frontscheibe war zwar ein wenig schlierig, doch auch von hier aus konnte Priscilla einen dunklen Bob erkennen, und nicht die kastanienbraunen Locken, an die sie sich von Jans Profilbild auf Facebook erinnerte.

Aber sie dachte bei sich, es sei wohl normal, dass viele Leute in Wahrheit ein bisschen anders aussehen. Vielleicht hatte Jan sich für die Feiertage ja auch eine neue Frisur gegönnt.

Priscilla nahm ihre Tasche, schloss ihren Wagen ab und ging dann auf den Van zu. Die Fahrt mit Jan würde ihr genug Zeit geben, ihre Gefühle zu ordnen, Mut zu fassen und sich genau zu überlegen, was sie dieser Ms Gomez erzählen wollte.

Jan sprang aus dem Auto und ging dann um die Frontseite des Wagens herum. Das grelle Scheinwerferlicht machte es Priscilla unmöglich, ihr Gesicht zu sehen, aber sie schien etwas Glänzendes in der Hand zu halten. Sie erstarrte und versuchte zu erkennen, was es war.

Ihr Herzschlag setzte kurz aus, als ihr bewusst wurde, dass Jan eine Waffe hatte.

»W-Was hast du vor, Jan?«

»Ich bin nicht Jan«, zischte die Frau. »Und du wirst weder mit den Cops noch mit dieser Reporterin sprechen. Und jetzt dreh dich um und geh langsam zu deinem Wagen zurück.«

Priscilla wandte sich um und setzte gehorsam einen Fuß vor den anderen. Sie fragte sich, ob diese Frau sie dazu zwingen wollte, irgendwohin zu fahren. Könnte sie den Wagen starten, bevor die Frau zu ihr ins Auto stieg? Sie ging jetzt schneller und fummelte an ihrem Schlüsselbund, während sie sich dem Auto näherten. Sie hörte ihre Schritte jetzt hinter sich und begriff plötzlich, warum die Frau sie zurück zum Parkplatz am Überhang lotste. Sie versuchte sich noch zu wappnen, aber schon einen Augenblick später wurde sie von hinten heftig gestoßen und sie spürte, wie sie in den Abgrund stürzte.

90

In der Nähe des Bear Mountain Park

»Alles in Ordnung, du bist in Sicherheit«, murmelte Ellie, während sie Daisy in ihren Armen wiegte.

Derrick sah besorgt in den Rückspiegel. »Wir werden verfolgt.«

Das Geräusch eines aufheulenden Motors ließ Ellie einen Blick über die Schulter werfen. Er hatte recht. Ein dunkler Wagen war ihnen dicht auf den Fersen.

»Jemand muss uns beobachtet haben«, sagte Derrick.

Er gab Gas, aber die Straße war an vielen Stellen vereist und sie hörte, wie die Reifen des Jeeps Eisbröckchen und Schlamm aufspritzen ließen. Sie fuhren um eine weitere Kurve, das Auto kam immer näher. Die Bremsen quietschten und der Jeep schlitterte zur Seite auf den Abgrund zu.

»Ganz ruhig, Daisy«, sagte Ellie, während Derrick das Lenkrad umklammerte und darum kämpfte, nicht die Kontrolle über den Wagen zu verlieren.

Da gab ihr Verfolger plötzlich Gas und rammte sie von

hinten. Daisy schrie auf, als der Jeep einen Satz nach vorne machte und Derrick riss das Lenkrad nach rechts, um nicht in den Straßengraben zu fahren. Eine Sekunde später rammte das Auto sie erneut und der Jeep geriet ins Schlingern.

Daisy kreischte, während Ellie versuchte, sie mit ihrem Körper zu schützen.

Derrick schaltete einen Gang herunter und das Auto krachte ihnen ins Heck und geriet nun selbst ins Schlittern. Derrick nutzte den Vorteil des Augenblicks und schoss nach vorne, während der Fahrer die Verfolgung wieder aufnahm. Sie sahen jetzt Derricks Wagen, den sie zuvor hier abgestellt hatten und kamen schlingernd dort zum Stehen.

»Schaff Daisy hier weg«, rief Derrick, während er mit gezogener Waffe aus dem Wagen sprang.

»Ich lasse dich nicht zurück«, protestierte sie.

»Tu einfach, was ich dir sage, Ellie.«

Ellie nahm nur ungern Befehle entgegen, aber Daisys Leben stand auf dem Spiel, also gab sie nach. »Alles wird wieder gut, Schätzchen«, murmelte sie Daisy zu. Dann kroch sie vom Rücksitz, lief nach vorne und setzte sich hinters Steuer.

Das Auto ihres Verfolgers kam röhrend hinter ihnen zum Stehen, der Fahrer riss die Tür auf. Eine Kugel durchschlug den hinteren Kotflügel.

»Unten bleiben«, rief Ellie Daisy zu.

Daisy duckte sich und hielt sich mit beiden Händen die Ohren zu.

»Verschwindet!«, brüllte Derrick.

Ellie umklammerte das Lenkrad mit feuchten Händen und schlug hart ein, während Derrick Deckung hinter seinem Wagen suchte.

Sie steuerte den Jeep zurück zur Straße und trat dann aufs Gas. Durch den Rückspiegel sah sie noch, wie Derrick die Waffe hob und auf den Angreifer feuerte.

Die Angst um ihn raubte ihr fast den Atem. Doch auf der Rückbank hörte sie Daisy weinen, und so wandte sie den Blick nach vorn und fuhr eilig davon.

91

Derrick kauerte hinter der offenen Tür seines Wagens, als der Schütze auf ihn feuerte. Er leerte schnell das Magazin und lud seine Waffe dann sofort nach. Das Gesicht des Mannes tauchte kurz auf und er sah, dass es derselbe Kerl war, der ihnen Daisy übergeben hatte.

Entweder hatte MWC herausbekommen, dass er und Ellie Cops waren oder man hatte von Anfang an geplant, sie aufs Kreuz zu legen. Vielleicht war das Teil des Spiels. Man bot die zum Kauf an, strich das Geld ein und tötete dann die Käufer, damit es keine Zeugen gab. Und dann verkaufte man die Kinder aufs Neue.

Er duckte sich, als eine weitere Kugel knapp an seinem Kopf vorbei pfiff. Dann schlich er sich bis zum vorderen Ende seines Autos. Ein paar große Felsbrocken boten ihm Deckung, und es gelang ihm, sich an den Mann heranzupirschen. Doch er trat auf eine vereiste Stelle, es knackte und sein Gegner wandte sich blitzschnell zu ihm um und schoss. Die Kugel streifte Derricks Arm und Derrick feuerte eine weitere Runde ab und zerstörte die Autoscheiben des Schützen. Als der Mann auf die

Kiefern zu hechtete, zog sich Derrick zurück, duckte sich hinter einem anderen Felsbrocken und eröffnete wieder das Feuer.

Der Mann richtete sich schnell auf und schoss, doch Derrick war schneller und konnte einen Treffer landen, es war ein Bauchschuss. Hinter der Skimütze weiteten sich die Augen des Mannes und er taumelte nach hinten. Blut schoss aus seinem Bauch. Er fluchte, ließ die Waffe fallen und sackte dann auf dem schlammigen Boden zusammen. Unter seinem zuckenden Körper bildete sich eine karmesinrote Lache.

Derrick zielte weiterhin auf den Mann, dann eilte er zu ihm und beförderte dessen Waffe mit einem gezielten Fußtritt außer Reichweite. Er presste dem Bastard die Mündung an die Schläfe.

»Habt ihr Ava Truman?«

Die Augen des Mannes wurden glasig, sein Körper erbebte und Blut floss aus seinem Mund, bevor er erschlaffte. Derrick fluchte, während der Verbrecher seinen letzten Atemzug tat.

92

Bluff County

Ellie wäre gern rechts rangefahren, um Daisy zu trösten, aber MWC könnte noch andere Verfolger auf sie angesetzt haben, also fuhr sie weiter.

Glücklicherweise lullten die Wärme und die gleichmäßigen Fahrgeräusche Daisy bald ein, und sie hielt im Schlaf das Einhorn fest an die Brust gepresst.

Etliche Fragen gingen Ellie durch den Kopf. Wie lange mochte das kleine Mädchen bei diesen Leuten gewesen sein? Hatten sie sich gut um sie gekümmert? Auf den ersten Blick konnte sie keine Anzeichen körperlicher Misshandlung sehen, Gewissheit würde aber erst eine ärztliche Untersuchung bringen.

Während Daisy schlief, quälte Ellie die Vorstellung, Derrick könnte etwas zugestoßen sein. Sie rief ihren Captain an, um ihn ins Bild zu setzen.

»Ich glaube nicht, dass ich verfolgt wurde. Es könnte aber sein, dass unsere Tarnung aufgeflogen ist. Ich bringe Daisy jetzt ins Krankenhaus«, sagte sie. »Hoffentlich kann Agent Fox diesen Mann fassen und verhaften.«

»Der Sheriff hat mich gerade angerufen und um ein Update gebeten. Ihr könnte euch ja im Krankenhaus treffen. Deputy Eastwood und die Trumans sind jetzt hier, wegen des Interviews mit Gomez.«

»Tun Sie mir einen Gefallen und erzählen Sie Angelica noch nicht, was passiert ist. Ich will nicht, dass publik wird, dass wir Daisy gerettet haben, bevor wir ihre Identität und ihren familiären Hintergrund überprüfen konnten.«

»Verstanden. Sagen Sie Bescheid, wenn ich sonst noch etwas tun kann.«

Ellie dankte ihm, dann beendete sie das Gespräch und konzentrierte sich wieder auf die Straße.

Der Regen wurde zu Hagel und kieselgroße Körner hämmerten gegen ihre Frontscheibe. Sie schaltete die Scheibenwischer und die Scheibenheizung an und hielt auf dem Highway nach auffällig dunklen Stellen Ausschau, während sie den Jeep vorsichtig die schmale Landstraße den Berg hinab manövrierte.

Zwanzig Minuten später bog sie auf den Parkplatz der Notaufnahme des Bluff County Hospital ein. Sie ging nach hinten, öffnete die Autotür und nahm Daisy vorsichtig auf den Arm.

»Ach du meine Güte«, keuchte eine Krankenschwester auf, als Ellie mit dem Mädchen hereingerannt kam.

»Ihr Name ist Daisy«, sagte Ellie. »Keine sichtbaren Verletzungen, aber sie ist traumatisiert. Sie muss so schnell wie möglich psychologisch und medizinisch untersucht werden.«

»Natürlich«, sagte die Schwester und zog ihr Handy aus der Tasche ihres Kittels.

Sie verschwand hinter einer Tür. Ellie hob den Kopf und sah draußen in der Dunkelheit flackerndes Blaulicht. Der Wagen des Sheriffs fuhr mit röhrendem Motor auf den Parkplatz. Bryce stieg aus und kam dann im Laufschritt herein. Sein Blick glitt durch den Warteraum, dann entdeckte er sie und kam auf sie zu. »Captain Hale hat angerufen.«

Ellie nickte, dankbar dafür, dass Bryce einen nüchternen Eindruck machte. Sie setzte Daisy auf ihrer Hüfte zurecht. Sie musste immerzu an diese schrecklichen Leute denken, die Kinder verkauften, als wäre es Vieh.

»Wo ist Agent Fox?«

»Er verfolgt den Mann, der Daisy übergeben hat.«

Als sein Blick auf Daisy fiel, entdeckte sie darin eine Fürsorglichkeit, die sie ihm nicht zugetraut hatte. »Geht es ihr gut?«

»Ich glaube schon, aber sie muss noch ärztlich untersucht werden.«

Die Krankenschwester kam zurück. »Bitte folgen Sie mir. Kinderpsychologin und Kinderärztin sind auf dem Weg.«

»Vielen Dank.« Mit Daisy auf dem Arm folgte sie ihr durch eine Reihe von Flügeltüren bis zu einem Untersuchungsraum. Daisy bewegte sich jetzt leicht und sah zu ihr auf, als sie sie auf ein Bett gleiten ließ. »Alles in Ordnung, Kleines«, flüsterte Ellie leise. »Du bist jetzt in Sicherheit.«

Bryce stand in der Tür und beobachtete sie schweigend, während Daisy das Einhorn gegen ihre Wange drückte und ihr eine Träne übers Gesicht lief.

»Mein Name ist Ellie«, sagte sie sanft. »Ich bin von der Polizei und ich möchte dir helfen. Ist dein Name Daisy?«

Das Mädchen starrte sie mit großen Augen an, dann nickte sie. »Ja.«

»Wie heißt du mit Nachnamen, Schätzchen?«

Daisy leckte sich über die Lippen. »Pridgen«, flüsterte sie dann.

Die Kinderpsychologin, eine Frau in den Dreißigern mit weißblondem Haar, einem freundlichen Lächeln und sanften blauen Augen, kam nun herein und stellte sich ihnen als

Dr. Beth Laurens vor. »Guten Tag, Detective. Schwester Nancy hat mich bereits kurz informiert, was passiert ist.«

Ellie nickte, dann senkte sie die Stimme. »Ihr Name ist Daisy Pridgen. Man hat mir erzählt, ihre Mutter sei obdachlos, der Vater ist angeblich verstorben. Wir haben sie bei einer Gruppe namens Mother Wants Child gefunden, die mit Kindern handelt. Und ich glaube, sie wurde entführt, aber bisher wissen wir nichts Genaueres.«

»Ich verstehe«, sagte Dr. Laurens. »Ich kümmere mich jetzt um sie. Aber das wird eine Weile dauern. Warum gehen Sie nicht kurz nach draußen und geben uns ein paar Minuten?«

Ellie widerstrebte es, Daisy allein zu lassen, aber sie vertraute der Ärztin und umarmte das Mädchen. »Ich warte draußen. Und hab keine Angst. Du bist jetzt in Sicherheit.«

Ellie schob ihre Gefühle beiseite und schlüpfte zwischen den Vorhängen durch hinaus. Sie war froh, Daisy gerettet zu haben. Aber wo war Ava?

93

In der Nähe des Bear Mountain

Verdammt. Er hätte es schaffen müssen, den Bastard lebend zu erwischen.

Das Team von der Spurensicherung kam an und Derrick erläuterte ihnen, was vorgefallen war. Dann reinigte ein Arzt seine Wunde am Arm, wo die Kugel ihn gestreift hatte.

Die Medizinische Gutachterin, Dr. Laney Whitefeather, war ebenfalls eingetroffen.

Sie hatten schon bei früheren Fällen mit ihr zusammengearbeitet – sie war stets professionell und bewahrte auch in schwierigen Situationen einen kühlen Kopf.

»Wir müssen so schnell wie möglich seine Identität klären.« Derrick zeigte einem Mitglied der Spurensicherung die Brieftasche, die er im Auto des Mannes gefunden hatte. »Meine Kollegen beim FBI sollen überprüfen, ob es sich um seinen richtigen Namen handelt. Er gehörte zu einem Kinderhändlerring. Ellie und ich glauben, sie könnten auch Ava entführt haben, darum haben wir eine Undercover-Operation durchgeführt.«

Laney wog nachdenklich ihr Köfferchen in der Hand. »Und, hatten sie sie?«

»Das wissen wir noch nicht. Sie haben uns aber ein anderes Kind angeboten. Ellie hat sie gerettet und ist jetzt mit der Kleinen auf dem Weg ins Krankenhaus, wo man sie untersuchen wird.«

»Wurde sie denn verletzt oder missbraucht?«, fragte Laney mit besorgter Miene.

»Es gab keine offensichtlichen Verletzungen, aber das Kind ist sicher traumatisiert. Wir wissen nicht, wie lange diese Leute sie in ihrer Gewalt hatten, und unter welchen Umständen sie dort gefangen gehalten wurde.«

Der Mann von der Spurensicherung tütete die Brieftasche ein und Laney wandte sich dem Leichnam zu, der in einer großen, tiefroten Pfütze lag. »Schnappen Sie diese Mistkerle, Agent Fox. Sie sollen dafür bezahlen.«

»Das habe ich vor.« Derrick schickte seinem Kollegen die Führerschein-Nummer des Mannes, zusammen mit der dort angegeben Telefonnummer.

Bitte findet heraus, wer der Kerl ist. Er hat uns das Mädchen übergeben. Habt ihr die Adresse des Hauptquartiers schon?

Bennett antwortete:

Noch nicht, aber wir machen Fortschritte. Ich kümmere mich um die Identifizierung.

Während das Team Beweismittel aufnahm und auch die Waffe des Mannes in einem Beutel verstaute, durchsuchte Derrick die Kontaktliste im Handy des Toten. Ein paar Restaurants, eine Karosseriewerkstatt und die Nummer einer Einrichtung für Notfallversorgung.

Er sah sich die Liste der Anrufer an und entdeckte eine Nummer, die nicht gespeichert war. Dann eine Textnachricht, die erst vor wenigen Minuten eingegangen war.

Schweiß trat ihm auf die Stirn, als er sie las.

Bist du fertig?

Derrick schrieb eilig eine Antwort.

Job erledigt. Wohin soll ich das Mädchen bringen?

94

Bluff County Hospital

Ellie lief nervös im Wartezimmer auf und ab, während Daisy untersucht wurde. Bryce sah derweil nach dem Deputy, der Grueler bewachte. Vor dem Krankenhaus hatte sich eine Gruppe protestierender Frauen versammelt, und sie hoffte, ihm würde es gelingen, die Situation zu entschärfen.

Besser Bryce übernahm das als sie selbst. Vor allem, weil er zugegeben hatte, dass eine der Demonstrantinnen seine Mutter war.

Am Eingang zur Notaufnahme wurde es plötzlich unruhig und die Türen flogen auf. Cord und einige Sanitäter schoben eilends eine Transportbahre herein, auf der eine bewusstlose, blutende Frau lag. »Wahrscheinlich eine Gehirnerschütterung, gebrochenes Handgelenk, Schnittwunden und Abschürfungen. Puls flach und unregelmäßig …«

Das Stimmengewirr erstarb, als der diensthabende Arzt an die Trage der Frau eilte. »Ein Autounfall?«

»Nein, ein paar Teenager haben sie am Hangman's Dome gefunden und die Ranger angerufen«, sagte Cord. »Sie hat sich den Kopf an den Felsen gestoßen. Die Polizei ist vor Ort und ermittelt.«

Kurz angebunden und mit energischer Stimme erteilte der Arzt Anordnungen, was als nächstes zu tun war, und man schob die verletzte Frau durch eine Flügeltür in einen Untersuchungsraum.

Cords Augen weiteten sich, als er Ellie entdeckte. »Habt ihr Ava gefunden?«

Ellie schüttelte den Kopf und berichtete ihm von ihren Nachforschungen über MWC. »Was ist denn mit der Frau passiert?«

»Es ist noch nicht sicher, ob es ein Unfall war oder ob sie sich das Leben nehmen wollte. Oder ob sie gestoßen wurde. Aber ich habe dort Reifenspuren entdeckt, es scheint also noch jemand da gewesen zu sein. Die Polizei überprüft das.«

Dann kam die Kinderärztin, eine junge rothaarige Frau mit freundlichem Lächeln. Auf ihrem Namensschild stand Dr. Norah Samuels, an ihrem Stethoskop hing ein winziger Pandabär aus Stoff.

»Können wir uns unter vier Augen unterhalten?«, fragte sie mit einem Blick zu Cord.

»Natürlich.«

»Wir sehen uns später, Ellie«, sagte Cord. »Ruf mich an, wenn du etwas brauchst.«

Sie murmelte zustimmend, dann wandte sie sich der Kinderärztin zu.

»Wie geht es Daisy?«

»Physisch gut. Sieht so aus, als hätte man sie ordentlich ernährt und versorgt. Wir haben keine Anzeichen für körperliche Gewalt oder sexuellen Missbrauch gefunden.«

»Gott sei Dank«, seufzte Ellie leise und sackte vor Erleichterung ein wenig zusammen.

»Die emotionalen Auswirkungen dessen, was sie durchgemacht hat, können jedoch weitreichende Konsequenzen haben.

Ich bin sicher, Dr. Laurens wird eine Therapie empfehlen, sobald man ihre Eltern ausfindig gemacht hat.«

»Wir sind nicht sicher, ob sie eine Familie hat, zu der sie zurückkehren kann, aber wir suchen nach den Angehörigen.«

Ellie erzählte ihr von MWC und den Informationen, die sie dort über das Kind erhalten hatten. »Das könnte natürlich auch frei erfunden sein. Wir tun trotzdem alles, um ihre Familie zu finden.«

Die Stimme der Kinderärztin klang nun sorgenvoll. »Gut. In der Zwischenzeit suchen wir eine Pflegestelle für sie. Eine Frau aus dem Ort, Emily Nettles, hat früher schon einmal Kinder bei sich aufgenommen. Ich hoffe, sie kann das übernehmen. Ich werde sie anrufen.«

Ellie tat es leid um das verängstigte kleine Mädchen. Ein Teil von ihr hätte Daisy am liebsten selbst mit nach Hause genommen. Aber mit ihrer Arbeit war das schlichtweg nicht zu vereinbaren.

Und die bestand im Augenblick darin, Ava Truman zu finden.

»Ich kenne Emily. Vielen Dank, dort wäre sie sicher gut aufgehoben«, stimmte Ellie zu.

Dr. Samuels nickte, dann ging sie. Kaum war sie über den Gang verschwunden, kam die Psychologin.

»Kann ich jetzt mit ihr sprechen?«, fragte Ellie.

»Gleich«, sagte Dr. Laurens. »Laut Daisy wurde ihre Mutter krank und hat ihren Job verloren. Danach mussten sie in ihrem Auto leben. Ihre Mutter wollte sie eigentlich in ein Heim bringen, aber das hat sie nicht mehr geschafft. Sie starb, und dann kam eine Frau, die behauptete, vom Sozialdienst zu sein. Sie hat Daisy mitgenommen.«

Also war dieser Teil der Geschichte zum Teil wahr. Aber Ava war nicht obdachlos gewesen.

»Hat sie den Namen der Frau vielleicht erwähnt?«

Dr. Laurens schüttelte den Kopf. »Nein, aber zu Beginn

war sie in einer Tiefparterre-Wohnung untergebracht. Sie hat keine Ahnung, wo das war, sie kann sich nur erinnern, dass draußen überall Bäume standen.«

Verdammt, das konnte überall gewesen sein. »Wir suchen nach einem weiteren Mädchen, das entführt wurde. Ihr Name ist Ava Truman«, sagte Ellie.

»Ja, ich weiß. Ich habe die Nachrichten gesehen.« Die Ärztin schob die Hände in die tiefen Taschen ihrer Weste. »Glauben Sie, da gibt es einen Zusammenhang?«

»Das ist es, was wir gerade versuchen, herauszufinden.« Sie zog ihr Telefon aus dem Gürtel. »Wäre es in Ordnung, wenn ich Daisy Avas Bild zeige?«

Die Ärztin seufzte widerstrebend. »Wenn es Ihnen dabei hilft, Ava zu finden. Aber bitte, Detective, seien Sie vorsichtig mit ihr. Das Mädchen hat viel durchgemacht.«

Ellie nickte und ging dann mit Dr. Laurens zurück in den Raum. Daisy hielt ihr Einhorn fest und rieb an seinen Öhrchen, als die beiden hereinkamen.

»Hi, Daisy«, sagte Ellie sanft. »Wie fühlst du dich?«

Das kleine Mädchen zuckte mit den Schultern.

»Ich weiß, es war ein schlimmer Tag für dich und du hast Angst«, sagte Ellie. »Aber ich bin deine Freundin, Daisy. Genau wie Dr. Laurens. Wir wollen dich beschützen.«

Daisy nickte ängstlich. »Ich muss nicht wieder zurück in den Keller?«

Ellie schüttelte den Kopf. »Nein. Wir wollen herausfinden, was mit deinen Eltern passiert ist. Bis dahin wirst du bei einer wirklich sehr netten Frau wohnen. Ihr Name ist Emily.«

Die Ärztin stimmte fröhlich ein. »Du wirst sie mögen. Sie hat auch vier eigene Kinder. Und in ihrem Haus gibt es ein großes Kinderzimmer mit Spielzeug und Brettspielen und Bastelsachen, und außerdem einen großen Garten zum Toben.«

Daisy schien sich unter ihrer Bettdecke ein wenig zu entspannen.

»Ich weiß, du hast schon sehr viele Fragen beantwortet, und du bist sicher müde«, sagte Ellie dann. »Aber ich muss noch etwas mehr wissen. Warst du das einzige Kind in diesem Haus?«

Daisy schüttelte den Kopf. »Die Jungen waren in einem anderen Zimmer.«

Ellies Magen verkrampfte sich. Es gab also tatsächlich noch weitere Kinder. Sie drehte ihr Handy um, um ihr Avas Foto zu zeigen. »Ich suche nach diesem kleinen Mädchen. Ihr Name ist Ava. War sie vielleicht mit dir in diesem Haus?«

Daisy kräuselte ihre kleine Stupsnase. »Ich habe sie nicht gesehen. Aber die Frau sagte, dass ein neues Mädchen kommen würde.«

Ellies Puls beschleunigte sich. Dieses neue Mädchen könnte Ava gewesen sein.

95

Longneck Creek

Derrick ließ Dr. Whitefeather mit der Leiche und der Spurensicherung am Tatort zurück, um sie ihrer Arbeit nachgehen zu lassen. Dann fuhr er zum Krankenhaus, rief Ellie an und berichtete ihr, was geschehen war. In der Hoffnung, Ava nun endlich bald zu finden, lief sie nach draußen und stieg in seinen Wagen.

»Der Treffpunkt ist ein Ort namens Longneck Creek«, sagte Derrick. »Ist dir das ein Begriff?«

»Ich glaube schon.« Ellie rief eine topografische Karte auf ihrem Handy auf. »Da ist es. Eine gottverlassene Gegend, früher standen dort Lagerhäuser für Speditionsbedarf. Die wurden irgendwann abgerissen, jetzt scheint dort nichts als brachliegendes Ackerland zu sein.« Sie konsultierte ihr GPS und beschrieb ihm den Weg, während er auf die Landstraße fuhr, die in die Berge führte. Der Eisregen wurde stärker und verschärfte die ohnehin schon gefährlichen Straßenbedingungen. Immer wieder kamen starke Windböen auf, die abgerissene Zweige über die Fahrbahn trieben und drohten, den Wagen von der Straße zu drängen.

»Diese Leute haben entweder herausgefunden, wer wir sind«, sagte Ellie. »Oder es sind geschickte Betrüger, die ein doppeltes Spiel spielen.«

»Das dachte ich mir auch«, erwiderte Derrick.

Die Straße wand sich um eine Steigung und schlängelte sich dann talabwärts in ein etwas flacheres Gebiet, durch das ein schmaler Fluss verlief. Es sah aus, als wären sie mitten im Nirgendwo.

»Vollkommene Einöde«, sagte Ellie. »Undenkbar, dass die hier draußen leben. Es sei denn, irgendwo zwischen den Hügeln liegt ein Haus versteckt.«

»Wenn überhaupt, dann nutzen sie diesen Ort wohl als Treffpunkt«, sagte Derrick. »Oder …«

»Es ist eine Falle«, ergänzte Ellie.

»Höchstwahrscheinlich sogar«, stimmte Derrick ihr zu. »Kurz bevor ich dich abgeholt habe, rief Bennett an. Das Hauptquartier von MWC ist offenbar ein Haus in einem Vorort von Atlanta.«

»In der Nähe von Flughafen, Bus- und Zugbahnhöfen«, sagte Ellie und zog eine Grimasse.

Derrick parkte unter einem Grüppchen dürrer Kiefern und sah sich prüfend um. Ellie suchte das Gebiet derweil mit dem Fernglas ab. »Sieh mal. Ein Schotterweg, der in den Wald führt.«

Derrick ließ den Motor wieder an und fuhr auf den schmalen Weg auf. Riesige Eichen und Hemlocktannen säumten die Straße, ihre unteren Zweige kratzten am Wagen entlang. Eisregen klatschte gegen die Windschutzscheibe und nasse Blätter blieben darauf kleben. Er hielt an.

Sie zogen sich Skimützen über und schlüpften in ihre Mäntel, dann stiegen sie aus. Ihre Waffen hielten sie verborgen, aber griffbereit, während sie tiefer in den Wald hineingingen. Die Nachmittagsschatten wurden länger, der schiefergraue Himmel verhieß nichts Gutes. Eisiger Schlamm knirschte unter Ellies Stiefeln, sie stießen auf eine Abzweigung, dann auf eine weitere.

In der Ferne zog ein Geier seine Kreise und sie beugte den Kopf, während Regen und Eis ihre Kapuze hinabtropften. Auf dem unwegsamen und felsigen Untergrund kamen sie nur langsam voran, aber endlich erreichten sie den Kamm des Hügels, wo der Weg vor einer Blockhütte endete. Und sie sah den weißen Van, den sie schon aus Bear Mountain kannte. Daneben stand ein schwarzer Cadillac.

Ellie gab Derrick ein Zeichen und sie schlichen sich langsam an. Sie hielten sich am Rande der Straße und gingen gebückt, bis sie nahe genug waren, um zu sehen, dass der Cadillac leer war. Sie ging zum Van und sah hinein. Auch darin saß niemand.

Aber aus dem Blockhaus vor ihnen drang ein Lichtschein.

War Ava etwa dort drin?

96

Irgendwo am Appalachian Trail

Der Eisregen, der auf das Blechdach trommelte, machte einen ohrenbetäubenden Lärm, als sie ins Haus eilte. Sie stand immer noch unter Strom wegen ihres Treffens mit Priscilla, aber ihr Problem war nun hoffentlich gelöst. Priscilla würde weder zu dieser Reporterin noch zur verdammten Polizei gehen.

Sie würde nirgendwo mehr hingehen. Und sollte diese Jan Ärger machen, würde sie genauso enden wie ihre Freundin.

Am Spülbecken hielt sie kurz inne, um wieder zu Atem zu kommen, wusch sich die Hände und versuchte sich zusammenzureißen.

Sie hoffte, Kaylee ein wenig ablenken zu können, die sich vor Unwettern fürchtete, und legte auf dem Tisch die Schachtel mit dem Weihnachtsschmuck aus Holz und einige Farben zurecht, bevor sie losging, um die Mädchen zu holen. Während ihr Mann sich um Becky kümmerte, sahen sich Kaylee und Ava *The Grinch Who Stole Christmas* an.

»Kommt, Mädchen«, sagte sie und hielt den Film an. »Wir bemalen jetzt zusammen Christbaumschmuck.«

Kaylee stand auf, nahm Ava bei der Hand und drängte sie, ihr zu folgen. Kaylee war so ein liebes braves Mädchen, aber Ava hatte etwas Stures und Zorniges an sich.

Piper war niemals stur gewesen oder hatte Widerworte gegeben. Sie war ein Engel gewesen.

Und das würde Ava auch sein. Eines Tages. Sie musste nur Geduld haben. Ihr die Zeit geben, sich an die neue Situation anzupassen. Sie würde lernen, dass es besser war, eine Familie zu haben, als allein zu sein.

Neuer Schmerz verengte ihr die Brust. Das Loch, das dort klaffte, schien sich niemals wieder schließen zu wollen. Sie wusste alles über das Alleinsein und wie sehr es wehtat, einen geliebten Menschen zu verlieren.

Kaylee lächelte, als sie den Weihnachtsschmuck auf dem Tisch sah. Dann suchte sie sich eine Schneeflocke aus, um sie zu bemalen. Ava wählte eine einfache runde Kugel.

Während sie begannen, mit den Farben zu hantieren, sah sie sich die Fotos des nächsten Kindes auf ihrer Liste an.

Ihr Name war Sarah.

Der Blick auf den Kalender machte ihr zu schaffen. Noch zwei Tage bis Weihnachten. Sie rang nach Luft. Sie sah Piper vor sich, wie sie auf den Weihnachtsbaum zustürmte, um die Geschenke auszupacken, die der Weihnachtsmann ihr gebracht hatte. Wie sie die Päckchen aufriss und die kleinen Schleifen in die Luft warf, als wären sie Konfetti.

Ihre Familie musste in diesem Jahr vollständig sein. Sie konnte nicht mehr länger ohne ihr kleines Mädchen leben.

»Ich bin gleich wieder da, Kinder. Ihr macht das wirklich schön.« Sie eilte ins Wohnzimmer, dann hörte sie, wie Silas Beckys Zimmer verließ und in sein Büro ging. Er hatte sich im vergangenen Monat immer häufiger dort eingesperrt, statt Zeit mit der Familie zu verbringen, war wortkarg und übellaunig gewesen. Es war, als würde er sich immer weiter zurückziehen, je mehr sie wollte, dass sie alle zusammen waren.

Sie öffnete die Tür, um ihm zu sagen, dass sie noch etwas zu erledigen hatte. Er saß am Schreibtisch und verfolgte am Computer offenbar gerade die Nachrichten.

»Sieh dir das an«, sagte er. »Avas Eltern sind im Fernsehen. Sie flehen den oder die Kidnapper an, ihnen ihre Tochter zurückzugeben.«

Sie wandte den Blick von dem weinenden Paar ab, das sich aneinanderklammerte. Es kümmerte sie nicht, was diese Leute zu sagen hatten. Sie war keine Kidnapperin. Sie nahm sich nur, was ihr rechtmäßig zustand.

Sie würden Ava nicht wiederbekommen.

»Ich muss noch mal los.«

»Schon wieder?« Er stand auf und packte sie an den Armen, tiefe Zornesfalten um die Augen. »Wohin soll es denn diesmal gehen? Willst du noch jemandem die Tochter stehlen? Um Himmels willen, sieh dir doch mal die Gesichter dieser Menschen an.«

»Und was ist mit *unserer* Familie?«, fauchte sie. »Oder ist dir die etwa egal? Du hast unser Mädchen sterben lassen.«

Schmerz vernebelte seinen Blick. »Das muss aufhören«, sagte er und biss die Zähne zusammen. »Du brauchst Hilfe. Geh wieder zu dieser Trauerberaterin, Emily, und sprich mit ihr.«

»Ich brauche keine Hilfe«, kreischte sie. »Ich brauche mein kleines Mädchen, aber du hast sie umgebracht.«

Er schüttelte sie heftig, aber dann hörte sie plötzlich Kaylee schreien. »Mommy, Mommy!« Angst durchfuhr sie wie ein Blitzschlag und sie stieß ihren Mann von sich und rannte zurück in die Küche.

»Was ist los?«, fragte sie, als sie in den Raum stürmte.

»Ava ist weg.«

Ihr Herz hämmerte. Sie sah auf und entdeckte, dass die Hintertür zum Garten offenstand, ein eisiger Luftzug wehte herein, der Regen fiel in Strömen. Alles erinnerte sie an die schreckliche Nacht, nachdem ihr Mann ihre Tochter getötet hatte. Alles verschwamm vor ihren Augen und sie fühlte sich zurückversetzt an diesen grauenvollen Tag.

97

Cattail Cove

»Warum müssen wir heute Abend überhaupt noch mal das Haus verlassen?«, nörgelte sie, während sie Silas und Piper den Pfad entlang zur Cattail Cove folgte. »Es ist doch viel zu kalt für einen Spaziergang.«

»Ich habe Piper versprochen, ihr den Rohrkolben zu zeigen, der dort wächst«, entgegnete ihr Mann. »Hier oben findet man im Winter zwar nur selten welchen, aber das Wetter war ungewöhnlich mild und feucht für die Jahreszeit. Und die Bäume beschirmen an dieser Stelle das schlammige Wasser. Und Piper hat sich so darauf gefreut.«

Dass ihre Tochter sich freute, war tatsächlich nicht zu übersehen. Sie hüpfte den ganzen Tag schon herum wie ein Gummiball. Aber sie hatte das ungute Gefühl, dass es in diesen Wäldern nicht sicher war. Hier lauerten doch überall wilde Tiere und auf der Fahrt hierher hatten sie im Radio gehört, dass in den Bergen ein heftiger Tornado drohte. Im vergangenen Jahr erst war ein verheerender Sturm hier durchgezogen. Er hatte uralte Bäume entwurzelt, Häuser zerstört und Trailer plattgemacht, als wäre ein Bulldozer über sie hinweggefahren.

»Ich glaube, ich kann sie schon sehen, Daddy!« Piper begann zu rennen und aus vollem Hals zu singen.

Silas rief Piper zu, sie solle warten, aber sie sprang einfach davon. Von plötzlicher heller Panik ergriffen hechtete sie nach vorn und versuchte, ihre Tochter noch aufzuhalten. Sie sprang über Dornengestrüpp und einen Baumstamm, Schweiß lief ihr den Nacken hinab, während sie immer wieder nach ihrer Tochter rief. Piper rannte ungebremst auf die vereiste Oberfläche des Teichs. Sie schlitterte darüber hinweg, die Arme ausgebreitet, um das Gleichgewicht nicht zu verlieren.

»Piper, stopp!«, brüllte sie jetzt.

»Der Teich ist vielleicht noch nicht ganz zugefroren«, schrie Silas.

Sie lief hinaus auf die Eisfläche. Völlig selbstvergessen drehte sich Piper um sich selbst, tanzte und vollführte Sprünge, als sei sie eine Ballerina.

Das Geräusch des brechenden Eises zerriss die Luft. Ihr Herz hämmerte so laut, dass sie das Blut in ihren Ohren rauschen hörte.

Im fahlen Mondschein sah sie, wie ihr kleines Mädchen ausrutschte und dann durch das Eis fiel und vom Wasser verschluckt wurde. Ihre weiche rosa Jacke … Der Bommel ihrer Skimütze, eine Hand, die in einem rosaroten Handschuh steckte, ins Leere griff und dann verschwand.

Der schrille Klang von Pipers Hilferuf hallte von den Felswänden wider, während sie über die dünne Eisdecke hechtete, schrie und verzweifelt versuchte, ihre Tochter zu fassen zu bekommen. Unter ihr krachte und brach das

Eis, und ihre Stiefel füllten sich mit kaltem Wasser. Sie versank in den schlammigen Tiefen.
Das Licht wurde schwächer, dann umfing sie Dunkelheit. Sie strampelte mit den Beinen und ruderte mit Armen und Händen und suchte nach ihrem Kind. Aber die Kälte und Dunkelheit hatten sie verschluckt und Piper war verloren, als das eisige Wasser sie mit sich riss.

98

Irgendwo am Appalachian Trail

Ava rannte so schnell, wie sie nur konnte. Die Stufen hinunter und durch den großen Garten hinter dem Haus und mitten hinein in die unheimlichen Wälder. Aber der Boden war matschig, und sie rutschte immer wieder aus, während ihre Turnschuhe im Schlamm versanken. Große Hagelkörner stachen ihr in die Wangen.

Tränen brannten in ihrem Hals und sie blinzelte, während sie sich das Regenwasser aus den Augen wischte.

Nach Schutz suchend stellte sie sich unter einen großen Baum. Dann blickte sie den Hügel hinab zu dem Ort, den sie vom Fenster des oberen Stockwerks aus entdeckt hatte. Sie hatte geglaubt, dort zwischen den Bäumen ein Licht gesehen zu haben. Wenn sie es bis dorthin schaffte, würde sie vielleicht auf Menschen stoßen, die ihr helfen konnten. Sie hasste die Frau, die sie anlog und sie zwang, zu singen und für Fotos zu lächeln und ihre blöde Milch zu trinken.

Der eiskalte Wind warf sie beinahe um, und sie hätte am liebsten geschrien. Aber wenn sie das tat, würde die Frau sie vielleicht hören und zurück in ihr Haus zerren. Und sie wollte nicht mehr dorthin zurück. Sie wollte nach Hause.

Sie hatte auf dem Kalender gesehen, dass es bis Weihnachten nur noch zwei Tage waren. Noch zwei Tage, und der Weihnachtsmann würde kommen. Bis dahin musste sie zuhause sein, oder er würde sie nicht finden. Und dann würde sie niemals ihren kleinen Hund bekommen.

Ein Schluchzer schnürte ihr die Kehle zu. Am Weihnachtsabend hatten sie und Mommy immer einen Teller mit Plätzchen und ein Glas Milch für den Weihnachtsmann vor die Tür gestellt, und ein paar Karotten für die Rentiere. Sie würden hungern müssen, wenn sie sie nicht fütterte.

Was Mommy jetzt gerade wohl machte? Ob sie sie vermisste?

Sie zitterte im eisigen Wind, ihr Atem stieg vor ihr in weißen Wölkchen auf, während sie weiterstolperte.

Der Untergrund war glitschig und sie stürzte und schlitterte einen Hügel hinab, hinweg über Büsche und Dornengestrüpp. Sie konnte nichts dagegen tun. Sie versuchte, sich am Bodenbewuchs festzuklammern, dann an einen Baumstamm, an dem sie auf dem Hosenboden rutschend vorbeisauste.

Was, wenn es hier einen Bären gab? Oder einen Berglöwen?

Zweige zerkratzten ihr Arme und Beine, während sie ihren schmerzhaften Abgang fortsetzte, bis sie schließlich in einem schlammigen Loch landete und dort liegenblieb. Tränen brannten ihr in den Augen, sie hatte sich die Hand an Baumrinde aufgeschürft. Sie wünschte sich, sie hätte Handschuhe und einen Mantel gehabt. Aber die Frau hatte ihr die Sachen weggenommen. Sie war eine schlechte Mommy.

Ihre richtige Mommy packte sie immer dick ein, bevor sie hinaus in den Schnee durfte.

Sie musste zurück zu ihr.

Zwischen den Bäumen flackerte ein Licht auf. Eine Stimme rief ihren Namen.

Lauf, Ava, lauf.

Sie rappelte sich mühsam auf, wischte sich die schlammigen Hände an ihrer Hose ab und rieb sich die schmerzende Seite. Sie musste sich an einem Dorn gestochen haben. Die Bäume waren riesig und standen dicht an dicht, sie kam kaum an ihnen vorbei. Regen und Hagelkörner stachen ihr in die Augen. Sie konnte nicht sehen, wohin sie ging.

Ein Geräusch hallte im Wald wider und sie duckte sich hinter einem großen Busch, um nach dem Licht Ausschau zu halten. Irgendwo unten am Hügel war es gewesen. Aber wo?

Sie hörte wieder Stimmen. »Ava! Komm zurück, Ava!«

Ihre Füße versanken im Schlamm. Kaltes Wasser und Eis durchweichten ihre Strümpfe. Ihre Zehen prickelten. Sie hielt sich an den Bäumen fest, um nicht steckenzubleiben und kämpfte sich weiter voran. Sie konnte nicht an diesen Ort zurückgehen. Nicht zu dieser Frau.

Der Wind zerrte an ihr, sie schaffte es kaum, sich aufrecht zu halten. Eisklumpen fielen von den Zweigen der Bäume und krachten auf sie herunter. Die Tränen rannen ihr über die Wangen, sie gefroren ihr auf der Haut. Endlich entdeckte sie das Licht wieder. Sie rannte darauf zu, einen weiteren Hügel hinab und um eine Kurve, dann stoppte sie plötzlich. Sie wusste jetzt, wo sie war. Auf der Spruce Tree Farm, wo die Weihnachtsbäume herkamen. Sie und Mommy waren erst vor ein paar Wochen hier gewesen, um ihren Weihnachtsbaum zu fällen. Vielleicht gab es hier ja Leute, die ihr helfen konnten.

Ava erinnerte sich an eine Hütte, in der man Weihnachtskränze und Girlanden hatte kaufen können. Dort hatte es auch heiße Schokolade gegeben, auf der kleine Marshmallows schwammen. Da waren viele andere Kinder mit ihren Mommys und Daddys gewesen, die sich einen Baum ausgesucht hatten. Sie und Mommy hatten ein paar lustige Fotos am großen

Schlitten geschossen. Dann hatten sie den größten Baum gefällt, den sie je gehabt hatten und ihn nach Hause gebracht. Er war so riesig gewesen, dass sie ihn nur längs durch die Tür bekommen hatten, und ihre Mommy hatte gelacht und gelacht, und Ava auch.

Sie wischte sich das Blut ihrer zerkratzten Hände an ihrem Shirt ab und rannte dann den Hügel hinunter und auf die Hütte zu. Aber als sie sich umsah, stellte sie fest, dass der Parkplatz leer war. Hier schien kein Mensch zu sein. Wo waren denn nur alle?

Neue Tränen stiegen ihr in die Augen. Alle waren jetzt zuhause bei ihrer Familie. Sie wollte auch nach Hause.

Ihre Füße taten weh und ihre Arme schmerzten, als sie sich unter dem Dach der Hütte versteckte. In einer Ecke des Raums hatte jemand Heuballen gestapelt. Sie kuschelte sich kurz dort hinein, um sich ein wenig aufzuwärmen. Dann sah sie hinaus in den undurchdringlichen Wald und auf die leere Straße. Sie schloss die Augen und versuchte sich daran zu erinnern, in welcher Richtung es nach Hause ging. Als sie und Mommy hier waren, hatte die Fahrt lange gedauert. Sie erinnerte sich an Farmen und alte Häuser und an eine Scheune, die gebrannt hatte.

Ihre Hände und Füße fühlten sich taub an. Ihre Augenlider wurden schwer. Sie war zu erschöpft, um weiterzulaufen.

Sie presste die Hände gegen die Augen und versuchte nachzudenken. Selbst wenn sie diese Straße entlanglief, würde es ewig dauern, bis sie auf ein anderes Haus stieß. Außerdem war es dunkel und es wehte ein eisiger Wind. Es war Nacht.

Mommy betete abends immer. Am ganzen Körper zitternd lehnte sie den Kopf gegen die Knie und betete, die Frau möge sie nicht finden.

99

Longneck Creek

Derrick und Ellie näherten sich vorsichtig dem Haus, und er spähte durch ein Fenster. Er sah einen großen Mann mit Ziegenbärtchen und kantigem Gesicht, der sich gerade heftig mit einer dürren Frau zu streiten schien, die ihr Haar zu einem strengen Knoten hochgesteckt trug. Serena. Ihre Wangenknochen waren so markant, dass es wirkte, als drohten sie jeden Moment die bleiche Haut zu durchbohren. Sie war ganz in Schwarz gekleidet, was sie irgendwie bedrohlich wirken ließ. Sie gestikulierte mit erhobenem Zeigefinger in Richtung des Mannes.

»Ich sagte dir doch, dass ich bei diesem Paar ein schlechtes Gefühl habe«, wütete Serena. »Die Frau kam mir irgendwie bekannt vor.«

Verdammt. Trotz der Perücke, die Ellie getragen hatte, schien Serena sie also erkannt zu haben, weil sie sie in den Nachrichten gesehen hatte.

Ellie stieß Derrick leicht an. »Der Mann ist bewaffnet.«

Derrick nickte kurz.

»Wo ist Daisy?«, fragte die Frau jetzt.

»Buck ist losgefahren, um sie zu holen. Ich habe eine Nachricht von ihm bekommen. Er müsste bald hier sein.«

»Das gefällt mir nicht.« Die Frau lief unruhig auf und ab, ihre Absätze klackerten laut auf dem Holzboden. »Wir müssen uns ein paar Tage lang bedeckt halten, bis sich die Aufregung gelegt hat.« Sie tippte auf ihrem Handy herum. »Ich kontaktiere Yates. Er soll das Sicherheitsprotokoll ändern und sämtliche Korrespondenz mit potenziellen Kunden löschen, die in letzter Zeit Kontakt zu uns aufgenommen haben.«

Derrick machte Ellie ein Zeichen. Sie mussten einschreiten, bevor Serena die Chance hatte, Beweise zu vernichten. Er entsicherte seine Waffe, dann stürmte er in den Raum. »FBI«, rief er laut.

Der Mann wandte sich blitzschnell zu ihm um und griff nach der Pistole an seiner Hüfte.

»Lassen Sie das«, rief Ellie. »Hände hoch.«

Serena hielt überrascht inne, dann wollte sie flüchten. Derrick schüttelte den Kopf, sein Blick durchbohrte sie. »Ich würde nicht zögern zu schießen«, sagte er kalt.

Sie blieb mit einem verächtlichen Schnauben stehen, während die Finger des Mannes zuckten, als wolle er nach seiner Waffe greifen. »Hände hoch, alle beide!«, befahl Ellie erneut, mit ihrer Glock direkt auf den Mann zielend.

Serena hob ihre Hände. Der Mann hielt kurz inne, dann tat er es ihr nach.

Ellie angelte Handschellen aus ihrer Tasche, durchquerte mit zwei langen Schritten wütend den Raum und griff nach den Armen der Frau.

»Ich habe nichts getan«, protestierte Serena mit schriller Stimme.

»Sie handeln mit Kindern«, zischte Ellie, dann hielt sie der Frau Avas Bild unter die Nase. »Kennen Sie sie?«

»Nein. Das ist keines von unseren.«

Ellie zeigte ihr als nächstes ein Bild von Autumn. »Und wie sieht es mit dieser Frau aus?«

Serena presste die Lippen zusammen.

Ellie stieß sie unsanft an. »Kennen Sie sie?«

»Ja«, sagte Serena. »Sie hat uns Daisy gebracht. Ich habe ihr gesagt, dass wir nur Kinder ohne Familie akzeptieren«, gab sie zu. »Wir wollten ihnen helfen. Ihnen die Chance auf eine richtige Familie geben.«

»Tun sie bloß nicht so, als würden Ihnen diese Kinder irgendetwas bedeuten. Sie haben Kinder ohne Familien ausgewählt, weil dann niemand nach ihnen suchen würde. Und sie ungestört Ihren Profit machen können.« Ellie riss sie herum, um ihr ins Gesicht zu sehen, sie schäumte vor Wut.

Derrick würde sich Autumn und sie bald nach allen Regeln der Kunst vorknöpfen. Aber vorerst behielt er den Mann im Auge, der aussah, als würde er gleich abhauen wollen.

»Sie haben das Recht zu schweigen ...«, setzte Ellie an.

Während sie die Frau über ihre Rechte aufklärte, machte der Mann tatsächlich plötzlich einen Satz und versuchte zu fliehen. Derrick rannte ihm hinterher, seine Stiefelsohlen polterten über den Holzboden, kalte Luft schlug ihm entgegen, als er in die Küche kam. Die Hintertür flog auf und der Mann stolperte die Treppe hinunter.

»Stopp«, brüllte Derrick ihm hinterher. Aber der Mistkerl bog um die Ecke des Hauses und rannte weiter in Richtung Van. Dicker Schlamm blieb an Derricks Stiefeln kleben, als er zur Vorderseite des Hauses lief. Der Mann drehte sich um, hob die Waffe und feuerte. Fluchend zog sich Derrick schnell um die Ecke des Hauses zurück. Dann feuerte er einen Gegenschuss ab. Die Kugel verfehlte nur knapp den Kopf des Mannes, der nun auf den Fahrersitz sprang. Derrick näherte sich geduckt der Fahrertür, dann hielt er dem Kerl die Mündung an den Kopf. »Waffe runter oder Sie sind tot«, sagte er.

Mit einem lauten Fluchen ließ der Mann seine Pistole fallen. Derrick zerrte ihn laut keuchend aus dem Wagen und fesselte ihm dann die Hände hinter dem Rücken. Als er aufsah, schubste Ellie gerade die Frau, die das Kinn hochgereckt hatte, vor sich her auf sie zu.

»Ruf die Spurensicherung. Ich sehe mich im Haus um«, sagte Ellie. »Wenn sie lügt, und Ava doch hier ist, dann finde ich sie.«

100

Crooked Creek

Ava war nicht in der Blockhütte gewesen.

Ellie seufzte frustriert auf, während sie und Derrick Serena und ihren Komplizen zur Polizeiwache brachten. Der Sheriff erwartete sie dort schon mit Autumn, die, sobald sie Serena sah, sofort um einen Deal bat.

»Ich werde Autumn verhören«, sagte Derrick. »Dann können wir Anklage gegen sie erheben.«

Bryce warf Ellie einen verärgerten Blick zu. »Du hättest mich zu diesem Einsatz hinzuziehen müssen, Detective. Es ist nicht das erste Mal, dass so etwas passiert.«

»Wir mussten sehr schnell reagieren«, sagte Ellie. Sie hatte nicht vor, sich provozieren zu lassen. »Aber du bist ja jetzt hier. Du kannst den Mann verhören, und versuchen, weitere Informationen über Mother Wants Child aus ihm herauszukriegen. Ich kümmere mich um die Frau.« Schließlich war sie es, die hier die Verantwortung trug. Sollte Bryce ruhig das Gefühl haben, er könne ein wenig die Muskeln spielen lassen.

Serena rief ihren Anwalt an, kaum dass sie die Polizeiwache erreicht hatten.

Ellie gab sich keine Mühe, ihren Abscheu zu verbergen, als man sie in den Vernehmungsraum führte und sie sich von Angesicht zu Angesicht gegenüberstanden.

Sie dachte an die Angst in Daisys Augen und an das, was Lara gerade durchmachte. Sie verachtete diese Frau mit jeder Faser ihres Herzens.

»Ich bin Detective Reeves«, sagte sie knapp und setzte sich auf einen Stuhl gegenüber der Frau und des Anwalts, Wyatt Humphries, hinter dem sie sich versteckte. Sie hatte sich schon eine Strategie zurechtgelegt. Derrick würde es wohl nicht gutheißen, aber im Moment war ihr das egal. »Ich komme gerade aus dem Krankenhaus, von einem sehr verängstigten kleinen Mädchen, das schwer traumatisiert ist, nachdem sie versucht haben, es auf dem Schwarzmarkt zu verkaufen.«

Serenas Blick war unnachgiebig und hart wie Stahl, doch Ellie erwiderte ihn unerschrocken und voller Abneigung.

»Ich weiß nicht, ob Ihnen klar ist, dass uns bereits genügend Beweise vorliegen, um sie wegen Kindesentführung, Kindeswohlgefährdung, Kinderhandel und ... sicher noch einem halben Dutzend weiterer Verbrechen anklagen zu können.«

»Sie bluffen, Detective«, entgegnete Humphries. »Das wird vor Gericht nicht standhalten.«

Ellie räusperte sich. »Doch, das wird es. Das FBI hat bereits Nachforschungen über die von ihrer Klientin angeführte Organisation MWC angestellt, die im Darknet aktiv ist. Im Moment durchsuchen ein SWAT-Team und mehrere FBI-Agenten das Hauptquartier.« Der Beutel, in dem die Spurensicherung Serenas Handy verstaut hatte, knisterte, als Ellie ihn dem Anwalt vor die Nase hielt. »Erstaunlich, wie viele Informationen heutzutage in unseren Handys stecken, finden Sie nicht auch?«, sagte sie und sah ihn herausfordernd an.

»Ich habe Ihnen doch schon erklärt, dass wir lediglich

Adoptionen bedürftiger Kinder vermitteln und damit Paaren helfen, die sich verzweifelt eine Familie wünschen«, beharrte Serena.

»Zum Schnäppchenpreis von einhunderttausend Dollar«, fuhr Ellie sie an.

Der Anwalt regte sich. »Kommen Sie schon, Detective. Sie spielen sich doch hier nur auf. Sie wollen meiner Klientin eine Falle stellen.«

Ellie verlor die Beherrschung. Sie stand auf und legte beide Hände auf die Tischplatte. »Vielleicht wird ein Richter das so sehen. Vielleicht aber auch nicht. Ehrlich gesagt, Ms Morino, befinden Sie sich in diesem Moment aber in meiner Gewalt und das Einzige, was mich interessiert, ist, dieses kleine Mädchen zu finden.« Sie knallte ein Foto von Ava auf den Tisch. »Ava hatte im vergangenen Jahr eine Operation. Sie benötigt seither Immunsuppressiva, ansonsten könnte ihr Körper das Spenderorgan abstoßen und sie stirbt. Sollten Sie das Leben dieses Kindes irgendwie in Gefahr gebracht haben, wird diese Sache nicht gut für sie ausgehen. Selbst Ihr kostspieliger Anwalt wird Ihnen da nicht mehr weiterhelfen können.«

Besagter Anwalt begann nun, nervös auf seinem Stuhl herumzurutschen, sein Blick flackerte.

Die Frau starrte Ellie wutentbrannt an, aber dann warf sie einen Blick auf das Foto.

»Haben Sie sie entführt?« Ellie ließ die Faust auf den Tisch krachen, um ihrer Frage etwas mehr Nachdruck zu verleihen.

Der Anwalt lehnte sich zu seiner Klientin, schirmte den Mund mit der Hand ab und flüsterte ihr etwas zu. Serena lauschte ihm, nickte dann leicht und hob schließlich das Kinn, ein seltsamer Schimmer lag in ihren Augen. »Ich sagte doch schon, dass wir nur Kinder ohne Familie vermittelt haben, um ihnen einen Gefallen zu tun.« Sie neigte den Kopf. »Außerdem wäre es schwieriger gewesen, einen Platz für sie zu finden, wenn sie gesundheitliche Probleme hat.«

»Also, meine Klientin hat ihre Frage beantwortet, Detective«, sagte der Anwalt. »Für das Verschwinden dieses kleinen Mädchens ist sie nicht verantwortlich. Theatralisch schwungvoll stand er auf. »Gehen wir, Serena.«

Ellie verschränkte die Arme vor der Brust. »Nicht so schnell.«

»Sie sagten, alles, was Sie interessiert ist, ob sie Ava entführt hat«, erwiderte er gereizt. »Und das hat sie nicht.«

Ellie stand ebenfalls auf und wandte sich zum Gehen. »Das ist richtig. Und ich bin auch fertig mit ihr. Aber das FBI nicht.« Sie wies auf Derrick, der nun in den Raum kam. »Sie gehört jetzt ganz Ihnen, Special Agent Fox.«

101

Derrick beschloss, Serena erst einmal eine Weile in einer Zelle schmoren zu lassen. Er hoffte, eine gesunde Dosis Realität würde ihre Zunge lockern. Bennett hatte angerufen, er hatte ein Offshore-Konto entdeckt, das auf Autumns Namen lief und auf dem eine halbe Million Dollar lagen.

»Wenn Sie auf irgendeine Art von Deal hoffen, sollten Sie besser mit uns kooperieren«, sagte er kurz angebunden. Während der kommenden halben Stunde befragte er Autumn. Sie war motiviert und packte jetzt schnell aus.

»Ich wollte diesen armen Kindern nur helfen«, sagte sie.

»Sie hungerten und lebten in Pappkartons.«

»Wie viele waren es?«

Autumn bearbeitete ihre Unterlippe mit den Schneidezähnen. »Nur drei.«

»Sind Sie sicher?«

»Ja«, sagte Autumn.

»Sie haben sie für Geld gekidnappt«, sagte Derrick voller Abscheu. »Und dafür werden Sie ins Gefängnis gehen.« Er schob ein Blatt Papier vor sie hin. »Schreiben Sie die Namen der Kinder auf. Außerdem, wo sie sie gefunden haben und das Datum der Entführung.«

Der Anwalt gab ihr mit der Hand ein kleines Zeichen der Zustimmung.

Bennett rief an, als Derrick wieder zurück in Ellies Büro war. »Wir haben im Hauptquartier drei weitere Kinder gefunden«, sagte sein Partner. »Alles Jungs. Keine Ava. Sie werden jetzt ärztlich untersucht. Dann versuchen wir, ihre Identitäten zu klären und Familienangehörige zu finden.«

»Gut. Ms Juniper legt eine Liste der Kinder an, die sie entführt hat, dann können wir das abgleichen. Wie sieht es mit Beweismitteln aus? Und wisst ihr schon etwas darüber, ob MWC auch im Ausland operiert hat?«

»Wir beschlagnahmen alle Computer, das Cyber-Team wird sich darum kümmern. Aber die Beweise, die wir hier gefunden haben, deuten darauf hin, dass sie ihre Geschäfte vor allem in den Vereinigten Staaten abgewickelt haben. Wir hoffen, die Kontaktdaten aller beteiligten Personen auf dem Laptop zu finden. Wir haben außerdem zwei Männer verhaftet, die hier am Telefon die Stellung hielten und ein Auge auf die Kinder hatten.« Er seufzte. »Wir sollten genug in der Hand haben, um den Laden dichtzumachen«, sagte Bennett.

»Sucht auch nach den Kindern, die sie schon verkauft haben«, erwiderte Derrick. »Selbst wenn sie alle obdachlos waren, wie Morino behauptet, könnten einige von ihnen doch noch Familienangehörige haben, die nach ihnen suchen.«

»Eine Taskforce wird jedem einzelnen Fall nachgehen.«

»Gute Arbeit«, sagte Derrick. Als er auflegte, hatte er dennoch ein ungutes Gefühl. Eigentlich hätte er sich freuen müssen, weil sie diese Verbrecher erwischt hatten. Aber Avas Name war nicht auf der Liste gewesen, und sowohl Serena als auch Autumn leugneten, etwas mit der Sache zu tun zu haben. Doch wenn sie Ava nicht entführt hatten, wer war es dann gewesen?

102

Im Konferenzraum starrte Ellie auf das Whiteboard und ihr Kopf begann wieder zu schmerzen. Eine weitere Nacht brach herein und sie hatte immer noch keine guten Nachrichten für die Trumans.

Aus dem Eingangsbereich hörte sie Lärm und sie ging in das Großraumbüro, wo Angelica und ihr Team sich gerade mit dem Sheriff unterhielten. »Wir berichten für Sie live von der Polizeiwache in Crooked Creek, wo Sheriff Waters gleich eine Stellungnahme abgeben wird.«

Ellie starrte Bryce an, aber der wirkte unbeeindruckt. »Heute Abend ist es dem Büro des Sheriffs von Bluff County und der hiesigen Polizei in Zusammenarbeit mit dem FBI gelungen, eine verbrecherische Organisation zu sprengen, die Kinder entführt und mit ihnen gehandelt hat. Die Gruppe nennt sich selbst MWC, was für Mother Wants Child steht.« Er machte eine dramatische Pause. »Detective Ellie Reeves konnte gemeinsam mit Special Agent Fox ein kleines Mädchen aus den Fängen der Organisation retten. Agent Fox bestätigte zudem, dass das FBI das Hauptquartier der Gruppe lokalisiert hat. In dem Haus fand man drei kleine Jungen, die im Augenblick von Kinderärzten untersucht werden. Ich kann ich Ihnen die Namen der Kinder nicht nennen, da ihre Identitäten noch geklärt werden müssen. Später wird man versuchen, Kontakt zu ihren Familien aufzunehmen.«

Angelica griff nun selbst zum Mikro. »Sheriff, war Ava Truman unter den geretteten Kindern?« Bryce' glasiger Blick traf auf den von Ellie, die ihr Handy am Gürtel vibrieren spürte.

»Es tut mir leid, Ihnen sagen zu müssen, dass Ava Truman nicht unter den Kindern war, die man bei dieser Operation gerettet hat«, seufzte Bryce. »Sie wird immer noch vermisst. Aber wir tun alles, was in unserer Macht steht, um sie zu finden. Einmal mehr möchten wir alle, die über sachdienliche Informationen verfügen, bitten, sich bei unserer Hotline zu melden.«

Bryce hob fragend eine Braue, als wolle er wissen, ob Ellie dem noch etwas hinzuzufügen hatte, aber sie schüttelte den Kopf. Er hatte bereits alles gesagt.

Ihr Telefon vibrierte erneut, das Display verriet ihr, dass der Anruf von den Trumans kam.

Wütend und frustriert lief sie in ihr Büro zurück und schloss die Tür hinter sich.

Die Trumans hatten höchstwahrscheinlich die Nachrichten gesehen. Sie hätte ihnen das gerne erspart, aber einmal mehr hatte Bryce es einfach nicht geschafft, die Klappe zu halten. Er hatte Angelica angerufen, um den Ruhm für die Verhaftungen für sich einzustreichen.

103

Black Gum Avenue

Jan drehte sich fast der Magen um, während sie gebannt zusah, wie Angelica Gomez den Sheriff von Bluff County interviewte. Die Polizei hatte also einen Kinderhändlerring gesprengt.

Kalter Schweiß trat ihr auf die Stirn, ihr Mund fühlte sich plötzlich ganz trocken an. Was, wenn diese Gruppe auch ihre Tochter entführt hatte?

Entsetzen packte sie bei der Vorstellung, Becky könnte verkauft worden sein. Sie meldete sich bei ihrer Facebook-Gruppe an und sandte einen Post an Priscilla.

> Jan: *Ich habe die Nachrichten über diesen Kinderhändlerring gesehen. Ich frage mich jetzt, ob diese Leute auch mein kleines Mädchen gekidnappt haben.*

Sie wartete ein paar Minuten, aber Priscilla reagierte nicht. Ungeduldig trommelten ihre Fingerspitzen auf die Tischplatte ein, dann schickte sie Priscilla eine private Nachricht.

Jan: *Priscilla, bist du da? Hast du diese Reporterin angerufen, oder die Polizistin?*

Wieder verstrichen mehrere Minuten. Dann beschloss sie, ihre Freundin anzurufen. Sie hatte die Nummer gespeichert, nachdem Priscilla sie vor einiger Zeit gepostet hatte. Das Rufzeichen erklang, aber dann sprang nur die Mailbox an.

»Priscilla, hier spricht Jan Hornby von der Facebook-Gruppe. Bitte ruf mich zurück«, sagte sie und spürte, wie ihr Puls sich beschleunigte. »Ich habe gerade die Nachrichten über diesen Ring von Kinder-Kidnappern gesehen. Ich denke, wir sollten die Polizei informieren. Damit sie auch nach Kaylee und Becky suchen.«

104

Spruce Tree Farm

Ava fror so furchtbar, dass sie nicht aufhören konnte zu zittern.

Sie lugte über den Heustapel und dachte kurz, sie würde vor dem Eingang des Schuppens ein Tier sehen. Vielleicht einen Wolf oder einen Kojoten. Die glänzenden Knopfaugen schienen sie anzustarren.

Sie erbebte und rieb sich die Arme, um sich ein wenig zu wärmen. Aber sie musste leise sein, sonst würde das Tier sie finden und bei lebendigem Leib fressen.

Zwischen den großen Bäumen lauerten Monster. Ihre Augen glühten in der Dunkelheit wie die von unheimlichen Eulenvögeln. Durch die Wälder krochen auch viele andere Tiere, wie Spinnen oder Schlangen. Sie musste ganz ruhig sein. Lautlos.

Kaltes Regenwasser prasselte auf sie ein und die Hagelkörner hämmerten so laut gegen die Holzwände des Schuppens, dass sie dachte, er würde über ihr zusammenbrechen.

Kurz überlegte sie, ob sie noch weiterlaufen sollte. Aber sie war erschöpft, und ihre Füße taten weh und sie fror erbärmlich.

Außerdem hatte sie keine Ahnung, in welcher Richtung die Straße lag. Wenn sie einfach in den Wald rannte, würde sie sich verirren, und niemand würde sie je wiederfinden. Die Jungs in der Schule hatten erzählt, dass in den Höhlen böse Menschen lebten. Böse Männer, die ihr den Kopf abschneiden und sie an die Wölfe verfüttern würden, wenn sie ihnen zu nahe kam.

Sie schloss die Augen und sah ihre Mommy vor sich, wie sie die Plätzchen dekorierte, die sie immer zusammen backten. Sie sah die kleinen Geschenke, die ihre Mommy auf dem Kaminsims aufreihte, die Schneekugeln und Rentiere und Weihnachtsmänner. Letztes Jahr hatte Mommy ein hellrotes Fahrrad für sie im Garten versteckt, und sie hatten eine Schnitzeljagd gemacht, um es zu finden.

Ihre Lippen zitterten. Sie wischte sich mit dem Handrücken die Tränen ab, dann starrte sie wieder in die Dunkelheit. Heute Nacht würde sie den Weg auf keinen Fall finden. Der kalte Wind wirbelte Heu um sie herum auf und die Regenwasserpfützen auf dem Boden wuchsen.

Auf einmal glaubte sie, im Wald ein Licht aufflackern zu sehen. Es kam vom Hügel. Sie rollte sich zusammen und versuchte, sich so klein wie irgend möglich zu machen. Sie hielt sich die Hände vors Gesicht und blinzelte durch ihre Finger.

Nein, das war kein Licht. Es waren die glänzenden Augen eines Monsters, das kam, um sie zu holen …

105

»Ava! Ava, wo bist du?« Silas stapfte durch den Matsch und ließ den Lichtkegel seiner Taschenlampe über nasses Gras und Gestrüpp gleiten. Der Regen hatte den Boden aufgeweicht und es ihm unmöglich gemacht, den Fußspuren des Mädchens zu folgen. Und er hatte keine Ahnung, wohin sie gerannt war.

Aber er musste sie finden.

Er hatte schon den Tod seiner eigenen Tochter verschuldet. Er durfte Ava nicht auch noch sterben lassen. Und dann war da noch Becky ... Es ging ihr sehr schlecht. Sie musste im Krankenhaus versorgt werden.

Doch wenn er sie dorthin brachte, musste er sich erklären. Und dann würde man ihn und seine Frau verhaften.

Und er würde alles verlieren.

Aber eigentlich war ihm das zunehmend gleichgültig. Ohnehin schien alles, was er liebte, kaputtzugehen. Er hatte alles ruiniert. Hatte alles zerstört, woran er je geglaubt hatte. Der Alptraum von Pipers Tod quälte ihn Tag und Nacht. Den Tod eines weiteren Kindes konnte er sich nicht aufs Gewissen laden.

Aber er durfte auch seine Frau nicht verraten. Sie würde im Gefängnis landen. Das würde sie nicht überleben.

Regen klatschte ihm ins Gesicht und durchnässte seinen Mantel, während er so schnell lief, wie das felsige Terrain es zuließ. Der Wind riss nasses Laub von den Bäumen und wirbelte es durch die Luft, was die Sicht zusätzlich erschwerte. Hagelkörner prasselten auf den Boden zu seinen Füßen.

Der Strahl seiner Taschenlampe traf auf Buschwerk und er entdeckte am Ende eines Zweiges einen Stofffetzen. Er stammte von Avas Shirt.

Verflucht, sie war ohne Mantel, Mütze oder Handschuhe hinausgelaufen. Sie konnte erfrieren.

Er suchte den Abhang mit der Taschenlampe ab und leuchte auch in den dahinterliegenden Wald hinein. Trotz der eisigen Temperaturen brach ihm der Schweiß aus und rann ihm vom Nacken den Rücken hinab. Selbst wenn sie nicht erfror, konnte sie sich im Wald verirrt haben und dort gestürzt sein.

Wenn er sie fand, würde seine Frau sie dafür bestrafen, dass sie weggelaufen war.

Verzweiflung nagte an ihm. Er ließ den Blick über das grasbewachsene Grundstück gleiten, das unterhalb des abgeschiedenen Hauses lag, das seine Frau gekauft hatte. Er sah die aufgereihten Weihnachtsbäume, die dort auf Käufer warteten. Die schönen Exemplare waren schon alle weg, der Hofladen hatte für diese Saison geschlossen, und die Gegend war nun noch menschenleerer als sonst. Seine Frau hatte darauf geachtet, die Mädchen nicht nach draußen zu lassen, wenn Besucher auf dem Gelände der Farm unterwegs waren, um sich ihren Wunschbaum auszusuchen und ihn zu fällen.

Es war eine Qual für ihn gewesen, die lachenden Familien zu beobachten, die Kinder, die zwischen den Reihen von Kiefern, Fichten und Tannen umherliefen, und seine Frau hatte sich in dieser Zeit umso mehr an die Mädchen geklammert. Er fand es beängstigend, wie weit sie bereit gewesen war zu gehen, um die Kinder hierher zu bringen. Und als er im vergangenen Jahr vom Selbstmord von Kaylees Mutter erfahren hatte, war ihm ein schrecklicher Verdacht gekommen …

Das Heulen des Windes ließ ihn seinen Schritt beschleunigen und er lief den Hügel hinunter, den Lichtkegel weiterhin auf den Waldrand gerichtet. Mehrere Minuten lang suchte er zwischen den Bäumen und lauschte dabei angestrengt auf Geräusche wie das Weinen eines Kindes.

»Ava, es ist kalt hier draußen! Bitte lass mich dich zurück ins Haus bringen, wo es warm ist!«, rief er laut.

Angst stieg in ihm auf, während er weiterstapfte und zwischen Bäumen, Baumstümpfen und dichtem Gestrüpp nach Ava suchte. »Ava!«, rief er wieder.

Doch der Wind knebelte ihn förmlich, und Ava war so klein und zart, dass er sie wahrscheinlich nicht hören würde, sollte sie antworten.

Er verbrachte die nächste halbe Stunde damit, auf Gestrüpp einzuhacken und sich durch das dichte Unterholz zu kämpfen. Dann wandte er sich um und ließ den Blick wieder über die Farm schweifen. Er entschied, dort weiterzusuchen. Vielleicht hatte Ava die Hütte gesehen und dort Schutz vor dem Regen gesucht.

Er schlitterte eilig am Waldrand entlang zurück, dann den Hügel hinunter. Die Kälte war ihm längst unter den Mantel gekrochen. »Ava!«

Der Regen wurde stärker, die Sicht war schlecht, aber er trieb sich weiter zur Eile an, bis er den kleinen Holzschuppen erreicht hatte. Der bescheidene Hofladen hatte in diesem Jahr früher geschlossen als sonst, weil er ausverkauft war. Nun stand der Schuppen verlassen da. Die Schösslinge, die noch nicht groß genug waren, um gefällt zu werden, bogen sich unter den heftigen Böen.

»Ava?« Das Licht der Taschenlampe glitt über den Boden und den großen Schlitten, vor dem die Familien so gerne ihre

Weihnachtsfotos machten. Dann ging er auf den Holzschuppen zu. Im Inneren waren Heuballen gestapelt, auf dem Boden hatten sich Pfützen gebildet. Er bewegte sich langsam und sah sich in der Hütte um. Dann endlich entdeckte er Ava. Sie lag auf dem Boden zu einer Kugel zusammengerollt gegen das Heu gepresst und zitterte heftig am ganzen Leib.

106

Kaylee hatte die Arme um sich geschlungen und starrte aus dem Fenster des Schlafzimmers im oberen Stockwerk. Nachdem Ava fortgelaufen war, hatte Mommy sie in ihrem Zimmer eingesperrt und gesagt, dass es ihre Aufgabe sei, Ava beizubringen, sich hier wohlzufühlen.

Sie erinnerte sich noch daran, wie wütend sie selbst am Anfang gewesen war.

»Du bist gemein, ich will wieder nach Hause«, schrie Kaylee.
»Das ist jetzt dein Zuhause. Deine Mommy ist tot«, sagte die Frau. »Sie kommt nie wieder zurück.«
»Nein, das ist gelogen«, rief Kaylee. »Sie kann nicht tot sein.«
»Es ist aber wahr.« Dann zeigte ihr die Frau ein Zeitungsfoto mit dem Grab ihrer Mutter darauf. Weinend starrte sie es an. »Das kann nicht stimmen. Mommy hat rosa Nelken gehasst. Tante Prissy hätte die niemals dahin gelegt.«

»Nun, dann hat es eben jemand anderer getan«, erwiderte die Frau, sie klang jetzt wütend.
»Wo ist meine Tante Prissy?«, flüsterte Kaylee. »Ich möchte lieber bei ihr leben.«
»Sie will dich nicht. Und jetzt sei still.« Dann packte die Frau sie am Arm, zerrte sie in einen dunklen Raum und sperrte sie dort ein. Sie dachte, Tante Prissy würde sie lieben. Sie hatten immer Spaß miteinander gehabt, sich komische Lieder ausgedacht und alberne Mützen getragen. Tante Prissy machte lustige Pancakes mit Gesichtern aus Schokoflocken drauf und zur Weihnachtszeit Rentier-Sandwiches. Und wenn sie auf sie aufpasste, durfte sie immer lang wachbleiben und Filme mit ihr sehen.
Konnte es wirklich sein, dass sie sie nicht wollte?

Mit einem Schaudern zog sie sich die Decke bis zum Kinn hoch. Sie hatte jetzt auch große Angst. Wenn sie Ava fanden, würde die Frau sehr wütend sein. Wer wusste schon, was sie dann mit ihr machte. Sie hatte Becky bereits in das andere Zimmer verlegt. Kaylee hatte sie seit Tagen nicht gesehen.

Insgeheim wünschte sie sich, dass Ava die Flucht gelang.

Aber dann wäre sie wieder ganz allein, und es gefiel ihr nicht, an diesem Ort allein zu sein. Der Wald dort draußen machte ihr Angst.

Genau wie ihre neue Mommy.

107

Sie hatte sich immer sehnlichst gewünscht, Mutter zu sein. Eine Schar von Kindern zu haben, die sie lieben und für die sie sorgen konnte. Sie erinnerte sich noch an den Tag, als sie mit Piper aus dem Krankenhaus nach Hause gekommen war. Ihr Baby hatte einen rosa Strampler getragen, um das weiche blonde Haar hatte sie ihr eine große lila Schleife gebunden. Sie dachte daran, wie ihre winzigen Fingerchen sich um den ihren gekrümmt hatten. Das leise Glucksen, das sie von sich gab, wenn sie sie zum Füttern an ihre Brust gelegt hatte.

Und dann all die ersten Male. Ihr erstes Lächeln. Der Tag, an dem sie sich in ihrem Bettchen zum ersten Mal auf den Bauch gerollt hatte. Als sie gelernt hatte zu krabbeln und sich auf die Beine hochzuziehen. Der wunderbare Tag, als sie ihre ersten Schritte gemacht hatte.

Dann ihr erster Geburtstag mit den Törtchen und den Ballons. Sie und Silas hatten so gelacht, als ihre Tochter mit ihren kleinen Fäustchen in die weiße Glasur des Kuchens gepatscht und sich das süße Zeug im ganzen Gesicht verschmiert hatte.

Aber sie hatte sie nur sechs Jahre lang bei sich behalten

dürfen. Dann war ihr ihr kostbares kleines Mädchen geraubt worden.

Sie rang die Hände, während sie nervös vor dem Feuer auf und ab ging. Wie konnte Ava es wagen, wegzurennen, wenn sie ihr hier doch ein so schönes Zuhause in einer wunderbaren Familie bot?

Wie konnte sie es wagen, hinaus in diesen Sturm zu rennen, wo ihr etwas Schlimmes zustoßen konnte?

Draußen prasselte der Regen auf das Dach und kalte Luft drang durch die Ritzen des alten Farmhauses. Sie hörte ein Weinen aus Beckys Zimmer und eilte hinein, um nach ihr zu sehen.

»Mir ist kalt«, jammerte Becky, ihre Zähne klapperten.

»Pst, Mommy ist ja hier«, murmelte sie, während sie sich neben sie auf das Bett legte. Sanft strich sie ihr die dunkelroten Locken aus den Augen und legte dann eine Hand auf ihre Stirn. Von Schweißperlen bedeckt fühlte sie sich klebrig und heiß an. Becky machte ein wimmerndes Geräusch. Vor Sorge um das Kind wurde ihr die Kehle eng. Becky hatte regelmäßig ihr Insulin bekommen, aber sie hatte definitiv Fieber, vielleicht einen Infekt.

Sie streichelte dem Mädchen über die Schulter. »Ich bin gleich wieder da.« Sie lief in die Küche, holte dort ein paar Schmerztabletten für Kinder und einen feuchten Waschlappen und ging eilig wieder zurück.

»Hier, Schätzchen, nimm die. Sie wird gegen das Fieber helfen.« Sie schob die Hand unter Beckys Hinterkopf und hob ihren Kopf dann so weit an, dass das Kind die Tablette nehmen und einen Schluck Wasser trinken konnte. Dann sank Becky zurück zwischen die Laken. Ihr Gesicht war bleich.

Sie setzte sich wieder auf, lähmende Angst ergriff sie. Becky durfte nichts zustoßen. Genau wie Ava. Hatte ihr Mann sie etwa immer noch nicht gefunden?

Sie saß noch eine gefühlte Ewigkeit lang an Beckys Bett, bis das Kind endlich in einen tiefen Schlaf glitt. Dann hörte sie ein Geräusch aus der Küche. Sie deckte Becky fest zu und lief dann in die Küche, wo sie ihren Mann sah, Ava auf dem Arm tragend.

Das Mädchen war völlig durchnässt und weinte und sie rannte zu ihr. Aber Ava wich vor ihr zurück und schmiegte sich an die Brust ihres Mannes.

Wut kochte plötzlich in ihr hoch. Wie konnte Ava ihren Mann ihr vorziehen? Wo er es doch war, der den Tod eines Kindes zu verantworten hatte?

108

DIENSTAG, 24. DEZEMBER

Black Gum Avenue

Der Teekessel auf dem Herd begann schrill zu pfeifen, das Geräusch mischte sich mit dem wütenden Heulen der Windböen, die an Jan Hornbys Haus rüttelten. Der Eisregen der vergangenen Nacht hatte unbarmherzig auf ihr Dach getrommelt, doch es war nicht das Wetter gewesen, das ihr den Schlaf geraubt hatte.

Heute war Weihnachtsabend. An diesem Tag waren sie und Becky immer früh aufgestanden, und sie hatten Waffeln mit Erdbeeren gemacht und sie mit Puderzucker bestreut. Dann hatten sie ein Blech mit süßen Plätzchen gebacken, das sie für den Weihnachtsmann vor die Tür stellen würden. Im Nu hatte Chaos in der Küche geherrscht, Mehlstaub war in der Luft gelegen und der Boden war mit Streuseln übersät gewesen. Weil Becky Diabetes hatte, musste Jan genau darauf achten, wie viel Zucker sie zu sich nahm. Aber ein Plätzchen hin und wieder war erlaubt, solange sie sich sonst an ihre Diät hielt und ihr Insulin bekam.

Betäubender Schmerz überwältigte sie einmal mehr und umklammerte sie mit eisigen Fingern.

Wo war ihr geliebtes kleines Mädchen? War sie in Sicherheit? Hatten diese schrecklichen Leute aus den Nachrichten sie etwa an jemand anderen verkauft?

Sie sah wieder auf ihr Handy, aber Priscilla hatte weder zurückgerufen noch ihr eine Nachricht hinterlassen. Sie wurde langsam nervös. Sie spürte, dass irgendetwas nicht in Ordnung war. Sie wählte erneut Priscillas Nummer, aber sofort sprang wieder die Mailbox an.

Kummer stieg in ihr auf, als sie einen Blick hinüber zu Beckys Foto warf, dann schaltete sie den Fernseher an, um sich die Morgennachrichten anzusehen. Als erstes kam der Wetterbericht. Der Eisregen würde sich bei Einbruch der Dunkelheit in Schneefall verwandeln.

Dann berichtete Angelica Gomez über die neuesten Entwicklungen im Fall des anderen vermissten Mädchens. Und schließlich ging die Moderatorin zum nächsten Thema über.

»Gestern wurde am Hangman's Dome eine junge Frau verletzt aufgefunden und ins Bluff County Hospital eingeliefert. Die Polizei konnte ihre Identität mittlerweile feststellen, es handelt sich um die dreiunddreißigjährige Priscilla Wilkinson. Aktuell untersucht man, ob es sich wirklich um einen Unfall gehandelt hat. Man appelliert an alle, die Informationen über die junge Frau haben, sich bei der Polizei zu melden.«

Panik stieg in Jan hoch. *Aktuell untersucht man, ob es sich wirklich um einen Unfall gehandelt hat.*

Daran zweifelte sie allerdings auch. Priscilla hatte mit diesem Sheriff in Bluff County telefoniert, aber er hatte sie nicht ernst genommen. Sie hatten sich darüber ausgetauscht, ob sie sich an diese Reporterin wenden sollten.

Und jetzt lag Priscilla im Krankenhaus.

Sie schnappte sich ihr Handy. Den Sheriff konnte man vergessen.

Sie hatte die Reporterin schon einmal kontaktiert und ihr eine Textnachricht geschickt, um darauf hinzuweisen, dass noch mehr Kinder vermisst wurden, die man nicht vergessen durfte. Sie hatte gehofft, dass das etwas in Gang setzen würde. Vielleicht war sie nicht direkt genug gewesen.

Es wurde Zeit, den Stier bei den Hörnern zu packen. Ihre Finger zitterten, sie wählte die Nummer des Nachrichtensenders.

Eine Frau nahm ab, sie stellte sich ihr als Roberta vor. »Wie kann ich Ihnen helfen?«

»Ich muss mit Angelica Gomez sprechen. Es geht um die Frau, die gestern Abend den Unfall hatte. Sagen Sie ihr bitte, sie soll mich so schnell wie möglich zurückrufen. Es ist dringend.« Sie hinterließ ihre Nummer, legte dann auf und ging in die Küche.

Die Zutaten für die Plätzchen, die auf dem Tresen standen, erschienen ihr nun wie ein Bild des Hohns. Gestern Abend hatte sie sie herausgeholt, und gedacht, sie würde zu Ehren Beckys welche backen.

Aber heute Morgen fand sie diese Vorstellung plötzlich unerträglich. Wütend und frustriert packte sie Mehl, Zucker und Streusel und stopfte die Packungen in die hinterste Ecke des Küchenschranks. Sie knallte sie Tür zu, und spürte, wie die bedrückende Leere dieses Tages sich weiter ausbreitete.

109

Crooked Creek

Nur noch ein Tag bis Weihnachten.

Ein weiterer Tag war vergangen, und es war ihr noch immer nicht gelungen, den Trumans ihre Tochter zurückzubringen.

Ellies beinahe schmuckloser Weihnachtsbaum sah in etwa so deprimierend aus, wie sie sich an diesem Morgen fühlte. Vera hatte angerufen, nachdem sie am gestrigen Abend die Nachrichten gesehen hatte, um sich nach ihr zu erkundigen.

Es sei alles in Ordnung, hatte sie gelogen. Doch wie konnte irgendetwas in Ordnung sein in einer Welt, in der Kinder verkauft wurden, als seien es Objekte?

Sie rieb sich den schmerzenden Kopf, ging unter die Dusche und ließ das warme Wasser ihre verkrampften Muskeln lockern, während in der Küche eine Kanne mit frischem Kaffee aufbrühte. Sie schlüpfte eilig in Jeans, ein Shirt aus Denim und dicke Socken. Allein der Blick nach draußen in den grauen Himmel ließ sie frösteln. Die nackten Äste der Bäume bogen sich unter der Last des Eissturms. Am Horizont zogen über den schroffen Bergkämmen und Felswänden neue Wolken auf.

Sie föhnte ihr Haar trocken, band es wieder zu einem Pferdeschwanz zusammen und ging schnell in die Küche, um sich Kaffee einzuschenken. Ihr Handy, das auf der Kücheninsel lag, vibrierte. Sie griff danach und überprüfte die Nummer, mit einem Anruf von Derrick oder Shondra rechnend. Ihre Freundin hatte sicher alle Hände voll zu tun gehabt, nachdem die Trumans gestern Abend die Nachrichten gesehen hatten.

Aber es war Angelicas Nummer. Sie nahm ab, während sie etwas Süßstoff in ihren Kaffee gab.

»Ellie, ich habe eben einen Anruf von einer Frau namens Jan Hornsby erhalten. Du musst dir anhören, was sie zu sagen hat.«

»Worum geht es?«

»Komm einfach zur Polizeiwache, wir warten dort auf dich.«

Die Dringlichkeit in Angelicas Stimme alarmierte Ellie. Adrenalin rauschte durch ihre Adern. »Ich bin in einer halben Stunde da.«

»Gut, bis gleich.«

Ellie nahm sich einen Bagel und bestrich ihn mit Frischkäse. Dann legte sie ihr Holster an, schlüpfte in Mantel und Handschuhe und goss sich Kaffee in einen Thermobecher ein. Draußen dauerte es eine Minute, bis die Eisschicht auf der Windschutzscheibe angetaut war und ihre Scheibenwischer sie entfernen konnte. Selbst auf der kurzen Strecke in die Stadt musste sie sich vor Glatteis in Acht nehmen. Wenigstens herrschte kaum Verkehr. Mittlerweile hatten fast alle Bewohner der Stadt ihre Weihnachtseinkäufe erledigt, und nach dem Bericht über die Machenschaften von MWC hatten sich wahrscheinlich alle Familien ängstlich in ihren Häusern verkrochen.

Als sie ankam, parkte Angelica gerade ihren Wagen. Sie stieg zusammen mit einer Frau um die dreißig aus, die dick eingemummelt war. Angelica trug einen roten Wollmantel und eine dazu passende Mütze. Sie sah wie immer großartig aus, professionell und augenscheinlich jederzeit bereit, es mit der Welt aufzunehmen. Heute glomm ein Leuchten in ihren Augen, als wüsste sie, dass sie da an etwas Großem dran war. Ihre Begleiterin wirkte hingegen eher misstrauisch und vorsichtig.

Ellie bat sie herein, und Angelica stellt die beiden Frauen einander vor. »Holen wir uns einen Kaffee und gehen dann in mein Büro«, schlug Ellie vor. Sie lotste sie zuerst zum Kaffeeautomaten und dann zu der Sitzecke in ihrem Büro. Sie hoffte, dass das warme Getränk und die etwas entspanntere Umgebung die Nervosität ein wenig lösen konnte, die beinahe greifbar von Jan Hornsby ausging.

»Wie kann ich Ihnen helfen?«, fragte Ellie.

Jan umklammerte ihre Kaffeetasse und Angelica schenkte ihr ein ermutigendes Lächeln. »Jan hat die Nachrichten über die Frau gesehen, die gestern ins Krankenhaus eingeliefert wurde – Priscilla Wilkinson.«

Ellie musste ihre Enttäuschung niederkämpfen. Sie hatte gehofft, es würde um Ava gehen.

»Kennen Sie sie, Jan?«

Jan nickte, ihre Schultern wirkten verkrampft. »Wir haben uns über eine Facebook-Gruppe kennengelernt, die ich für Mütter gegründet habe, deren Kinder vermisst werden.« Sie atmete zitternd aus. Ellie wurde nun hellhörig.

»Jan war es auch, die mir die mysteriöse Nachricht geschickt hat. Um uns daran zu erinnern, dass noch andere Kinder vermisst werden«, erklärte Angelica.

»Ich hatte gehofft, so Ihre Aufmerksamkeit zu erregen«, sagte Jan.

Ellies Interesse war nun endgültig geweckt. »Fahren Sie fort.«

»Meine Tochter wurde vor sechs Monaten in Chattanooga entführt«, sprach Jan weiter. »Und Priscillas Nichte Kaylee verschwand vor einem Jahr.«

»Das tut mir sehr leid«, sagte Ellie, das Herz schlug ihr inzwischen bis zum Hals. »Hat die Polizei ermittelt?«

Jan fuhr mit einer Fingerspitze nachdenklich über den Rand ihrer Tasse. »Ja, aber man hat weder Becky noch Kaylee gefunden. Der Detective, der in Kaylees Fall ermittelte, verhaftete Priscillas Schwester. Sie ist im Gefängnis gestorben.«

Angelica drückte Jans Schulter. »Erzählen Sie ihr den Rest. Sie können Detective Reeves vertrauen. Sie wird Ihnen helfen.«

»Ja, bitte sprechen Sie weiter«, sagte Ellie sanft.

Jan entspannte sich ein wenig. »Man erzählte Priscilla, ihre Schwester Renee habe Selbstmord begangen. Sie fand das unglaubhaft, aber niemand wollte ihr zuhören.«

Die Härchen in Ellies Nacken stellten sich auf. »Und Sie glauben, dass es zwischen dem Verschwinden ihrer Tochter und dem von Ava Truman einen Zusammenhang gibt?«

»Ja. Wir haben den Fall Ava Truman beide verfolgt«, sagte Jan. »Dann fiel Priscilla auf, dass ihre Nichte Kaylee am selben Tag vor genau einem Jahr entführt wurde wie die kleine Ava Truman.«

Ellie stockte das Blut in den Adern. »Wirklich vor genau einem Jahr?«

Jan nickte, sie blickte nun alarmiert. »Wir dachten, das könnte vielleicht etwas zu bedeuten haben, und ich überredete sie, die Hotline der Polizei anzurufen.«

Die Hotline, die Bryce betreute. »Und hat sie dort jemanden erreicht?«

»Das hat sie, aber der Sheriff wollte von alldem nichts wissen.«

Wut überkam Ellie, sie knirschte mit den Zähnen. Das war der Anruf, von dem Bryce ihr erzählt hatte. »Was geschah dann?«, fragte sie.

»Priscilla war zornig und frustriert, also beschlossen wir, Kontakt zu Ms Gomez aufzunehmen. Wir dachten, sie würde uns vielleicht ernst nehmen. Ich habe dann wieder und wieder versucht, Priscilla zu erreichen, aber plötzlich meldete sie sich nicht mehr. Das sah ihr nicht ähnlich. In den vergangenen drei Monaten hatte sich so etwas wie eine Freundschaft zwischen uns entwickelt.«

Ellie schenkte ihr ein mitfühlendes Lächeln. Ihr gemeinsamer Schmerz hatte die beiden Frauen offenbar zusammengeschweißt.

»Und dann erfuhr ich aus den Nachrichten, dass Priscilla einen Unfall hatte.«

»Der vielleicht gar kein Unfall war«, ergänzte Angelica mit einem erregten Flackern in den Augen.

»Ja, der Ranger, der sie gefunden hat, sagte, es sei möglich, dass es vor ihrem Sturz einen Kampf gegeben hat«, bestätigte Ellie.

»Sehen Sie es denn nicht?«, rief Jan, sie klang jetzt verzweifelt. »Die Person, die Kaylee und vielleicht auch Becky entführt hat, könnte herausgefunden haben, dass Priscilla sich an die Medien wenden will und versucht haben, sie zu töten.«

Ellies Gedanken rasten. »Das ist wohl möglich«, gab sie zu. »Aber wie könnte diese Person davon erfahren haben?«

»Das kann ich Ihnen nicht sagen«, erwiderte Jan. »Aber ich weiß, da stimmt was nicht.«

»Sie haben recht, das Ganze ist mehr als merkwürdig«, stimmte Ellie ihr zu.

»Da ist noch mehr«, mischte Angelica sich ein. »Erzählen Sie ihr bitte auch von Priscillas Schwester.«

»Renee, Kaylees Mutter, wurde, als ihre Tochter verschwand, wegen Verletzung der Fürsorgepflicht angeklagt«, erzählte Jan. »Laut der Polizei hatte Renee getrunken und war eingeschlafen. Kaylee sei dann angeblich allein ins Wasser gegangen und ertrunken. Aber Priscilla schwor, dass Renee nicht mehr trank. Sie war damals wohl schon seit zwei Jahren bei den AA.« Ein dünner Schweißfilm hatte sich auf Jans Stirn und Hals gebildet. Sie nahm sich ein Tuch aus der Box auf dem Tisch und tupfte sich ab.

Ellie wartete still, sie wollte die Frau ihre Geschichte in ihrem eigenen Tempo erzählen lassen. »Sie erwähnten, Renee sei im Gefängnis gestorben?«

Jan nickte. »Nur wenige Wochen nach ihrer Verhaftung. Die Polizei behauptete, es sei Selbstmord gewesen. Aber Priscilla beharrt darauf, dass ihre Schwester das niemals getan hätte. Sie sei, im Gegenteil, entschlossen gewesen herauszufinden, was mit ihrer Tochter geschehen war.«

Ellie und Angelica wechselten einen Blick.

Ellies Gedanken überschlugen sich. Ein Todesfall, der sich als Mord und ein Unfall, der sich als versuchter Mord entpuppen konnte. Zwei Familien, in deren Umkreis es zu einer Kindesentführung gekommen war. Das konnte kein Zufall sein. Und Jan hatte recht … Die Tatsache, dass zwischen der Entführung von Kaylee und Ava exakt ein Jahr lag, musste etwas zu bedeuten haben.

110

Ellie wurde schwindlig bei der Vorstellung, dass diese beiden Fälle zusammenhängen könnten. Sie musste erneut Ermittlungen zu Kaylees Verschwinden und dem Tod ihrer Mutter einleiten. Aber auch Jan Hornsbys Tochter war entführt worden. Konnte in allen drei Fällen derselbe Täter am Werk gewesen sein?

Nun ergab auch die Textnachricht, die Jan Angelica geschickt hatte, plötzlich Sinn.

»Ich habe die Nachrichten über diesen grauenhaften Kinderhändlerring gesehen«, fuhr Jan fort, ihre Stimme war voller Schmerz. »Könnte es sein, dass sie auch Kaylee und meine Tochter entführt haben?«

»Das weiß ich nicht, aber ich werde nicht ruhen, bis wir es herausgefunden haben«, sagte Ellie. »Erzählen Sie mir nun bitte von dem Tag, als Becky verschwand.«

»An den Tag kann ich mich nur noch verschwommen erinnern«, sagte Jan und ihr Blick verschleierte sich. »Im Park in Chattanooga war dieser kleine Jahrmarkt mit einem Puppentheater, das Becky gern sehen wollte. Es gab auch einen Streichelzoo und einen Bereich, in dem man herrenlose Hunde und

Katzen adoptieren konnte. An dem Tag waren viele Familien dort unterwegs.« Ihre Stimme zitterte. »Becky rannte hinüber zu den Tieren. Ich versuchte, sie zurückzuhalten. Ich schärfte ihr immer ein, in meiner Nähe zu bleiben, aber sie liebt Hunde und Katzen und dann … war sie plötzlich fort.«

»So etwas geht immer ganz schnell«, sagte Ellie, um die Frau zu trösten, die sich sicher seit Monaten Vorwürfe machte. »Ist Ihnen in den Wochen oder Tagen, bevor Becky entführt wurde, jemand aufgefallen, der sie beobachtet hat? Vielleicht ein Nachbar oder jemand im Park, in dem sie gespielt hat?«

Jan schüttelte den Kopf. »Das habe ich aber der Polizei auch schon alles erzählt. Ich meine, dort waren noch viele andere Familien mit Kindern, aber ich habe immer besonders auf Becky geachtet, weil sie gesundheitliche Probleme hatte. Ich war immer eine eher übervorsichtige Mutter.«

»Um welche gesundheitlichen Probleme handelt es sich?«, fragte Ellie, ihr Instinkt meldete sich plötzlich.

»Becky hat Diabetes«, sagte Jan. »Sie bekommt regelmäßig Insulin.« Tränen glänzten nun in den langen Wimpern der Frau. »Und ich habe solche Angst, dass die Person, die sie entführt hat, nicht richtig für sie sorgt.«

Ellie konnte ihre eigenen Gefühle nur mit Mühe unterdrücken. Sollte das Mädchen ihr Insulin nicht bekommen, könnte das tödlich für sie enden. Genau wie es sich bei Ava und ihren Immunsuppressiva verhielt.

»Ich will mit dem Detective sprechen, der Beckys Fall bearbeitet hat«, sagte Ellie.

»Natürlich. Sein Name ist Manning.« Sie zog ihr Handy heraus und gab ihr die Nummer des Mannes. »Ich rufe ihn jede Woche an, um dafür zu sorgen, dass man Becky nicht vergisst.«

Angelica drückte ihr tröstend die Schulter. »Überlassen Sie das mir. Ich plane eine Serie über vermisste Kinder, und sowohl Becky als auch Kaylee werden darin vorkommen. Ich werde sie ›Die vergessenen Mädchen‹ nennen.«

Jan wischte dich die Tränen fort. »Ich kann Ihnen gar nicht sagen, wie viel mir das bedeuten würde. Ich … An manchen Tagen weiß ich nicht, wie ich weiterleben soll. Das Einzige, was mir Hoffnung gibt, ist die Vorstellung, dass Becky eines Tages wieder nach Hause kommt.«

»Ich frage jetzt nach Priscilla«, sagte Ellie. »Wenn sie wach ist, kann sie uns vielleicht erzählen, was passiert ist.«

Sie ging hinüber zum Schreibtisch und rief im Krankenhaus an.

»Sie hat etliche Verletzungen erlitten und verliert immer wieder kurz das Bewusstsein«, informierte sie die Schwester. »Aber Sie können ein paar Minuten mit ihr sprechen.«

Nachdem sie aufgelegt hatte, setzte sie Jan und Angelica ins Bild. »Jan kann mit mir fahren«, sagte Angelica.

Auf dem Weg ins Krankenhaus rief sie Detective Manning an, den Beamten, der für den Fall Becky Hornsby zuständig war.

»Was können Sie mir über die Ermittlungen erzählen?«, fragte Ellie.

»Die Mutter hat das Kind abgöttisch geliebt«, sagte Detective Manning. »Wir haben ihre Geschichte überprüft, alles schien zu stimmen. Zeugen haben sie und Becky im Park am Fluss gesehen. Sie wirkten glücklich und schienen Spaß zu haben. Becky ließ sich dort von einer Künstlerin das Gesicht schminken, und während Jan die Frau bezahlte, rannte Becky voraus zum Streichelzoo. Jan lief ihr sofort nach, aber das Mädchen war plötzlich wie vom Erdboden verschluckt.« Er schwieg kurz. »Ich habe alle möglichen Leute im Park befragt, außerdem Nachbarn, Freunde, Lehrer, sogar den Arbeitgeber von Beckys Mutter. Sie alle bestätigten mir, dass sie eine liebevolle und gewissenhafte alleinerziehende Mutter war.«

Also eine weitere Frau, die ihr Kind allein großzog, und die es von einer Sekunde auf die andere verloren hatte.

111

Bluff County Hospital

Auf dem Weg ins Krankenhaus rief Ellie Derrick an und bat ihn, ebenfalls zu kommen und sie bei der Befragung von Priscilla zu unterstützen. Der Eisregen hatte kurz aufgehört, aber Nebel war aufgekommen und ein seltsam modriger Geruch lag in der Luft. Als sie ausstieg, pfiff ihr kalter Wind entgegen, der an den dürren Ästen der Bäume rüttelte. Vor ihrem Mund stiegen weiße Wölkchen auf, während sie über den Parkplatz eilte, vorsichtig darauf bedacht, nicht auf einer der gefrorenen Pfützen auszurutschen.

Derrick wartete am Eingang auf sie und kurz darauf stießen auch Angelica und Jan zu ihnen. Ellie stellte Jan Derrick kurz vor, dann gingen sie geschlossen zum Schwesternzimmer.

»Sie ist stabil«, sagte die Schwester. »Aber sie hat eine Gehirnerschütterung, etliche Prellungen und ihr Handgelenk ist gebrochen und wurde in Gips gelegt.« Sie schob die Hände in die Taschen ihres Kasacks. »Ehrlich gesagt hatte sie großes Glück, dass sie bei dem Sturz nicht gestorben ist. Der Arzt hat angeordnet, dass sie nicht mehr als zwei Besucher gleichzeitig empfangen darf. Sie braucht jetzt viel Ruhe.«

»Ich verstehe«, sagte Ellie. »Ich gehe zuerst rein. Wenn das okay ist, dann mit Ihnen zusammen, Jan. Es könnte ihr helfen, ein freundliches Gesicht zu sehen.«

Jan nickte. »Sehr gern. Sie war mir in den letzten Monaten eine echte Freundin. Und ich fühle mich furchtbar, weil sie verletzt wurde, und ich es doch war, die ihr geraten hat, sich an die Polizei zu wenden.«

Ellie sah zu Derrick. »Besorg bitte ihre Kleidung und ihr Handy und sieh nach, ob die Ärzte irgendwelche Spuren sichern konnten. Falls ihre Fingernägel noch nicht ausgekratzt wurden, dann machen wir das. Sollte sie tatsächlich gestoßen worden sein, finden wir vielleicht DNA-Spuren des Angreifers.«

»Daran hatte ich auch schon gedacht«, sagte Derrick. »Sie könnte ihren Angreifer auch gesehen haben.«

Ellies Puls beschleunigte sich, Hoffnung keimte in ihr auf. »Angelica, es wäre eine große Hilfe, wenn du zeitnah mit der Recherche über die Fälle Wilkinson und Hornsby beginnen könntest.«

Augenscheinlich beflügelt von der Aussicht, demnächst mit einer großen Story herauskommen zu können, schnappte sich Angelica ihr Notepad und fuhr das Gerät hoch. »Bin schon dabei.«

»Kommen Sie jetzt, Jan. Wir beide unterhalten uns mit Priscilla«, wandte sie sich an Jan, die ihr bereitwillig folgte.

Auf dem Weg zu Priscillas Zimmer hörten sie das Piepen von Maschinen und das metallische Klappern von Rollbahren. Der Geruch nach Desinfektionsmittel, Medikamenten und Krankheit hing schwer in der Luft. Die gedämpften Stimmen des Pflegepersonals mischten sich mit denen der Patienten und ihrer Familien und die Weihnachtsdekoration, die wohl eigentlich dazu gedacht war, die Stimmung ein wenig aufzuhellen, schien die Trostlosigkeit des Ortes nur weiter zu verstärken.

Als sie Priscillas Zimmer erreichten, klopfte Ellie leise an und schob die Tür auf. Jan stand direkt hinter ihr. Ihr Atem ging flach, es klang, als würde sie darum kämpfen, ruhig zu bleiben, obwohl sie sich inmitten eines Sturms befand. Wahrscheinlich hatte sie in den vergangenen sechs Monaten nichts anderes getan.

»Priscilla«, sagte Ellie behutsam, während sie und Jan den Raum durchquerten. »Ich bin Detective Ellie Reeves. Und Jan Hornsby hier dürften Sie ja schon kennen.«

Priscillas Kopf war dick bandagiert, einzelne wirre Strähnen lugten zwischen den Streifen des Verbandes hervor. Ihr Gesicht und ihre Arme waren übersät mit Kratzern und Prellungen, eine Lippe war leicht geschwollen und über ihrem rechten Auge hatte man offensichtlich eine Platzwunde genäht. Ein Gipsverband umschloss ihr linkes Handgelenk und ihre Hand. Ellie konnte nur ahnen, wie der Rest ihres geschundenen Körpers gerade aussehen mochte.

Priscillas Augen waren glasig von der Gehirnerschütterung, aber sie blinzelte und sah dann Jan an.

»Jan?«, krächzte sie heiser.

Jan lief zu ihr und nahm Priscillas unverletzte Hand vorsichtig in ihre. »Hallo, mein Mädchen. Ich habe mir Sorgen gemacht, als ich nichts mehr von dir gehört habe. Und dann habe ich aus den Nachrichten erfahren, dass du einen Unfall hattest.«

Schmerz zuckte durch Priscillas Augen. »Ich ... Ich weiß nicht, was passiert ist ... Ich wollte dich treffen, aber ... das warst nicht du.«

Jans Rücken versteifte sich. »Wovon sprichst du da? Wir hatten uns nicht verabredet.«

Priscilla sah ihre Freundin mit großen Augen an. »Aber du

hast mir eine Nachricht geschickt. Du hast geschrieben, wir sollten zusammen zu der Reporterin gehen.«

»Es tut mir leid, aber ich habe nichts dergleichen getan«, erwiderte Jan, ihre Augen rund vor Erstaunen.

Die beiden Frauen wirkten ehrlich überrascht und Ellie dachte an Cord. Er hatte von Anfang an vermutet, dass dieser Unfall vielleicht gar keiner gewesen war. »Sie haben also eine Textnachricht bekommen?«, fragte Ellie.

Priscilla nickte, man sah ihr an, dass diese Bewegung ihr Schmerzen bereitete.

»Wir sehen uns das gleich mal an«, versicherte ihr Ellie. »Jan hat sich Sorgen gemacht und Angelica Gomez kontaktiert. Ich bin hier, um zu helfen.«

Tränen der Erleichterung flossen Priscilla über das Gesicht und sie schien ihre Schmerzen kurz zu vergessen.

»Jan hat mir von der Entführung ihrer Tochter Becky berichtet. Und auch davon, was mit Ihrer Nichte geschehen ist.« Ellie hoffte, hier keine wertvolle Zeit zu verschwenden, in der sie sich auch auf Ava hätte konzentrieren können. Aber wenn diese Entführungen tatsächlich zusammenhingen, wäre das eine vielversprechende Spur.

»Können Sie mir sagen, was mit Ihrer Schwester passiert ist? Und wer mit ihrem Fall betraut war?«

Die Decken raschelten, während Priscilla versuchte, eine angenehmere Position zu finden.

»Ein Detective Forrester aus Savannah. Aber er verhaftete Renee, anstatt nach der Person zu suchen, die Kaylee entführt hatte.«

»Könnten Sie mir bitte erzählen, was ihre Schwester über den Tag der Entführung berichtet hat?«

Priscilla hustete und Jan reichte ihr die Tasse mit Wasser an, die auf ihrem Bett-Tablett stand. Dann wartete sie, während Priscilla durstig trank.

Schließlich schob sie die Tasse fort. »Renee und Kaylee

machten an diesem Tag ein Picknick am Strand. Aber aus irgendeinem Grund ist Renee eingeschlafen, und als sie wieder aufwachte, war Kaylee verschwunden. Der Cop warf ihr vor, betrunken gewesen zu sein. Er klagte sie wegen Verletzung der Fürsorgepflicht an.«

»Bitte sprechen Sie weiter«, ermutigte Ellie sie sanft.

Priscillas Atem ging nun schwer, sie wirkte aufgewühlt. »Er war so unglaublich gemein zu Renee, hat ihr nur Vorwürfe gemacht. Er hat nicht einmal in Betracht gezogen, dass es anders gewesen sein könnte.«

»Was ist mit Kaylees Vater? Wurde er informiert?«

»Nein, er ist abgehauen, als Kaylee noch ein Baby war. Er wollte sich nicht fest binden.«

»Also war Renee an diesem Tag allein mit Kaylee unterwegs?«

»Ja«, sagte sie. »Abgesehen von ein paar anderen Leuten am Strand.«

»Ich verstehe nicht, warum Forrester so überzeugt davon war, dass Renee ihre Aufsichtspflicht verletzt hat. Gab es denn Zeugen? Menschen, die je gesehen haben, dass Ihre Schwester Kaylee verletzt oder sie vernachlässigt hat?«, fragte Ellie.

Angespannte Stille trat ein, Priscillas Blick wurde glasig. »Eine Frau am Strand sagte aus, dass Renee wirkte, als habe sie getrunken. Aber sie war trocken. Sie hätte niemals einen Tropfen angerührt, solange Kaylee in der Nähe ist.«

Ellie wurde hellhörig. »Hatte sie etwa ein Alkoholproblem?«

Wieder trat beklommenes Schweigen ein und Ellie sah, dass Priscilla gegen ihre Erschöpfung ankämpfte. Vielleicht legte sie sich aber auch eine Ausrede für ihre Schwester zurecht.

»Nein«, antwortete Priscilla endlich. »Sie war ohnehin nie eine richtige Trinkerin. Aber als Kaylee krank wurde, bekam Renee Schlafprobleme. Und sie begann, jeden Abend ein paar

Gläser Wein zu trinken, um sich besser entspannen zu können. Ich machte mir Sorgen, denn unser Vater war Alkoholiker. Also redete ich mit ihr, und sie ging zu den AA und gab das Trinken komplett auf.«

»Sie könnte rückfällig geworden sein«, wandte Ellie ein. »So etwas kommt vor.«

»Nein«, beharrte Priscilla. »Sie hatte überhaupt keinen Alkohol im Haus. Und sie hat auch nie eines ihrer Meetings versäumt. Meine Schwester hat für ihr kleines Mädchen gelebt. Und nun sucht nicht einmal mehr jemand nach Kaylee.«

Ellie wollte keine Versprechen machen, die sie nicht halten konnte. Aber unter diesen Umständen mussten sie jeder Spur nachgehen. »Erzählen Sie mir, was mit Renee geschehen ist. Wie ist sie gestorben?«

»Ich weiß es nicht. Ich habe nie eine klare Antwort bekommen«, murmelte Priscilla. »Eines Tages rief mich jemand aus dem Gefängnis an und sagte, sie sei an einer Überdosis gestorben. Ich habe Fragen gestellt, aber niemand reagierte.«

»Gab es eine Untersuchung zu ihrem Tod?«

Priscilla schnaubte sarkastisch auf. »Nein. Ich habe den Detective angefleht, ihm gesagt, dass Renee niemals Drogen genommen hat. Ich habe sogar versucht, Renees Sponsorin bei den Anonymen Alkoholikern zu erreichen, allerdings ohne Erfolg.«

»Hat der Detective mit ihr gesprochen?«, fragte Ellie.

Sie schüttelte den Kopf. »Nein. Ich glaube, er hat es noch nicht einmal versucht. Er hat Renee als schlechte Mutter abgestempelt und sich geweigert, zu ermitteln.« Bitterkeit erfüllte ihre Stimme. »Aber ich glaube, dass sie jemand ermordet hat, um sie daran zu hindern, weiter nach Kaylee zu suchen.«

112

Irgendwo am Appalachian Trail

In der vergangenen Nacht hatte ihr Mann im anderen Zimmer geschlafen, nachdem er Ava ins Bett gebracht und sie warm in mehrere Decken eingepackt hatte. Sie hatten sich gestritten.

»Wir müssen Becky ins Krankenhaus bringen und Ava muss zurück nach Hause«, hatte er gesagt.

»Becky bekommt doch ihre Medikamente schon von dir«, hatte sie stur erwidert.

»Das ist wahr«, hatte Silas gesagt. »Aber sie hat einen Infekt der oberen Atemwege.«

»Dann gib ihr doch Antibiotika.«

»Die müsste sie intravenös bekommen, genau wie eine Kochsalzlösung«, hatte Silas erklärt. »Und man müsste einige Tests durchführen, die ich hier nicht machen kann, um sicherzustellen, dass ihre Leber keinen Schaden genommen hat.«

»Aber sie muss doch an Weihnachten bei mir sein!«, hatte sie ihn schließlich angeschrien.

»Das hier ist nicht ihr Zuhause.« Silas hatte sie so kalt angeblickt, dass sie fürchtete, er könnte die Kinder nachts heimlich fortbringen.

»Wenn du sie mir wegnimmst, erzähle ich der Polizei, dass das alles deine Idee war«, hatte sie gedroht.

Sein Gesicht hatte sich zu einer Grimasse aus Schmerz und Wut verzerrt, als hätte sie mit einem Messer auf ihn eingestochen. Dann war er im Gästezimmer verschwunden und hatte die Tür hinter sich zugeknallt.

Der Geruch von angebranntem Schinken stieg ihr in die Nase. Sie sah in die Pfanne, zog sie schnell von der Herdplatte und rüttelte am Stiel. Jetzt musste sie etwas anderes zum Frühstück machen. Vielleicht »Eier im Nest«, wie sie es immer genannt hatte. Piper hatte dieses Gericht geliebt.

Sie holte Eier aus dem Kühlschrank, dazu Brot und Käse. Dann kam Kaylee in die Küche, sie hatte Ava an der Hand, deren Augen groß und traurig wirkten.

»Guten Morgen, Mädchen«, sagte sie mit einem Lächeln. »Ich hoffe, du hast deine Lektion gelernt, und wirst nicht noch einmal versuchen, wegzulaufen«, wandte sie sich an Ava.

Ava klammerte sich an Kaylees Hand und die beiden setzten sich brav an den Tisch, nippten an ihrem Orangensaft und nahmen ihre Medikamente, während sie weiter das Frühstück vorbereitete. »Ich nenne das ›Eier im Nest‹«, sagte sie, während sie die Teller auf dem Tisch abstellte. »Esst schön auf. Und dann werden wir deine Haare färben, Ava. Du wirst so hübsch aussehen!«

Avas kleiner Kirschmund verzog sich, aber Kaylee sagte nichts, nahm einfach ihre Gabel und spießte ein Stückchen Eiertoast darauf. Sie machte Weihnachtsmusik an, um die Stille zu übertönen, während die Mädchen aßen. Ava schob ihr Essen lustlos auf dem Teller hin und her, aber sie nahm sich etwas von den Blaubeeren, die sie den Mädchen in je einer kleinen Schale hingestellt hatte. Schließlich enthielten Blaubeeren wichtige entzündungshemmende Stoffe, die beide Mädchen brauchten.

»Grandma Got Run Over By A Reindeer«, plärrte es aus dem Radio und sie sang mit, während sie daran dachte, wie sehr Piper immer über diesen albernen Song gelacht hatte.

Aber Kaylee und Ava lachten nicht.

Sie spürte Gereiztheit in sich aufsteigen, die drohte, ihr die Feiertagslaune zu verderben, aber sie schob das Gefühl beiseite. Morgen war Weihnachten. Sie sah zu der Weihnachtskugel am Baum, auf der Pipers Bild prangte. Piper war hier.

Nun, beinahe jedenfalls.

Als die Mädchen fertig waren, räumte sie die Teller ab. Dann legte sie Ava ein Handtuch um die Schultern und befestigte es mit einer Wäscheklammer.

»Das wird nicht lange dauern«, erklärte sie Ava. Das kleine Mädchen war wie erstarrt, sie hatte wieder ihr trotziges Gesicht aufgesetzt und ballte die Hände zusammen, während sie die Haarfarbe auftrug und einarbeitete. »Das muss jetzt zwanzig Minuten einwirken, dann können wir die Farbe ausspülen«, sagte sie. »Während wir warten, können wir ein paar Karten für Daddy machen.« Sie legte Filzstifte, Glitzer, Kleber, Kinderscheren und Bänder auf den Tisch, daneben einen Stapel Zeichenkarton.

»Man faltet die Bögen in der Mitte«, erklärte sie ihnen. »Dann könnt ihr sie dekorieren, wie ihr möchtet. Daddy wird sich so freuen, dass ihr an ihn gedacht habt.«

Kaylee sang jetzt ein bisschen mit, aber Ava blieb stumm, während sie mit ausdrucksloser Miene einen Weihnachtsbaum mit Kugeln daran auf ihre Karte malte, darunter einige verpackte Geschenke.

Zwanzig Minuten später half sie Ava dabei, auf den Küchentresen zu klettern. Ava legte sich auf den Rücken und hielt den Kopf über das Spülbecken und unter den Wasserhahn, damit sie die Farbe ausspülen konnte. Als sie fertig war, half sie Ava, sich wieder aufzusetzen und betrachtete zufrieden ihr Werk.

»Du siehst jetzt so hübsch aus, genau wie Piper!«

Avas kleine Eskapade am gestrigen Abend hatte gedroht, ihre Pläne zu ruinieren. Aber heute würde ihr niemand in die Quere kommen. Sie dachte wieder an das Foto der kleinen Sarah, und sie wusste, sie musste auch dieses Kind haben. Dann würde ihre Familie endlich wieder komplett sein und alles wäre so, wie es sein musste.

113

Bluff County Hospital

Ellie brummte immer noch der Schädel von ihrem Gespräch mit Priscilla und Jan. Sollte Renee Wilkinson tatsächlich ermordet worden sein und jemand Priscilla attackiert haben, weil sie die Verbindung zwischen Kaylees Fall und dem von Ava Truman hergestellt hatte, dann hätten sie es nicht mehr länger mit dem Straftatbestand einer Entführung, sondern mit Mord zu tun.

Sie bat Derrick, Priscillas Textnachrichten zurückzuverfolgen. Dann setzte sie die Befragung der jungen Frau fort. »Priscilla, können Sie uns erzählen, was am Hangman's Dome geschehen ist?«

Sie holte tief Luft. »Wie ich schon erzählt habe, erhielt ich eine Nachricht von Jan – wenigstens dachte ich das. Sie bat mich um ein Treffen. Sie schlug vor, dass wir die Reporterin gemeinsam aufsuchen. Und als ich dort wartete, tauchte ein Van auf.«

»Welche Farbe hatte der Van?«, fragte Ellie.

»Er war hell, weiß, denke ich.«

Ellie atmete hörbar aus. Könnte das derselbe Van gewesen sein, den auch Nolan Grueler gesehen hatte? »Was geschah dann?«

»Es war dunkel und zuerst dachte ich, dass du es bist, Jan«, sagte sie. »Aber dann erkannte ich, dass ich mich getäuscht hatte.«

»Wie sah die Frau denn aus?«, fragte Ellie.

Priscilla schloss die Augen und rieb sich die Schläfen. Ellie wurde bewusst, dass sie Kopfschmerzen haben musste. »Ich konnte ihr Gesicht zu keinem Zeitpunkt gut erkennen, aber ich glaube, ihr Haar unter der Mütze war dunkel. Zu einem Bob geschnitten, etwa kinnlang.«

»Danke«, sagte Ellie. »Ich weiß, es geht Ihnen nicht gut. Nur noch ein paar Minuten.«

»Du machst das großartig.« Jan drückte Priscillas Hand.

Priscilla atmete zitternd aus. »Sie hatte eine Waffe«, sagte sie. »Und sie befahl mir, zu meinem Wagen zu gehen, der am Überhang stand. Und dann ...« Ein ersticktes Schluchzen entfuhr ihr. »... Dann stieß sie mich über den Rand.«

Betäubende Stille herrschte im Raum, Jan blinzelte schockiert.

»Priscilla, haben Sie sich gegen sie gewehrt? Sie vielleicht gekratzt?«

»Ich ... Ich kann mich nicht erinnern. Es ging alles so schnell.«

»Ist schon okay«, saget Ellie. »Aber ich schicke jemanden, der Ihre Fingernägel untersucht. Vielleicht finden wir DNA-Spuren, damit könnten wir die Täterin zweifelsfrei identifizieren.«

Priscilla nickte schwach. Das erlittene Trauma zehrte an ihren Kräften.

»War das die Frau, die sie dort gesehen haben?», fragte Ellie und hielt ihr ein Foto von Autumn hin, das sie auf ihrem Handy gespeichert hatte.

Priscilla kniff die Augen zusammen, dann schüttelte sie den Kopf. »Nein. Sie war ... größer.«

»Sie haben uns sehr geholfen«, sagte Ellie und ging im Geiste die neuen Informationen noch einmal durch. »Wer wusste noch davon, dass sie beide zu der Reporterin gehen wollten?«

Priscilla fielen die Augen zu, aber sie murmelte noch, niemand habe davon gewusst. Jan antwortete an ihrer Stelle. »Wir haben in der Facebook-Gruppe darüber gesprochen.«

»Wie viele Leute gehören zu dieser Gruppe?«, fragte Ellie.

»Etwa einhundert«, antwortete Jan. »Aber nicht alle beteiligen sich aktiv an unserem Austausch, manche lesen auch einfach nur mit. Manchmal ist es schwer, über einen so großen Verlust zu sprechen, wie wir ihn erlebt haben.«

»Ich brauche den Namen der Gruppe«, sagte Ellie, und spürte, wie neues Adrenalin sie durchströmte. Die Täterin konnte sich in die Gruppe eingeschlichen haben. »Möglicherweise hat ihre Angreiferin Sie zuvor online beobachtet. Sie wusste, dass Sie der Wahrheit zu nahe gekommen waren, also gab sie sich als Jan aus, um Priscilla an diesen abgelegenen Ort zu locken.«

Priscillas Hand griff vorsichtig nach Ellies. »Dann glauben Sie mir? Sie werden den Mörder meiner Schwester finden? Und die Person, die Kaylee entführt hat?«

»Ja, das werde ich. Und Sie bekommen Personenschutz.« Sollte Priscillas Angreiferin erfahren, dass ihr Opfer noch lebte, könnte sie zurückkommen, um die Sache zu Ende zu bringen.

114

Ellie ging zurück zu Derrick und Angelica ins Wartezimmer und berichtete ihnen von ihrem Gespräch mit Priscilla. »Ich sorge dafür, dass vor ihrem Zimmer eine Wache postiert wird. Landrum durchleuchtet derweil diese Facebook-Gruppe. Er hat sich ein Fake-Profil erstellt und sich von Jan einladen lassen. Rechtlich zwar fragwürdig, aber das hier ist schließlich ein Notfall.«

»Ich habe Priscillas Sachen ins Labor geschickt«, sagte Derrick. »Und ich habe mir ihr Handy mal ein bisschen genauer angesehen. Sie hat tatsächlich eine Nachricht von jemandem bekommen, der sie gebeten hat, sich am Hangman's Dome mit ihr zu treffen. Allerdings kam sie nicht von Jan Hornsbys Telefon, sondern von einem Wegwerf-Handy.«

»Warum überrascht mich das nicht?«, murmelte Ellie. »Ich rufe den Detective an, der mit Kaylees Fall betraut war, und auch das Gefängnis. Wir müssen genau wissen, wie Renee Wilkinson ums Leben kam.«

Derricks Handy vibrierte. »Das ist mein Partner. Ich muss da kurz rangehen. Er könnte weitere Informationen über

MWC haben, und ob diese Leute vielleicht auch für die anderen Entführungen verantwortlich sind.«

»Ich arbeite schon an der Reportage über die vergessenen Mädchen«, sagte Angelica. »Wenn wir diese alten Fälle noch einmal ins Bewusstsein der Öffentlichkeit rücken, könnte es doch sein, dass neue Hinweise eingehen.«

Alle wussten also, was sie zu tun hatten. Derrick ging zum Telefonieren den Gang hinunter, während Angelica mit erwartungsfroh glänzenden Augen zusammenpackte und aufbrach.

Ellie rief die Polizeiwache von Savannah an und bat darum, mit Detective Forrester verbunden zu werden.

»Detective Forrester am Apparat«, meldete sich der Mann. »Wie kann ich Ihnen helfen, Detective Reeves?«

Ellie erläuterte ihm kurz, worum es ging. »Wir ermitteln jetzt und suchen nach weiteren Kindern, die von dieser Gruppe entführt und verkauft worden sein könnten«, sagte sie. »Nun hat sich aber herausgestellt, dass mein Fall mit einem Fall, den Sie bearbeitet haben, in Verbindung stehen könnte. Es geht um das Verschwinden von Kaylee Wilkinson.«

»Die Akte ist geschlossen«, erwiderte er kurz angebunden.

»Vielleicht war das eine übereilte Entscheidung. Soweit ich weiß, hat man niemals eine Leiche gefunden.«

»Das ist richtig. Die Mutter weigerte sich, zu gestehen, dann brachte sie sich um. Die Schuldgefühle, nehme ich an.«

»Warum sind Sie so überzeugt davon, dass sie schuldig war?«, fragte Ellie.

»Als ich vor Ort ankam, wiederholte sie ständig, es sei ihre Schuld, das Kaylee verschwunden sei. Ich konnte den Schnaps in ihrem Atem riechen. Dann erfuhren wir, dass sie ein Alkoholproblem hatte.« Er schnaubte. »Außerdem war sie verwirrt und wirkte desorientiert. Sie sagte, sie könne sich nicht daran erinnern, was geschehen sei. Sie behauptete, nichts getrunken zu haben, aber das war eine Lüge. Die Labortests ergaben, dass sie jede Menge Alkohol im Blut hatte.«

Ellie drehte sich der Magen um. »War dort noch jemand in der Nähe? Gab es Zeugen?«

»Eine andere Frau am Strand sagte aus, dass sie Mutter und Kind miteinander hatte spielen sehen. Dann habe sich Renee einen Drink genehmigt und begonnen, herumzutänzeln. Etwas später hörte sie Renee dann schreien. Sie lief hinüber zu ihr und stellte fest, dass sie bewusstlos gewesen, und dass das kleine Mädchen verschwunden war. Wir haben den Strand abgesucht, aber zu diesem Zeitpunkt war er menschenleer. Wir glauben, dass Kaylee ertrunken ist und ihre Leiche hinaus aufs Meer getrieben wurde.«

»Ohne Leiche können Sie das aber nicht sicher wissen«, wandte Ellie ein. »Ich habe mit Renees Schwester Priscilla gesprochen. Sie beharrt darauf, dass Renee zu diesem Zeitpunkt seit etwa zwei Jahren keinen Alkohol mehr getrunken hatte. Wäre es denn nicht möglich, dass sie jemand manipuliert hat, um sie außer Gefecht zu setzen?«

»Reine Spekulation«, erwiderte Detective Forrester kalt.

»Da bin ich anderer Ansicht«, entgegnete Ellie, und spürte, wie ihr Zorn wuchs. »Priscilla hat uns darauf aufmerksam gemacht, dass mein Opfer Ava Truman exakt ein Jahr nach ihrer Nichte Kaylee verschwunden ist. Aus Erfahrung weiß ich, dass so etwas meist kein Zufall ist.«

»Wovon reden Sie da?«, fragte Forrester, er klang auf einmal unsicher.

»Ich will eine Kopie der Akte«, sagte Ellie. »Ich glaube nämlich, dass diese beiden Kinder von ein und derselben Frau entführt wurden. Möglicherweise gibt es sogar noch ein drittes Opfer, ein Mädchen namens Becky Hornsby.«

Ein langer Moment verstrich. »Haben Sie Beweise?«

»Priscilla Wilkinson und Beckys Mutter Jan Hornsby wollten sich an die Medien wenden. Sie haben sich in einer Facebook-Gruppe darüber ausgetauscht. Und dann hat eine Person, die sich als Jan ausgab, versucht, Priscilla zu töten.«

115

North East Hospital

Silas spähte prüfend den Gang entlang, während er in Richtung Krankenhaus-Apotheke ging. Die Sicherheitsmaßnahmen waren verschärft worden, um die Vorräte an Arzneien besser zu schützen – vor dem Zugriff drogensüchtiger Patienten, aber auch vor dem eigenen Personal, das sich dort für den Eigenbedarf bediente – oder die Medikamente verkaufte.

Und nun war auch er einer dieser Kriminellen. Wenn man ihn erwischte, war es vorbei mit seiner Karriere. Alles, wofür er gearbeitet hatte, alles, wofür er einstand, wäre von einem Moment auf den anderen zerstört und er stünde vor dem Scherbenhaufen seiner Existenz.

Aber er war jetzt schon zu weit gegangen. Hatte bereits zu viele Regeln gebrochen.

In der Absicht, für seinen Fehltritt zu büßen, war er auf eine Mine getreten, die irgendwann unweigerlich unter ihm explodieren würde.

Trotzdem liebte er seine Frau. Gab sich selbst die Schuld dafür, sie mit seinen Fehlern und falschen Entscheidungen zerstört zu haben. Er hatte verdient, was immer ihm widerfahren würde, und er akzeptierte es.

Er wollte ihr nur dieses letzte Weihnachten schenken. Und es musste wirklich das letzte Mal sein.

Sein Job, seine Lebensaufgabe war es immer gewesen, Leben zu retten. Er hatte einen Eid abgelegt, als er seine Zulassung als Arzt bekommen hatte. Und auch seiner Frau hatte er geschworen, immer zu ihr zu stehen, in guten wie in schlechten Zeiten.

Er hatte nur nicht damit gerechnet, dass die schlechten Zeiten der Hölle gleichen würden, und dass er einen Pakt mit dem Teufel schließen musste.

Nun hatte er seinen Eid als Arzt gebrochen … und wenn er bald tat, was er tun musste, dann würde er auch seine Frau verraten haben.

Eine Sekunde lang zögerte er im Schatten des Korridors, seine Lungen lechzten nach Sauerstoff, als sei er selbst bereits halb tot und würde an einem Beatmungsgerät hängen.

Das Surren und Pfeifen der Belüftungsanlage dröhnten ihm in den Ohren. Er zog die Tastenkombination für die Apotheke aus der Tasche. Obwohl er sich sagte, dass das nur Einbildung war, hatte er das Gefühl, als würde mit jeder Sekunde, die verstrich, das Leben aus ihm entweichen.

Aber er wusste, er musste Becky versorgen, und auch die anderen Kinder. Also hielt er nur kurz inne und lauschte auf Stimmen oder Schritte, die ihn davor gewarnt hätten, dass jemand kam. Er hatte an diesem Morgen noch nicht einmal Dienst. Doch abgesehen vom dumpfen Rauschen der Belüftung war es vollkommen still. Er hielt den Atem an, gab den Code ein, öffnete die Tür und nahm sich dann alles, was er brauchte.

116

Bluff County Hospital

Ellie kämpfte gegen den aufkommenden Unmut an, als sie vor Priscillas Zimmer auf Bryce traf.

»Captain Hale hat mich angerufen«, sagte er. »Wollte, dass ich herkomme.«

»Hat er dir gesagt, worum es geht?«

»Nein, nur, dass es dringend ist.«

Ellie holte tief Luft, um nicht laut loszubrüllen. »Die Frau in diesem Raum ist Priscilla Wilkinson. Sie hat die Hotline angerufen und dir vom Verschwinden ihrer Nichte erzählt. Der Name des Kindes ist Kaylee Wilkinson.«

Sie schwieg kurz, um Bryce Zeit zu geben, ihre Worte zu begreifen. Seine Augen wurden schmal, an seinem Hals pochte eine Ader. »Ich habe dir doch von der Mutter erzählt. Sie wurde verhaftet und hat im Gefängnis Selbstmord begangen.«

»Sie ist im Gefängnis gestorben«, korrigierte Ellie. »Aber ich glaube nicht, dass es Selbstmord war. Ich habe die Akte angefordert, die zu Kaylees Verschwinden angelegt wurde, mit dem zuständigen Detective gesprochen und auch mit ihrer Schwester.«

»Dir muss doch klar sein, dass diese Priscilla wahrscheinlich einfach die Augen vor den Tatsachen verschließt. Sie würde auch lügen, um ihre Schwester zu decken.«

»Bryce, so war das nicht. Ich glaube, dass es zwischen Kaylees Verschwinden und der Entführung zweier weiterer Kinder einen Zusammenhang gibt. Und eines davon ist Ava Truman.«

Bryce fuhr sich jetzt mit der Hand über das Gesicht, seine Bartstoppeln knisterten. »Wie kommst du auf die Idee?«

»Ava wurde exakt ein Jahr nach Kaylees Verschwinden entführt.« Sie stemmte die Fäuste in die Hüften. »Und als Priscilla beschloss, sich mit ihrem Verdacht an Angelica zu wenden, hat jemand versucht, sie umzubringen.«

Interesse flackerte in seinen Augen auf, aber seine Lippen blieben zu einem schmalen Strich zusammengepresst. Dieser sture Kerl hasste es, zuzugeben, dass er einen Fehler gemacht haben könnte.

»Wenn unsere Theorie stimmt und der Entführer der Mädchen Renee getötet und einen Mordanschlag auf Priscilla verübt hat ... dann könnte diese Person zurückkommen, und versuchen, ihr Werk zu vollenden.« Sie warf ihm einen Blick zu, der ihm klar signalisierte, dass sie keine Widerworte duldete. »Oder die Person gerät in Panik und versucht zu fliehen. Du musst hierbleiben und auf Priscilla achten, während ich versuche herauszufinden, wer sie umbringen will.«

»Aber ...«

»Kein aber, Bryce. Hättest du Priscilla ernstgenommen, würde sie jetzt nicht im Krankenhaus liegen. Wir hätten Zeit gespart, und vielleicht wären Ava und Kaylee jetzt schon wieder zuhause.«

Ohne auf eine Antwort zu warten, machte sie auf dem

Absatz kehrt und entfernte sich mit langen Schritten. Es gab drei kleine Mädchen, die sie finden musste. Und die Zeit lief ihr davon.

117

Honeysuckle Lane

Lara fürchtete, der Kaffee würde ihr wieder hochkommen, nachdem sie die Fernsehnachrichten ausgeschaltet hatte. Sie hatte sich an die Hoffnung geklammert, dass die Polizei Ava noch vor Weihnachten finden würde.

Aber der Bericht der Reporterin über die vergessenen Mädchen hatte sie in tiefe Verzweiflung gestürzt. Eines von ihnen wurde schon seit einem Jahr vermisst, das andere seit sechs Monaten. Woher hatten ihre Familien nur die Kraft genommen, Tag für Tag weiterzumachen?

Sie ging zum Weihnachtsbaum, sie hatte Mühe zu atmen, während sie den Rentier-Christbaumschmuck mit den zwei unterschiedlichen Augen, den Ava gemacht hatte, betrachtete. Es war ihr Liebling gewesen.

Wie sollte sie weiterleben ohne ihre Ava?

Draußen auf der Veranda hörte sie Jasper nervös auf- und abgehen. Er hatte eben mit dem FBI-Agenten gesprochen und erfahren, dass Autumn mit diesem Kinderhändlerring zusammengearbeitet hatte. Allerdings schienen sie sicher zu sein, dass

Ava nicht zu ihren Opfern zählte. Ihr Kopf drehte sich, all das überforderte sie heillos.

Sie schlang die Arme um ihre Taille, ihre Angst war so übermächtig, dass sie fürchtete, ihre Beine könnten unter ihr einknicken. *Wo bist du, Schätzchen?*

Die glitzernden Lichter des Weihnachtsbaums tauchten das Wohnzimmer in buntes Licht. Heute Abend hätten sie und Ava einen Teller mit Plätzchen für den Weihnachtsmann vor die Tür gestellt und Karotten für seine Rentiere. Dann wären sie in ihre Weihnachtspyjamas geschlüpft und hätten zusammen *The Night Before Christmas* gelesen.

Und am Morgen ... Ava wäre in ihr Bett gekrabbelt und hätte sie geweckt, und sie wären zusammen ins Wohnzimmer gelaufen, um nachzusehen, was der Weihnachtsmann ihnen gebracht hatte. Sie stellte sich Ava entzücktes Quietschen vor, wenn sie den zappelnden Hundewelpen sah, den sie im Tierheim schon für sie reserviert hatte.

Jetzt war die Stille im Haus beinahe unerträglich.

Sie ging zurück in die Küche, wo die Strümpfe lagen, die sie gekauft hatte. Heute hatte sie sie mit Ava füllen und sie den alten Menschen in dem Pflegeheim, das ganz in der Nähe lag, gebracht. Ihr Magen rebellierte. Sie stellte die Tüten auf den Tisch und legte die Strümpfe quer über den Küchentresen.

Würde sie es übers Herz bringen, das heute ohne Ava zu machen?

Sie hörte die Stimme ihrer Tochter. »Warum gehen wir dorthin?«, hatte Ava im vergangenen Jahr gefragt.

Lara schloss die Augen und gab sich der süßen Erinnerung hin. Obwohl das Geld ohnehin knapp gewesen war, hatte sie das ganze Jahr über geknausert und gespart und Coupons gesammelt, damit sie an Weihnachten etwas spenden konnte. »Weil einige dieser Menschen keine Familie haben, Schätzchen. Sie sind einsam, aber wir können ein paar Stunden lang ihre Familie sein.«

Ava hatte genickt, sich einen Strumpf genommen und begonnen, ihn zu füllen. Zusammen hatten sie so warme Socken, Handcremes, neue Zahnbürsten und Zahnpasta und weiche Schultertücher für den Winter verpackt. Selbst in den beheizten Innenräumen froren viele der Bewohner und waren dankbar für ein wenig mehr Wärme. Ava hatte auch Karten gemacht, und sie zuletzt dazugelegt.

Auf dem Weg zum Pflegeheim hatten sie noch Zimt-Muffins und Pfefferminzbonbons gekauft. Ava hatte ihre Hand gehalten, noch ängstlich, als sie das Gebäude betreten hatten. Doch als sie das frohe Lächeln auf den Gesichtern der alten Menschen gesehen hatte, hatte auch Ava zu strahlen begonnen. Das ganze letzte Jahr über hatte sie immer wieder gefragt, ob sie auch an diesem Weihnachtsfest dorthin gehen würden.

Lara wurde die Kehle eng, doch dann traf sie eine spontane Entscheidung. Diese Menschen waren einsam, genau wie sie. Sie hatten es nicht verdient, dass man sie im Stich ließ. Sie würde einfach so tun, als wäre Ava bei ihr. Und wenn ihr Mädchen wieder zuhause war, dann würden sie die Alten zusammen besuchen gehen.

118

Irgendwo am Appalachian Trail

Avas Augen wurden weit vor Entsetzen, als sie in den Spiegel sah. »Das ist alles ganz falsch. Sie haben sie gefärbt«, wisperte sie.

»Aber du siehst jetzt so hübsch aus, genau wie mein kleiner Engel«, sagte die Frau, während sie Ava das Haar bürstete und eine hübsche grüne Spange an der Seite festklemmte, damit ihr keine Strähnen in die Augen fielen. Sie hatte auch Kaylee eine gegeben, dann reichte sie Ava Pipers Lieblingspullover mit dem Rentier und Kaylee das blaue Sweatshirt mit den Schneemann-Applikationen.

»Zieht sie an, dann veranstalten wir eine Modenschau«, sagte sie. »Und wir machen ein Familienfoto, wenn Daddy wieder zurück ist. Er holt gerade eure Medizin.«

Ava runzelte wieder die Stirn, und sie hätte sie am liebsten gepackt und geschüttelt.

Langsam ging ihr das Mädchen mit ihrem schweigsamen Trotz auf die Nerven. Glücklicherweise hatte Kaylee die ganze

Zeit über fröhlich geschwatzt, während sie die Karten dekoriert hatten und sie hatte jedes Lied mitgesungen, das im Radio lief.

Kaylee war jetzt so ein liebes Mädchen. Es war gut, dass sie sie ihrer unfähigen Mutter weggenommen hatte.

»Ihr seht perfekt aus!« Sie klatschte in die Hände und drängte die Mädchen, sich vor den Weihnachtsbaum zu stellen.

Sie hörte, wie das Garagentor sich öffnete und wieder schloss. Dann kam Silas ins Zimmer und gab einen Laut der Missbilligung von sich. »Was hast du nun wieder getan?«

»Wir machen ein Familienfoto«, sagte sie. »Becky muss dazukommen.«

Er packte sie am Arm. »Findest du nicht, dass du jetzt zu weit gehst? Du machst Ava Angst.«

Sie warf ihm einen hasserfüllten Blick zu. »Nein. Das tue ich nicht. Und jetzt lass mich los, ich will Becky holen.«

Sie drängte sich an ihm vorbei und ging den Korridor hinunter zu Beckys Zimmer. Doch als sie das kleine Mädchen aufwecken wollte, bewegte es sich nicht. Sie schüttelte sie fester, dann versuchte sie, sie an den Schultern zu nehmen und aufzurichten, aber ihr kleiner Körper sackte leblos zusammen.

»Schätzchen, wach doch auf«, weinte sie jetzt.

Aber das Kind reagierte nicht.

Panisch rannte sie zurück zur Tür. »Silas, komm schnell her! Beeil dich, irgendetwas stimmt nicht mit Becky!«

Ein paar Sekunden später stürmte er in den Raum. Sein Gesicht war angespannt, als er sich neben Beckys Bett kniete. Er fühlte ihren Puls, dann sah er zu seiner Frau hoch, aus seinem Blick sprach die nackte Angst.

»Sie muss ins Krankenhaus«, sagte er schneidend.

Dann nahm er sie auf den Arm, griff sich die Decke, die auf dem Bett lag und ging mit ihr in Richtung Tür. Sie lief ihm nach und zerrte an seinem Arm. »Du darfst sie nicht wegbringen«, heulte sie auf. »Ich darf sie nicht noch einmal verlieren.«

»Geh mir aus dem Weg«, befahl er ihr. Sie versuchte, ihn

aufzuhalten und stellte sich in die Tür, aber er schob sie beiseite. »Ich sagte, du sollst mir aus dem Weg gehen! Ich werde dieses Kind nicht länger leiden lassen!«

Sie verfolgte ihn den Flur entlang bis zur Tür, die zur Garage führte. Er eilte, ohne weiter auf sie zu achten, zu seinem Wagen und legte Becky vorsichtig auf dem Rücksitz ab. Sie zerrte wieder an seinem Arm, aber er versetzte ihr einen so heftigen Stoß, dass sie rückwärts gegen die Wand taumelte.

Er sicherte Becky mit den Gurten, dann deckte er sie fest zu und setzte sich auf den Fahrersitz. Sie warf einen Blick über die Schulter und sah jetzt, dass Kaylee und Ava in der Tür standen und sie beobachteten. Die Kinder klammerten sich aneinander, während Silas die Wagentür zuschlug, den Motor anließ und dann aus der Garage fuhr.

119

Ava hatte das Gefühl, ein Felsbrocken würde auf ihrer Brust lasten. Was war nur los mit Becky?

Kaylees leises Weinen machte alles nur noch schlimmer.

»Ins Haus mit euch!«, schrie die Frau.

Kaylee schnappte sich Avas Hand, dann zerrte sie sie zurück. Die Frau rannte ihnen nach, ihre Augen funkelten vor Wut. »Ihr geht jetzt auf euer Zimmer! Und da bleibt ihr dann!«

Ava schluchzte auf und Kaylee bedeutete ihr, still zu sein. Dann zog sie sie in Richtung der Treppe. Die Frau schüttelte die Fäuste drohend in der Luft und schlug dann gegen die Wand, Ava stolperte auf der untersten Stufe.

»Komm jetzt, Ava.« Kaylee half ihr auf und sie rannten hinauf. Sie rutschten auf dem glatten Holzboden aus und ertasteten sich den Weg an der Wand entlang zurück, bis sie endlich in ihrem Zimmer waren.

»Ich meine es ernst, bleibt, wo ihr seid!«, kreischte die Frau. Kaylee knallte die Tür zu und Ava schnappte sich einen der Stühle und schob ihn dagegen. Dann kletterten sie und Kaylee zusammen auf eines der Doppelbetten. Ava biss sich auf die geballte Faust, um nicht zu weinen.

»Was ist denn nur los mit Becky?«, wimmerte sie.

»Ich weiß es nicht, aber ich habe gehört, wie der Mann sagte, dass sie sterben könnte.«

Ava vergrub das Gesicht in einem Kissen und ließ ihren Tränen freien Lauf. Wenn Becky starb, waren es dann die Frau und ihr Mann, die sie umgebracht hatten?

Und würden sie auch Kaylee und sie töten?

120

Crooked Creek

Nachdem sie sich mit Kaffee und den Donuts, die Derrick mitgebracht hatte, gestärkt hatte, las Ellie in der Akte, die Detective Forrester ihr geschickt hatte. Seine Handschrift war praktisch unleserlich, aber sie arbeitete sich durch die hingekritzelten Notizen der Beamten, die an diesem Tag den Strand abgesucht und die anderen Gäste und Familien vor Ort befragt hatten.

»Das hier ist Renees Aussage«, sagte Ellie. »Laut Forrester wirkte sie verwirrt und desorientiert. Sie und Kaylee hatten Muscheln gesammelt und eine Sandburg gebaut und dann gepicknickt, es gab Sandwiches und Brownies. Dann breitete Kaylee ihr Strandtuch aus und spielte mit ihrer Barbiepuppe.«

Sie zögerte kurz, sah die idyllische Szene lebhaft vor sich.

Ellies Magen verkrampfte sich, denn nun stellte sie sich vor, was dann geschehen sein musste. »Renee warf ihre Abfälle in den Müll, dann streckte sie sich aus und sah ihrer Tochter beim Spielen zu. Viele andere Familien waren schon gegangen, aber Kaylee wollte noch bleiben. Einige Zeit später wachte Renee auf und stellte fest, dass sie eingeschlafen sein musste. So etwas passierte ihr sonst nie, wenn Kaylee bei ihr war.«

»›Ich behalte Kaylee sonst immer ganz genau im Auge‹, beteuerte Renee. ›Ich bin immer geradezu paranoid und fürchte ständig, es könnte ihr etwas zustoßen.‹«

Ellie kräuselte die Nase und dachte angestrengt nach. Dann las sie weiter.

»Doch Renee war entweder eingeschlafen – oder bewusstlos geworden. Und das über zwei Stunden lang, während derer ihre Tochter verschwand.«

»Sie könnte tatsächlich ertrunken sein«, gab Derrick zu bedenken.

Ellie nickte. »Aber Renee wollte das nicht akzeptieren. Sie sagte, eine Mutter würde so etwas spüren.«

Sie und Derrick sahen sich nachdenklich an. »Ich weiß nicht, was ich davon halten soll«, sagte Ellie.

Sie blätterte eine Seite weiter und überflog die Protokolle der Zeugenbefragungen. »Ein älterer Mann, der am Strand mit seinem Hund spazieren ging, sah, wie Renee mit ihrer Tochter spielte. Er sagte, die Mutter habe zugewandt und liebevoll gewirkt.« Sie ging zur nächsten Aussage über. »Ein paar Teenager, die zum Boogy Boarding dort waren. Sie haben beobachtet, wie Mutter und Kind Wasser herbeitrugen, um den Burggraben rund um ihre Sandburg zu füllen. Eine andere Frau erzählte dem Officer, sie habe beobachtet, wie Renee herumtorkelte und nach ihrer Tochter schrie. Sie hat dem Beamten ihre Kontaktdaten hinterlassen und ist dann gegangen.« Ellie kaute auf der Innenseite ihrer Wange herum. »Laut Forrester konnte Renee sich weder an ein Gespräch noch an diese Frau erinnern.«

»Das ist merkwürdig, könnte aber auch am Alkohol gelegen haben«, sagte Derrick. »Ich würde gern noch einmal mit dieser Zeugin sprechen«, sagte Ellie und überflog die Notizen. »Ihr Name ist Jordan Jones.« Sie fand ihre Telefonnummer in der

Liste der Zeugen und wählte sie. Die Nummer war offenbar nicht mehr vergeben. Ellie wurde misstrauisch.

»Unter dieser Nummer ist niemand zu erreichen«, sagte sie zu Derrick. Sie blätterte weiter und fand eine Stellungnahme von Renees Anwalt. »Hör dir das an. Renees Anwalt hat offenbar versucht, diese Mrs Jones zu erreichen, um sie noch einmal zu befragen, aber sie war unauffindbar.«

Ihre Blicke trafen sich. »Das klingt verdächtig. Mal sehen, ob ich etwas über die Frau herausfinde.«

In diesem Moment steckte Captain Hale den Kopf zur Tür ihres Büros herein. »Ellie, das Krankenhaus hat eben angerufen. Nolan Grueler ist aufgewacht.«

Ellie sprang auf. »Bin schon unterwegs.«

121

Bluff County Hospital

Ellie überließ es Derrick, nach Jordan Jones zu suchen, während sie sich auf den Weg machte, um mit Grueler zu sprechen. Zuerst ging sie aber ins Schwesternzimmer, um sich nach Gruelers Mutter zu erkundigen. »Es geht ihr besser. Weil sie allein lebt, hat der Arzt sie zur Weiterbehandlung in eine Rehaklinik überwiesen, dort soll sie Physio- und Ergotherapie erhalten.«

Ellie war erleichtert, das zu hören. Zumindest würde die Frau dort sicher vor dem Zorn ihrer Mitbürger sein.

Sie ging den Korridor entlang bis zu Gruelers Zimmer und stieß auf einen von Bryce' Deputys, der dort Wache stand. »Machen Sie eine Pause«, sagte Ellie. »Ich muss mit Mr Grueler sprechen.«

»Ich könnte tatsächlich einen Kaffee vertragen«, entgegnete der Deputy. »Aber sagen Sie Bescheid, wenn Sie mich brauchen. Ich musste erst vorhin wieder zwei Leute beschwichtigen, die wütend sind, weil wir ihm Personenschutz gewähren.«

»Danke. Ich denke, ich komme zurecht.« Ellie beschloss, seinen Kommentar nicht weiter zu beachten und betrat das Zimmer. Sie hörte das Piepen der Maschinen, die Gruelers Herzschlag überwachten. Er trug eine Nasensonde und erhielt über einen Venenzugang Kochsalzlösung, Schmerzmittel und wahrscheinlich auch Antibiotika.

Seine Augenlider flatterten, als er sie sah, und seine Finger umklammerten die Bettdecke.

»Sie hätten mich sterben lassen sollen«, krächzte er.

Ellie seufzte tief. »Ich bin weder eine Mörderin noch Ihre Richterin«, sagte sie. »Ich will nur eines: Ava Truman finden.« Sie trat näher. »Haben Sie etwas mit ihrem Verschwinden zu tun?«

Er schüttelte den Kopf, verschiedene Emotionen zeigten sich in seinem Gesicht. »Ich habe sie nicht mitgenommen. Ich schwöre es.«

Ellie atmete auf, dann nickte sie leicht. »Sie sagten, eine Frau habe sie beobachtet. Erzählen Sie mir von ihr.«

»Sie saß immer in einem Van, der häufig gegenüber der Bushaltestelle stand. Zuerst dachte ich, es sei eine Mutter, die ihr Kind dort absetzt.«

»Warum haben Sie Verdacht geschöpft?«

»Es war niemals ein Kind bei ihr. Und eines Tages ist sie aus dem Van ausgestiegen und Ava gefolgt.«

Ellies Puls beschleunigte sich. »Sie ist ihr gefolgt?«

Er nickte schwach. »Bis zu ihrem Zuhause.«

»Hat sie sich ihr genähert oder sie angesprochen?«

Er hustete, dann fummelte er an seiner Nasensonde herum. »Nein. Aber sie hat Ava durch den Zaun hindurch beim Spielen beobachtet.«

Ellie fühlte, wie sie eine Gänsehaut bekam. »Sie wussten, dass da etwas nicht stimmt, nicht wahr?«

Er nickte.

»Warum haben Sie das nicht gemeldet oder wenigstens Ihrer Mutter erzählt?«

Er gab einen Schmerzenslaut von sich. »Sie kennen die Antwort darauf.«

Es gefiel ihr zwar nicht, aber sie konnte ihn verstehen. Dass er selbst Ava beobachtet hatte, war ein Verstoß gegen seine Bewährungsauflagen. Und jede Person, der er davon erzählt hätte, hätte ihn sofort verdächtigt. Genau wie sie selbst.

»Besaß der Van irgendwelche besonderen Kennzeichen? Ein Logo vielleicht? Oder konnten Sie das Nummernschild sehen?«

»Nein. Es war ein einfacher weißer Van. Ich könnte Ihnen nicht einmal sagen, was für ein Modell es war.«

Sie zog ihr Telefon heraus, rief Serenas erkennungsdienstliches Foto auf und zeigte es ihm. »Nolan, war das die Frau, die Sie gesehen haben?«

Er blinzelte, während er sich das Foto genau ansah. Dann schüttelte er den Kopf. »Die habe ich noch nie zuvor gesehen.«

»Und diese Frau?« Sie zeigte ihm jetzt Autumns Foto.

»Nein, die auch nicht. Die Frau im Van sah anders aus. Wie eine Mama.«

»Was meinen Sie damit?«

»Bequeme Jeans, Sweatshirt, nicht schick.«

Ellies Gedanken rasten. »Wenn ich Ihnen jemanden schicke, der ein Phantombild zeichnet, könnten Sie das Gesicht der Frau beschreiben?«

»Werde ich wieder ins Gefängnis kommen?« Furcht flackerte in seinen Augen auf.

Ellie ballte die Hände zu Fäusten. »Denken Sie, dass das richtig wäre?«

»Da drinnen würde ich nicht überleben«, sagte er düster. »Und draußen ist es beinahe genauso schlimm. Alle beobachten mich, alle hassen mich.«

»Was halten Sie von einer geschlossenen Therapieeinrichtung?«, schlug Ellie vor. »Dort wären sie sicher. Und wenn Sie wirklich etwas an sich verändern wollen, dann wäre das wohl die beste Option.«

Er ließ die Nasensonde nun los, dann nickte er kurz.

»Und die Zeichnerin? Werden Sie mit Ihr zusammenarbeiten?«

Er nickte ein weiteres Mal, und Ellie verließ den Raum, um die entsprechende Fachkraft anzufordern. Am Ende des Flurs entstand plötzlich Tumult und sie beobachtete, wie einige Krankenschwestern mit einem Notfallwagen in ein anderes Zimmer eilten. Aus dem Augenwinkel sah sie einen Mann in einem grünen Kittel, der einen Tablettwagen vor sich herschob. Mit einem Tablett in der Hand betrat er Gruelers Zimmer.

Zum ersten Mal seit Tagen fühlte sie Hoffnung in sich aufkeimen und sie rief Hale an, um ihn kurz zu informieren. Er legte auf, damit sie sich mit der Zeichnerin in Verbindung setzen konnte. Sobald die Zeichnung fertig war, konnten sie sie an die Medien weitergeben.

Sie stieß die Tür auf und sah, wie der Mann sich gerade über Grueler beugte. Er war groß und schlank, sicher einen Meter achtzig groß, mit braunem, grau meliertem Haar. Sie brauchte einen Moment, um zu kapieren, was da vor sich ging. Grueler keuchte und versuchte, die Arme des Mannes wegzustoßen. Dann sah sie das Messer in seiner Hand, das er nun hob, um auf Grueler einzustechen.

Das war weder ein Arzt noch ein Pfleger oder ein anderer Mitarbeiter des Krankenhauses.

»Stopp!« Ellie hechtete auf den Mann zu und riss seinen Arm weg. Sein Griff lockerte sich und sie konnte ihm das Messer aus der Hand schlagen. Doch er versetzte ihr einen so gewaltsamen Stoß, dass sie gegen die Badezimmertür knallte, während Grueler aufstöhnte.

Ellie sah Sterne vor den Augen, ein erstickter Aufschrei entfuhr ihr, dann warf sie sich erneut dem Angreifer entgegen. Er grunzte dumpf auf und richtete das Messer nun gegen sie. Sie sah Blut von der Klinge tropfen, während er einen Ausfallschritt auf sie zu machte. Das Messer streifte ihren Arm und sie fühlte, wie ihr eigenes Blut warm zu fließen begann.

Grueler bäumte sich in seinem Bett auf, sein Kittel war zerrissen und blutig. Die Maschinen spielten verrückt, das EKG zeigte jetzt nur noch eine flache Linie an.

Sie riss ihren Arm hoch, um das Messer abzuwehren, dann versetzte sie dem Mann einen Tritt in die Genitalien und zog ihre Waffe. »Runter mit dem Messer!«, schrie sie.

Er lag jetzt zusammengesackt auf dem Boden, aber seine Augen waren dunkel vor Wut und er hatte immer noch das Messer in der Hand. Dann spuckte er in ihre Richtung. »Warum beschützen Sie diesen kranken Mistkerl?«

Ellie hielt den Lauf ihrer Waffe auf ihn gerichtet. »Ich sagte, weg mit dem Messer. Und zwar sofort.«

Sie ignorierte den stechenden Schmerz an ihrem Arm, machte vorsichtig ein paar Schritte durch den Raum und drückte dann den Rufknopf für die Schwester. Der Mann wollte sie erneut angreifen, aber diesmal verpasste sie ihm einen Fausthieb ins Gesicht und er sackte wieder zusammen. Das Messer fiel klirrend zu Boden, sie holte die Handschellen aus ihrer Jacke, drehte ihn unsanft um und fesselte ihm die Hände auf dem Rücken. Eine Schwester kam hereingerannt, erfasste die Situation blitzschnell und rief dann Hilfe. Ohnmächtige Wut packte Ellie, während sie zu Gruelers leblosem Körper hinübersah. Seine starren Augen blickten an die Decke, er regte sich nicht mehr.

Ellie drehte den Mann wieder um, um ihm in die Augen sehen zu können und presste ihn gegen die Wand. »Wissen Sie, was Sie da angerichtet haben?«

»Wen interessiert das?«, raunzte er. »Er hat dieses kleine Mädchen entführt und sie wahrscheinlich umgebracht.«

Ellies Blick durchbohrte ihn. »Er hat sie nicht entführt«, fuhr sie ihn an. »Aber er hat den Täter gesehen. Und Sie haben ihn getötet. Er wird uns nichts mehr erzählen können, und wir werden das Kind wahrscheinlich niemals finden.«

122

Honeysuckle Lane

Lara wickelte die kleine Schneekugel mit der Taube darin sorgfältig ein und stellte sie zu den anderen Geschenken, die sie für Ava eingepackt hatte, auf den Kaminsims.

»Das war wirklich nett, was du da getan hast«, sagte Jasper. »Die alten Menschen im Pflegeheim zu besuchen.«

Lara musste schlucken, sie hatte einen Kloß im Hals. »Die Leute haben sich so gefreut. Es hat ihnen viel bedeutet, dass jemand an sie gedacht hat.« Manche von ihnen hatten sogar nach Ava gefragt. »Ich hoffe, Ava ist bald wieder hier, dann kann sie auch Ms Dottie einen Strumpf nach nebenan bringen. Sie hat uns erst heute Morgen einen Süßkartoffelkuchen vorbeigebracht. Sie sagte, dass ihre Enkelin sie dieses Jahr wohl doch nicht besuchen kommt.«

Jasper setzte sich neben sie, seine düstere Miene ein perfektes Spiegelbild ihrer eigenen Stimmung. Er betrachtete die Geschenke unter dem Baum. »Du bist ein erstaunlicher Mensch, Lara. Selbst jetzt schaffst du es noch, an andere zu denken.«

Verzweiflung drohte sie zu übermannen. »Was, wenn Ava niemals wieder nach Hause kommt?«, flüsterte sie.

Jasper nahm ihre Hand in seine. »Das wird sie aber. Sie muss einfach.«

»Aber es kommt doch immer wieder vor, dass Kinder verschwinden und niemals mehr wiedergefunden werden«, sagte sie mit brüchiger Stimme. »Vorhin erst habe ich eine Sendung über das Thema gesehen. Sie hieß ›Die vergessenen Mädchen‹«.

Jasper nahm ihre Arme und zwang sie, ihm ins Gesicht zu sehen. »Sie wird keines dieser Mädchen sein«, sagte er mit einer Kraft, die sie überraschte. »Das werden wir nicht zulassen. Wenn die Cops aufgeben, kündige ich meinen Job, und ich werde jede Minute meines Lebens der Suche nach ihr widmen, bis ich sie gefunden habe.«

Lara drückte seine Hand. Er klang nun wieder wie der Mann, den sie geheiratet hatte. Stark und entschlossen und liebevoll.

»Ich habe nachgedacht«, sagte er. »Ich weiß, dass Ava sich einen kleinen Hund gewünscht hat.«

»Ich hatte schon einen für sie ausgesucht«, schniefte Lara. »O Gott. Ich sollte wohl besser im Tierheim anrufen und ihnen sagen, dass ich ihn nicht abholen komme.«

Jasper stand auf. »Wir können hier doch nicht nur herumsitzen. Warum fahren wir nicht hin und holen ihn ab?«

Wenn sie zuvor über den Hund gesprochen hatte, hatte er immer abwehrend reagiert. »Ich dachte, du magst keine Hunde?«

»Ich weiß, es war nicht immer leicht mit mir, Lara. Aber ich kann mich ändern. Und jetzt wünsche ich mir gerade nichts mehr, als dass unser kleines Mädchen wieder nach Hause kommt.«

Lara hörte ehrliches Bedauern und Liebe in seiner Stimme. Einmal mehr erinnerte sie das an den Jasper, in den sie sich vor acht Jahren verliebt hatte. Bevor sie in finanzielle Schwierigkeiten geraten waren und Avas Erkrankung gedroht hatte, ihre Welt zum Einsturz zu bringen.

»Was hältst du davon?«, fragte Jasper. »Wir holen den Welpen, dann können wir sie überraschen, wenn sie wieder nach Hause kommt?«

Lara wusste, dass das ein bisschen verrückt war. Es war nun schon Tage her, seit ihr kleines Mädchen verschwunden war, und die Polizei hatte sie immer noch nicht gefunden. Aber sie weigerte sich, die Hoffnung aufzugeben.

»Ja. Es ist ein kleiner Dackel«, sagte sie. »Ava liebt diese Hunde, und kurz bevor ich im Tierheim war, hatte jemand einen dort abgegeben. So etwas nennt man wohl eine glückliche Fügung.«

Jasper lächelte. »Dann lass uns gehen. Ava kann ihm einen Namen geben, wenn sie wieder zuhause ist.«

Lara nahm jetzt Jaspers Hand. Hätte sie es nicht getan, hätte sie keine Minute länger durchgehalten.

123

Bluff County Hospital

Derrick fand Ellie in einem Behandlungsraum der Notaufnahme, wo man gerade ihre Schnittwunde nähte. Als Captain Hale erfahren hatte, dass Grueler ermordet worden war, hatte er getobt.

»Alles in Ordnung mit dir?«, fragte Derrick.

»Ja.« Ellie entfuhr ein leiser Schmerzenslaut, während der Arzt die letzten Stiche setzte. »Ich bin nur für einen Moment in den Flur gegangen, dann tauchte dieser Typ im grünen Kittel auf und ging in das Zimmer. Als nächstes sah ich, wie Grueler mit ihm kämpfte, und dass der Kerl ein Messer hatte. Er hat ihn erstochen.« Selbstverachtung lag in ihrer Stimme. »Ich habe versucht, ihn aufzuhalten, aber es war zu spät.«

Verdammt, sie hätte getötet werden können. Derrick ballte seine Hände zu Fäusten, er konnte seine Wut nur mühsam unter Kontrolle halten.

»Der Sheriff hat ihn verhaftet«, sagte Ellie. »Sein Name ist Tony Studdard. Irgend so ein Typ von der Bürgerwehr.«

»Und er hat Grueler für etwas umgebracht, das er nicht getan hat.«

»Richtig.« Der Arzt verband nun ihren Arm. Dann glitt sie vom Behandlungstisch und folgte Derrick hinaus. Sie zog den zerrissenen Ärmel über den Verband und griff nach ihrem Mantel. Derrick half ihr, hineinzuschlüpfen.

»Nolan hat mir erzählt, dass er eine Frau in einem weißen Van gesehen hat, die Ava an der Bushaltestelle und sogar bei ihr zu Hause beobachtet hat. Es könnte sich um denselben Van handeln, den Priscilla uns beschrieben hat. Er sagte, sie habe ausgesehen wie eine ganz normale Mutter. Sie war ihm nur aufgefallen, weil er merkte, dass auch sie Ava nachstellte.«

»Kein Wunder, dass niemand Verdacht geschöpft hat«, sagte Derrick nachdenklich.

»Ich hatte schon eine Phantomzeichnerin angefordert, die mit ihm arbeiten sollte, aber jetzt … ist diese Chance dahin.«

Derrick seufzte. »Vielleicht auch nicht. Du sagtest doch, dass es in Avas Nachbarschaft eine Dame gibt, die sich für eine Bürgerwache eingesetzt hat. Vielleicht hat sie diese Frau ja gesehen?«

Ellie nickte. »Ja. Dottie Clark. Deputy Landrum hat mit ihr gesprochen. Sie war diejenige, die die Trumans streiten hörte. Vielleicht kann sie uns eine genauere Beschreibung liefern.«

Er besah sich ihren verletzten Arm. »Komm. Ich werde fahren.«

»Danke, ich kann selbst fahren«, sagte Ellie.

»Lass uns meinen Jeep am Bahnhof abstellen, dann befragen wir Dottie gemeinsam.«

»Du bist wirklich stur«, murrte Derrick.

Aber er wollte keine Zeit mit Diskussionen vergeuden und folgte Ellie. Am Bahnhof angelangt, stiegen sie in seinen Wagen um, dann fuhren sie zusammen zu Dotties kleinem Haus im Ranch-Stil. Der Sturm der vergangenen Nacht hatte Äste und kleine Zweige abgebrochen und Nebel war aufgekommen und hatte sich wie eine graue Dunstglocke über die Stadt gelegt, so beklemmend wie Avas Verschwinden.

Ganz anders als Laras einladend und festlich geschmücktes Haus war Dotties Häuschen völlig schmucklos. Ellie fragte sich, warum.

Sie sah durch ein Fenster, konnte aber keine Weihnachtsbeleuchtung entdecken. Nur ein schwacher Lichtschein, der wahrscheinlich aus der Küche kam, war zu sehen. Auf dem Boden ausgestreckt lag eine graue Katze, zwei weitere hatten es sich in Stühlen in der Nähe des Kamins bequem gemacht. Sie klingelte und hörte nun, wie sich schlurfende Schritte näherten.

Ellie hatte die etwas plumpe, grauhaarige Dame ab und zu in der Stadt gesehen und immer gedacht, dass sie ein bisschen traurig wirkte. Dottie öffnete die Tür. Sie trug einen violetten Hausanzug aus Jersey und Ohrringe in Katzenform. Eine langhaarige orangefarbene Katze strich ihr um die Beine und miaute leise.

Dottie nahm die Katze auf den Arm, schmiegte ihre Wange an sie und Ellie stellte sich und Derrick kurz vor.

Dottie blinzelte die beiden überrascht an. »Ich habe dem Deputy doch schon alles erzählt, was ich weiß.«

»Dürften wir trotzdem kurz reinkommen?«, fragte Ellie. »Wir sprechen noch einmal mit allen Nachbarn, um sicherzugehen, dass wir nichts übersehen haben.«

Der Wind frischte auf, fegte Regentropfen von den nassen Zweigen und ließ sie gegen die Fenster klatschen, doch ein Holzfeuer verbreite im Inneren des Hauses behagliche Wärme. Obwohl es hier so still war, dass man die Einsamkeit förmlich greifen konnte. Ellie fröstelte und Dottie bat sie mit einer Geste herein.

»Möchten Sie einen Kaffee?«, fragte Dottie.

Sie lehnten beide ab. Dottie führte sie durch ein schmales Wohnzimmer, in dem ein Stuhl und eine Couch und auch ein Bücherregal mit Kinderbüchern und Spielzeug standen. »Haben Sie Enkelkinder?«, fragte Ellie. Die Frau sah kurz zu dem Regal hinüber, ihre Knie knackten hörbar, während sie sie zur Küche führte. »Eines. Eine Enkeltochter. Aber sie kommt dieses Jahr nicht. Darum habe ich auch nichts dekoriert.« Kummer überschattete ihre graugrünen Augen. »Ich bin ihr wohl nicht wichtig genug.«

Dottie schenkte sich an einem Küchentisch aus Chrom, der von Stühlen aus Vinyl flankiert wurde, eine Tasse Kaffee ein. Es war genau die Art von Retro-chic, die bei den jungen Hipstern in Atlanta gerade wieder total angesagt war. Aber dieses Ensemble stand hier garantiert schon seit vierzig Jahren.

»Dottie, wir haben gehört, dass Sie eine Nachbarschaftswache organisieren wollten. Wir wissen auch, dass Nolan Grueler Ava beobachtet hat, aber er hatte mit ihrer Entführung nichts zu tun.« Nicht, dass ihm das jetzt noch etwas nützen würde. Aber seiner Mutter war es vielleicht ein schwacher Trost. »Er erzählte mir, er habe hier eine Frau in einem weißen Van gesehen, in der Nähe der Bushaltestelle, aber auch vor Avas Zuhause. Ist Ihnen die Frau oder der Van je aufgefallen?«

Dottie schaufelte sich zwei Löffel Zucker in die Tasse, dann goss sie so viel Sahne dazu, dass der Kaffee beinahe weiß aussah. Während sie energisch umrührte, fragte sich Ellie fasziniert, ob das Gebräu überhaupt noch nach Kaffee schmeckte.

»Hm, jetzt wo Sie es erwähnen, ja, tatsächlich. Ein paar Mal. Ich dachte, es sei eine Mutter, vielleicht jemand, der Kinder absetzt oder abholt, als Fahrerin einer Fahrgemeinschaft. Manchmal warten die Mütter auch in ihren Wagen in der Nähe der Bushaltestelle, bis die Kinder eingestiegen sind.«

Derrick ging zum Wohnzimmerfenster und sah hinaus auf die Straße. Dann kam er zu ihnen in die Küche zurück. Ellie wusste, er hatte überprüft, welchen Blick man von Dotties Vorgarten aus auf die Bushaltestelle und das Haus der Trumans hatte.

»Wie sah diese Frau denn aus?«, fragte Ellie.

Dottie kniff sich in den Nasenrücken. »Ich sah sie immer nur durch die Scheiben ihres Vans. Ich glaube, sie hatte glattes dunkles Haar, etwa kinnlang geschnitten. Ihre Augen konnte ich nicht erkennen. Sie trug eine Baseballcap. Einmal habe ich ihr zugewinkt, aber sie startete sofort den Motor und fuhr dann einfach weg.«

»Fanden Sie das nicht merkwürdig?«, fragte Ellie.

Dottie nahm ein Schlückchen von ihrem Kaffee. »Zu dem

Zeitpunkt nicht. Ich dachte, sie sei einfach in Eile. Heutzutage haben es doch alle immer so furchtbar eilig. Für uns Alte hat niemand mehr Zeit.«

Ellie griff jetzt sanft nach ihrer Hand. »Können Sie sich noch an irgendetwas anderes erinnern? Haben Sie vielleicht das Nummernschild des Vans gesehen?«

Die Falten um ihren Mund vertieften sich. »Nein, darauf habe ich wohl nicht geachtet. Aber jetzt, wo Sie es sagen, fällt mir noch etwas ein: Einmal ist sie ausgestiegen und hat Fotos von den Kindern gemacht. Ich habe mir nichts dabei gedacht, weil ich davon ausging, dass eines der Kinder zu ihr gehörte. Glauben Sie, das hat etwas zu bedeuten?«

Ellie war alarmiert. Sie glaubte definitiv, dass das etwas zu bedeuten hatte. Nämlich, dass diese Frau Ava gestalkt hatte.

Langsam begannen sich die Puzzleteile zusammenzufügen. Die Frau vom Strand, mit Renee und Kaylee, die an diesem Tag verschwunden war. Was wäre, wenn dieselbe Person auch Jagd auf Ava gemacht hatte?

125

Crooked Creek, Polizeiwache

Schmale Sonnenstrahlen kämpften sich durch die dunklen Wolken, als Derrick seinen Wagen vor der Wache parkte. Der Wind war wieder stärker geworden, er zerzauste Ellies Pferdeschwanz und wehte einzelne Strähnen aus dem Gummiband, während sie ins Gebäude eilten. Sie holten sich einen Kaffee, bevor sie in den Konferenzraum gingen.

Sie fügte den Aufzeichnungen am Whiteboard die Namen Kaylee und Becky hinzu.

»Ich möchte Renees Aussage noch einmal durchgehen«, sagte sie und zog die Kopie der Akte heraus, die Forrester ihr per Mail geschickt hatte.

Derrick nahm ihr gegenüber Platz, packte seinen Laptop auf den Tisch und öffnete ihn.

»Wir haben also eine Frau in einem weißen Van, die Ava gestalkt und Priscilla Wilkinson angegriffen hat«, begann Ellie. »Renees Schwester ist fest überzeugt, dass diese nicht Selbstmord begangen hat.« Dann fasste sie alles zusammen, was sie bislang in Erfahrung bringen konnten und versuchte, die losen Enden zu verbinden.

»Die Frau vom Strand, die behauptete, Renee habe betrunken gewirkt, ist spurlos verschwunden.«

»Wir müssen die Wache im Gefängnis befragen. Ich will mehr über Renees angeblichen Suizid erfahren«, sagte Derrick.

»Dem stimme ich zu.« Sie schlug die Akte auf und begann, sie zu überfliegen. »Das hat Renee der Polizei erzählt, als man sie am Tag nach Kaylees Verschwinden verhörte.«

Ellie las jetzt laut vor. »›Kaylee hatte sich so sehr auf den Tag am Strand gefreut. Ich hatte schon ein paar Leinwände gekauft, weil wir danach Sand-Bilder machen wollten und Schmuck aus Muscheln für ihr Zimmer. Wir jagten den Wellen nach, bauten eine Sandburg und sammelten Muscheln. Dann aßen wir unser Picknick.‹«

Ellie blätterte weiter.

»›Am Morgen hatten wir Schinkensandwiches, Selleriestangen, Karottenschnitze und Apfelscheiben vorbereitet. Und am Abend zuvor hatten wir Brownies gebacken, die packte ich als Nachtisch ein. Und wir hatten unsere Wasserflaschen dabei. Außerdem ein Saftpäckchen als kleines Extra für Kaylee. Sie liebt besonders die mit Fruchtpunsch-Geschmack.‹«

Ellie wandte sie wieder an ihre Kollegen. »Detective Forrester hat sie gefragt, ob sie den Picknickkorb aus den Augen gelassen hat und sie gab zu, dass sie nicht auf ihn geachtet hatte, während sie Muscheln sammelten.«

Derrick hörte gespannt zu, sein Blick war fest auf das Whiteboard geheftet.

Ellie stützte das Kinn auf die Hand und dachte nach. »Was, wenn diese Frau Renee und Kaylee gestalkt hat, und nur auf den richtigen Moment wartete, um das Kind zu entführen? Sie hätte Renee etwas ins Wasser schütten können, während Mutter und Kind Muscheln sammelten.«

»Durchaus denkbar«, sagte Derrick. »Das würde das

Ergebnis des Bluttests erklären, und warum Renee so desorientiert wirkte. Hat die Polizei die Wasserflasche untersucht?«

Ellie blätterte durch die Aufzeichnungen, dann sah sie sich die Fotos des Tatorts an. »Hier steht dazu nichts. Und auf den Fotos kann ich keine Wasserflasche entdecken.« Sie tippte mit den Fingerspitzen auf die Akte. »Was heißt, die Kidnapperin könnte sie weggeworfen oder mitgenommen haben.«

126

Es war beunruhigend, wie schnell Forrester den Fall zu den Akten gelegt hatte, dachte Ellie.

Sie war irritiert über seinen Mangel an Sorgfalt und stellte deshalb einige Nachforschungen über den Mann an. Entweder hatte er vorschnelle Schlüsse gezogen und keine detaillierte Ermittlung für nötig gehalten, oder aber er war Frauen gegenüber voreingenommen, wie Renees Schwester ihm unterstellte.

»Das ist interessant«, sagte sie, und begann langsam zu verstehen. »Kein Wunder, dass Forrester Renee gegenüber so unbarmherzig war. In einem der Transkripte der Verhöre, in denen er Renee drängte zu gestehen, steht, dass sein kleiner Bruder offenbar bei einem Autounfall gestorben war. Der Fahrer war betrunken gewesen.«

Derrick fuhr sich mit den Fingern durchs Haar. »Dann hat eine Person, die verdächtigt wird, unter Alkoholeinfluss einem Kind geschadet zu haben, wohl keine guten Karten bei ihm.«

Sie rief Detective Forrester noch einmal an und stellte das Gespräch auf laut. »Ich habe mir die Protokolle von Renee Wilkinsons Verhören noch einmal durchgelesen«, sagte Ellie zu ihm. »Laut ihrer Schwester war sie zum Zeitpunkt von Kaylees

Verschwinden trocken und bereits seit zwei Jahren bei den AA.«

»Herrgott noch mal, Reeves. Es ist Weihnachten. Meine Schicht ist beinahe vorbei. Wie ich Ihnen schon sagte, das Ergebnis ihres Bluttests bewies das Gegenteil«, schnauzte Forrester sie an. »Und das Labor lügt nicht.«

»Aber die entscheidende Frage ist doch, ob sie diese Substanz wissentlich zu sich genommen hat oder nicht. Wir haben eine Theorie. Diese Frau, die sie da befragt haben, Jordan Jones, ist entweder abgetaucht oder hat einen falschen Namen angegeben. Bisher konnten wir sie jedenfalls nicht ausfindig machen.«

»Ist das so? Sie sagte mir, sie sei nur auf der Durchreise. Und wir brauchten ihre Zeugenaussage nicht mehr, um den Fall abzuschließen. Wir hatten ja die Laborergebnisse.«

»Priscilla Wilkinson sagt, sie habe versucht, Renees AA-Sponsorin zu kontaktieren, habe sie aber nicht erreicht. Haben Sie nach der Frau gesucht?«

»Dazu bestand kein Anlass«, murrte er.

»Haben Sie denn niemals in Betracht gezogen, dass man Renee unter Drogen gesetzt haben könnte?«, fragte Ellie und gab sich keine Mühe mehr, ihre Frustration zu verbergen. »Dass das der Grund sein könnte, warum sie so desorientiert und verwirrt wirkte?«

»Jetzt hören Sie mal, ich habe diese Akte geschlossen und mit einer hübschen roten Schleife verschnürt«, konterte er gereizt. »Die ganze Geschichte mit den AA war doch nur eine Ausrede, um sich reinzuwaschen.«

»Das glaube ich nicht«, ließ Ellie nicht locker. »Ich glaube, dass es sich bei ihrer Sponsorin um eben jene Jordan Jones gehandelt hat, mit der Sie am Tatort gesprochen haben. Sie wusste, dass Renee an diesem Tag am Strand sein würde, folgte ihr und manipulierte ihre Wasserflasche. Und als Renee das Bewusstsein verlor, nahm sie Kaylee mit.«

»Sie haben ja wirklich eine blühende Fantasie«, sagte der Detective sarkastisch. »Aber leider keinen einzigen Beweis.«

»Aus diesem Grund rufen wir bei Ihnen an. Laut Renee hatte sie Wasserflaschen für sich und Kaylee mit an den Strand genommen«, schaltete Derrick sich nun ein. »Aber die Flaschen werden weder unter den Beweisstücken aufgeführt, noch sind sie auf den Fotos in Ihrer Akte zu sehen.«

»Dann hat sie eben auch in diesem Punkt gelogen«, erwiderte Forrester trocken.

Ellie riss nun der Geduldsfaden. »Haben Sie eine Schnapsflasche gefunden? Wein? Irgendetwas in ihrer Kühlbox?«

Beklommenes Schweigen trat ein. Sie wartete auf seine Antwort.

»Ich werte das als ein Nein«, sagte Ellie.

»Sie könnte das Zeug entsorgt haben«, murmelte er.

»Oder diese Jordan Jones hat die Wasserflaschen verschwinden lassen«, sagte Ellie. »Haben Sie dort alles abgesucht? Die Mülleimer? Ihren Wagen?«

»Wir haben den Wagen durchsucht, und den Strand nach Kaylee«, sagte er. »Aber angesichts der Zeugenaussagen und der Laborergebnisse bestand unserer Meinung nach keine Notwendigkeit, nach irgendwelchen Trinkflaschen zu suchen.«

Er klang nun unsicher, als würde ihm eben dämmern, dass das vielleicht ein Fehler gewesen war.

»Ich möchte, dass Sie sich mit einem Phantombildzeichner zusammensetzen, und mit ihm oder ihr eine Zeichnung von Jordan Jones erstellen«, sagte Ellie. »Und dann schicken Sie mir das Ergebnis bitte sofort auf mein Handy.«

»Okay, okay«, sagte Forrester. »Es ist gerade noch ein Zeichner im Haus. Ich versuche, ihn abzufangen, bevor er in die Weihnachtsferien verschwindet. Wiederhören.« Damit legte er auf.

Ellie und Derrick studierten danach noch eine Weile die Akte, aber die Dokumente enthielten keine weiteren neuen

Informationen. Sie planten gerade ihre nächsten Schritte, als plötzlich Captain Hale in ihr Büro platzte.

»Ellie, Derrick, es gibt Neuigkeiten. Im Krankenhaus von Gainesville wurde ein kleines Mädchen abgesetzt. Ihr Zustand ist kritisch.«

Ellie stockte der Atem. »Ist es Ava?«

»Nein«, sagte er. »Aber sie trägt ein Diabetiker-Armband – und darauf steht, dass es sich um Becky Hornsby handelt. Das Krankenhaus hat sich die Fotos von ihr online angesehen. Sie sagen, sie ist es.«

Ellie und Derrick sprangen polternd von ihren Stühlen auf. »Wird sie wieder gesund?«

»Der Polizeiwache Ganinesville liegen dazu keine näheren Informationen vor. Nur, dass sie sich in ärztlicher Obhut befindet.«

Ellies Herz schlug ihr bis zum Hals. Wenigstens bedeutete das, dass Becky am Leben war.

»Ihre Mutter ist bei Priscilla im Krankenhaus. Wir fahren sofort hin und holen sie.«

127

Bluff County Hospital

Zehn Minuten später stürmten Ellie und Derrick ins Krankenhausgebäude und gingen geradewegs zu Priscillas Zimmer. Jan sah auf, als sie hereinkamen, sie saß auf einem Stuhl neben dem Bett, Priscilla schlief.

»Wie geht es ihr?«, fragte Ellie.

»Sie braucht Ruhe, aber die Ärzte sagen, sie wird wieder gesund«, sagte Jan.

Ellie ging auf das Bett zu, während Derrick in der Tür stehenblieb und wartete.

»Es gibt Neuigkeiten«, sagte Ellie behutsam. »Wir haben Anlass zu der Annahme, dass Becky gefunden wurde.«

Unzählige Gefühle schienen zugleich auf Jan einzustürmen und sie sprang auf. »Wo ist sie? Geht es ihr gut?«

Ellie fühlte, wie Derricks Anspannung wuchs.

»Jemand hat ein kleines Mädchen am Krankenhaus von Gainesville abgesetzt. Sie trug Beckys Diabetiker-Armband und das Personal bestätigte, dass es sich wohl tatsächlich um Becky handelt.«

Jan schwankte leicht, aus ihrem Gesicht war jede Farbe gewichen. »Bitte sagen Sie mir, dass es ihr gut geht.«

»Über ihren Zustand wissen wir nichts Genaues«, sagte Ellie so vorsichtig wie möglich. »Aber wir werden Sie jetzt zu ihr bringen.«

»Ja, bitte ja«, flüsterte Jan, ihre Stimme zitterte.

»Kaylee?« Sie schnellten herum und sahen zum Bett. Priscilla war aufgewacht. Sie klammerte sich an die Seiten des Bettes und versuchte, sich aufzurichten, sank dann aber stöhnend wieder in ihre Kissen zurück.

»Es tut mir leid, es gibt noch nichts Neues über Kaylee«, sagte Ellie. »Aber ich habe mit Detective Forrester gesprochen, und ich glaube, Sie haben recht. Jemand hat Ihre Schwester unter Drogen gesetzt.«

Forrester hatte immerhin keine Zeit mehr verschwendet. Noch auf der Fahrt hierher hatte er ihr eine Nachricht geschickt, als Anhang das Phantombild der Frau, die sich Jordan Jones nannte. Obwohl die Frau auf der Zeichnung eine Baseballcap trug, konnte Ellie erkennen, dass sie kinnlanges braunes Haar hatte, geschnitten zu einem Bob, ganz ähnlich wie Grueler und Ms Dottie es ihr beschrieben hatten. Eckige Gesichtsform, ein prägnantes Kinn, olivfarbene Haut. Ihr fielen keine weiteren besonderen Merkmale auf, außer einer kleinen Narbe im Mundwinkel. Vielleicht von einem Unfall?

Sie zeigte Priscilla die Zeichnung. »Das ist ein Phantombild der Frau, mit der Forrester gesprochen hat. Kommt sie Ihnen bekannt vor?«

Priscilla stöhnte auf, als sie es betrachtete. »Wegen der Kappe bin ich mir nicht ganz sicher, aber sie erinnert mich an Renees AA-Sponsorin. Ich habe sie selbst nie getroffen, aber einmal habe ich die beiden zusammen vor der Kirche gesehen, wo die Gruppe sich trifft. Renee winkte mich zu sich, aber bevor ich näherkommen konnte, war die Frau auch schon verschwunden.«

Ellies Atem ging nun schneller. »Wir glauben, dass sie Renee unter Drogen gesetzt hat.«

»Aber sie war doch bei den AA«, sagte Priscilla und umklammerte die Laken.

»Möglicherweise hat sie sich der Gruppe nur angeschlossen, um ihre Schwester zu manipulieren und sich ihr Vertrauen zu erschleichen. Vielleicht hat sie Kaylee vorher schon beobachtet.«

»O mein Gott.« Priscilla stiegen Tränen in die Augen, ihr Gesicht war schmerzverzerrt.

»Könnte das auch die Frau gewesen sein, die Sie gestoßen hat?«

»Ich weiß es nicht. Vielleicht? Es war dunkel, und es ging alles so schnell.«

Ellie drückte sanft ihre Schulter. »Ist schon okay, Priscilla.«

Ellie wollte Priscilla nicht noch mehr zusetzen, schließlich hatte sie eine schwere Gehirnerschütterung. Aber sie zeigte Jan jetzt das Bild auf ihrem Telefon. »Wie ist es mit Ihnen, Jan? Haben Sie sie schon einmal gesehen?«

Jan raufte sich das Haar, während sie die Zeichnung genau studierte. »Ich ... weiß es nicht. Ich kann mich nicht an sie erinnern.«

Aber sie könnte an jenem Tag in dem Park in Chattanooga gewesen sein, dachte Ellie.

»Warum sollte sie Kaylee entführt haben?«, fragte Priscilla.

»Das weiß ich nicht. Aber wir werden es herausfinden.« Sie neigte den Kopf zu Jan. »Kommen Sie. Wir fahren Sie jetzt ins Krankenhaus zu Becky.«

»Ja, bitte.« Sie griff sich mit der Hand an die Brust. »Ich hoffe nur, es geht ihr gut.«

Jan warf Priscilla einen abwesend wirkenden Blick zu, voller Hoffnung für ihre Tochter und Mitgefühl für Priscilla. »Ich muss gehen.«

»Ich weiß«, sagte Priscilla sanft. »Umarm sie von mir. Ich werde für euch beten.«

Jan sah sie an, als würde sie gleich in Tränen ausbrechen. »Ich bin bald wieder hier. Ich verspreche es. Und wir werden auch Kaylee finden.«

Die beiden Frauen wechselten einen Blick, wie es nur zwei Menschen können, die tiefe Sympathie verbindet. Dann nahm Jan ihre Tasche und ihren Mantel. »Gehen wir. Ich will zu meinem Mädchen.«

128

Gainesville

Auf dem Weg aus der Stadt hinaus hielten sie noch kurz bei Jans Haus an, um ihre Mutter mitzunehmen.

»Sie haben sie tatsächlich gefunden?«, flüsterte die alte Frau fassungslos.

»Ja, Mom. Komm jetzt, wir müssen zu ihr.«

Die zwei Frauen schmiegten sich auf dem Rücksitz aneinander, offensichtlich überwältigt von ihren Gefühlen, während Ellie fuhr. Unterwegs erhielt sie einen Anruf von Hale. Er hatte sich mit Manning von der Polizeiwache in Chattanooga in Verbindung gesetzt. Da er der leitende Detective im Fall der Entführung von Becky gewesen war, würde er ebenfalls nach Gainesville kommen. Allerdings war er in Anbetracht der Situation einverstanden damit, dass ab nun Ellie und Derrick übernahmen. Es begann wieder zu regnen. Regentropfen schimmerten an den Zweigen der Bäume, Regenwasser prasselte gegen die Ladenfronten und floss an den Vordächern hinab, bis es aussah, als würden die Gebäude selbst weinen.

Ellie hoffte, dass in Gainesville nur Freudentränen fließen würden, und dass Beckys Zustand stabil war.

Eine halbe Stunde später parkte sie vor dem Krankenhaus und die Hornsby-Frauen zogen die Kapuzen ihrer Mäntel auf, um nicht völlig durchnässt zu werden. Dann stiegen sie aus dem Wagen, Kälte schlug ihnen entgegen.

Ellie folgte ihnen. Sie war nervös, sie hoffte, dass Becky nicht nur am Leben war, sondern dass sie ihnen vielleicht sogar erzählen konnte, wo sie gewesen war, und ob sie Ava und Kaylee gesehen hatte.

Derrick zog sein Handy heraus, während sie das Gebäude betraten. »Ich rufe jetzt in dem Gefängnis an, in dem Renee untergebracht war. Sollte sie Besuch bekommen haben, möchte ich die Bänder sehen.«

»Gute Idee.« Wenn sie eine Videoaufnahme der Kidnapperin hatten, könnten sie es mit der automatischen Gesichtserkennung versuchen. Sie war dankbar dafür, wie methodisch er weiterhin vorging, während ihre Gefühle Achterbahn fuhren. Ellie folgte Jan und ihrer Mutter nach drinnen. Die Geräusche und Gerüche des Krankenhauses, das sie schon kannte, verstärkten ihre Nervosität noch weiter.

»Meine Tochter ... Becky Hornsby ...«, sagte Jan, während sie sich am Empfangstresen festklammerte. »Sie wurde hier eingeliefert.«

Ellie zeigte ihre Marke vor. »Das Mädchen wurde sechs Monate lang vermisst. Ich muss auch mit dem behandelnden Arzt oder der Ärztin sprechen.«

Die Schwester wies in Richtung des Wartezimmers. »Bitte nehmen Sie doch kurz Platz, ich sage Bescheid, dass Sie hier sind.«

Jans Mutter setzte sich dicht neben ihre Tochter und legte tröstend den Arm um sie, ihre Augen waren vom Weinen ganz rot.

Die Ärztin erschien, eine Frau in den Vierzigern namens

Dr. Conley. Sie blickte sie ernst an. »Dieses Kind wurde entführt?«

»Ja«, erwiderte Jan. »Wie geht es ihr?«

Ihre Miene war düster, ihre Augen wirkten müde. Sie sah aus, als hätte sie eine sehr lange Schicht hinter sich. »Wir stabilisieren sie.«

»Sie wurde vor sechs Monaten entführt. Ich gehöre zum Ermittlungsteam.« Ellie zeigte auf ihre Marke. »Können Sie uns sagen, was mit ihr passiert ist? Wurde sie verletzt? Missbraucht?«

Die Ärztin warf Jan einen Blick zu, als wolle sie erst ihre Erlaubnis einholen, bevor sie sich offen zu Beckys Gesundheitszustand äußerte. Jan bat sie murmelnd, zu antworten.

»Ich habe keine Indizien für körperliche Gewalt gefunden«, sagte Dr. Conley. »Aber sie hat einen Infekt der oberen Atemwege.«

»Sie hat Diabetes«, sagte Jan und wurde jetzt bleich. »Sie braucht Insulin.«

»Es sieht so aus, als hätte man ihr ihre Medikamente verlässlich gegeben. Ihre Glukosewerte sind gut, aber sie braucht Antibiotika gegen die Infektion. Ich habe die Operationsnarbe gesehen – bekam sie die Diabeteserkrankung nach ihrer Nierentransplantation?«

»Ja, das ist richtig«, erwiderte Jan. »Aber die Operation liegt nun schon einige Jahre zurück, und die Kinderärzte in Chattanooga, wo man sie operiert hat, sagten, sie würde nun keine Immunsuppressiva mehr benötigen. Wir hoffen, dass sie auch das Insulin irgendwann nicht mehr brauchen wird.«

»Das ist gut«, erwiderte Dr. Conley und schenkte Jan einen mitfühlenden Blick. »Ich bin hinsichtlich Beckys Prognose ebenfalls optimistisch. Ihre Tochter schläft jetzt.«

Jan sank vor Erleichterung auf ihrem Stuhl zusammen. »Lassen Sie mich bitte zu ihr.«

»Natürlich. Ihre Anwesenheit wird die beste Medizin für sie sein.«

Jan sah zu Ellie. »Ich danke Ihnen.«

»Ich muss mit Becky sprechen, wenn sie wieder wach ist«, sagte Ellie. »Aber gehen Sie zuerst zu ihr. Sie braucht jetzt ihre Mommy.«

Jan nickte, umklammerte die Hand ihrer Mutter und die beiden folgten der Ärztin den Gang hinunter.

In Ellies Kopf herrschte Aufruhr. Sie glaubte plötzlich, ein Muster erkannt zu haben. Sie ging wieder an den Empfang, um dort einige Details zu erfragen und versuchte, ihre Gedanken zu ordnen. »Um welche Zeit wurde Becky im Krankenhaus abgesetzt?«

Die Schwester tippte auf der Tastatur ihres Computers herum. »Am frühen Nachmittag, etwa dreizehn Uhr. Unser Hauskaplan fand sie in der Kapelle auf einer der Kirchenbänke. Sie war in eine Decke eingewickelt.«

»Also wurde sie nicht von einem Krankenwagen gebracht?«

»Nein. Wir haben bei allen Rettungsdiensten nachgefragt, mit denen wir zusammenarbeiten und auch bei der 911. Die haben keinen Notruf erhalten, der zu diesem Fall passen könnte. Außerdem haben wir in der Verwaltung angerufen. Aber die Kleine wurde nie offiziell aufgenommen.«

Was bedeutete, dass es ihrem Entführer irgendwie gelungen war, sie hereinzuschmuggeln und dann zurückzulassen.

Derrick kam wieder. »Wie geht es ihr?«

»Ihre Prognose ist gut«, sagte Ellie. »Ich muss mal kurz telefonieren. Warte einen Moment.«

Etwas, das Priscilla Wilkinson gesagt hatte, wollte ihr plötzlich nicht mehr aus dem Kopf gehen. Das Freizeichen ertönte. Sie hatte ihr erzählt, Renee habe angefangen, mehr zu trinken, *als Kaylee krank geworden war*. Und wenn Priscilla gefürchtet hatte, ihre Schwester könnte eine Alkoholabhängigkeit entwickeln, war es dabei wohl um mehr gegangen als die üblichen Kinderkrankheiten. Jemand nahm ab.

»*Einmal mehr* einen guten Abend, Detective Reeves. Ich habe schon kapiert, dass ich beim Fall Wilkinson Mist gebaut habe. Und ich werde mich bemühen, das wieder in Ordnung zu bringen. Aber es ist Weihnachten. Was kann ich also heute noch für Sie tun, abgesehen von dem Phantombild, das ich Ihnen bereits geschickt habe?«

»Ich habe vorerst nur noch eine weitere Frage, Forrester. Ich würde ja Priscilla Wilkinson fragen, aber wie Sie wissen, liegt sie im Krankenhaus.« Ellie ließ diese Information einen Moment lang auf ihn wirken.

»Hatte Kaylee Wilkinson gesundheitliche Probleme, bevor sie verschwand?«

»Äh ... Ja, tatsächlich.« Es wurde nicht in der Akte vermerkt, da wir ja davon ausgingen, dass sie ertrunken war. Aber das Mädchen hatte eine Herztransplantation, etwa ein Jahr vor seinem Verschwinden. Warum?«

»Das erkläre ich Ihnen später«, sagte Ellie und beendete das Gespräch. Ihr Herz hämmerte.

Derrick hob eine Braue. »Worum ging es denn?«

»Ich habe eine Gemeinsamkeit zwischen den Mädchen entdeckt. Kaylee hatte eine Herztransplantation, Ava eine Lebertransplantation und Becky eine Nierentransplantation.«

Derrick blickte misstrauisch. »Ich habe schon davon gehört, dass man Menschen entführt, um ihre Organe zu rauben. Aber warum sollte man Kinder kidnappen, die eine Transplantation hinter sich haben?«

Gute Frage. Aber ohne Zweifel waren sie damit auf ein wichtiges Teil des Puzzles gestoßen.

Sie schnippte mit den Fingern. »Finden wir heraus, wo die Mädchen operiert wurden. Vielleicht hat einer der Angestellten in den betreffenden Krankenhäusern ja etwas bemerkt. Es wäre sogar möglich, dass die Kinder von ein und demselben

Arzt operiert wurden. Ich rufe Lara an und frage sie wegen Ava.«

»Und in der Zwischenzeit checke ich die Bänder der Überwachungskameras. Vielleicht kriegen wir so ja heraus, wer Becky im Krankenhaus abgeliefert hat.«

129

Derrick war froh, den Geräuschen und Gerüchen der Krankenhausflure entfliehen zu können. Er folgte dem Wachmann in das Hauptbüro, in dem die Sicherheitskameras der Klinik untergebracht waren. »Lassen Sie uns vorher das Zeitfenster eingrenzen«, sagte er zu dem bulligen Mann namens Buddy. »Sie wurde etwa um dreizehn Uhr in der Kapelle gefunden. Beginnen wir mit der Sichtung also ab zwölf Uhr mittags.«

Buddy ließ sich in seinen Stuhl sinken und suchte die Aufzeichnungen für den betreffenden Zeitraum. Sie spulten sie im Schnelldurchlauf ab. Es gab außerhalb des Gebäudes Kameras, außerdem in einigen Korridoren und im Bereich für die Neugeborenen. Sie überprüften also die äußeren Zugänge und die Tür zur Notaufnahme. Derrick beobachtete auf den Aufnahmen, wie Krankenwagen mehrere Patienten einlieferten, unter denen sich aber kein Kind befand.

Dann tauchte eine Frau in Schwesternkleidung auf, die einen Rollstuhl vor sich herschob. »Zoomen Sie bitte etwas näher ran«, sagte Derrick.

Buddy vergrößerte den Bildausschnitt und Derrick sah,

dass im Rollstuhl zusammengesunken ein älterer Mann saß. Sein Kopf hing schlaff zu einer Seite herab.

Sie ließen das Band weiterlaufen, das jetzt die Ladezone für Lieferanten in der Nähe von Küche und Wäscherei zeigte. Sie entdeckten einen großen breitschultrigen Mann, der eine Hausmeisteruniform und eine Mütze trug, er hatte das Gesicht von der Kamera abgewendet. Derrick rieb sich nachdenklich das Kinn. Sie hielten eigentlich nach einer Frau Ausschau, aber dieser Mann trug ein schweres Bündel, und er war sorgsam darauf bedacht, nicht gefilmt zu werden.

»Das könnte er sein«, sagte er. »Versuchen wir, ihm zu folgen.«

Buddy neigte sich näher zum Bildschirm und sie beobachteten nun, wie der Mann das Lager verließ, einen Karren mit Schmutzwäsche vor sich herschiebend. Er nahm den Personalaufzug und fuhr damit ein Stockwerk tiefer. Dann ging er an einem weiteren Lagerraum vorbei den Gang entlang, bis er schließlich an der Kapelle ankam. Er wirkte nervös und vorsichtig, linste um jede Ecke, und überprüfte stets, ob die Luft rein war.

Derrick richtete sich auf und beobachtete, wie der Mann einmal mehr über die Schulter blickte und dann die Tür zur Kapelle öffnete. Offensichtlich erleichtert, dass sich dort niemand aufhielt, hob er das Bündel aus dem Karren und trug es hinein. Als die Tür der Kapelle sich schloss, verloren sie damit den Mann aus den Augen, doch während er das Bündel durch die Tür bugsierte, verrutschte die Decke ein wenig. Derrick konnte einen kurzen Blick auf ein paar dunkelblonde Strähnen erhaschen. Es war Becky.

130

Irgendwo am Appalachian Trail

»Wo verdammt noch mal ist Becky?« Sie klammerte sich an ihren Mann und schüttelte ihn zornig. »Wie konntest du sie mir wegnehmen?« Er schlang die Arme so fest um sie, dass sie fast keine Luft mehr bekam, der Schmerz war überwältigend.

»Ihr Fieber war lebensbedrohlich hoch. Ich musste sie retten.« Sie kämpfte gegen seine Umarmung an, bis er sie schließlich losließ. »Du lügst. Geh mir aus den Augen. Du warst das! Du hast sie getötet, genau wie du es schon einmal getan hast!«

Er schüttelte den Kopf, seine Augen voller Kummer, aber das war ihr egal. Es war alles seine Schuld. Er hatte ihr alles genommen.

Aber sie würde sich jetzt holen, was ihr zustand.

Sarah. Sie musste sie einfach bei sich haben.

Und es gab nichts, was sie daran hindern konnte. Wenn er sich ihr in den Weg stellte, würde sie ihn töten.

Sie rannte los, um ihre Schlüssel zu holen, aber er lief ihr nach und fasste sie um die Taille. »Warte! Das muss endlich aufhören!«, rief er. »Ich werde das nicht länger zulassen!«

Sie hob das Bein und trat ihm rückwärts gegen das Knie, woraufhin er vor Schmerz aufschrie. Er hatte sich vor einiger Zeit den Meniskus verletzt und immer noch Probleme damit.

»Lass mich los! Heute Abend kommt der Weihnachtsmann!« Ihre Stimme war schrill vor Verzweiflung, aber das war ihr gleichgültig. Es durfte nicht wieder geschehen ... »Sie *muss* hier bei mir sein.«

»Aber das ist nicht sie!«, schrie er jetzt. »Und diese kleinen Mädchen zu rauben, wird sie nicht wieder zurückbringen. Du tust ihnen nur weh, ihnen und ihren Familien.«

Er versuchte, sie zurückzuhalten, aber sie griff sich eine Lampe von einem Sideboard. »Das ist Quatsch! Ich bin die Mutter, ich weiß, was das Beste für sie ist!«

Er hielt ihren Arm fest, aber sie hob die Lampe und ließ sie gegen seine Schläfe krachen. Er taumelte zur Seite, stützte sich gegen die Wand, um nicht hinzufallen, doch sie versetzte ihm mit beiden Händen einen Stoß und er stürzte nach hinten und krachte mit dem Kopf auf den Boden.

Keuchend sah sie zu, wie sich seine Augen nach hinten verdrehten. Ihr Herz hämmerte wie verrückt und Angst überkam sie für einen kurzen Moment. Sie liebte ihren Mann. Sie wollte ihn nicht verlieren. Aber noch mehr wünschte sie sich ihre Tochter zurück.

Panik ergriff sie. Dann sah sie auf und bemerkte, dass Kaylee und Ava sie mit vor Angst weit aufgerissenen Augen beobachteten. »Auf euer Zimmer«, befahl sie. »Sofort.«

Kaylee nahm Avas Hand und sie drehten sich um und rannten los.

Sie wartete, bis die Kinder in ihrem Zimmer waren, dann schloss sie die Tür ab. Das Geräusch des sich drehenden Schlüssels erschien ihr ohrenbetäubend laut. Sie ging zurück ins Wohnzimmer, wo ihr Mann immer noch auf dem Boden lag. Unter seinem Kopf hatte sich eine Blutlache gebildet.

Entsetzen stieg in ihr auf. Sie packte ihn an den Armen und schleifte ihn in ihr gemeinsames Schlafzimmer. Er war schwer wie ein Toter. Aber das Adrenalin verlieh ihr enorme Kräfte und sie wusste, sie musste Sarah noch heute Abend zu sich holen. Also zog und zerrte sie mit aller Gewalt, bis sie ihn im Wandschrank hatte. Sie rannte in die Garage und fand dort ein Seil. Dann lief sie zurück und fesselte ihn an Hand- und Fußgelenken. Sie schloss die Tür und ließ ihn im Schrank zurück.

Sie war der Raserei nahe, in ihrem Kopf war nur noch Platz für einen einzigen Gedanken. Sie holte ihre Schlüssel und ihre Geldbörse, dann sprang sie in den Van, den sie gekauft hatten, als Piper geboren wurde. Sie hatten eigentlich vorgehabt, ihn irgendwann zu einem Wohnmobil auszubauen, um damit Familienreisen zu machen.

Reisen, von denen sie gedacht hatte, sie würde sie niemals mehr unternehmen.

Aber nun war darin genügend Platz für ihre ganze Familie.

Sie wusste, dass Kaylee auf Ava aufpassen würde. Sie redete sich ein, dass die Mädchen hier draußen sicher waren, bis sie wiederkam. Schließlich wusste niemand etwas von ihrer Anwesenheit. Also startete sie den Motor und fuhr aus der Garage. Der Regen hatte sich in Schnee verwandelt, die Flocken tanzten in einem weißen Wirbel herab.

Die Kronen der Bäume lösten sich im Schneegestöber auf, während sie die lange gewundene Straße entlangraste und die Farm hinter ihr langsam verschwand.

131

Gainesville

Ellie holte sich eine Flasche Wasser und fand in der Cafeteria einen freien Tisch. Angestellte kamen und gingen, um sich mit kleinen Snacks und warmen Mahlzeiten zu versorgen. Man unterhielt sich in gedämpftem Tonfall, aus Respekt vor den Familien der Patienten, die hier ebenfalls herkamen, um eine wenig Ruhe zu finden, sich zu stärken und auf Neuigkeiten über ihre Angehörigen zu warten.

Ellie hoffte, dass sie kurz davor waren, diesen Fall zu lösen. Sie rief Lara an.

»Haben Sie Ava gefunden?«, fragte Lara ängstlich.

»Noch nicht, aber wir verfolgen eine Spur«, sagte Ellie. »Lara, hatten Sie oder Ihre Familie je Kontakt zu einer Familie Wilkinson oder einer Familie Hornsby?«

»Nein, nicht, dass ich mich erinnern könnte. Sind das nicht die Familien, aus denen ebenfalls Kinder entführt wurden oder verschwunden sind?«

»Richtig. Beide Familien haben Töchter in Avas Alter. Und

beide Mädchen mussten im Krankenhaus behandelt werden«, ergänzte sie. »Könnten sich die Kinder vielleicht in einem Ferienlager oder bei einer ähnlichen Gelegenheit kennengelernt haben?«

»Ava war nie im Ferienlager. Wir haben sie lieber zuhause behalten, wegen ihrer Erkrankung. Hier konnten wir immer ein Auge auf sie haben.«

»Darauf wollte ich eben zu sprechen kommen«, sagte Ellie nun. »Wo hatte Ava ihre Lebertransplantation?«

»Im Scottish Rite in Atlanta. Ist das denn wichtig?«

»Ich versuche gerade, Gemeinsamkeiten, irgendeine Verbindung zwischen den Mädchen zu finden. Ich werde Deputy Eastwood ein Foto eines Phantombildes schicken, das ein Polizeizeichner angefertigt hat. Sehen Sie sich das Bild bitte genau an, und sagen Sie mir dann, ob Sie die Frau wiedererkennen.«

Ellie schwieg kurz, dann schickte sie Lara das Foto und wartete etwa eine Minute. »Haben Sie diese Frau schon einmal gesehen? Vielleicht damals im Krankenhaus?«

»Nein, im Krankenhaus wohl nicht. Obwohl ich damals ja sehr unter Stress stand. Ich habe kaum darauf geachtet, wer sonst noch mit im Wartezimmer saß«, sagte Lara. »Aber ... sie erinnert mich an eine Frau, die ich zur Halloweenzeit auf einer Kürbis-Farm getroffen habe. Ich sah sie weinen und habe gefragt, ob alles okay ist. Sie antwortete, sie habe gerade einen geliebten Menschen verloren. Dann lief sie weg.« Lara klang nun argwöhnisch. »Glauben Sie, sie hat Ava entführt?«

»Ich weiß es nicht. Es wäre möglich. Ich halte Sie auf dem Laufenden.«

Ellie legte auf, dann rief sie Bryce an. »Alles in Ordnung bei euch?«, fragte sie, als der Sheriff abnahm.

»Keine besonderen Vorfälle.«

»Gut«, sagte Ellie. »Hör mal, ich möchte, dass du mir Priscilla kurz ans Telefon holst.« Nachdem Forrester ihr bestätigt hatte, dass Kaylee eine Herztransplantation erhalten hatte, brauchte sie weitere Details von Priscilla.

»In Ordnung, warte einen Moment.« Sie hörte, wie Bryce sich in Bewegung setzte, dann das Quietschen einer Tür.

»Ms Wilkinson«, hörte sie ihn sagen. »Ich bin es, Sheriff Waters. Detective Reeves würde gern kurz mit Ihnen sprechen.«

Ellie wippte nervös mit der Stiefelspitze, während sie wartete.

»Haben Sie Kaylee gefunden?«

»Noch nicht, aber wir arbeiten daran.«

»Wie geht es Becky?«

»Sie ist stabil, aber sie schläft jetzt und ich konnte noch nicht mit ihr sprechen. Ich muss Ihnen noch eine weitere Frage stellen. Stimmt es, dass Kaylee sich einer Herztransplantation unterziehen musste?«

»Ja, das ist richtig. Sie hatte einen sogenannten Septumdefekt. Ein Loch im Herzen.«

»In welchem Krankenhaus wurde Kaylee damals operiert?«

»Im Children's Healthcare in Atlanta.«

»Okay, danke. Ich muss jetzt weitermachen, Priscilla. Ich melde mich sofort, wenn es etwas Neues gibt.«

Ellie kratzte sich am Kopf. Verdammt. *Alle Mädchen waren in unterschiedlichen Krankenhäusern operiert worden.*

Warum also hatte man ausgerechnet sie entführt? Und wo hielt man sie fest?

132

Irgendwo am Appalachian Trail

»Ich habe Angst«, flüsterte Ava und kuschelte sich auf dem Bett neben Kaylee.

Auch Kaylee sah verängstigt aus. »Wir müssen nach Daddy sehen«, sagte sie.

»Er ist nicht mein Daddy«, erwiderte Ava stur.

»Er ist auch nicht mein richtiger Daddy«, sagte Kaylee. »Aber meine Mommy ist tot, und er war immer nett zu mir …«

Ava umklammerte ihre Knie, sie wünschte, Bunny wäre bei ihr. »Sie sagt, meine Mommy will mich nicht mehr. Aber sie ist eine Lügnerin.«

»Wie war es denn da draußen, als du weggelaufen bist?«

»Unheimlich und kalt und dunkel«, gab Ava zu.

»Ich weiß. Ich bin am Anfang auch einmal weggelaufen. Doch ich habe mich verirrt und sie haben mich gefunden, und dann habe ich mich nicht mehr in die Wälder getraut.«

»Aber ich will hier nicht sterben«, flüsterte Ava.

»Ich auch nicht.«

Kaylee sprang vom Bett, ging zur Tür und versuchte, sie zu

öffnen. Ava lief zu ihr, um ihr zu helfen. »Weißt du, wo wir sind?«, fragte Kaylee, während sie gemeinsam zogen und zerrten. Doch die Tür war schwer und würde nicht nachgeben.

Ava holte ein Lineal vom Regal, auf dem sie die Bastelsachen aufbewahrten. »In der Nähe der Weihnachtsbaum-Farm.« Ava rammte das Lineal in den schmalen Spalt zwischen Tür und Rahmen, so wie ihr Daddy es gemacht hatte, als sie sich einmal im Badezimmer eingesperrt hatte. »Meine Mommy war mit mir hier, damit ich mir einen Baum aussuchen kann.«

Die Tür ging nicht auf. Das dumme Lineal war nutzlos. »Vielleicht können wir durch das Fenster raus kriechen.«

Kaylee schnaufte auf, dann rannten sie zum Bett und kletterten hinauf. Ava sah in den wirbelnden Schneesturm, der draußen tobte. Sie versuchten, das Fenster aufzuschieben, aber es bewegte sich keinen Millimeter. Kaylee fummelte am Schloss herum, drehte es, bis es schließlich aufsprang. Doch als sie versuchte, die Scheibe nach oben zu schieben, ging es wieder nicht.

»Ist zugenagelt«, sagte Kaylee, und schlug dann mit der Faust gegen das Holz.

Tränen rannen Ava über die Wangen und Kaylee ließ sich zurück auf das Bett fallen und begann auch zu weinen.

Plötzlich hörten sie von draußen ein Geräusch, eine Art dumpfes Poltern. Sie und Kaylee kauerten sich an der Wand zusammen und klammerten sich aneinander. War das der Mann? Würde er kommen und ihnen helfen? Oder würde er sie wegbringen, so wie Becky?

Sie hörten Motorengeräusche, und Kaylee umklammerte fest Avas Hand. Die Frau war so wütend gewesen, als sie wegfuhr.

Was, wenn sie schon wieder nach Hause kam? Was würde sie ihr und Kaylee dann antun?

133

Crooked Creek, Polizeiwache

Ellie und Derrick ließen sich aus dem Corner Café ein paar Sandwiches liefern und gingen damit in den Konferenzraum. Vera hatte sich gewünscht, dass sie heute Abend zu ihnen zum Weihnachtsessen kam, aber Ellie konnte nicht feiern, während Ava und Kaylee immer noch nicht wieder zuhause bei ihren Familien waren.

Sie listete die neuesten Informationen auf, die sie über die Entführungen und die jeweiligen Wohnorte der Mädchen gesammelt hatten. Dann sprachen sie wieder von der Frau, die Renee bei den AA-Meetings kennengelernt hatte.

»Die Aufnahmen der Sicherheitskameras im Krankenhaus zeigen, dass es ein Mann war, der Becky in der Kapelle abgelegt hat. Er war als Hausmeister verkleidet«, sagte Derrick.

Ellie grübelte über diesen Umstand nach, während sie auf ihrem Sandwich mit gebratenem Truthahn herumkaute. »Dann haben wir es vielleicht mit mehr als nur einer Person zu tun.« Sie schnippte mit den Fingern. »Vielleicht mit einem Paar.«

Derricks Laptop meldete mit einem kurzen Klingeln, eine

neue E-Mail. Er balancierte eine Gabel Kartoffelbrei mit Soße zum Mund, während er sie öffnete. Seine Hand blieb mitten in der Luft stehen.

»Was ist denn los?«, fragte Ellie.

»Ich habe die Videoaufzeichnungen aus dem Gefängnis bekommen. Renee hatte offenbar nur zwei Besucherinnen. Ihre Schwester und noch eine andere Frau. Sie hat mit *Jordan Jones* unterschrieben.«

Ellie verschluckte sich beinahe. Schon wieder dieser Name.

Derrick spielte jetzt die Aufzeichnung von Jordan Jones' Besuch ab.

»Sie trägt das braune Haar zu einem kinnlangen Bob geschnitten«, sagte Ellie, während sie sich das Video ansah. »Man kann ihr Gesicht kaum erkennen, weil sie dauernd auf ihre Hände schaut.«

Aber es war offensichtlich, dass Renee sich hier nicht mit einer Fremden traf. Ihre Theorie, dass es sich bei der Zeugin am Strand und Renees AA-Sponsorin um ein und dieselbe Person handelte, schien sich also zu bewahrheiten. Sie sahen zu, während die Frau Renee eine Flasche Limonade reichte, die sie vielleicht im Gefängnisladen gekauft hatte. Renee öffnete sie und nahm einen tiefen Schluck. Ihr aschblondes Haar war zerzaust, ihre blauen Augen ausdruckslos und ihr Teint wirkte durch das grelle Orange ihrer Häftlingsuniform noch bleicher. Ihre Hand zitterte, als sie noch einmal aus der Flasche trank.

Renee sagte etwas, ihre Lippen bebten, dann ließ sie den Kopf in die Hände sinken und begann zu weinen. Die Frau fasste über den Tisch und streichelte ihren Arm, bis die Wache einschritt. Gefangene durften nicht berührt werden.

Renee richtete sich auf und wischte sich mit dem Handrücken die Nase. Dann nickte sie, ihr Mund schien das Wort »Danke« zu formen.

Ellie schob ihr Essen weg von sich. Sie spürte, wie ihr Tränen in die Augen stiegen, und sie brachte keinen Bissen mehr herunter. Es war eine Tragödie, dass man diese Mutter eines Verbrechens bezichtigt hatte, dass sie nicht begangen hatte, und dass sie gestorben war, ohne ihre Tochter je wiedergesehen zu haben. *Ich bin jetzt da für dich, Renee*, versprach Ellie im Stillen.

»Ich schicke das ins Labor«, sagte Derrick. Er verputzte sein Roastbeef, während er das Band weiterlaufen ließ. »Vielleicht bekommen wir eine bessere Aufnahme ihres Gesichts, wenn man die Bilder durch die Gesichtserkennung schickt.«

Ellie sah auf den Zeitstempel, dann glich sie ihn mit dem Bericht des Gefängnisses zu Renees Tod ab. »Die Limonade«, sagte sie. »Renee ist nur wenige Stunden nach diesem Besuch gestorben. Die Frau muss ihr etwas in das Getränk gemischt haben.«

Derrick nickte, dann schickte er die Aufnahme seinem Partner beim FBI. Ellie schrieb an Deputy Landrum:

Wir glauben, die Kidnapperin hat den Namen Jordan Jones benutzt. Gibt es in Jan Hornsbys Facebook-Gruppe eine Teilnehmerin, die so heißt?

Ellie stellte sich vor, wie die arme Renee jede Nacht an die schmutzigen kahlen Mauern ihrer Zelle gestarrt und sich gefragt hatte, wo Kaylee war und ob sie überhaupt noch lebte. Sie hatte ihr Dasein im Gefängnis fristen müssen, im Wissen, dass alle dachten, sie hätte den Tod ihrer Tochter verschuldet. Und im Wissen, dass ihre Mithäftlinge sie dafür bestrafen würden.

Sie sprang auf und rieb sich mit den Händen über die Oberarme, während sie auf das Whiteboard zuging. »Kaylee war das erste Mädchen, das entführt wurde. Das könnte wichtig sein.« Ellie notierte die Daten der Entführungen auf der Tafel. »Kaylee wurde am 20. Dezember des letzten Jahres entführt. Ava genau ein Jahr später, ebenfalls am 20. Dezember.« Ihre Gedanken waren in Aufruhr, sie versuchte, hier eine Verbindung zu erkennen. »Aber Becky ist am sechsten Juni verschwunden, also ein paar Monate nach Kaylee.«

Ellie kreiste die Daten der Entführungen nun rot ein. »Der 20. Dezember muss für die Kidnapperin ein besonderes Datum sein.« Dann betrachtete sie nachdenklich ihre Aufzeichnungen. »Die Mädchen sind alle etwa im gleichen Alter. Die andere Gemeinsamkeit der Opfer sind die Organtransplantationen.«

»Vielleicht jemand, der im Krankenhaus arbeitet«, schlug Derrick vor. »Jemand, der die Eltern für die Krankheiten der Kinder verantwortlich macht und der Meinung war, er oder sie könnte besser für sie sorgen.«

Ellie ließ sich die Idee durch den Kopf gehen. »Das ergibt Sinn, aber zwei der Operationen wurden in Atlanta durchgeführt, eine dritte in Chattanooga. Sollte die Person also nicht für zwei verschiedene Krankenhäuser in zwei Bundessaaten arbeiten, ist das unwahrscheinlich.«

»Stimmt«, gab Derrick zu. »Aber wir wissen jetzt, dass wir es mit einem Paar zu tun haben, mit einem Mann und einer Frau. Becky hat außerdem alle Medikamente erhalten, die sie braucht. Wer sie entführt hatte, muss über medizinisches Fachwissen verfügen. Eine Person, die sich mit den Abläufen im Krankenhaus auskennt, die weiß, wie man an Medikamente kommt und die medizinischen Bedürfnisse der Kinder kennt.«

Ellies Puls begann zu rasen.

»Jemand könnte sich in die Datenbank des Krankenhauses gehackt haben«, dachte Derrick weiter laut nach.

Ellie tippte mit dem Finger auf das Whiteboard, und auf einmal fügten sich die Puzzleteile wie von selbst zusammen. »Derrick, entscheidend ist nicht, *wo* die Operationen stattfanden, sondern *wann*! Lara sagte, Ava sei vor zwei Jahren operiert worden. Jan erwähnte, Beckys OP läge ein paar Jahre zurück, und Kaylee war ein Jahr bevor sie verschwand im Krankenhaus. Wenigstens sagt Forrester das.« Derrick klappte seinen

Laptop auf und studierte seine Aufzeichnungen. »Du hast recht.«

Was bedeutete, dass Ava und Kaylee immer noch am Leben sein konnten. »Spenderorgane können nach der Entnahme nur für begrenzte Zeit frisch gehalten werden – kaum länger als vierundzwanzig Stunden – und alle drei Mädchen wurden vor zwei Jahren etwa zur selben Zeit operiert. Können wir herausfinden, woher die Spenderorgane für die Mädchen stammten?«

Er zog sein Handy aus der Tasche. »Diese Daten sind privat, um sowohl Spender als auch Empfänger zu schützen. Beiden Seiten steht es frei zu entscheiden, ob man möchte, dass der eigene Name genannt wird, und ob man eventuell ein Treffen wünscht. Ansonsten wäre es zu leicht, auf solche sensiblen Informationen zuzugreifen. Ich muss mir also zuerst einen richterlichen Beschluss besorgen.«

Während er mit einem Richter telefonierte, ging sie in Gedanken alle möglichen Szenarien durch. MWC hatte Paare ins Visier genommen, die ein Kind adoptieren wollten, weil sie keines bekommen oder eines verloren hatten. Wenn hier ein Paar am Werk war, konnte das das Motiv sein. Sie hatte schon zu Beginn des Falls einen solchen Verdacht gehegt, war aber bei ihrer Recherche nicht fündig geworden, und hatte ihre Theorie nicht untermauern können. Nun war wohl der Zeitpunkt gekommen, dem noch einmal nachzugehen. Vielleicht musste sie den Blickwinkel wechseln.

Sie fuhr ihren Laptop hoch und rief die Todesstatistiken des Bundesstaates auf. Dann gab sie als Datum den 20. Dezember ein und grenzte die Suche auf Kinder im Alter zwischen fünf und sieben Jahren ein. Während das Programm die Suche startete, nahm ein Szenario Gestalt vor ihrem inneren Auge an. Ihr wurden etwa ein halbes Dutzend Namen von Kindern angezeigt, die an diesem Tag gestorben waren, durch Krankheit oder tragische Unfälle.

Da Becky in Gainesville aufgetaucht war, beschloss sie, sich auf die Kinder zu konzentrieren, die im Norden von Georgia gestorben waren. Und es blieb nur noch ein Name übrig.

Piper Gooding. Das arme Mädchen war ertrunken.

Sie öffnete einen weiteren Tab und suchte nach den Nachrichtenmeldungen über den Todesfall. Sie klickte den ersten Treffer an.

> MÄDCHEN AUS DAWSONVILLE AN BELIEBTEM AUSFLUGSZIEL ERTRUNKEN.
> *Ein kleines Mädchen, die aus der Region stammende Piper Gooding, verstarb, nachdem sie durch die nur dünn gefrorene Eisdecke eines Teichs gebrochen war. Ihre Mutter Gayle Gooding, die noch versucht hatte, das Mädchen zu retten, wurde ebenfalls schwer verletzt.*

Ellie stockte der Atem, als sie die Namen las. Die Bilder der winzigen Grabstätten auf dem White Lilies Cemetery stürmten auf sie ein. Die Frau, die neben dem kleinen Grab gekniet hatte, von Kummer überwältigt. Die dann zu ihrem Mann aufgesehen und ihn angeschrien hatte, er sei schuld am Tod ihrer Tochter ... Der Friedhofswärter hatte erwähnt, dass das Grab einer Familie namens Gooding gehörte.

Ellie sprang vom Stuhl auf, sie war außer sich. Hoffnung regte sich in ihr. Sie musste an das Puzzle denken, das bei Lara auf dem Küchentisch gelegen hatte und an die Teile, die Jasper im Zorn auf den Boden gefegt hatte. Sie fühlte sich in diesem Moment, als hätte sie ein verlorenes Puzzleteil gefunden. Eine Welle des Mitgefühls für die Eltern von Piper erfasste sie. Aber die Indizien waren erdrückend. Sie musste Ordnung in ihre Gedanken bringen.

Sie lief eilends ins Großraumbüro zu Heath Landrum, der zusammengekauert vor seinem Computer saß. Er sah zu ihr auf.

»Tut mir leid, Boss. Ich wollte Ihnen gerade antworten. In der Gruppe gab es niemanden namens Jordan Jones. Ich habe dann überprüft, ob sie vielleicht mit einem der Mitglieder befreundet ist, aber bisher ergebnislos.«

»Was ist mit dem Namen Gayle Gooding?«

Landrums Augen wurden groß. »Der Name kommt mir bekannt vor ...« Er tippte ein paar Sekunden lang auf die Tastatur ein. »Ja, wusste ich's doch. Eine der Teilnehmerinnen, die nur mitgelesen, aber selbst nie etwas gepostet oder auf die Posts der anderen reagiert hat. Ihr Profil ist allerdings privat.«

»Versuchen Sie, so viel wie möglich über sie herauszubekommen«, sagte Ellie und lief schnell zurück in den Konferenzraum. Derrick hatte sein Gespräch mit dem Richter beendet und sah sie nun erwartungsvoll an.

»Wie wird ein Kind zum Organspender?«, fragte Ellie.

»Die Eltern müssen ihre Einwilligung geben«, sagte Derrick. »Was geht dir durch den Kopf?«

»Hör dir das einmal an.« Ellie las ihm aus dem Artikel vor.

»›Der furchtbare Unfall ereignete sich am 20. Dezember am Cattail Cove. Die sechsjährige Piper Gooding stürzte in den Teich, dessen dünne Eisdecke sie nicht trug. Als ihre Mutter Gayle Gooding versuchte, das Kind zu retten, brach auch sie in das eisige Gewässer ein. Pipers Vater, Dr. Silas Gooding, konnte sowohl Mutter als auch Tochter aus dem Wasser ziehen, aber Piper wurde bei ihrer Ankunft im Krankenhaus für tot erklärt. Mrs Gooding erlitt schwere Verletzungen und musste in ein künstliches Koma versetzt werden, um ihrem Gehirn Zeit zu geben, sich zu regenerieren.‹«

»Um Himmels willen«, murmelte Derrick.

»Finde heraus, ob Piper die Organspenderin von Kaylee, Becky und Ava war.« Ellie Herz machte einen Satz und sie suchte in der Datenbank des Kraftfahrzeugamtes nach einer Gayle Gooding. Das Foto war drei Jahre alt, das Haar der Frau war etwas kürzer, ihr Gesicht etwas runder, aber es konnte sich durchaus um die Frau von dem Phantombild handeln.

Als nächstes rief sie Shondra an. »Ich schicke dir gleich ein

Foto von einer Frau. Sie hat vor zwei Jahren ein Kind verloren. Frag bitte Lara, ob sie sie schon einmal in der Nähe von Ava oder ihres Hauses gesehen hat.«

»Bleib kurz dran«, sagte Shondra.

Angespannte Sekunden verstrichen, dann meldete sich Shondra wieder. »Lara sagt, das sei die Frau, die sie am Kürbisfeld gesehen hat. Und Emily Nettles ist hier. Sie sagt, dass sie die Frau als Trauerbegleiterin unterstützt hat, aber sie brach die Therapie vor etwa einem Jahr ab.«

Der kalte Schweiß brach Ellie nun aus. Vor einem Jahr. Also zu dem Zeitpunkt, als Kaylee verschwand. »Danke. Ich melde mich, wenn es was Neues gibt.«

Während Derrick einen Anruf seines Partners entgegennahm, suchte sie nach der Adresse der Goodings. Sie fand einen Eintrag, es war ein Haus in Dawsonville, auch eine Telefonnummer war dabei.

Sie angelte nach ihren Schlüsseln, nachdem Derrick das Gespräch beendet hatte. »Sie versuchen herauszufinden, wer der Spender war«, sagte er.

Sie durften keine Zeit mehr verlieren. Es würde sich bald herumsprechen, dass man Becky gefunden hatte. Die Kidnapper könnten in Panik geraten, und Kaylee und Ava wegbringen. »Fahren wir. Ich habe eine Adresse der Goodings.«

134

Dawsonville, Georgia

Ellie ließ ihre schmerzenden Schultern kreisen. Wegen des schlechten Wetters schien die Fahrt nach Dawsonville eine halbe Ewigkeit zu dauern. Sie hatte einen Blick auf die Karte geworfen und gesehen, dass das Haus der Goodings inmitten von Äckern und Farmland lag. Sie rief Cord an und erzählte ihm von den jüngsten Entwicklungen. »Könntest du dort zu uns stoßen? Für den Fall, dass wir das Grundstück absuchen müssen?«

»Bin schon unterwegs«, antwortete Cord.

Ellie dankte ihm und legte auf, in ihrem Herzen mischte sich Hoffnung mit Angst. Der Abend war angebrochen, und mit ihm das Weihnachtsfest. Endlose Äcker und Weiden und sich windende schmale Pässe führten sie immer weiter ins Gebirge hinein. In der Dunkelheit sahen sie vereinzelt Häuser mit Schindeldächern und rustikale Blockhütten. Die meisten waren festlich beleuchtet und geschmückt, auf dem Rasen vor einer Kirche sahen sie eine glanzvoll illuminierte Krippenszene.

Sie fuhren an einem Laden der Heilsarmee vorbei, es gab

einen gepflasterten Hof und eine Garage, außerdem hatte man Buden aufgestellt, offenbar sollte hier demnächst ein Flohmarkt stattfinden. Vor einem Geschäft für lokale Spezialitäten hatte man Skulpturen aus Metall arrangiert, die Bären, Rotluchse und Raubvögel darstellten. Auf einem Schild wurde für gekochte Erdnüsse und Honig aus regionaler Produktion geworben.

Als sie an einem Restaurant namens Big Daddy's Barbecue vorbeikamen, begannen zaghaft erste Schneeflocken zu fallen. Rote und grüne Lichter schmückten die Fensterfronten und eine Neontafel kündigte das Weihnachtsspecial an, Pulled Pork, Bohneneintopf und Kohl.

Ellie erinnerte sich daran, schon einmal mit ihrem Vater hier gewesen zu sein, wegen eines Motorsport-Rennens. Außerdem starteten von hier aus jedes Jahr viele Wanderer auf den Trail.

Doch die erhabene Schönheit der Landschaft verblasste angesichts des Verdachts, dass hier Menschen, die Kinder kidnappten, Unterschlupf gesucht haben könnten. Ellie musste ständig an Lara und Priscilla denken und welch unvorstellbaren Kummer sie durchgemacht hatten. Die Weihnachtsfeiertage hatten ihr Leid sicher noch verstärkt.

Sie fuhr durch die Stadt, und folgte dann laut GPS einer schmalen Landstraße, die zu einer Weihnachtsbaum-Farm führte, deren Werbetafeln sie bereits in der Stadt gesehen hatten.

> FÜR EIN TRADITIONELLES WEIHNACHTSFEST MIT DER FAMILIE – *Fällen Sie bei uns Ihren eigenen Weihnachtsbaum! Heiße Schokolade, selbst gebastelter Weihnachtsschmuck und Schlittenfahrten!*

Aber die Lichter der Spruce Tree Farm waren erloschen, also hatte man das Geschäft für diese Saison bereits geschlossen. Sie bekam eine Gänsehaut auf den Unterarmen. Jenseits der Straße, wo es weder Häuser noch Geschäfte gab, wirkte die Landschaft düster und verlassen.

Sie bog in die Einfahrt, die zu der Baumplantage führte, um sich dort umzusehen. Der Schneefall war stärker geworden und die wirbelnden Flocken bedeckten ihre Windschutzscheibe. Ein heftiger Wind fuhr durch die verbliebenen Fichten und Tannenbäume. In einem Bereich standen Schösslinge, die noch zu klein für den Verkauf waren, ein anderer, größerer Abschnitt wirkte hingegen völlig abgeerntet, hier standen nur noch ein paar traurige Bäumchen, die offenbar keiner haben wollte. Ellie hatte immer darum gebettelt, eines dieser Exemplare mitnehmen zu dürfen, um es zuhause wieder aufzupäppeln, aber Vera hatte stets auf einem perfekten Baum bestanden. Genau wie sie immer gewollt hatte, dass Ellie perfekt war.

Sie sah keine geparkten Autos oder Lichter und weder am Schlitten noch an den Außengebäuden war etwas von der Weihnachtsdekoration übriggeblieben.

Es war offensichtlich, dass hier niemand mehr war. Also bog sie nach rechts ab und folgte einem schmalen Sträßchen eine Steigung hinauf und um eine Kurve herum. Ganz oben stand ein altes Farmhaus.

Der weiße Anstrich war verblichen, heftige Böen rüttelten an dunklen Fensterläden und um das Haus herum zog sich eine breite Veranda. Die Beete, die von Frühling bis Herbst wahrscheinlich farbenprächtig blühten, waren nun weiß bestäubt, von den Fenstersimsen hingen Eiszapfen.

»Da drin brennt Licht«, sagte Derrick. »Im Erdgeschoss und in einem Raum im ersten Stockwerk.«

Hinter dem winzigen Fenster ganz oben konnte ein Dachboden liegen, vielleicht auch ein Schlafzimmer. Wurden die Mädchen etwa dort gefangen gehalten?

Sie schaltete die Lichter ihres Wagens aus, ging vom Gas und fuhr dann auf den Seitenstreifen, um nicht entdeckt zu werden. Sie stiegen aus und schlichen sich im Schutz der Büsche, die rechts und links der Auffahrt wuchsen, bis zum Haus. Der Wind heulte durch die dürren Äste der Kiefern und Schneeflocken bedeckten Ellies Mantel und ihre Wangen, während sie langsam weitergingen.

Sie wies auf den silbernen Lexus, der im Carport stand. »Ich sehe den Van nicht.«

»Vielleicht sind sie nicht da«, antwortete Derrick leise.

Aber im Haus brannte Licht, was dagegensprach. Sie zogen ihre Dienstwaffen und liefen nun etwas schneller an Büschen und Gestrüpp entlang, bis sie die vordere Veranda erreichten.

Dann erklommen sie langsam die Stufen und Ellie horchte angestrengt auf Stimmen oder andere Geräusche, die ihnen verraten hätten, ob jemand im Haus war.

Sie riskierte einen schnellen Blick durchs Fenster, sah aber niemanden. Um sie herum herrschte so vollkommene Stille, dass ihr die Ohren dröhnten. Derrick signalisierte ihr lautlos, dass er zur Rückseite des Hauses gehen würde. Sie nickte. Langsam dreht sie den Türknauf und schlich dann auf Zehenspitzen ins Haus.

Die Holzdielen knarzten. Es war still, nur das Knistern des Ofens war zu hören. Zimtduft hing schwer in der Luft, daneben der harzige Geruch von Kiefern- und Tannenzweigen.

Ein mit Lichterketten und Weihnachtsschmuck dekorierter Weihnachtsbaum glitzerte im Raum, auf dem Küchentisch schien jemand gebastelt, das Vorhaben dann aber abrupt abgebrochen zu haben. Über der Türöffnung hingen drei Engelskostüme, ähnlich denen, die die Kinder beim Engelsfest getragen hatten. Sie hielt kurz inne, um zu lauschen, dann ging sie zur Hintertür und winkte Derrick herein.

Er ließ seinen Blick durch den Raum schweifen, schließlich begannen sie, das Obergeschoss abzusuchen. Plötzlich hörten sie am Ende des Flurs ein Geräusch. Sie lief voraus, vorbei an einem Badezimmer, dann stießen sie auf eine verschlossene

Tür. Derrick rüttelte am Türknauf, und Ellie hob ihre Waffe. »FBI! Ist jemand hier?« Er stieß die Tür auf. Ellie leuchtete mit ihrer Taschenlampe hinein, sie sahen ein leeres Bett. Derrick überprüfte das Badezimmer, während sie zum Wandschrank eilte. Im Inneren war es dunkel, die Tür war abgesperrt, aber sie presste ihr Ohr dagegen. Ihr war, als hätte sie ein Stöhnen gehört. Ihr Herz hämmerte in der Brust. Waren da drin etwa die Kinder eingesperrt?

Allein der Gedanke erfüllte sie mit unsäglicher Wut und sie rammte kurzerhand ihre Schulter gegen die Tür, die aber nicht nachgab. »Wer ist da?«, rief sie nun.

Stille umfing sie, dumpf und lastend. Vielleicht hatte sie sich das Stöhnen ja nur eingebildet?

Doch die Sorge um die Mädchen war so groß, dass sie ausholte und mit dem Fuß die Tür eintrat. Sie hörte Holz splittern und bersten, und die Tür gab nach.

Schnell richtete sie das Licht ihrer Taschenlampe in das Innere des Wandschranks. Die Mädchen waren nicht da, aber auf dem Boden lag ein Mann. Er schien kaum bei Bewusstsein zu sein. Sie näherte sich ihm und ließ den Lichtkegel über seinen Körper gleiten. Er trug graue Hosen und ein weißes Shirt, beide Kleidungsstücke waren blutverschmiert. Sie biss die Zähne zusammen, bückte sich und musterte sein Gesicht. Breiter Kiefer, kurzes braunes Haar, eine Platzwunde auf der Stirn.

Silas Gooding. Sie erkannte ihn, weil sie ein Foto von ihm in dem Online-Artikel über den Unfall gesehen hatte.

Sie drückte zwei Finger gegen seinen Hals, um seinen Puls zu fühlen und hielt ihren Atem an, während sie auf seine Atemzüge lauschte.

135

»Derrick! Dr. Gooding ist hier drinnen!« Sein Puls war kaum spürbar, aber der Mann war am Leben.

Derrick eilte herbei, warf einen Blick auf Gooding und zog dann sein Telefon heraus. »Ich rufe einen Krankenwagen.«

»Es kommt gleich Hilfe, Dr. Gooding.« Ellie richtete sich auf, Adrenalin rauschte durch ihre Adern. »Ich suche nach den Mädchen.«

»Ich sehe mich unten um«, sagte Derrick. »Sei vorsichtig, Ellie. Die Frau könnte auch noch im Haus sein.«

Ellie umklammerte ihre Waffe und ging weiter den Korridor entlang. Derrick rief einen Rettungswagen und lief eilig die Treppe hinunter. Bei jedem Schritt den sie tat, lauschte sie auf Geräusche, die ihr verraten hätten, ob die Mädchen oder ihre Entführerin hier waren. Aber sie hörte nur das Knarzen der Dielen und das Heulen des Windes vor dem Haus, das die Stille zerriss. Ihre Anspannung wuchs, wie ein Gummiband, das ihre Lungen zusammenpresste, und langsam die Luft aus ihnen herausquetschte.

Es gab zwei weitere Zimmer, eines auf der linken, das andere auf der rechten Seite.

Sie hielt vor der linken Tür kurz inne. Außer dem leisen Knistern des Ofens war nichts zu hören. Sie drehte den Knauf und die Tür öffnete sich mit einem Quietschen. In dem Raum stand ein Einzelbett, die Laken darauf waren zerwühlt. Auf einem Tisch sah sie eine Tasse mit Wasser, ein Fläschchen mit verschreibungspflichtigen Tabletten und einige Injektionsfläschchen mit Insulin.

Zitternd vor Furcht trat sie wieder hinaus in den Gang und ging langsam zur nächsten Tür. Sie drehte am Knauf und die Tür sprang auf. Sie sah zwei Doppelbetten und einen Spielbereich mit einem Maltisch, Spielsachen und Büchern.

»Ava? Kaylee?« Sie rief die Namen der Mädchen wieder und wieder, während sie im Wandschrank und unter den Betten nachsah, aber die Kinder waren nicht da.

Verdammt, wo mochten sie sein?

Sie ging zurück in den Korridor und entdeckte ganz am Ende eine weitere Tür. Sie öffnete sie, ihre Nerven waren zum Zerreißen gespannt. Sie sah eine Treppe, die in ein Dachbodenzimmer führte. Hier hatte das Licht gebrannt, das sie von draußen gesehen hatten.

Sie erleuchtete die steilen Stufen mit der Taschenlampe und stieg dann hinauf. Das schmale Treppenhaus roch modrig, Staubpartikel tanzten durch die Luft. Oben angekommen, durchsuchte sie den Raum mit der Taschenlampe. Hier stand ein weiteres Einzelbett, darauf eine dünne Decke.

Hatte Gayle Gooding etwa eines der Mädchen hier oben eingesperrt? Widerwille stieg in ihr auf, als sie an der Innenseite der Tür Kratzspuren entdeckte. Die Vorstellung, dass eines der Kinder – oder alle – verzweifelt versucht hatten, aus diesem Raum zu fliehen, ließ ihr die Knie weich werden.

136

»Pst, nicht weinen. Wir holen jetzt Sarah und dann werden wir uns mit Piper treffen«, redete sie den Mädchen gut zu, während sie zum Haus von Sarah Lundy in Dawsonville raste. Ava und Kaylee hatten sich auf dem Rücksitz zusammengekauert. Sie klammerten sich aneinander, und ihre leisen Klagelaute erinnerten sie an Piper, als sie mit fünf Jahren einmal sehr krank gewesen war, und deshalb die Geburtstagsparty ihrer besten Freundin verpasst hatte. Sie wäre so gern auf den Ponys geritten, die es dort gegeben hatte. Gayle hatte sich an diesem Tag absolut hilflos gefühlt. Sie hatte Piper in ihren Armen gewiegt, während das Kind kaum Luft bekommen hatte. Und sie hatte ihrer Tochter versprochen, dass sie eines Tages auf ihrer eigenen Geburtstagsparty auf einem eigenen Pony reiten würde.

Sie wischte sich mit dem Handrücken die Tränen fort. Doch das würde niemals geschehen.

Silas war wütend und Becky war fort, und sie wusste noch nicht, was sie tun würde, wenn sie Sarah hatte. Aber sie würde sich etwas überlegen. Das Einzige, was zählte, war, dass sie ihre

Familie wieder zusammenbrachte. Dann wäre alles wieder so, wie es sein sollte.

Sie war in Panik geraten, als ihr Mann gestürzt war und sich den Kopf angeschlagen hatte. Aber als sie schon auf dem Weg zu Sarah war, hatte sie noch einmal kehrt gemacht, um die Mädchen zu holen. Sie konnte sie schließlich nicht allein im Haus lassen ... Was wäre sie dann für eine Mutter gewesen?

Dann hatte sie im Radio gehört, dass die Polizei immer noch nach Ava suchte, dass man Becky gefunden hatte und dass man mittlerweile glaubte, die beiden Entführungsfälle könnten zusammenhängen. Sie hatte Angst gehabt, man würde sie bald aufspüren.

Wenn man sie und die Mädchen fand, würde man sie ihr wegnehmen. Und das hieße, Piper noch einmal zu verlieren. Das würde sie nicht überleben. Kein weiteres Jahr, ohne ihre Tochter im Arm halten zu können.

Die Mädchen weinten immer noch, und das machte sie nervös. Sie bekam eine Gänsehaut. Doch dann sah sie die blinkenden Lichter eines Polizeiautos in der Ferne und sie rief sich zur Ordnung und ging vom Gas. Sie durfte keine Aufmerksamkeit auf sich ziehen. Der Schneefall verdichtete sich zu einem weißen Wirbel, so wie an jenem schrecklichen Abend vor zwei Jahren, als Silas sie zur Cattail Cove hinausgeschleppt hatte.

Einmal mehr hatte sie das Gefühl, die Geschehnisse jener Nacht noch einmal aufs Neue durchleben zu müssen.

»Stopp! Piper, bleib stehen!« Entsetzen packte sie, als sie auf den gefrorenen Teich hinausrannte. Sie schlitterte vorwärts, Pipers Pferdeschwanz wippte im Wind, während sie über die Eisfläche flitzte. Dann das Geräusch des berstenden Eises. Silas, der nach ihnen rief. Piper, die schrie ...

Ihre kleinen Arme ruderten verzweifelt in der Luft, und

sie plumpste ins Wasser, als die viel zu dünne Eisschicht unter ihr nachgab und zersprang wie Kristall.

»Warte, Gayle!«, schrie Silas.

Aber es war zu spät. Sie hatte ihre Tochter beinahe schon erreicht. Nur noch ein Schritt, ein einziger Schritt. Sie streckte die Hand aus, um Piper zu greifen, aber dann brach das Eis unter ihren Stiefeln, und sie stürzte schreiend in den Teich. Das eiskalte Wasser zog sie in die Tiefe und brannte ihr in den Augen.

Sie kämpfte gegen den Sog an, blinzelte und suchte in der Finsternis nach Piper. Ihre Mütze war weggerutscht, ihre blonden Strähnen umtanzten ihren Kopf wie weiße Schlangen … Ihre Ärmchen ruderten, man sah, dass sie versuchte, Schwimmzüge zu machen, so wie man es ihr im Schwimmunterricht beigebracht hatte. Aber sie sank tiefer und tiefer hinab.

Ihre Lungen schrien jetzt nach Luft. Ihre Kleidung war bleischwer und zog sie immer weiter hinunter. Aber sie erlaubte es sich nicht aufzugeben. Sie zuckte mit Armen und Beinen, gegen die eisige Flut anschwimmend. Ihre Augen schmerzten, ihre Haut brannte und sie spürte, wie ihre Bewegungen langsamer wurden. Ihre Gliedmaßen erlahmten und wurden schwer, Wasser drang ihr in die Nase, ihre Lungen standen jetzt in Flammen, schrien nach Sauerstoff …

Dann entschwand Piper in die Dunkelheit, und ihr wurde schwarz vor Augen und sie fühlte, wie der Tod zu ihr kam …

Einige Zeit später drang ein leises Murmeln an ihr Ohr, ihr war so, als käme es aus weiter Ferne.

»Halt durch, Liebling. Wir sind jetzt auf dem Weg ins Krankenhaus.«

Sie öffnete ihre Augen und suchte nach ihrem kleinen Mädchen, aber ihre Lider waren schwer, ihr Körper zuckte unkontrollierbar und alles fühlte sich seltsam taub an. Sirenen heulten und blendend helle Lichter durchschnitten die schwarze Nacht. »Piper …«

»Sie ist bei mir«, sagte Silas mit rauer Stimme. Im Vertrauen, dass er sich um Piper kümmern würde, ließ sie sich wieder zurück in den Abgrund sinken. Sie würde sterben, das wusste sie.

Aber es war ihr egal. Solange sie nur Piper gerettet hatte.

137

Cord rief Lola an, während er eilig zu der Adresse fuhr, die Ellie ihm gegeben hatte. Er hoffte, dass sie die Mädchen dort unversehrt vorfinden würde.

»Es tut mir leid, aber ich muss unsere Verabredung für heute Abend absagen«, erklärte er ihr. »Ellie hat offenbar eine Spur im Fall des vermissten Mädchens. Benji und ich treffen uns gleich mit ihr bei einem Haus und suchen das Grundstück ab.«

Lola seufzte auf. »In Ordnung. Ich weiß schon, dass du zu Ellie nicht nein sagen kannst.«

»Nicht, wenn das Leben eines Kindes auf dem Spiel steht«, erwiderte Cord, nur mühsam seine Irritation überspielend. Er hatte das Gefühl, in seiner Beziehung mit Lola auf einem schmalen Grat zu wandern. Er hatte sie gern und sie waren sich nah gekommen, aber wenn Ellie ihn brauchte, würde er immer für sie da sein.

»Ich gehöre zu der Taskforce, die Special Agent Fox leitet, Lola. Und du willst doch auch, dass das Kind gefunden wird, oder?«

»Natürlich will ich das«, lenkte Lola ein. »Du weißt doch,

dass ich erst vorhin bei den Trumans war, um ihnen etwas zu essen vorbeizubringen.«

»Und das war wirklich sehr nett von dir, Lola«, sagte er, und er meinte es ehrlich. Er hatte in letzter Zeit erleichtert beobachtet, dass sie sich langsam von dem Trauma zu erholen schien, dass sie wegen dieses verdammten Serienmörders erlitten hatte.

»Ich wünsche mir nur, dass wir zusammen Weihnachten feiern. Aber du hast natürlich recht. Das Truman-Mädchen hat Priorität. Ich weiß, dass ihre Eltern entsetzliche Ängste durchstehen.«

»Danke für dein Verständnis«, sagte Cord. »Wir sehen uns dann morgen.«

Er erreichte die Gabelung, von der die Straße zum Haus der Goodings abging. »Ich muss jetzt auflegen. Es schneit ziemlich heftig, und ich kann fast nichts mehr erkennen.«

»Sei bitte vorsichtig«, sagte sie.

Aber die Verbindung war abgebrochen und er konnte sie wegen der Scheibenwischer und der laufenden Scheibenheizung kaum noch verstehen. Er sah hinaus in das blendend weiße Schneegestöber im Scheinwerferlicht seines Wagens und musste daran denken, wie er sich selbst als Kind in der Wildnis verirrt hatte. Und niemand war gekommen, um nach ihm zu suchen.

Diese Kinder hatten Glück, dass es Ellie gab.

138

Der Klang einer Hupe ließ Gayle aufschrecken und holte sie zurück in die Gegenwart und auf die winterliche Straße, die vor ihr lag. Der Sturm hatte Fahrt aufgenommen, der Wagen geriet leicht ins Schlittern, als sie um eine Kurve bog, und sie hatte Mühe, die Kontrolle über das Fahrzeug nicht zu verlieren. Plötzlich schoss ein Reh quer über die Fahrbahn, und sie riss das Lenkrad herum und fuhr auf den Seitenstreifen, um dem Tier auszuweichen.

Beruhige dich. Du holst jetzt Sarah ab und dann suchst du dir ein hübsches Plätzchen, wo ihr Weihnachten feiern könnt. Sie sah zu den Mädchen auf dem Rücksitz. Sie hasste sich dafür, dass sie ihnen Angst machte.

»Wartet nur, bis ihr Sarah kennenlernt«, sagte sie zu den Kindern. »Mit ihr zusammen werden wir wieder eine richtige Familie sein.«

»Ich habe Hunger«, jammerte Kaylee.

»Und ich muss bitte mal aufs Klo«, sagte Ava mit zittriger Stimme.

Sie biss die Zähne zusammen. Sie konnte jetzt auf keinen Fall an einem Laden oder gar einem Drive-in-Restaurant Halt machen. Jemand würde die Mädchen sehen, und wahrscheinlich würde eines von beiden – sicher Ava – anfangen zu schreien und so Verdacht erregen.

»Ich fühle mich nicht gut«, weinte Ava.

Piper war nie so weinerlich gewesen. Sie war immer lieb und gehorsam gewesen, und hatte getan, was man ihr sagte. Sie war so ein glückliches kleines Mädchen gewesen, das immerzu gelächelt und gesungen hatte, und ihre Stimme hatte geklungen wie die eines Engels.

»Wir besorgen uns etwas zu essen, wenn wir Sarah abgeholt haben und uns mit Piper treffen«, sagte sie. Wenn sie sie erst kennenlernten, würden sie endlich begreifen.

Dann wären sie ihr dankbar, dass sie sie alle zusammengebracht hatte. Als eine große glückliche Familie.

Aber die schreckliche Erinnerung an diesen Tag am Teich wollte Gayle nicht loslassen. Wie ein Geier, der seine Klauen in ihr Fleisch geschlagen hatte, um sie Stückchen für Stückchen zu verzehren.

Als sie im Krankenhaus erwachte, hatte sie pochende Kopfschmerzen. Sie hörte Maschinen piepen und dröhnend summen und sie fühlte sich eigenartig, so als würde sie irgendwo außerhalb ihres Körpers schweben. Sie versuchte, sich zu bewegen und öffnete die Augen, grelles weißes Licht blendete sie und sie musste blinzeln.

»Gayle? Bist du wach?«

Sie blinzelte erneut, dann drehte sie den schmerzenden Kopf zur Seite. Silas saß neben ihrem Bett. Er hatte den Kopf in die Arme gestützt, seine Schultern zitterten.

Sie stöhnte auf, ihr fehlte jede Orientierung. Ihr Geist glich einem schwarzen Loch voller Schreie und Finsternis. Sie glaubte, gegen den Strom eines Flusses anzukämpfen, der sie in einen Strudel sog. »Wo bin ich?«, fragte sie. Ihre Stimme war rau, kaum hörbar.

»Im Krankenhaus«, murmelte Silas, der ihre Hand genommen hatte und diese nun an sich zog. »Du erinnerst dich nicht?«

Sie wimmerte leise, sank tiefer in die Wärme der Decke zurück. »Alles ist verschwommen … was war los?«

»Wir waren mit Piper an der Cattail Cove. Sie ist hinaus aufs Eis gerannt …«

Der zerbrechliche Klang der Schreie ihrer Tochter hallte nun in ihr wider und ließ sie erschaudern. Sie sah, wie ihr blondes Haar um ihr Gesicht schwebte. … Sie waren unter Wasser …

Der Teich … gefrorenes Wasser … Eis, das brach und unter ihnen nachgab …

Keuchend versuchte sie, sich aufzurichten, aber ein scharfer Schmerz durchzuckte sie und sie sank zurück aufs Bett. »Du hattest sie doch … wir waren in einem Wagen … wir haben sie gerettet.«

Silas gab einen erstickten Laut von sich. »Es tut mir leid, Gayle … Sie hat es nicht geschafft.«

Seine Stimme klang, als wären sie in einem Tunnel. Sie wollte das nicht wahrhaben. »Nein … Silas, wo ist sie?«

Diesmal gelang es ihr, sich hochzustemmen. Sie ignorierte den Schmerz, Panik erfüllte sie. Sie sah sich im Raum um. »Wo ist sie? Sie muss doch hier sein.«

»Es tut mir so leid.« Silas' schmerzerfüllte Stimme erreichte sie wie aus weiter Ferne. Dann sah sie ihrem Mann in die Augen. Sie kannte diesen kummervollen Blick, er hatte ihn immer gehabt, wenn er einen Patienten verloren hatte. Aber er musste sich täuschen. Er musste einfach.

»Nein, du hast sie doch gerettet«, flüsterte sie. »Das ist doch dein Beruf.«

»Ich habe es versucht, aber es ging nicht«, flüsterte er gequält. »Ich habe alles getan, was ich konnte, Gayle,

aber sie war zu lange unter Wasser. Ich konnte sie nicht mehr wiederbeleben.«
Sie schob die Decken weg, um aufzustehen, aber ihre Beine wollten sie nicht tragen. »Nein, du lügst. Ich muss sie sehen! Wo ist sie?«
»Schatz, wir mussten sie beerdigen. Du lagst im Koma. Über einen Monat lang.«
Schockstarre ergriff sie, sie rührte sich nicht mehr. »Das kann nicht wahr sein. Es ist doch kurz vor Weihnachten. Der Weihnachtsmann wird bald kommen ...«
»Weihnachten ist vorüber ...«, sagte er leise. »Es tut mir leid. Aber ich musste eine Entscheidung treffen ... Er fasste sie sanft unter dem Kinn. »Es war keine Zeit.«
Gayle krallte sich an seine Arme. »Wovon sprichst du, Silas?«, fragte sie.
Aber in ihrem Herzen kannte sie die Antwort bereits.

139

Cord traf ein, als Ellie gerade die Sanitäter an der Vordertür in Empfang nahm und sie in das Haus der Goodings führte, damit sie dort den Doktor versorgen konnten.

»Die Mädchen?«

»Sind nicht hier«, antwortete Ellie. »Der Ehemann wurde niedergeschlagen. Gayle könnte also mit ihnen weggefahren sein, obwohl ihr Mann dachte, sie hätte sie nicht mitgenommen. Bitte sieh dich auf dem Grundstück um, auch auf der Weihnachtsbaum-Farm unten am Hügel. Derrick sucht nach einem Nebengebäude oder einem Tornadoschutzraum.«

»Ich habe ihn auf dem Weg hierher gesehen. Ich werde das Suchgebiet ausweiten«, sagte Cord, er klang entschlossen.

Während er Benji zurück nach draußen führte und die Sanitäter mit Silas beschäftigt waren, suchte sie in der Küche und auf dem Schreibtisch nach einem Kalender, Wochenplaner oder etwas Ähnlichem, das ihr einen Hinweis darauf lieferte, wohin Gayle Gooding gefahren sein mochte.

In der Zwischenzeit besah sich Derrick die unmittelbare Umgebung des Hauses und Auto und Handy von Dr. Gooding.

Ellie fand nichts und ging zurück in den Korridor, wo die

Sanitäter Silas Gooding eben auf eine Tragebahre hievten. »Er muss genäht werden und hat wahrscheinlich eine Gehirnerschütterung. Aber er wird wohl bald wieder auf den Beinen sein«, informierte sie einer der Sanitäter.

Gooding stöhnte und öffnete die Augen, er blinzelte und wirkte desorientiert.

Ellie ging rasch zu ihm. »Dr. Gooding, mein Name ist Detective Ellie Reeves.«

Er gab einen erstickten Laut von sich. »Meine Frau ... Gayle ... die Mädchen ...«

»Sie ist nicht hier, die Mädchen auch nicht«, sagte Ellie. »Wissen Sie, wohin sie sie gebracht hat?«

»Es geht ihr nicht gut«, murmelte er. »Ich habe ihr gesagt, dass das aufhören muss.«

»Ich glaube, diese Mädchen haben Spenderorgane von Ihrer Tochter erhalten. Ist das korrekt?«

Er nickte, sein Blick verdüsterte sich. »Haben Sie Becky gefunden?«

»Ja«, antwortete Ellie. »Sie wird es wohl schaffen. Sie haben sie zum Krankenhaus gebracht, nicht wahr?«

»Ich musste es tun. Sie wurde immer schwächer und kränker ...«

»Sie haben das Richtige getan. Ihre Mutter ist jetzt bei ihr. Aber Sie müssen uns sagen, wohin Ihre Frau Ava und Kaylee gebracht hat.«

»Sie will Sarah holen«, murmelte er schwach.

Ellie Herz begann zu rasen. »Sarah?«

»Sarah, sie ...« sein Atem klang nun pfeifend. »Sie hat Pipers Lunge erhalten.«

Ellie packte ihn am Arm. »Wie lautet ihr Nachname?«

»Lundy«, antwortete er. »Meine Frau ... Gayle war so außer sich vor Kummer, so verzweifelt nach Pipers Tod. Sie entwickelte eine Obsession, sie wollte unbedingt herausfinden, wer Pipers Organe bekommen hat.«

»Und Sie haben ihr dabei geholfen, an diese Informationen zu kommen«, ergänzte Ellie. »Sie arbeiten im Kinderkrankenhaus?«

»Für das Transplantationsteam«, sagte er mit rauer Stimme. »Gayle gab mir die Schuld für den Unfall. Ich rette jeden Tag Leben, aber unsere Tochter konnte ich nicht retten. Nach dem Unfall lag Gayle im Koma, ich musste schnell eine Entscheidung treffen.«

Ellie stockte der Atem. »Ich verstehe. Sie konnten Piper nicht retten, aber sie konnten anderen kranken Kindern helfen, indem sie ihre Organe zur Spende freigeben.«

Er nickte traurig. »Aber Gayle hasste mich dafür. Und letztes Jahr, am Jahrestag von Pipers Tod, entführte sie dann Kaylee.«

»Ich weiß«, sagte Ellie. »Das können wir später alles noch genauer besprechen. Im Moment aber muss Ihre Frau doch völlig verzweifelt sein. Was für einen Wagen fährt sie?«

»Einen weißen Ford Ecoline«, antwortete er hustend.

Ellie sah zu Derrick auf, der gerade hereinkam. »Mrs Gooding plant, ein weiteres Kind zu entführen, ein Mädchen namens Sarah Lundy. Finde bitte heraus, wo sie lebt und gib eine Fahndung nach Gayles Wagen heraus. Es ist ein weißer Ford Ecoline.«

Derrick griff sofort zum Handy und rief den Captain an.

Eine Minute später wandte er sich ihr wieder zu. »Ich habe die Adresse. Wir alarmieren von unterwegs aus auch die lokale Polizei.«

»Sie können ihn jetzt mitnehmen«, sagte Ellie zu den Sanitätern. »Aber ich möchte, dass Sie ihn ins Bluff County Hospital bringen.« Sollte sein Frau planen, ihn zum Schweigen zu bringen, wird sie ihn wahrscheinlich eher in Gainesville vermuten. Auch Ellies Kollegen wären dann in der Nähe, um ihn zu beschützen, bis er gesundheitlich soweit wieder hergestellt war, um angeklagt werden zu können.

Gooding streckte die Hand nach Ellie aus, er wollte noch etwas sagen.

»Detective, bitte finden Sie Gayle und die Kinder. Aber ... bitte ... tun Sie Gayle nicht weh.«

Eine Welle des Mitgefühls für seine Frau überrollte Ellie, sie bedauerte ihren Kummer und ihren schrecklichen Verlust. Doch was sie getan hatte, war unverzeihlich, und die Rettung der Mädchen hatte für sie oberste Priorität. Sie drehte sich also um und ging, ohne etwas versprochen zu haben. Sie würde alles tun, was nötig war, um Ava und Kaylee zu retten.

140

Ellie und Derrick machten sich auf den Weg zum Haus der Lundys, während Cord begann, das Grundstück systematisch abzusuchen. Sie betete, dass Silas sich irrte und Gayle nicht im Begriff war, auch noch Sarah zu entführen.

Aber wer wusste schon, in welchem mentalen Zustand die Frau jetzt sein mochte?

Der Schneefall hatte nachgelassen, doch die Schneedecke war bereits dick. Der Verkehr floss nur zäh, endlich bogen sie in die Straße ein, wo Sarah mit ihren Eltern Jo und Harold lebte. Es war ein weiß gestrichenes Ziegelhaus im Ranch-Stil, in den Fenstern und an der kornblumenblauen Haustür funkelte festlicher Lichterschmuck. Auf dem Rasen vor dem Haus wurde ein riesiger aufblasbarer Weihnachtsmann samt Rentier vom Wind durchgerüttelt und in der Einfahrt stand ein Schild mit der Aufschrift *Weihnachtsmann, bitte hier halten!* Frischer Schnee bedeckte das Dach, die Szenerie erinnerte an eine Weihnachtspostkarte.

Abgesehen davon, dass hier nackte Angst in der Luft lag. Ellie war sich mittlerweile sicher, dass Gayle Renee getötet hatte und auch Priscilla hatte ausschalten wollen.

Auf dem Weg hierher hatte Derrick die lokale Polizei informiert. Ellie entdeckte Gayles Van auf der Straße. Sie fuhr gerade den Bordstein hoch, als ein Einsatzwagen der Polizei von Dawsonville eintraf. Der Officer stieg aus, blieb aber noch bei seinem Wagen, da er Anweisung erhalten hatte, auf Verstärkung zu warten.

Ellie schaltete den Motor aus, dann holte sie ihr Nachtsichtgerät heraus, um sich umzusehen. Am Weihnachtsbaum, den man durch das Fenster sah, glitzerten rote, grüne und silberne Lichter. Dahinter schien sich etwas zu bewegen. Sie erkannte Gayle und eine Frau, bei der es sich um Sarahs Mutter handeln musste. Eine Sekunde später wurde die Vordertür geöffnet und Gayle trat heraus, den Arm um ein kleines erdbeerblondes Mädchen mit Sommersprossen gelegt. *Gott im Himmel*. Die Frau wirkte völlig aufgelöst, in ihren Augen stand blanke Panik, gemischt mit Verzweiflung und Entschlossenheit. Sie wirkte, als ob sie nicht mehr wusste, wer oder wo sie war.

Die kleine Sarah hatte die Augen vor Entsetzen weit aufgerissen, sie weinte.

Ellie zog ihre Waffe aus dem Holster, und Derrick tat es ihr gleich. Dann stiegen sie beide aus dem Jeep.

Gayle zog das Kind zur Treppe, und die Kleine begann zu schreien, als sie sie die Stufen herunterzerrte. Sarahs Eltern erschienen nun in der Tür, sie schrien Gayle nach, sie solle stehenbleiben.

Ellie stockte der Atem, als Gayle eine Waffe zog und sie auf das Paar richtete.

»Zurückbleiben, oder ich schieße!«

Mrs Lundy sprang trotzdem auf sie zu, die Augen entsetzt aufgerissen. »Bitte, lassen Sie sie gehen«, flehte Mrs Lundy. »Es ist doch Weihnachten ...«

Mr Lundy zog seine Frau zurück, damit sie nicht weiterging und erschossen wurde. »Tun Sie ihr nicht weh!«, rief der Vater.

Ellie sah aus dem Augenwinkel, wie der Officer sich langsam näherte und hörte, wie Derrick ihm leise befahl, sich zurückzuhalten.

»Gayle«, rief Ellie nun. Sie gab den Lundys ein Zeichen, sich nicht von der Stelle zu rühren. »Ich bin Detective Ellie Reeves. Legen Sie die Waffe weg!«

Derrick schlich sich derweil geduckt um den Jeep herum zum Van. Ellie entdeckte jetzt Ava und Kaylee im Wagen, sie hämmerten schreiend gegen die Rückscheiben.

»Bitte«, sagte Ellie. »Sie machen Sarah Angst.«

»Gehen Sie mir aus dem Weg, und halten Sie mich nicht auf.« Gayle fuchtelte mit der Waffe herum, ihr Gesicht eine Grimasse der Wut. »Ich will Piper zurück, und diese Leute haben sie mir weggenommen.« Ihre Stimme kippte. »Ich ertrage nicht noch ein Weihnachten ohne sie.«

Ellie zwang sich, ruhig mit ihr zu sprechen. »Ich verstehe Sie, und ich bedauere Ihren Verlust zutiefst«, sagte sie. Sie hob langsam die Hand, um ihr zu signalisieren, dass sie nicht schießen wollte. »Wir haben mit Ihrem Mann gesprochen, und er hat uns alles erzählt.«

Die Lundys sahen jetzt verwirrt aus, und die arme Sarah zitterte am ganzen Leib, ihre kleinen Beine schienen sie kaum tragen zu wollen.

»Silas liebt Sie«, sagte Ellie, und hoffte, die Situation irgendwie entschärfen zu können. »Es tut ihm so schrecklich leid, was passiert ist. Ich weiß, es gab einen furchtbaren Unfall am Teich. Erzählen Sie mir, was an diesem Tag geschehen ist, Gayle.«

Der Lauf der Waffe in ihrer Hand hob und senkte sich, sie zog Sarah enger an sich heran. »Silas bestand darauf, mit uns an diesen Ort zu fahren, Cattail Cove. Ich sagte ihm, es sei zu kalt, aber er wollte nicht auf mich hören.« Tränen flossen über ihr Gesicht. »Dann rannte Piper hinaus aufs Eis. Sie glaubte, der Teich sei zugefroren, aber die Eisschicht war nur dünn …« Mit der freien Hand wischte sie sich die Tränen ab, die sich mit Schneeflocken mischten, die an ihren Wimpern klebten.

»Und das Eis ist gebrochen, nicht wahr?«, fragte Ellie nun nach. Hinter ihr spürte sie, wie Derrick und der Officer sich dem Van näherten, um Ava und Kaylee da rauszuholen. Sie musste dafür sorgen, dass Gayle weitersprach.

Die Lundys klammerten sich aneinander, ihr Entsetzen war in der eisigen Luft fast mit Händen zu greifen.

Gayle entfuhr ein erstickter Laut. »Das Eis brach, und sie fiel ins Wasser, und ich versuchte, sie zu retten, aber ... dann stürzte ich selbst ins Wasser, und ich habe versucht, sie zu erreichen, aber ... es war so kalt und dunkel, und ich habe sie verloren ...«

»Das muss entsetzlich gewesen sein«, sagte Ellie nun sanft. »Sie wollten ihr doch helfen ... Das kalte Wasser, das Ihnen in die Lungen drang ... Sie haben alles getan, um sie zu retten.«

»Aber das war nicht genug«, rief Gayle schrill. »Es war nicht genug, und dann im Rettungswagen sagte Silas, sie sei bei ihm, und ich dachte, alles sei in Ordnung ...« Sie klang jetzt panisch. »Dann bin ich im Krankenhaus aufgewacht ...«

Ihre Stimme versagte und sie sah die Eltern des Mädchens mit flehendem Blick an.

»Silas hat versucht, sie zu retten, nicht wahr?«, fragte Ellie. Sie betete, dass es ihr gelang, Gayle irgendwie zu beschwichtigen.

»Das hat er behauptet, aber es stimmte nicht«, schrie sie. »Er hat zugelassen, dass sie sie aufschneiden und ihre Körperteile herumreichen, Stück für Stück. Und dann hat er sie begraben, während ich im Koma lag, und ich ... konnte mich noch nicht einmal von ihr verabschieden.« Sie zog Sarah eine weitere Stufe herunter. »Aber jetzt habe ich sie gefunden. Ich habe alles von ihr gefunden, und ich will sie zurück!«

Sarahs Mutter streckte die Hand aus. »Es tut mir so leid, dass Sie Ihre Tochter verloren haben«, sagte sie. Schmerz und

Angst lagen in ihrer Stimme. »Als wir die Nachricht bekamen, dass Sarah ein Spenderorgan erhält, wussten wir, dass das bedeutet, dass jemand anderes ein Kind verloren hat. Aber wir wussten nicht, um wen es sich handelte.« Ihr Tonfall war ruhig und bittend, sie wollte, dass Gayle ihr zuhörte. »Ich kann nicht ermessen, wie es sich für Sie anfühlte, sie zu verlieren. Als Sarah krank wurde und wir auf die Liste für ein Spenderorgan gesetzt wurden, mussten auch wir fürchten, dass Sarah stirbt. Ich habe vor Angst fast den Verstand verloren.«

»Aber Sie durften sie behalten, dank meines Kindes!«, erwiderte Gayle mit brüchiger Stimme.

Mrs Lundys Augen blickten traurig. »Es tut mir so leid für Sie, Gayle. Und wir werden Ihnen für Ihr Opfer ewig dankbar sein. Aber Sarah ist nicht Ihre Tochter. Sehen Sie sie doch nur an.« Sie zögerte kurz und tat dann einen Schritt nach vorn. Ihr Ehemann ließ sie los, offenbar in der Hoffnung, seine Frau könnte Gayle zur Vernunft bringen.

Gayles Zorn schien sich ein wenig zu legen, sie ließ die Waffe einige Zentimeter sinken, ihr Griff um Sarah lockerte sich.

»Ich weiß, Sie waren eine gute Mutter«, fuhr Mrs Lundy fort. »Sie sind beinahe gestorben, bei dem Versuch, Piper zu retten. Aber jetzt gerade machen Sie Sarah große Angst.«

»Sie hat recht«, sagte Ellie. »Sie wollen Sarah doch nicht verletzen, oder sie ängstigen? Denn das wäre, als würden Sie einem Teil von Piper wehtun.«

141

Du tust Piper weh. Tust Piper weh. Tust Piper weh.

Nein … Sie würde Piper niemals wehtun. Sie lebte und atmete nur für ihr Kind. Sie wünschte sich so sehr, dass sie zurückkam, dass es sich anfühlte, als hätte sie ein riesiges Loch in der Brust, das sich niemals mehr schließen würde. Nicht, bis Piper wieder mit ihr vereint war.

»Bitte, lassen Sie Sarah gehen«, flehte die andere Frau sie an. »Sie ist nur ein kleines Mädchen, und sie hat doch schon so viel durchgemacht. Sie hat um ihr Leben gekämpft, und jetzt ist sie völlig verängstigt. Ich weiß, dass Sie ihr nicht wehtun wollen.«

Du tust Piper weh. Tust Piper weh.

Gayle sah hinunter zu dem kleinen Mädchen, deren sommersprossige Wangen nass waren von Tränen, und der Magen drehte sich ihr um. Die Angst in Sarahs Augen quälte sie. Sie hörte ihr Wimmern und sah von der Polizeibeamtin hin zum FBI-Agenten und dem Officer. Sie war umzingelt.

Silas hatte recht. Genau wie diese Frau. Sarah war nicht ihr Kind. Nicht ihre Piper. Dasselbe galt für Ava, Kaylee und

Becky. Sie trugen zwar Teile von Piper in sich, aber das war nicht dasselbe.

Sie würden sie niemals lieben, als wäre sie ihre Mommy. So wie Piper niemals eine Fremde geliebt hätte, die sie entführt hatte.

Sie schloss ihre Augen für einen kurzen Moment, der Schmerz war überwältigend. Dann fuhr ihr eine Windböe durchs Haar und eine Schneeflocke landete auf ihrer Nase und sie sah plötzlich Piper, wie sie durch den Schnee tobte, sich um sich selbst drehte und Schneeflocken mit der Zunge fing. Dann ließ sie sich auf den Boden plumpsen, ruderte mit Armen und Beinen und machte einen Schneeengel. Ihr glockenhelles Lachen erfüllte die Luft. Ihre Augen leuchteten wie Weihnachtssterne.

Gayle öffnete die Augen und begriff, dass sie sich das alles nur eingebildet hatte. Das kleine Mädchen, das sie an der Hand festhielt, wollte weder lächeln noch lachen. Sie wollte zu ihrer Mommy.

»Gayle«, sagte die Polizeibeamtin nun. »Jedes dieser Kinder wird von seiner Familie so sehr geliebt, wie sie Piper liebten. Bitte lassen Sie sie nicht dieselben Qualen durchleiden, die Sie durchmachen mussten.«

Noch Wochen und Monate nach Pipers Tod hatte Gayle nicht begreifen können, dass sie für immer fort war. Sie hatte die Gesichter der Kinder auf der Straße gemustert, immer auf der Suche nach ihr. Sie hatte so starke Depressionen bekommen, dass Silas darauf bestanden hatte, dass sie eine Trauertherapeutin aufsuchte. Als ihr auch das nicht geholfen und sie Silas immer weiter bedrängt hatte, weil sie unbedingt wissen wollte, wer Pipers Organe erhalten hatte, hatte ihr Mann schließlich nachgegeben. Er hatte in Erfahrung gebracht, dass Kaylee Pipers Herz bekommen hatte. Und war das Herz nicht die Essenz des Lebens?

Zuerst war sie nur immer wieder zum Haus des kleinen

Mädchens gefahren und hatte sie beim Spielen beobachtet. Hatte sie aus der Ferne betrachtet. Sie hatte geglaubt, das würde ihr genügen. Zu sehen, wie das Herz ihres Kindes ein anderes Kind am Leben hielt.

Dann war Kaylees Ball eines Tages bis auf die Straße gerollt und sie hatte ihn aufgehoben und ihn ihr zurückgegeben. Als sie dem Mädchen in die Augen sah, hatte sie sofort eine besondere Verbindung zu ihr gespürt und gewusst, dass sie zu ihr gehörte. Der Gedanke, sie bei sich haben zu wollen war übermächtig geworden.

Nun sah sie, wie die Kleine sich an den Officer klammerte, Tränen rannen ihr übers Gesicht und ihr wurde die Tragweite ihrer Taten bewusst.

»Gayle, lassen Sie uns das beenden«, sagte die Polizeibeamtin und kam nun langsam auf sie zu.

»Bitte«, flehte Sarahs Mutter. Mitgefühl zeigte sich in Mrs Lundys Augen und ließ Gayles Zorn dahinschmelzen. »Es tut mir leid«, sagte sie nun. »Ich ... Es tut mir so leid.«

Sie beugte sich zu Sarah hinunter und wischte ihr mit dem Daumen die Tränen von den Wangen. »Es tut mir leid, dass ich dir Angst gemacht habe, Liebes.« Sie klopfte ihr sanft auf die Schulter, dann ließ sie sie los. »Geh zurück zu deiner Mommy.«

Sarah drehte sich um und rannte los. Ihre Mutter lief ihr entgegen, nahm sie auf den Arm und presste ihren Kopf gegen ihre Schulter. Der Vater schlang seine Arme um Mutter und Tochter und ging mit ihnen die Einfahrt hinauf bis zur vorderen Veranda.

»Gayle?«, sagte Ellie. »Bitte geben Sie mir jetzt die Waffe.« Aus dem Augenwinkel sah sie, wie der Officer und Derrick Ava und Kaylee aus dem Van holten und mit ihnen zu dem Polizeiwagen rannten.

»Sie haben Renee getötet, nicht wahr?«, fragte Ellie. »Sie haben die Limonade vergiftet, die sie ihr dann ins Gefängnis mitbrachten.«

Gayle nickte. Sie erinnerte sich an den Tag, als sie Renee und ihre Schwester über ihr Alkoholproblem hatte sprechen hören.

»Eines Tages im Park bekam ich mit, wie die beiden Schwestern sich über die AA unterhielten«, sagte sie, einem plötzlichen Drang folgend, jemandem alles zu gestehen. »Dann dachte ich, warum hat diese Frau eine Tochter, obwohl sie trinkt, und mir wurde mein kleines Mädchen genommen? Das war einfach nicht fair.« Sie wischte sich Schneeflocken aus dem Gesicht. »Sie hatte es nicht verdient, meine Piper großzuziehen. Also beschloss ich, zu AA zu gehen, und Kontakt zu Renee aufzunehmen.«

»Aber dann haben Sie ihre Tochter entführt und sie angeschwärzt, indem Sie dem Officer am Strand erzählten, Renee sei betrunken gewesen. Sie waren es, die die Wasserflasche manipuliert hat, nicht wahr?«

»Ja«, murmelte Gayle. »Während die beiden Muscheln gesammelt haben.«

»Eines verstehe ich nicht«, fuhr Ellie fort. »Sie saß doch schon im Gefängnis, warum also mussten Sie sie töten?«

Neuer Zorn flammte in Gayle auf. »Es war notwendig. Sie hatte ihrer Schwester und den Cops von mir erzählt, und ich wusste, sie könnte mich identifizieren. Und dann würde jemand eins und eins zusammenzählen. Ich ... war so verzweifelt«, sagte sie leise. »Es war ein Jahr her, seit ich Piper verloren hatte. Mit jedem Tag, der verging, starb ich innerlich ein bisschen mehr.«

»Und dann stießen Sie Priscilla vom Felsüberhang am Hangman's Dome«, sagte Ellie.

Gayle nickte, ihr Gesicht eine Grimasse der Wut. »Ich entdeckte diese dämliche Facebook-Gruppe. Und ich beobachtete, wie die beiden sich anfreundeten. Sie wollten zu dieser Reporterin gehen, und Sie haben nach Ava gesucht und ... Ich musste einfach etwas unternehmen.«

Ellie ging langsam auf sie zu. »Es ist vorbei, Gayle. Ich weiß, dass es Ihnen leidtut, die Kinder geängstigt zu haben, und dass es Ihnen schlecht geht. Aber Sie wollen doch nicht noch mehr Menschen verletzen, oder? Das wäre sicher nicht das, was Piper gewollt hätte.«

Vor Kummer überwältigt schüttelte Gayle den Kopf.

Die Frau hatte recht. Es war vorbei. Sie wusste, was als nächstes passieren würde. Sie war zu weit gegangen. Hatte zu viele rote Linien überschritten. Und hatte dabei so vielen Menschen weh getan.

Ihrem Mann. Den Kindern. Deren Müttern.

Sie würde ins Gefängnis gehen. Man würde sie für den Rest ihres Lebens wegsperren. Und sie hatte es verdient.

Obwohl sie jetzt schon seit zwei Jahren die Gefangene ihres Kummers war.

Sie hob die Waffe wieder und ging dann rückwärts zu ihrem Van, die Pistole auf die Polizeibeamtin gerichtet. Dann sprang sie auf den Fahrersitz und startete den Motor.

Silas hatte recht. Das musste ein Ende haben. Aber bevor sie es wirklich beendete, wollte sie wieder bei Piper sein.

142

Ellie wäre Gayle gern gefolgt, aber die Kinder brauchten sie. Sie musste diese Aufgabe delegieren.

»Nimm meinen Wagen und verfolge den Van. Der Officer wird mich und die Kinder in ein Krankenhaus fahren«, sagte sie zu Derrick. »Ihre Familien warten auf sie.«

Derrick schnappte sich ihre Schlüssel, rannte zum Jeep und raste Gayle nach.

Ellie lief zu den Mädchen und setzte sich zu ihnen auf den Rücksitz des Streifenwagens. »Fahren Sie uns bitte zum Bluff County Hospital«, sagte sie zu dem Officer, dann wandte sie sich den Kindern zu. »Alles wird wieder gut, Ava und Kaylee. Wir bringen euch zurück zu euren Familien.«

Sie schnallte die Mädchen an. Avas verweinte Augen begannen zu leuchten, aber Kaylee ließ den Kopf hängen. »Meine Mommy ist tot«, sagte sie leise.

Das stimmte. Und Ellie konnte daran nichts ändern. Sie zog das Kind in ihre Arme und strich ihr die Haare aus dem Gesicht. »Das tut mir sehr leid, Kleines. Aber deine Tante Priscilla kam zu mir. Sie hat die ganze Zeit nach dir gesucht. Deswegen bin ich jetzt hier.«

Kaylees sah sie hoffnungsvoll an. »Ist das wahr?«

»Es ist wahr«, sagte Ellie und drückte sie fest an sich. »Und ich werde dich zu ihr bringen.«

Ava verzog den kleinen Mund zu einer Schnute. »Die Frau hat gesagt, dass meine Mommy mich nicht mehr will. Dass ich ihr zu viel Mühe mache.«

»Oh, Liebes, das stimmt nicht«, sagte Ellie und nahm Avas kleines Gesicht in ihre Hände. »Sie liebt dich und sie war außer sich vor Sorge um dich. Sie hat mich auch angerufen, und sie sucht nach dir, seit die Frau dich mitgenommen hat.«

Ava nahm Kaylees Hand. »Ich hab' dir doch gesagt, dass die Frau eine Lügnerin ist.«

Sowohl Autoheizung als auch Scheibenwischer arbeiteten auf Hochtouren, während sie in Richtung Bluff County fuhren. Als sie auf den Main Highway kamen, waren die Mädchen eingeschlafen. Sie mussten völlig erschöpft sein.

Ellie rief Shondra an. »Wir haben Kaylee und Ava«, sagte sie. »Sie sind verstört und verängstigt, aber unverletzt. Ich bin jetzt mit ihnen auf dem Weg ins Krankenhaus. Sag es den Trumans. Sie sollen kommen.«

»Was für wunderbare Nachrichten«, erwiderte Shondra. »Lara war so niedergeschlagen, aber sie und ihr Mann sind heute trotzdem losgefahren, um den Hundewelpen für Kaylee zu holen.« Shondras Stimme zitterte bewegt. »Ich glaube, sie wollten einfach irgendetwas tun, das ihnen hilft, die Hoffnung nicht zu verlieren.«

»Gut. Ich bin nur froh, dass die Mädchen in Sicherheit sind.«

Sie berichtete Shondra von Gayle Gooding und ihrem Mann.

»Wir haben einen Fahndungsauftrag für ihren Wagen herausgegeben und Derrick hat die Verfolgung aufgenommen. Ich werde ihren Ehemann vernehmen, vielleicht weiß er ja, wohin sie gefahren sein könnte. Er wurde vorhin ins Bluff County Hospital eingeliefert.«

Sie stellte sich Priscillas und Laras Gesichter vor, wenn sie die gute Nachricht erhielten, und lächelte voller Vorfreude.

143

Derrick raste Gayles Wagen nach und folgte ihr bis zum Highway, dankbar, dass Ellies Jeep Allradantrieb und Schneereifen hatte. Trotzdem drehten die Räder auf den matschigen Straßen, die an vielen Stellen vereist waren, immer wieder durch und er kam nicht so schnell voran, wie erhofft. Ein paar Schneeflocken mischten sich in die Tropfen eines weiteren Regenschauers und Nebel beeinträchtigte die Sicht. Er drehte die Heizung weiter auf, Hitze waberte durch das Fahrzeug, die Scheibenwischer schrammten quietschend über die vereiste Frontscheibe.

Der Verkehr heute Abend war wieder dichter. Viele Menschen hatten sich auf den Weg gemacht, um ihre Familien zu besuchen oder in den Weihnachtsgottesdienst zu gehen. Gayle fuhr mit überhöhter Geschwindigkeit und überholte die langsameren Fahrzeuge in gewagten Manövern. Er versuchte, an ihr dranzubleiben, aber als sie an einem weiteren Auto vorbei raste, touchierte sie dessen vordere Stoßstange, und es geriet ins Schlingern. Derrick riss das Steuer zur Seite, um den Wagen nicht zu rammen und ebenfalls zu überholen, aber ein entgegenkommender Sattelzug kam auf sie zu und knallte gegen den Wagen, der aus der Spur geraten war. Dieser wurde von der Straße gedrängt, der Sattelzug rutschte derweil auf den Straßengraben zu, stellte sich dann quer und blockierte so den kompletten Highway.

Er fluchte und legte quietschend eine Vollbremsung hin. *Verdammt noch mal*. Gayle verschwand in einer Wand aus Nebel und Dunkelheit. Man hörte Fahrzeuge auf der anderen Seite des Sattelschleppers abbremsen, irgendjemand hupte. Zwei Autos kamen dicht hinter Derrick erst im letzten Moment zum Stehen, ihre Scheinwerfer blendeten ihn. Er packte sein Handy und stieg aus, um nachzusehen, ob jemand verletzt worden war. Ein Mann stieg aus dem Truck. Er schien unversehrt zu sein, sah aber wütend aus. Derrick eilte zu dem Wagen, der von der Straße abgekommen war und fand dort eine Frau am Steuer vor. Sie zitterte und sah aus, als würde sie unter Schock stehen. Er öffnete die Autotür und sah zu ihr hinein.

»Alles in Ordnung, Ma'am?«

Sie blickte zu ihm auf, einen Ausdruck des Erstaunens im Gesicht. »Ja. Aber dieser Wagen ... er hat mich beinahe gerammt.«

»Ich weiß, Ma'am. Brauchen Sie einen Krankenwagen?«

Sie bewegte die Arme und Beine, wie um zu überprüfen, ob sie sich verletzt hatte. »Ich glaube nicht.«

Der Fahrer des Sattelschleppers kam jetzt auf sie zu, die Hände tief in den Taschen seines dicken Wintermantels verborgen.

»Alles in Ordnung bei Ihnen, Sir?«, fragte Derrick.

»Ja.« Der Fahrer zeigte auf die Frau. »Und bei Ihnen?«

Sie nickte zitternd, und der Mann fuhr sich mit einem erschöpften Seufzen durch den Bart.

»Ich melde den Unfall jetzt«, sagte Derrick zu ihnen.

Er zog das Handy heraus und erledigte den Anruf. Dann telefonierte er mit Ellie, um ihr zu sagen, dass er Gayle verloren, und keine Ahnung hatte, wohin sie gefahren sein könnte.

144

Dichter Schnee fiel, das weiße Treiben verlieh der Umgebung etwas Unwirkliches, während der Officer Ellie und die Kinder durch die Stadt fuhr. Die Kerzen, die die Menschen der Gebetswache für Ava angezündet hatten, leuchteten in der Nacht wie zarte Strahlen der Hoffnung. Auf Schildern wurde eine Wiederholung des Engelsfestes für den morgigen Tag um sechzehn Uhr angekündigt, die im Kinderkrankenhaus stattfinden sollte. Dann würde der Weihnachtsmann die Geschenke verteilen, die sie am Engelsbaum gesammelt hatten.

Ellie war noch nie so stolz auf ihre Stadt gewesen. Die Menschen waren zusammengekommen und hatten die Trumans, die Angst und Schrecken hatten durchleben müssen in einer Zeit, die eigentlich voller Licht und Freude sein sollte, unterstützt. Dottie Clarke mit ihrem Nachbarschaftswachen-Projekt. Emily Nettles mit ihrem Gebetskreis und dem Verandazirkel. Selbst Vera hatte über den Engelsbaum Geschenke für die Armen organisiert.

Ihr Telefon vibrierte, Derrick rief an. »Ellie, verdammt, Gayle ist mir entwischt. Sie hat einen Unfall verursacht und die Straße war blockiert, aber sie fuhr einfach weiter.«

Ellie biss die Zähne zusammen. »Wurde der Unfall schon gemeldet?«

»Ja, ich habe mich darum gekümmert. Ich höre schon die Sirenen. Bist du im Krankenhaus?«

»Wir sind fast da. Ich sehe dann nach, ob Gayles Ehemann wieder vernehmungsfähig ist. Vielleicht weiß er, wo sie sein könnte.«

»Dann treffen wir uns dort.«

Sie legte auf, aber ihr Handy klingelte erneut. Diesmal war es Angelica. »Gibt es was Neues, Ellie?«

»Ja. Wir treffen uns morgen auf der Polizeiwache, dann bekommst du die komplette Story.«

Sie würde in dieser Sache keinem anderen Journalisten vertrauen.

»Kannst du mir schon etwas verraten?«, fragte Angelica.

»Wir haben Ava Truman und Kaylee Wilkinson gefunden. Ich bin gerade auf dem Weg ins Krankenhaus, dort übergebe ich sie ihren Familien. Morgen erzähle ich dir alles im Detail.«

»Sag mir nur wann, ich werde da sein«, erwiderte Angelica.

Sie beendeten das Gespräch, und der Streifenwagen holperte über die Bodenschwellen an der Zufahrt zur Notaufnahme. Ellie hatte den Eindruck, dass die Mädchen gesund waren, aber angesichts ihrer medizinischen Vorgeschichte würde man sie gründlich untersuchen müssen.

»Helfen Sie mir, sie hineinzubringen«, bat sie den Officer.

Er stellte den Motor ab, ging nach hinten zur Rückbank und öffnete die Tür. Dann nahm er die schlafende Kaylee auf den Arm. Ellie stieg aus und holte Ava. Sie drückte ihren kleinen Körper sanft an sich, während sie eilig hinein gingen. Die Türen flogen auf und einige Mitarbeiter der Ambulanz nahmen sie in Empfang.

»Womit haben wir es zu tun?«, fragte eine Schwester.

»Zwei gekidnappte kleine Mädchen«, sagte Ellie, dann

hörte sie ein Aufstöhnen und entdeckte Lara und Jasper Truman, die aus dem Wartebereich auf sie zu gerannt kamen, dicht gefolgt von Shondra.

»Ava!«, rief Lara. Jasper stand direkt hinter ihr und Ava hob den Kopf. Ellie hatte einen Kloß im Hals, als Lara nun die Arme nach ihrer Tochter ausstreckte. Ihre Augen blickten fragend und besorgt.

»Sie scheint okay zu sein, sie ist nur verängstigt«, beschwichtigte Ellie sie.

»Ich danke Ihnen«, murmelte Lara, während sie Ava an ihre Brust zog und ihr Haar mit Küssen bedeckte. Dann streckte Ava die Hand nach Bunny aus.

»Mommy! Daddy!« Ava schlang die Arme um den Hals ihrer Mutter und vergrub ihr Gesicht an ihrer Brust und Jasper umarmte sie beide.

Jasper sah zu Ellie, in seinen Augen standen Tränen. Bedauern schien sich mit Erleichterung zu mischen und er klang, als wolle er sich entschuldigen. »Danke, dass Sie uns unser Kind zurückgebracht haben.«

Ellie nickte ihm knapp zu. »Ich bin froh, dass sie rechtzeitig zum Weihnachtsfest wieder zuhause ist.«

»Gute Arbeit«, lobte Shondra sie überschwänglich.

»Ohne unser Team hätte ich das nicht geschafft«, erwiderte Ellie lächelnd.

Nun wachte auch Kaylee auf und sah sich um. Sie blickte prüfend in ihre Gesichter. »Ava?«, wimmerte sie.

»Ich bin hier.« Ava griff nach Kaylees Hand.

Lara kam einen Schritt näher und die Mädchen umarmten einander kurz. »Kaylee hat auf mich aufgepasst, Mommy«, sagte Ava leise.

Lara blinzelte ein paar Tränen fort und streichelte Kaylee. »Ich bin so froh, dass ihr euch angefreundet habt.«

»Bringen wir sie zu ihrer Tante«, sagte Ellie. »Lara, Jasper, vielleicht möchten Sie mich begleiten und Priscilla kennenlernen. Wäre sie nicht gewesen, hätten wir Ava wohl nicht gefunden.«

»Ja, sehr gerne«, sagte Lara begeistert.

Ellie nahm dem Officer Kaylee ab und führte Lara und Jasper, die sich an Ava klammerten, zu Priscillas Zimmer. Ellie war froh, dass Bryce immer noch dort vor der Tür stand.

»Danke, dass du die Stellung gehalten hast, Sheriff«, sagte sie. »Wir haben die Mädchen gefunden.«

»Gute Arbeit, Ellie.«

Hatte Bryce ihr etwa gerade ein Kompliment gemacht?

Er berührte sie am Ellenbogen. »Ist es in Ordnung, wenn ich jetzt gehe? Mandy will morgen mit mir frühstücken.«

Ellie lächelte ihm zu. »Das freut mich. Lass es ruhig angehen, Bryce. Deine Tochter hat schon so viel verloren.«

Seine Kiefermuskulatur spannte sich an, doch dann nahm er Ellies Hand und ließ etwas hineingleiten. »Mein Ein-Monats-Chip«, sagte er so leise, dass nur sie es hören konnte. »Ich gebe mir Mühe, Ellie.«

Ellie war so gerührt, dass sie kein Wort herausbrachte. Kaylee zappelte in ihren Armen. Ellie klopfte an Priscillas Tür und öffnete sie, während Bryce sich entfernte.

Lara und Jasper traten zur Seite, damit sie zuerst hineingehen konnte. Priscilla hatte geschlafen, erwachte nun aber von den Geräuschen ihrer Besucher. Sie sah auf und streckte dann mit einem spitzen Aufschrei die Hände nach ihrer Nichte aus. »O mein Gott! Kaylee, mein Kleines, komm zu mir!«

»Tante Prissy!« Kaylee zappelte nun in Ellies Armen und sie trug sie eilig zum Bett und übergab sie Priscilla.

Priscilla umarmte und küsste Kaylee und das Mädchen schlang die Arme um den Hals ihrer Tante und legte den Kopf auf ihre Schulter.

Ellie stockte der Atem vor Rührung. Der Verlust Pipers hatte die Goodings auseinandergerissen, während das

Verschwinden Avas die Trumans einander wieder nähergebracht hatte.

Sie sah auf die Uhr, als es Mitternacht schlug. Technisch gesehen war also Weihnachten. Wenigstens das hatten sie geschafft – diese Familien würden Weihnachten miteinander feiern können.

145

Ellie ging mit Shondra auf den Gang und erklärte ihr, was geschehen war. »Gayle ist abgehauen. Ich muss mit ihrem Mann sprechen, vielleicht hat er eine Idee, wohin sie will. Würdest du hier bitte die Stellung halten? Für den Fall, dass Gayle hier auftaucht, um sich an Priscilla zu rächen?«

»Natürlich.« Shondras Augen glänzten vor Rührung.

Ellie atmete erleichtert auf. »Vera hat mich für morgen zum Weihnachtsessen eingeladen. Willst du vielleicht mitkommen?«

Shondra fasste sich mit der Hand an die Brust. »Danke für die Einladung, aber ich habe schon andere Pläne. Ich … habe jemanden kennengelernt. Ihr Name ist Jules.«

»Das freut mich sehr für dich«, sagte Ellie. »Du hast es verdient, glücklich zu sein, Shondra.«

Shondras Handy vibrierte und sie sah aufs Display. »Das ist sie jetzt. Ich wünsche dir frohe Weihnachten!«

»Ich dir auch.« Shondra ging ein Stück den Gang hinunter und Ellie suchte das Schwesternzimmer auf, um zu fragen, in welchem Zimmer Dr. Gooding lag.

»Raum 306«, sagte die Schwester am Tresen.

Ellie bedankte sich und nahm dann den Fahrstuhl, um in den dritten Stock zu kommen. Vor dem Raum 306 war ein Deputy des Sheriffs postiert. Als sie das Zimmer betrat, starrte Dr. Gooding aus dem Fenster, er wirkte einsam und traurig. Er wusste, dass er und seine Frau in ernsthaften Schwierigkeiten steckten.

Er wandte sich zu ihr um. »Haben Sie die Mädchen gefunden?«

Sie nickte. »Das haben wir. Ihre Frau war schon bei den Lundys, wir konnten sie aber davon abbringen, auch Sarah zu entführen.«

Tränen füllten seine Augen. »Und was ist mit Gayle?«

»Sie konnte fliehen«, sagte Ellie. »Wir suchen nach ihr und observieren Ihr Haus. Haben Sie vielleicht eine Idee, wo sie sein könnte?«

»Es ist alles meine Schuld«, sagte er gequält. »Ich hätte mit ihr und Piper niemals zur Cattail Cove fahren dürfen.«

»Es war nicht Ihre Schuld«, beschwichtigte Ellie ihn. »Es war ein tragischer, schrecklicher Unfall. Und ich bedaure sehr, was Ihnen und Gayle widerfahren ist. Aber im Moment ist sie außer Kontrolle, und wir müssen sie finden, bevor sie noch jemanden verletzen kann.« Oder sich selbst.

Er kniff sich in den Nasenrücken, dann fuhr er sich mit der Hand über den einbandagierten Kopf. »Sie redete ständig davon, dass sie an Weihnachten mit Piper zusammen sein will. Dass sie ohne sie nicht leben kann.«

Ellie beschlich eine dunkle Ahnung. »Piper ist auf dem White Lilies Cemetery beerdigt, nicht wahr?«

Sein Blick wurde wach, er schien ihre Gedanken gelesen zu haben. »O mein Gott. Ja, die Engelsstatue. Dorthin ist sie sicher gegangen.«

Natürlich. Ellie zog ihre Schlüssel aus der Tasche.

Sie wandte sich um, sagte dem Deputy, wohin sie fuhr, und schrieb Derrick dann eine Nachricht.

Er antwortete.

Bin eben auf dem Weg zum Krankenhaus.

Sie textete zurück: *Hol mich am Eingang zur Notaufnahme ab. Ich weiß, wo Gayle ist.*

Ellie rannte zum Aufzug und fuhr ins Erdgeschoss in die Notaufnahme, dann ging sie eilig hinaus. Das Herz klopfte ihr bis zum Hals. Es hatte aufgehört zu schneien, aber der Boden war von einer mindestens sieben Zentimeter dicken Schneeschicht bedeckt und der Wind heulte, als würde er Gayles Schmerz hinausschreien.

Derrick fuhr im Jeep vor und sie sprang hinein. »Zum White Lilies Cemetery, gegenüber vom Haints.«

Derricks Blick verdüsterte sich, aber er stieg aufs Gaspedal und sie brausten vom Parkplatz. Der Friedhof war nur wenige Kilometer entfernt, doch es fühlte sich an, als wären es Hunderte. Er manövrierte den Wagen vorsichtig über die vereisten Straßen und hatte Mühe, die Kontrolle über das Fahrzeug zu behalten. Die Kirchenglocken läuteten, als sie die Kapelle am Friedhof erreichten. Durch kleine Lücken in der Wolkendecke sah man einige wenige Sterne funkeln, ein Hoffnungsschimmer an diesem düsteren Tag.

Derrick bog auf die schmale Straße ein, die sich über den Friedhof schlängelte und folgte ihr, bis sie Gayles Van erblickten.

Er parkte direkt dahinter. Beide zogen ihre Waffen. Ellie suchte den Friedhof mit den Augen nach der Engelsstatue ab, alle ihre Sinne waren geschärft. Die kleinen schneebedeckten Grabmale und die Figürchen von kleinen Engeln und Tauben wirkten beinahe surreal. Trauer und Kummer durchtränkten diesen Ort, es war, als wären die unschuldigen Kinder, die hier beerdigt lagen, immer noch da und würden auf dem Rasen Fangen und Verstecken spielen.

»Silas sagte, Piper ist neben der Engelsstatue beerdigt.« Ellie hatte sie nun entdeckt und zeigte darauf, und sie und Derrick verfielen in Laufschritt und rannten zwischen den Gräberreihen darauf zu. Während sie sich der Statue näherten, brach Ellie der kalte Schweiß aus. Dann blieb sie abrupt stehen, ihre Stiefel versanken in der nassen Erde. Derrick gab einen erstickten Laut von sich, als er direkt hinter ihr anhielt.

Ein Gefühl des unwiederbringlichen Verlusts ergriff sie. Sie kamen zu spät.

Gayle Gooding lag mit dem Gesicht nach unten auf dem Grab ihrer Tochter, die Hand ausgestreckt nach dem kleinen Namensschild. Eine hellrote Blutlache hatte sich unter ihrem Körper ausgebreitet.

Gayle hatte endlich ihren Frieden gefunden und bekommen, was sie sich so sehnlichst gewünscht hatte – sie würde an Weihnachten mit ihrer Tochter wiedervereint sein.

146

Ellie traf sich mit der Medizinischen Gutachterin Dr. Whitefeather und dem Spurensicherungsteam am Rande des Friedhofs. Sie führte sie an den Platz, an dem Gayle im purpurrot verfärbten Schnee lag. Sie und Derrick hatten bereits Fotos gemacht, aber die Spurensicherung würde eine formelle Untersuchung durchführen, um zweifelsfrei sicherzustellen, dass es sich um Suizid handelte.

Allerdings ging Ellie angesichts von Gayles psychischer Verfassung, der Blutspritzer, der Position ihres Körpers und der Schmauchspuren an ihrer Hand davon aus, dass man schnell zu einem Ergebnis kommen würde.

»Der Verlust ihrer Tochter vor zwei Jahren hat sie völlig aus der Bahn geworfen. Sie war verzweifelt und hat sich nie wieder von diesem Schicksalsschlag erholt«, erklärte Ellie. »Wir haben die Kinder gefunden, die sie entführt hat, aber sie war bewaffnet und floh. Agent Fox nahm ihre Verfolgung auf, doch sie entkam. Ihr Ehemann gab uns den Tipp, dass sie hierher gefahren sein könnte.«

»Wirklich sehr traurig«, sagte Laney. »Ich kann mir nicht vorstellen, wie katastrophal es sein muss, ein Kind zu verlieren.«

Laney beugte sich hinunter, um den Leichnam zu begutachten, dann drehte sie Gayle vorsichtig auf die Seite. Ihre Jacke und die ganze Kleidung sowie ihre Hände waren blutverschmiert, in der Mitte ihrer Brust klaffte ein Loch.

»Die Kugel muss ihr Herz durchschlagen haben«, sagte Laney.

Sie untersuchte Gayles Gesicht, ihre Arme und Hände. »Keine Prellungen oder Kratzer, die darauf hindeuten, dass eine weitere Person hier war oder sie sich gegen einen Angreifer gewehrt hätte.«

»Es handelt sich um dieselbe Waffe, die sie vorhin schon bei sich hatte«, sagte Ellie.

Die Forensiker begannen, den Tatort nach Fußabdrücken und eventuellen Beweisen dafür zu abzusuchen, dass Gayle nicht allein hier gewesen war. Ellie wusste, dass sie nur dem in solchen Fällen vorgeschriebenen Protokoll folgten. Neue düstere Wolken türmten sich auf, die Temperatur fiel weiter, während das forensische Team seinen Job machte und Laney dafür sorgte, dass Gayles Leichnam ins Leichenschauhaus gebracht wurde. Die Kirchturmuhr schlug eins, Wind kam auf und Ellie und Derrick wussten, dass es Zeit war zurückzufahren und mit Silas zu sprechen.

Derricks Handy klingelte, als sie zum Jeep gingen.

»Das ist mein Partner vom FBI«, sagte er, dann nahm er ab und stellte das Gespräch auf laut.

»Fox, wir haben MWC hochgehen lassen. Es war keine so große Organisation, wie wir befürchtet hatten. Serena Morino ist eindeutig die Rädelsführerin. Wir haben im Hauptquartier drei Kinder gefunden. Sie wurden in Pflegefamilien untergebracht, während wir nach leiblichen Verwandten suchen. Zwei der Jungs sagen, sie hätten auf der Straße gelebt. Der dritte erzählte, seine Eltern seien tot. Dass er bei seiner Großmutter gelebt hatte. Die sei aber krank geworden und konnte irgendwann das Bett nicht mehr verlassen. Schließlich habe er in den

Mülltonnen in der Nähe ihres Zuhauses nach Essbarem gesucht. Autumn Juniper hat ihn beobachtet und mitgenommen. Gegen sie wird Anklage erhoben, genau wie gegen Ms Morino und alle anderen Mitglieder von MWC.«

»Großartige Arbeit«, sagte Derrick. »Ich hoffe nur, die Kinder finden auf legalem Wege ein neues Zuhause in liebevollen und verlässlichen Familien.«

Ellie tat es leid um die Kinder, und sie teilte Derricks Wunsch. Sie hoffte, sie würden nicht in einem kaputten System verloren gehen. Dicke Schneeflocken fielen, während sie wieder ins Krankenhaus fuhren, ihre Scheinwerfer leuchteten in der weißen Wolke.

»Was machst du an Weihnachten?«, fragte Derrick.

»Ich bin bei meiner Familie«, antwortet Ellie, und angespanntes Schweigen trat ein. Sie hätte Derrick nur zu gern eingeladen, aber ein Blick in sein Gesucht genügte, um zu wissen, dass das niemals geschehen würde. »Und was ist mit dir?«

»Meine Mutter hat angerufen. Sie klang einsam. Ich werde sie besuchen.«

Eine weitere Erinnerung daran, dass seine Familie wegen ihrer gelitten hatte und sie diesen Graben niemals würden überbrücken können.

Das Herz wurde ihr schwer, als sie den Wagen parkte und sie und Derrick hineingingen. Die Gänge waren still an diesem Abend, der Weihnachtsschmuck, den man angebracht hatte, sollte den Kranken und ihren Familien wohl ein wenig Trost spenden. Doch Ellie hatte keine guten Nachrichten für Silas. Sie kamen an seinem Zimmer an. Ellie klopfte und öffnete dann vorsichtig die Tür.

Derrick drückte sanft ihren Arm, dann gingen sie leise hinein.

Silas' Augen weiteten sich, er sah sie forschend an. Ellie

schüttelte traurig den Kopf. »Es tut mir leid, Mr Gooding, aber wir sind zu spät gekommen.«

»Wo …?«

»Sie hatten recht. Sie war auf dem White Lilies Cemetery, an Pipers Grab.«

Schmerz und Trauer verdüsterten seinen Blick. Er schloss fest die Augen und begann leise zu weinen.

Ellie brach sein Anblick das Herz. Er hatte sich schon die Schuld für den Tod seiner Tochter gegeben, dann hatte er seine Karriere ruiniert, um Abbitte zu tun und seine Frau zu versöhnen. Aber nichts hatte ihnen Piper zurückbringen können.

Und jetzt hatte er endgültig alles verloren.

147

MITTWOCH, 25. DEZEMBER

Crooked Creek

Ellie erwachte von den Sonnenstrahlen, die durch ihr Fenster fielen. Draußen war alles weiß. Sie musste an all die Kinder in Bluff County denken, die jetzt zum Weihnachtsbaum rannten, aufgeregt quietschend und gespannt auf die Geschenke, die der Weihnachtsmann ihnen gebracht hatte.

Und die Trumans, Priscilla Wilkinson und Kaylee und Jan und Becky Hornsby würden das Fest als Familie feiern. Ava würde endlich ihren kleinen Hund bekommen.

Vera werkelte wahrscheinlich schon an ihren Prime Ribs, schälte junge Kartoffeln und buk Pastete. Aber bevor Ellie zu ihrer eigenen Familie fahren konnte, musste sie noch eine Pressekonferenz geben.

Obwohl sie in der vergangenen Nacht kaum geschlafen hatte, weil sie an Silas, Gayle und ihr kleines Mädchen hatte denken müssen, war sie aus dem Bett gekrochen und hatte sich unter die Dusche geschleppt. Sie machte sich schnell fertig und schlüpfte in den roten Weihnachtspullover und die Jeans, in denen sie später zu Vera fahren wollte.

Die verschneiten Berge sahen aus wie ein Postkartenmotiv, als sie das Haus verließ und zu ihrem Jeep eilte. Die Straßen waren beinahe leer, obwohl in vielen Häusern schon Licht brannte und hier und da Kinder vor der Tür waren, um Schlitten zu fahren, sich Schneeballschlachten zu liefern oder neue Roller oder Fahrräder in den Einfahrten auszuprobieren.

Als sie bei der Polizeiwache ankam, wartete Angelica auf sie. Sie wirkte nahezu majestätisch in ihrem roten Kostüm und mit ihrer eleganten geflochtenen Hochsteckfrisur.

Ihr Kameramann hatte sich in Stellung gebracht und Captain Hale erwartete sie im Presseraum. Sie hatte Cord am Abend zuvor eine Nachricht geschickt und ihn gebeten, ebenfalls zu kommen.

»Bereit?«, fragte Angelica.

Ellie hob das Kinn. »Ja. Bringen wir es hinter uns.«

Tom zählte sie ein und Angelica begann mit der Anmoderation. »Angelica Gomez hier für Channel Five News. Am heutigen Weihnachtsmorgen haben wir gute Nachrichten für unsere Zuschauer. Dank der hervorragenden Ermittlungsarbeit von Detective Ellie Reeves wurde Ava Truman gefunden. Das Mädchen ist wohlauf. Sie ist nun zuhause bei ihren Eltern und feiert mit ihnen Weihnachten.«

Sie machte kurz eine Pause und hielt Ellie das Mikro hin. »Detective Reeves?«

»Während der Ermittlungen im Falle des Verschwindens von Ava Truman entdeckten wir, dass es einen Zusammenhang zu zwei weiteren Vermisstenfällen gab, denen von Kaylee Wilkinson und Becky Hornsby. Alle drei Mädchen sind nun wieder bei ihren Familien. Eine Frau namens Gayle Gooding hatte die Kinder entführt, weil sie traumatisiert durch den Verlust ihrer Tochter Piper Gooding war, die zwei Jahre zuvor bei einem Unfall ums Leben kam.« Ellie hatte beschlossen über die Details des Falls vorerst zu schweigen. Angelica könnte über die Transplantationen in einem späteren, ausführlicheren

Beitrag berichten. Schließlich war heute Weihnachten und sie wollte sich auf die guten Neuigkeiten konzentrieren.

»Ich muss mich zuerst bei Ihnen allen bedanken. Man sagt, es brauche ein ganzes Dorf, um ein Kind großzuziehen. In diesem Fall waren die Männer und Frauen von Bluff County diese Dorfgemeinschaft. Ohne Ihre Hilfe, Unterstützung und Liebe hätten wir Ava, Kaylee und Becky niemals wiedergefunden. Angefangen bei den Menschen, die für Ava beteten und Kerzen anzündeten, hin zu jenen, die die Trumans mit Essen versorgten. Mein Dank gilt auch der Nachbarschaftswache, Ranger Cord McClain und seinen Teamkollegen, all den Freiwilligen, die nach Ava suchten, und nicht zuletzt den aufmerksamen Bürgern, die die Hotline anriefen, um uns Hinweise zu liefern – Sie alle waren es, die diese Stadt zusammengehalten haben.«

Ellie drohte plötzlich von ihren Gefühlen überwältigt zu werden.

Die harten Wahrheiten auszusprechen, fiel ihr schwer, aber sie konnte nicht anders, als daran zu denken. Renee war gestorben, sie hatte vergebens versucht, die Polizei davon zu überzeugen, nach ihrem Kind zu suchen. Eine andere Mutter, Jan Hornsby, war auf der Suche nach ihrer Tochter durch die Hölle gegangen.

Und Gayle Gooding hatte sich das Leben genommen, um endlich mit ihrem Kind wiedervereint zu sein. Sie musste an ihre eigene leibliche Mutter denken, und wie sehr sie gelitten hatte. Das Erste, was sie heute Morgen getan hatte, war, in der Klinik anzurufen und sich nach Mabel zu erkundigen.

»Sie macht Fortschritte«, hatte die Ärztin gesagt. »Aber ich denke, es ist immer noch zu früh für einen Besuch. Wir wollen auf keinen Fall, dass sie einen Rückfall erleidet.«

Ellie hatte die Botschaft verstanden. Sie zu sehen, könnte Mabels Fortschritte zunichtemachen. Das Herz wurde ihr schwer, aber sie akzeptierte die Entscheidung.

»Detective?«, hakte Angelica nach.

Ellie rief sich zur Ordnung, und konzentrierte sich wieder auf die Pressekonferenz. Sie räusperte sich. »Es ist Weihnachten, wir sollten heute feiern. Also feiern wir. Umarmen Sie Ihre Kinder und Ihre Familie, bleiben Sie ihnen nah und zeigen Sie ihnen, dass Sie sie lieben.«

Sie dankte noch einmal allen, dann trat sie beiseite und Angelica beendete das Interview. Cord kam auf sie zu, er wirkte verlegen. »Du musst mir nicht dafür danken, dass ich meinen Job mache, Ellie.«

Sie drückte seinen Arm. »Doch, das muss ich. Du bist immer da, wenn ich dich brauche.«

Er zuckte mit den Schultern, er schien peinlich berührt zu sein. »Und das wird auch immer so bleiben.«

Sie sahen sich lange in die Augen. »Hast du heute Abend schon etwas vor?«

Er nickte leicht. »Lola hat mich eingeladen, sie kocht für uns.«

Ellie lächelte. »Du bist ein Glückspilz.«

Er errötete leicht unter der gebräunten Haut. »Und was ist mit dir?«, fragte er.

»Ich bin bei meinen Eltern.«

Cord nickte, dann zögerte er, als würde er gern noch etwas loswerden. Aber Angelica kam jetzt auf sie zu und er ging. Die Reporterin hatte behauptet, keine Familie zu haben, aber das war nicht richtig. »Angelica, der Tag heute gehört der Familie. Willst du mit mir zu den Reeves zum Abendessen kommen?«

Angelicas braune Augen wurden wachsam. »Ich will mich nicht aufdrängen. Und ich weiß, du hast ihnen noch nichts von mir erzählt.«

Ellies Herz machte einen Sprung. »Nein, aber es wird langsam Zeit. Ich habe es ernst gemeint. Du bist meine Schwester, und ich will, dass die Reeves das wissen. Die Familie sollte heute zusammen sein.«

Angelica sah ihr tief in die Augen, ihr ernstes Gesicht wirkte gerührt. »Ich weiß nicht, was ich sagen soll.«

»Sag einfach, dass du mitkommst«, erwiderte Ellie, dann zog sie Angelica in eine Umarmung.

»Das werde ich«, flüsterte Angelica. »Frohe Weihnachten, Ellie.«

»Frohe Weihnachten, Angelica.«

MEHR VON BOOKOUTURE DEUTSCHLAND

Für mehr Infos rund um Bookouture Deutschland und unsere Bücher melde dich für unseren Newsletter an:

deutschland.bookouture.com/subscribe/

Oder folge uns auf Social Media:

facebook.com/bookouturedeutschland
x.com/bookouturede
instagram.com/bookouturedeutschland

EIN BRIEF VON RITA

Liebe Leser:innen,

es freut mich ungemein, dass ihr zurückgekehrt seid, um mitzuerleben, wie Detective Ellie Reeves ihre nächste Bewährungsprobe meistert! Aber auch, wenn dies euer erstes Buch der Reihe ist, keine Sorge! Jedes davon ist ein eigenständiger Roman! Wenn ihr euch genauer über alle meine Buchneuerscheinungen informieren möchtet, könnt ihr euch unter folgendem Link für den Newsletter anmelden. Eure E-Mail-Adresse wird nicht weitergegeben, und ihr könnt den Newsletter jederzeit wieder abbestellen.

deutschland.bookouture.com/subscribe/

Gestohlene Engel ist der fünfte Teil der Serie, und auf Ellie wartet in dieser Geschichte nicht nur eine berufliche, sondern auch eine echte persönliche und emotionale Herausforderung.

In dem Augenblick, als meine Lektorin mir den Titel *Gestohlene Engel* vorschlug, sah ich sofort einen Weihnachtsbaum mit kleinen Engeln aus Papier vor mir, auf denen Bitten um Geschenke für bedürftige Familien notiert waren, so wie es beim YMCA, ein Verein für christliche Männer und in der Kirche meiner Jugendzeit üblich gewesen war. Ich sah kleine Mädchen in Engelskostümen vor mir und die Menschen von Crooked Creek, die sich zusammenfanden, um gemeinsam Weihnachten zu feiern.

Dann stellte ich mir vor, dass plötzlich ein Kind verschwand, und wie Angst und Schrecken sich breitmachen. Ich spürte das Entsetzen der Familien und wie dieses Ereignis die Vorfreude auf die Feiertage zunichtemachen würde.

Und ich wusste, Ellie Reeves würde kämpfen wie eine Löwin, um das Kind zu finden und es sicher wieder nach Hause zu bringen. Ich wusste auch, dass es nicht einfach werden würde, und dass die Spur, die sie verfolgt, zu einem weiteren vermissten Kind führen würde und dann zu noch einem …

Ich hoffe, ihr hattet Freude daran, mitzuerleben, wie entschlossen Ellie diesen Fall gelöst hat, und wart überrascht über die Wendungen, die die Geschichte ein ums andere Mal nahm. Wenn ja, dann würde ich mich sehr über eine kurze Bewertung freuen, um euer Feedback mit anderen Leser:innen zu teilen.

Ich freue mich auch immer sehr über Post von meiner Leserschaft, ihr könnt mich auf Facebook, meiner Website und auf X.com (»Twitter«) erreichen.

Tausend Dank, dass Ihr Ellie Reeves gemeinsam mit mir auch weiterhin die Treue haltet!

Viel Freude beim Lesen!

Rita

facebook.com/ritaherron
x.com/ritaherron

DANKSAGUNG

Wie immer muss ich meiner großartigen Lektorin Christina Demosthenous danken, nicht zuletzt dafür, dass sie die Idee für den Titel dieses Romans hatte, was den Erzählprozess bei mir erst wirklich in Gang setzte. Ihre klugen Einsichten, ihre Geduld und ihre guten Ratschläge haben es mir erst möglich gemacht, aus einer ursprünglichen Idee eine komplexe Geschichte zu entwickeln!

Danken möchte ich auch dem gesamten Team von Bookouture für das wunderschöne Cover und die Unterstützung, die ich im Rahmen dieser Reihe bisher erfahren durfte. Nicht zuletzt gilt meine Dankbarkeit meiner Agentin Jenny Bent: Danke Jenny, du bist mir in den vergangenen Jahren mit Rat und Tat zur Seite gestanden. Und ein großes Dankeschön auch an all die ausdauernden Redakteur:innen und Lektor:innen, die so geduldig meine Texte korrigieren!

Printed in Poland
by Amazon Fulfillment
Poland Sp. z o.o., Wrocław

49051297R00298